DE RUSSISCHE VRIEND

Van Kajsa Ingemarsson verscheen eerder:

Kleine gele citroenen

Kajsa Ingemarsson

De Russische vriend

Oorspronkelijke titel: *Den ryske vännen*
Copyright © Kajsa Ingemarsson 2005 by Agreement with Grand Agency
Copyright © 2009 voor deze uitgave:
Uitgeverij De Kern, De Fontein bv, Postbus 1, 3740 AA Baarn
Vertaling: Corry van Bree
Omslagontwerp: Annemarie van Pruyssen
Omslagillustratie: Stone / Getty Images
Auteursfoto omslag: ANP / Scanpix SE
Opmaak binnenwerk: Het vlakke land, Rotterdam
ISBN 978 90 325 1163 0
NUR 302

www.dekern.nl
www.uitgeverijdefontein.nl

1

Het was doodstil in de kamer. Iemand tikte ongeduldig met zijn schoen op de betonnen vloer, maar stopte na een blik van de man die aan de andere kant van de tafel stond.

Hij rolde een vel papier op het tafelblad uit en legde in elke hoek een voorwerp. Linksboven legde hij een mes in een glimmend versleten leren etui, rechtsboven een steen die door het kapotte raam naar binnen was gegooid en die iemand van de vloer had opgeraapt. Linksonder zette hij een groene legerrugzak neer, met schouderbanden die zo versleten waren dat het leek alsof ze bij de minste belasting zouden scheuren. Rechtsonder kwam een bontmuts van schapenvacht, een beetje te licht om het vel papier op zijn plek te houden. De man streek het papier, dat hardnekkig wilde terugrollen, geïrriteerd glad.

Het was zo koud dat de adem van de dik aangeklede mensen onmiddellijk in damp veranderde zodra ze uitademden. Toch wachtten ze roerloos tot de man voor hen de stilte zou verbreken.

Hij keek ze een voor een in hun ogen. Zijn blik bleef iets langer hangen bij een jonge vrouw met verdrietige ogen en haar dat onder een stevig vastgeknoopte sjaal was verborgen.

'Goed,' zei hij ten slotte. 'Laten we beginnen. God is groot.'

2

'Stil! Het begint.' Henrik leunde naar de radio die op de vensterbank stond en zette het geluid harder. De herkenningsmelodie was net afgelopen. Maria ging tegenover haar man aan de keukentafel zitten terwijl Maud Gunnarssons karakteristieke stem de ruimte vulde.

'Onze zaterdaggast van vandaag is een van onze allerjongste ministers. Sinds een jaar is ze verantwoordelijk voor Ontwikkelingszaken. Welkom, Katja Löfdahl.'

'Dank u.' De vrouw die antwoord gaf klonk jong maar zelfverzekerd.

'Afgelopen herfst waren veel mensen ongerust toen ze hoorden dat de post bij zo'n onervaren minister terechtkwam. Denkt u dat het vertrouwen in u is gegroeid?'

'Ja, absoluut. Maar ik wil graag kwijt dat ik begrip had voor de aanvankelijke weerstand tegen mij, dat was een logische reactie. De Zweedse ontwikkelingshulp is een kwestie die betrokkenheid vereist en bijzonder serieus genomen moet worden. Toen ik begon, was ik voor de meesten een onbekende, en het kost tijd om vertrouwen te winnen. Vandaag is de situatie anders.'

'Op welke manier?'

'Ik geloof dat de mensen hebben ingezien dat ik een intense betrokkenheid voor Ontwikkelingszaken voel en dat ik niet accepteer dat wordt gedacht dat ik het alibi van de regering Bergman ben, omdat ik jong en bovendien een vrouw ben.'

'Maar dat bent u. Is dat geen voordeel?'

'Soms. Ik heb andere perspectieven dan veel anderen in de regering en ik geloof dat dat wordt gewaardeerd.'

Henk zuchtte. 'Ze is geslepen,' zei hij droog.

6

Maria knikte. 'Zeker, maar ik vind dat ze goed klinkt. Zelfverzekerd.'

'Zo klinken ze allemaal. De juiste combinatie van bescheidenheid en zelfverzekerdheid. Dat willen de mensen. Ze heeft haar lesje in een heel korte tijd geleerd.' Ze hoorden hoe Gunnarsson in haar papieren bladerde voordat ze verder sprak.

'In het voorjaar hebben we over uw bezoek aan Tsjetsjenië kunnen lezen...'

'Inderdaad.'

'Dat bezoek heeft geleid tot een concrete financiële bijdrage. Kunt u daar iets over vertellen?'

'Natuurlijk. De Zweedse regering heeft besloten om een lokale organisatie te ondersteunen, De Hoop van de Tsjetsjeense Kinderen, en een financiële bijdrage te geven voor de renovatie van een tehuis voor weeskinderen in Tsjetsjenië. Kinderen die hun vaders en moeders in de oorlog hebben verloren.'

'Het is nogal ongewoon dat de regering rechtstreeks handelt en een financiële bijdrage geeft. Waarom laat u het ontwikkelingsgeld niet door Sida regelen? Zo gaat dat toch altijd?'

'Inderdaad, normaal gesproken verdeelt Sida de ontwikkelingshulp, of het loopt via het Rode Kruis. In dit geval is het anders gegaan.' De minister stopte even voordat ze verderging. 'Sida volgt de reguliere aanbevelingen van de ontvangende landen met betrekking tot geschikte projecten, maar voor dit kindertehuis bestond zo'n aanbeveling niet.'

'Waarom niet?'

'Ik ben van mening dat Rusland in Tsjetsjenië geen prioriteit geeft aan puur humanitaire doelen.'

'Wat bedoelt u daarmee?'

Het was duidelijk hoorbaar dat de minister slikte. Toen ze weer sprak was haar stem hard. 'Ik geloof niet dat Rusland er veel belang bij heeft om door de oorlog getroffen kinderen aan de wereld te tonen.'

'De Zweedse regering maakt dus een andere beoordeling dan Sida?'

'Sida houdt ook rekening met andere zaken, zoals de internationale aanbevelingen van de VN en de EU.'

'Hoe komt het dat de Zweedse regering ingaat tegen de VN en de EU?'

Bij de laatste vraag begon Henrik op zijn stoel heen en weer te schuiven. Maria keek naar hem, maar hij bleef naar de radio kijken. Alsof de personen voor hem zaten en niet in een radiostudio in Gärdet.

De minister klonk niet op haar gemak toen ze verderging. 'Dat doen we niet. In dit soort zaken vertrouwen we op de analyses van de VN en de EU, maar...' Ze nam een nieuwe aanloop. 'Voor dit kindertehuis hebben we besloten om de financiële hulp voor de renovatie toch te geven, omdat de humanitaire redenen hier zwaarder wogen dan de risicobeoordeling.'

'En hoe was de risicobeoordeling?'

Katja aarzelde een moment voordat ze antwoord gaf. 'Het is duidelijk dat er in zo'n situatie risico's zijn. Tsjetsjenië is een instabiele regio, er heerst daar een oorlog.'

'En met humanitaire redenen bedoelt u?'

'Wat ik tijdens mijn bezoek aan Tsjetsjenië heb gezien was...' Even leek het alsof de minister haar adem inhield. Gunnarsson wachtte. 'Huiveringwekkend! Het was zo huiveringwekkend. Kleine kinderen; baby's, anderen een paar jaar ouder. Kleine kinderen die hun ouders, hun opa en oma, hun zusjes en broertjes kwijt waren. Kleine kinderen die zonder iemand in de wereld waren achtergelaten.' Ze wachtte even en ging toen verder, iets beheerster nu, maar nog steeds met zo veel gevoel in haar stem dat Maria heel even vergat dat ze naar een politica luisterde. 'Als je ooit in zo'n paar kinderogen hebt gekeken kun je ze de rug niet meer toedraaien. Als er een kans voor ons is om deze kinderen te helpen, dan moeten we die aangrijpen.'

De betrokkenheid van de minister leek echt, maar Gunnarsson liet zich niet ontroeren. 'Hoe staat u tegenover het risico dat het geld verdwijnt?'

'Dat gebeurt niet.'

'Hoe kunt u daar zo zeker van zijn? U zei daarnet dat het een onstabiele regio is.'

'Ik heb het volste vertrouwen in onze samenwerkingspartner in Tsjetsjenië.' De toon was nu heel anders. De gevoelens die de minister heel even had getoond waren verdwenen. Ze was weer een politica die praatte.

'Het gaat om twaalf miljoen kronen belastinggeld. Kunt u garanderen dat het geld op de juiste plek terechtkomt?'

'Garanderen is een groot woord, maar... Ja, dat kan ik.' De minister liet merken dat het tijd was om het onderwerp te beëindigen. Gunnarson leek die mening niet te delen.

'Het eerste gedeelte van het bedrag is voor zover ik begrijp al uitbetaald. Waarvoor is het geld gebruikt?'

'Het evaluatieverslag krijgen we over een paar maanden. Overeenkomstig de afspraak zal Zweden zes maanden na de eerste overboeking een vervolgbetaling doen, om ervoor te zorgen dat het project volgens de planning verloopt. Na de evaluatie volgt de volgende betaling. Dat is de normale gang van zaken in zo'n situatie.'

'Behalve dat deze situatie niet normaal is.'

'Nee, maar de regering heeft eerder kritiek gekregen omdat ze geen actie ondernam in Tsjetsjenië. Nu doen we dat wel. Ik vind dat een goede zaak. We plaatsen een Zweedse vlag in de regio en signaleren dat we dit gebied en dit conflict heel nauwlettend volgen. Het is een signaal aan de Russische overheid. En dan moet je soms van de gebruikelijke routines afwijken.'

'En twaalf miljoen investeren in een risicovol project?'

'De regering beschouwt de investering als veilig.'

Het signaal van de minister was dit keer meer dan duidelijk en Gunnarsson koos ervoor om het onderwerp te laten varen.

De rest van het interview ging over de samenwerking binnen de regering en Katja Löfdahl gleed met een verbazingwekkende routine ongedwongen tussen de vragen van de journalist door. Toen haar werd gevraagd naar haar eigen samenwerking met de premier antwoordde ze, zoals ze al zo vaak had gedaan, dat ze het grootste respect had voor Tor Bergman en zijn manier van leidinggeven aan de regering. De samenwerkingsproblemen waarover in de media werd gespeculeerd waren volledig uit de lucht gegrepen.

Toen was het interview voorbij en Maud Gunnarsson sloot af met het bedanken van haar gast en de tip te geven dat het interview ook op internet te beluisteren was.

Henrik boog weer naar de radio en draaide aan de knop. Daarna bleef hij een tijdje stil voor zich uit kijken. Maria keek naar hem en hield haar hoofd een beetje scheef. 'Nou, wat vond je ervan?' vroeg ze uiteindelijk.

'Ik weet het niet. Ze is goed.'

'Ja. Het waren lastige vragen.'

'En terecht.' Henrik zuchtte. 'Dat kindertehuisproject is verschrikkelijk onzeker.'

'Ik dacht dat je het steunde?'

'Jazeker, dat is ook zo, maar...' Hij schudde zijn hoofd. 'Het is

9

onrustig in dat land. Wat hebben we eigenlijk voor garanties? Geen enkele.'

'Misschien moet je soms een gok wagen?'

'Misschien.' Henrik keek uit het raam.

'Ze klonk zo...' Maria zocht naar woorden. 'Zo echt toen ze over dat kindertehuis vertelde. Alsof het haar werkelijk iets kon schelen.'

Henrik richtte zijn blik op Maria. 'Dat is ook zo,' zei hij. 'Toen we in Grozny waren, was dat... echt. Begrijp je?' Maria knikte en Henrik ging verder. 'Ik ben niet met haar in het kindertehuis geweest, Martin heeft daar vertaald. Maar toen Katja na het bezoek terugkwam was ze helemaal kapot. Ze was die avond heel stil. Alsof ze een spook had gezien.'

'En wat zei Martin erover?'

'Dat het verschrikkelijk was. Kleine, smerige, naar urine stinkende kinderen zonder vaders en moeders en niet voldoende personeel om voor ze te zorgen. Niet voldoende bedden, kleren, speelgoed. Zonder hoop, zonder toekomst. Martin was ook aangedaan, maar hij heeft zelf geen kinderen. Ik geloof niet dat het hem op dezelfde manier heeft geraakt als Katja.'

'Je hebt nooit over het kindertehuis verteld.'

'Ik ben er ook niet geweest. Ik weet alleen wat de anderen zeiden.'

Maria knikte. 'Wat zei Katja er dan van?'

'De volgende ochtend had ze een besluit genomen. Ze zou die kinderen helpen. Ze was onwrikbaar.' Henrik schudde zijn hoofd. 'Ze is verschrikkelijk koppig.' Eigenlijk hoorde Henrik in zijn positie niet zo over de minister te praten, maar voor Maria maakte hij soms een uitzondering. Hij vertelde haar roddels en geruchten die hij nooit aan een buitenstaander zou vertellen. Maria wist waarschijnlijk meer dan de meesten over de gebeurtenissen achter de netjes gepoetste gevel van het Arvfurstens palats, het paleis waar tegenwoordig het ministerie van Buitenlandse Zaken zetelde.

'Dan was het dus echt, wat je in het interview hoorde.'

'Ik neem aan van wel.'

'Hoe gaat het er nu mee?'

'Ik weet het niet. Ze hebben in elk geval geld gehad, en de ambassade in Moskou houdt zich ermee bezig. Over een paar maanden is het tijd voor de volgende betaling. Maar eerst krijgen we het evaluatieverslag van Martin.'

Maria had een onrustige blik in haar ogen. Ze had de vraag weliswaar gesteld, maar eerlijk gezegd had ze niet veel aan het antwoord. Ze wilde iets over het kindertehuis te weten komen, niet over de administratieve procedures bij het ministerie van Buitenlandse Zaken. Henrik leek haar desinteresse op te merken, want hij onderbrak zichzelf snel.

'Ik neem aan dat het gaat zoals het moet gaan,' zei hij en hij knikte om haar te tonen dat hij klaar was.

Hij vertelde af en toe over zijn baan, en als hij haar in vertrouwen nam over besluitvormingen en politieke intriges was het zelfs heel spannend. Maria voelde zich daar belangrijk door, alsof ze iemand was op wie hij vertrouwde. Maar eerlijk gezegd bleef er zelden iets van wat hij vertelde in haar herinnering hangen.

Henrik stond op en zette de lege koffiebeker op het aanrecht. Daarna pakte hij de krant en liep naar de zitkamer. Maria stond ook op. Ze pakte haar beker, spoelde hem af en zette hem samen met die van Henrik in de afwasmachine.

Het was tijd om het avondeten voor te bereiden. Gustav en Johanna kwamen om vijf uur en de kip moest een paar uur marineren.

Maria deed de koelkastdeur open en pakte het pak kipfilet. Daarna haalde ze sojasaus, gemberpoeder, knoflook en olie tevoorschijn. Het zou iets met noedels worden. Aziatisch. Daar hielden Johanna en Henrik allebei van. Gustav maakte het waarschijnlijk niet uit. Hij leek nooit te merken wat hij at of wat hij droeg. Met een beetje goede wil zou je hem verstrooid kunnen noemen, om dan plotseling een messcherp commentaar te geven als niemand daarop rekende. Ze herkende die verstrooidheid van Henrik. Evenals de scherpte.

Maria probeerde zich te concentreren op wat ze moest doen, ze vond het normaal gesproken fijn om eten te koken, maar de echte inspiratie wilde niet komen. Ze was ergens anders met haar gedachten. Bij een kindertehuis in Tsjetsjenië. De beelden die ze van de kleine kinderen zonder vaders en moeders had gevormd, bleven hangen als een onbehaaglijk gevoel van iets wat ze eigenlijk niet wilde voelen.

Ze dacht erover na hoe Katja Löfdahl had gereageerd. Zou zij zelf net zo hebben gereageerd? Of zou het haar ook niet *op dezelfde manier hebben geraakt?*

Maria schudde haar hoofd, alsof de beelden daarmee zouden verdwijnen. Toen pakte ze een mes en begon.

3

Er stond een taxi voor de studio op haar te wachten. Katja glimlachte dankbaar naar de chauffeur, die de deur voor haar openhield, en liet zich op de achterbank vallen. Ze was helemaal uitgeput. Het zweet onder haar armen was weliswaar opgedroogd, maar het gevoel dat ze een fysieke prestatie had geleverd bleef hangen.

Het was goed begonnen. Ze had er natuurlijk rekening mee gehouden dat het project in Tsjetsjenië ter sprake zou komen, ze had er zelfs naar uitgekeken, maar niet op deze manier. Ze had over de concrete bijdrage willen vertellen, over de manier waarop het Zweedse geld de weeskinderen zou helpen. Ze wilde geen antwoord geven op vragen over garanties en hoe ze Sida had gepasseerd. De journaliste had het woord 'ministeriële bemoeienis' niet gebruikt, maar het had in de lucht gehangen. Katja snoof geïrriteerd. Ze had Maud Gunnarsson verkeerd beoordeeld. En toch was ze gewaarschuwd. Het was duidelijk een vergissing geweest om die waarschuwingen niet serieus te nemen.

Misschien was ze te zeker van haar zaak geworden. In het begin was elk interview en elke persconferentie een uitdaging geweest. Ze was elke keer doodsbang geweest, maar dat was nu verdwenen. Misschien te vroeg.

De auto reed door de Valhallaväg en ze begon langzaam te ontspannen. Het was redelijk gegaan, in elk geval met het oog op de omstandigheden, iets anders kon ze niet zeggen. Ze haalde diep adem en liet de lucht met zo'n zucht ontsnappen dat de taxichauffeur in zijn achteruitkijkspiegel keek. Toen haar mobiel ging was ze zo gekalmeerd dat ze schrok van het geluid. Ze zocht in haar tas om hem te pakken.

'Hallo, met Katja Löfdahl.'

'Katja, met Tor.' De vertrouwde stem kon haar nog steeds verbazen. Tor Bergman, in levenden lijve aan haar telefoon. Het was misschien belachelijk, maar het gaf haar een trots gevoel.

'Hallo, Tor.'

'Ik wil alleen zeggen dat ik je daarnet op de radio heb gehoord.'

'Ja?' Katja wachtte gespannen.

'En ik vind eigenlijk dat je het heel goed hebt gedaan.'

Katja's bedankje klonk iets te enthousiast. Het was niet de bedoeling, ze wilde beheerst en afgemeten klinken, maar de opluchting over het positieve oordeel was groter dan ze had verwacht.

Tor deed een stapje terug. 'Maar Gunnarsson is moeilijk. Het zag er een paar keer slecht voor je uit.'

'Inderdaad.' Ze kon net zo goed eerlijk zijn. 'Ik was niet voorbereid op haar invalshoek.'

'Mm...' De premier treuzelde met zijn antwoord. 'Dat is niet goed. Het is je taak om voorbereid te zijn.'

'Dat is zo.'

'En het zou er niet goed uitzien als je de controle over dat project verliest. Nietwaar?'

'Nee.'

'Het zou me teleurstellen na de discussies die we hierover hebben gehad. Dat begrijp je toch?'

Katja knikte zwijgend. Jazeker, dat begreep ze. Maar al te goed. De discussies met Tor waren zowel lang als fel geweest. In elk geval van haar kant.

Ze vroeg zich af of iemand anders in de regering dat soort gesprekken met hem had. Ze betwijfelde het. De geruchten dat ze een speciale positie, een aparte ingang bij de premier had, waren haar niet ontgaan.

Dat beleefde ze zelf niet zo, ze voelde zich altijd klein als ze op de blauwe bezoekersstoel zat, voor Tors enorme bureau, maar toen het gesprek over het geld voor het kindertehuis op z'n felst was kon ze niet blijven zitten. In plaats daarvan was ze onstuimig gaan staan en had ze argumenten aangevoerd terwijl ze in het kantoor rondliep als een tijger in zijn kooi. Ze herinnerde zich Tors glimlach. Niet gemeen, maar toegevend. Uiteindelijk had ze zijn goedkeuring gekregen. Ze mocht over het geld beschikken, en het gesprek met de verontwaardigde directeur van Sida voeren.

Katja vermande zich en drukte haar mobiel tegen haar oor. 'Natuurlijk,' antwoordde ze vastbesloten. 'Ik zal je niet teleurstellen. De situatie is volledig onder controle.'

Tor nam blijkbaar genoegen met dat antwoord, want toen hij weer begon te praten klonk hij anders. Hij had genoeg opgevoed, nu was het tijd voor een vaderlijk schouderklopje. 'Je hebt het gered, en dat is het belangrijkste,' zei hij met nadruk. 'En die kleine scène over de weeskinderen was uitstekend. Ik kreeg er zelfs bijna tranen van in mijn ogen. Ontroerend. Briljant.'

'Dank je.' Dit keer had ze er geen moeite mee om haar reactie op zijn compliment onder controle te houden. Ze voelde zich onaangenaam getroffen door Tors zinspeling dat het toneelspel van haar was geweest, een scène die ze had opgevoerd. Maar ze had geen reden om dat onder zijn aandacht te brengen. Ze was er niet eens zeker van of Tor Bergman waardering zou hebben voor de waarheid, dat ze inderdaad vanuit haar hart had gesproken.

'Ja, dat was het,' besloot hij. 'Dan wens ik je nog een prettig weekend.'

'Dank je. Jij ook.' Ze hoorde hoe Tor ophing voordat ze haar mobiel uitzette. Ze bleef er een hele tijd mee in haar hand zitten, terwijl ze naar het uitzicht vanaf de Tranebergsbrug keek, waar de taxi net overheen reed. Het was een mooie herfstdag. De bladeren begonnen geel te kleuren en de zon glinsterde op het water.

Ze moesten misschien een uitstapje maken. Ze wist dat Molly dat fantastisch zou vinden. En Anders waarschijnlijk ook. Het hele gezin, zonder mobiel en afspraken die nagekomen moesten worden. Ze konden een lunchpakket meenemen, naar Drottningholm gaan en over de paden van het kasteelpark wandelen. Katja keek op haar horloge, het was bijna twee uur. Voordat ze een lunch hadden ingepakt en iedereen was aangekleed zou het waarschijnlijk drie uur zijn. Dan hadden ze niet veel tijd meer. Katja zuchtte. Morgen misschien, dacht ze. Morgen zou er misschien tijd voor zijn.

4

De slaapkamer was gelucht, bijna kil, en de lakens waren onaangenaam koud toen Maria huiverend in bed kroop en haar benen onder haar nachtjapon optrok. Henrik, die al in bed lag te lezen, keek niet op. Ze bleef een paar seconden helemaal stil liggen terwijl haar lichaamswarmte zich in het beddengoed verspreidde. Toen schoof ze het dekbed weg, duwde het kussen omhoog en pakte haar boek van het nachtkastje. Ze leunde tegen het hoofdeind en sloeg de bladzijde op waar ze gisteren was gebleven. Na een paar zinnen sloeg ze het boek weer dicht.

'Vond je het eten lekker?' probeerde ze, terwijl ze zich naar Henrik draaide.

'Ja.' Hij keek verbaasd op. 'Heb ik dat niet gezegd?'

'Ja, waarschijnlijk wel.'

'Het was erg lekker.' Hij keek weer in zijn boek. Maria wachtte een paar seconden.

'Johanna leek het lekker te vinden.'

'Mm...'

'Het is lastiger om erachter te komen wat Gustav ervan vond.'

'Mm...'

'Is hij altijd zo afwezig geweest?'

Henrik keek weer op. Dit keer sloeg hij zijn boek dicht, maar hield een vinger tussen de bladzijden. 'Wat bedoel je met afwezig?'

'Nou, hij is zo dromerig, verstrooid als het ware.'

'Vind je?'

'Ja.' Nu was Maria degene die verbaasd klonk. Het kon Henrik toch niet zijn ontgaan dat zijn zoon er vaak helemaal niet bij was als je met hem praatte.

'Ik vind eerder dat hij enorm geconcentreerd is, gefocust op datgene wat hij doet.'

'Ja, natuurlijk, hij is ontzettend scherp. Maar misschien niet zo sociaal. Als je hem bijvoorbeeld met Johanna vergelijkt.'

'Nee. De kinderen zijn heel verschillend.'

'Ik zie ze eigenlijk niet als kinderen. Het zijn tenslotte volwassen mensen.'

'Voor mij zullen het altijd kinderen zijn.' Henrik glimlachte. 'Dat is nu eenmaal zo als je een ouder bent.'

Het bleef stil in de kamer. Ze keken allebei voor zich uit. Toen kuchte Henrik zachtjes en sloeg zijn boek weer open. Maria bleef nog even zitten. Hij kon er zo vanzelfsprekend over praten hoe het was om een ouder te zijn, dacht ze. Alsof hij hun discussies was vergeten. Alsof hun eindeloze ruzies helemaal geen sporen hadden achtergelaten. *Dat is nu eenmaal zo als je een ouder bent.* Hij wist het. Zij niet.

Er gingen een paar minuten voorbij, of misschien was het er maar één. Henrik bleef lezen. Hij leek niet te merken dat ze naast hem zat, haar blik nog steeds gevestigd op de schaduwen aan de andere kant van de kamer.

Ze kon ook gaan lezen, haar boek openslaan en haar gedachten loslaten. Ze kon het in elk geval proberen. Het alternatief had ze al zo vaak geprobeerd. Hun ruzies leidden nergens toe. Ze kon het niet meer opbrengen.

Er ging nog een minuut voorbij. Henrik sloeg een bladzijde om. Langzaam legde Maria haar boek op het nachtkastje, kroop naar de andere bedhelft en legde haar hoofd op Henriks borstkas. Ze maakte een zacht geluid. Het was de bedoeling dat het als een kat klonk, maar het werd meer een grom. Langzaam knoopte ze Henriks pyjamajas open en begon zijn buik te strelen. Henrik bleef lezen, alsof hij niet had gemerkt dat ze dicht tegen hem aan gedrukt lag. Ze speelden dit spelletje soms, hoewel het al een tijd geleden was. Hij was de drukbezette, ongeïnteresseerde man, zij was de vragende, liefdevolle vrouw.

Na een tijdje kreunde Henrik en de hand met het boek zakte op het dekbed. Het was een ritueel, ze kenden elkaar goed. Met zijn ene hand streelde hij haar hals, zijn vingers speelden met haar blonde haren. 'Wilde je iets, of...' fluisterde hij plagerig.

Ze schudde haar hoofd. 'Ik wil je niet storen,' antwoordde ze terwijl ze zijn borstkas kuste. De haren kietelden tegen haar lippen. Haar hand gleed onder het elastiek van zijn pyjamabroek. Hij kwam een stukje omhoog, zodat ze hem kon uittrekken. Toen hij naakt was, trok ze haar nachthemd over haar naakte billen omhoog, tilde haar been een stukje op en ging schrijlings op hem zitten.

'Wacht even.' Hij duwde haar voorzichtig weg en boog zich opzij om de kleine la van het nachtkastje open te trekken. 'We hebben er zo één nodig,' zei hij terwijl hij het blauwe doosje pakte.

Maria verstijfde. 'Is dat zo?' vroeg ze. Haar stem was veranderd, het zachte katvrouwtje was weg. Ze trok haar been terug.

'Maria,' zei Henrik smekend. 'Die discussie hoeven we toch niet elke keer te hebben?'

'Ik wil niet dat je een condoom gebruikt.'

'Ik zou het ook liever zonder doen, maar jij bent degene die ervoor heeft gekozen om met de pil te stoppen.'

Het was een constatering, maar toch hoorde ze er een beschuldiging in. 'Dus jij vindt dat wel goed?' siste ze. 'Dat ik met mijn hormonen rotzooi?' Daar ging het niet om, maar het was de gemakkelijkste weg.

'Nee, niet als jij dat niet wilt. Maar dan moeten we er zo een gebruiken.' Hij zwaaide met het pakje en glimlachte uitnodigend naar haar. 'Waar is mijn kleine katje gebleven? Kom, poesje, help me hier eens mee...'

Het gesprek was voorbij, ze wist het. Zoals al zo vaak was gebeurd. Natuurlijk kon ze doorgaan, ruziemaken, argumenteren, hem haar rug toekeren en woedend gaan slapen. Maar dat zou niets veranderen.

Maria aarzelde een moment. Toen kwam ze overeind, steunde op haar handen en knieën en kromde haar rug. Haar lange blonde haar viel over haar gezicht.

'Miauw,' zei ze zacht. 'Miaaauw.'

5

'Henrik, met Katja.' Het lukte hem niet iets te zeggen voordat ze verderging. Haar stem klonk ver weg, hoewel ze in hetzelfde gebouw zat. 'Heb je al iets van Moskou gehoord?'

'Nee. Maar daar had ik ook niet op gerekend. Martin Vindell neemt contact met me op als het tijd is voor de evaluatie.' Het klonk als een uitvlucht. Dat irriteerde hem, hij had helemaal geen reden om zijn verontschuldigingen aan te bieden.

'Dan hebben we het over november.'

'Waarschijnlijk.'

'Kun je nu al informeren?'

'Ik kan Martin bellen.'

'Doe dat.'

Henrik aarzelde een moment. 'Is er iets speciaals?'

'Nee. Ik wil alleen zeker weten dat we het onder controle hebben.'

'Natuurlijk. Ik neem contact op met Martin.'

'Mooi.'

Toen er een korte stilte viel, maakte Henrik daar gebruik van. Hij had de minister niet elke dag aan de lijn. 'Je was goed tijdens het interview zaterdag,' zei hij haastig.

'Dank je.'

Henrik had er meteen spijt van. Katja's droge antwoord toonde duidelijk dat ze zijn mening over haar niet belangrijk vond.

'Goed, zoals ik al zei, ik neem contact op met Martin,' herhaalde hij onnozel, in een poging het misplaatste compliment te vergeten.

'Uitstekend. Ik wacht op je antwoord.' Katja hing op en Henrik draaide zich weer naar zijn computerscherm. Hij wilde afmaken waar hij mee bezig was toen Katja belde. Zo veel haast kon het toch niet hebben om Moskou te bellen. Ze hadden gezegd dat er na zes maanden een evaluatieverslag zou zijn, waarna de tweede deelbetaling overgemaakt zou worden. Er waren nu vier maanden voorbij. Ze zou toch niet denken dat hij zich meteen op de telefoon stortte om naar Moskou te bellen? Hij had nu belangrijkere dingen te doen. Hij werkte aan een rapport over de Zweeds-Russische milieusamenwerking binnen de landbouwsector en hij had Blidfelt beloofd dat hij het morgen kreeg. Katja zou moeten wachten.

Henrik staarde een tijdje naar het scherm. Waar was hij gebleven? De gedachte die hij in zijn hoofd had toen de telefoon ging, was weg.

'Verdorie,' mompelde hij en hij draaide zich weer van het scherm af om met tegenzin de telefoonhoorn op te pakken. Hij toetste het nummer van de centrale in en vroeg om doorverbonden te worden met Martin Vindell van de ambassade in Moskou. Het duurde bijna een minuut voordat hij antwoord kreeg.

'Henrik, kerel, ben jij dat?' Martins stem was zoals altijd heel energiek. Henrik koos ervoor om de aanspreekvorm te negeren. Kerel. Hij zou nooit wennen aan dat belachelijke jargon van Buitenlandse Zaken, hoewel Martin toch een goede vent was. Een man die aan zijn carrière werkte, voortdurend in de weer, maar slim en altijd behulpzaam.

'Inderdaad, hoe is het met je?'

'Uitstekend, uitstekend. Het is een kille herfstdag in Moskou. Mooi, maar koud. We hadden vanochtend vorst. Nog even en dan sneeuwt het.'

'Nu al?'

'Jazeker. Waarmee kan ik je helpen?'

'Ik vond dat het tijd was om eens naar ons project in Grozny te informeren. Henrik vond het niet nodig om Katja's naam te noemen. Hij was de verantwoordelijke ambtenaar, en hij was tenslotte ook geïnteresseerd in het verloop van het project.

'Goed dat je erover begint. Ik was al van plan om je een dezer dagen te bellen.'

'Dus?'

'Ik heb onze vriend Dovgajev een paar keer geprobeerd te bellen...'

Typisch Martin om hem voor te zijn. Misschien had hij er zelf aan moeten denken om de zaak te controleren. Een spontaan rapport aan de minister, een paar punten scoren. Nu was het te laat. Nou ja, dat moest de volgende keer dan maar.

'Ja?'

'Zonder resultaat. De verbindingen met Grozny zijn zo rampzalig dat het vreemder was geweest als ik hem wel te pakken had gekregen. Maar toch, het is goed dat je het weet.'

'Natuurlijk. Ik hoop dat je het blijft proberen.' Henrik aarzelde een moment. 'Katja is op de radio geweest en heeft over het project gepraat. Ze wil dus waarschijnlijk voorbereid zijn.'

'Ik snap het. Natuurlijk, ik blijf ermee bezig. Je hoort het van me als ik iets weet.'

'Fantastisch.' Henrik nam er genoegen mee. Eigenlijk zou hij een snel antwoord moeten eisen, maar Katja kon best wachten. En nog beter, zij mocht wachten en hij kon de schuld aan Moskou geven. Hij had gedaan wat hij moest doen.

Toen Henrik het gesprek met Martin had beëindigd koos hij het nummer van Katja's secretaresse en vroeg haar om aan Katja mee te delen dat hij op informatie uit Moskou wachtte. Daarna richtte hij zijn aandacht weer op het computerscherm en het landbouwrapport.

Waar was hij mee bezig geweest? O ja. Een aanbeveling om kunstmest te gebruiken bij de suikerbietteelt rond de Karelische landengte.

13/10
14.45 Uitg. 4051826. Johan Sjöblom.
R introduceert zichzelf. Zegt dat ze elkaar
vluchtig hebben ontmoet tijdens een bijeenkomst
voor de Russische minister van Handel en
Economische zaken op de ambassade afgelopen zomer.
JS lijkt het zich niet te herinneren. R vraagt of
hij JS mag bezoeken om een paar vragen te stellen
in verband met de vestiging van TeliaSoneras in
Rusland. JS vraagt zich af waar het om gaat. R
noemt de Zweedse onderhandelingen met de Russische
overheid omtrent het telecommunicatiebeleid.
R zegt dat Peter Frykberg van Telia hem met
zijn vragen naar JS heeft verwezen. JS zegt
dat R donderdag kan komen. R bedankt.
   sv/MO

6

'Goed, mag ik even stilte? Kan iedereen gaan zitten?' Het geroezemoes verminderde langzamerhand en iedereen ging op de banken in de kleine vergaderkamer zitten. Iemand rekte zich uit naar de thermoskan die op de salontafel stond. 'Wat hebben we van de week?' Stig Folker keek om zich heen. 'Agneta?'

Een vrouw met kort haar, die een spijkerbroek en een colbert droeg, zocht tussen haar papieren. 'Ik ga proberen om Clas Hanrell nog voordat het proces maandag begint te spreken. We hebben minstens één expert aan de aanklagerkant nodig. En we hebben Jungstedt van de verdediging.'

'Goed, maar je bent toch niet van plan om een proces in de studio te houden?'

De anderen lachten. Agneta glimlachte toegevend. 'Ik denk dat de luisteraars het waarderen als we beide kanten kunnen belichten. Of is er hier iemand die denkt dat we bij *Echo* moeten beslissen wie er schuldig is?'

Stig Folker schraapte zijn keel. 'Natuurlijk niet.' Daarna richtte hij zich tot de anderen. 'Nog meer?'

'Ik ga vanmiddag met de partijsecretaris van de christendemocraten praten. Ze zijn van plan een voorstel in te dienen om vrouwen die een eigen bedrijf beginnen economische steun te geven.' Jonas Holberg leunde op zijn gemak achterover op de bank terwijl hij zijn nieuwtje bracht.

'De christendemocraten? Wat voor bedrijf moeten die vrouwen dan beginnen? Huisvlijt?'

Er werd weer gelachen. Tommy Gustavsson, die het commentaar had gegeven, keek tevreden om zich heen.

De vergadering ging verder. Een van de verslaggevers vertelde dat de Rijksdienst voor het Lager en Middelbaar Onderwijs een nieuw rapport over spijbelen zou publiceren en dat hij voorinformatie had. Tommy was te weten gekomen dat steeds minder Saami met rendieren in hun levensonderhoud konden voorzien. Een nieuwtje waardoor de anderen verveeld zuchtten. Birgitta Brunfors wilde de milieuminister tijdens het vragenuurtje in het parlement uitvoerig ondervragen over de berichten dat er verontrustend hoge kwikzilverwaarden in zoetwaterbaarzen waren aangetroffen. Bovendien zou Maud Gunnarsson een vervolg maken op het item over de financiële bijdrage van de minister van Ontwikkelingszaken aan het kindertehuis in Tsjetsjenië.

'Goed, dan hebben we alleen nog iets grappigs nodig.' Stig Folker keek om zich heen toen de vergadering afgelopen was. 'Heeft iemand iets?' Het bleef stil. 'Kom op nou!' Hij keek naar zijn papieren. 'De politiehond van het jaar wordt vandaag gekozen. Tommy, kun jij erheen gaan?'

Tommy Gustavsson haalde zijn schouders op. 'Goed,' zei hij ten slotte zuchtend.

De tien verslaggevers die zich in de kleine kamer verdrongen kwamen overeind toen Stig zijn stem weer verhief.

'Luister goed, ik heb nog iets, vergeet de kerstzak niet. Over zes weken is het al Kerstmis.' Er werd gekreund. Niemand wilde daaraan herinnerd worden. Stig ging door met zijn poging om wat extra werk aan zijn werknemers te verkopen. Voor alles wat jullie doen krijgen jullie een lot. En er zijn mooie prijzen te winnen!'

Maud Gunnarsson keek vermoeid naar haar baas. 'Wat is het dit jaar? Een beker met Echo-logo?'

'Nee, nee. Veel beter. Een heerlijk dikke frotté badhanddoek!'

'Met Echo-logo?'

'Natuurlijk.'

'Fantastisch.'

Stig gebaarde smekend met zijn handen. 'Jullie weten dat het om de eer gaat. De radiodirecteur zal het cadeau persoonlijk overhandigen aan degene die dit jaar de meeste bijdragen voor de zak heeft geleverd.'

Er werd gegrinnikt terwijl iedereen naar buiten liep. De kerstzak was een jaarlijks terugkerende grap. Vlak na de zomervakantie begonnen de chefs er al over te praten. De kerstzak moest vol. Ze konden er net zo goed meteen aan beginnen. Het was elk jaar hetzelfde en toch renden de vormgevers de dagen voor kerst altijd wanhopig rond, op jacht naar items om de uitzendingen tijdens de feestdagen mee te vullen. Alles was goed. Twijfelachtige onderzoeksrapporten, productlanceringen, huisdierenbeurzen. Tijdens een lange vrije periode stonden de deuren wagenwijd open. Vreemd dat de politici nog niet hadden geleerd om dat uit te buiten.

De kamer was bijna leeg toen Maud Gunnarsson eindelijk opstond. Ze verzamelde de papieren op de salontafel en liep langzaam door de gang. Ze had daar al zo vaak gelopen dat ze tijdens de achttien meter naar haar kamer niets meer zag. De muren met de anonieme schilderijen, de bordjes met bekende namen bij elke deur: Holberg, Lysander, Svedlund, Ekberg. De verslaggevers van de radio waren geen bekende gezichten, niet zoals de collega's van de televisie, maar hun namen werden met elke uitzending van *Echo* meer in het bewustzijn van de luisteraars geprent.

Overal hingen recensies op de muren. Sommige waren oud, andere waren nieuwer. Als je ze las, kon je gemakkelijk de conclusie trekken dat in deze gang een paar van de ergste achtervolgers van de machthebbers zaten. En natuurlijk was dat zo. Gunnarsson was het daarmee eens. Een paar verslaggevers die hier werkten waren absolute sterren binnen de journalistiek. Sommigen vonden dat zij bij die selecte groep hoorde. Daar had ze niets op tegen. Zo'n gerucht was bruikbaar als verslaggever. De leugens werden automatisch minder, alsof de mensen niets meer durfden te verstoppen. Alsof ze röntgenogen had. Dat was niet zo, maar ze had natuurlijk ervaring, ze zag het als iemand loog, dat was niet zo moeilijk. Knipperen met de ogen, een ronddwalende blik. Ze merkte het zelfs aan de telefoon; de ademhaling die ongelijkmatig werd, de droogte in de mond. Dat hadden verslaggevers gemeen met andere beroepsgroepen, zoals politieagenten, therapeuten en misschien predikanten.

Het was zoals gewoonlijk rommelig op haar bureau en ze liet zich vermoeid op haar stoel vallen.

Ze moest waarschijnlijk proberen om Löfdahls persvoorlichtster te pakken te krijgen. Hoe heette ze ook alweer? Sköld, was dat het? Ja, het was Ingrid Sköld. Ze hadden al vaak contact met elkaar gehad, maar het was moeilijk om alle assistentes en secretaresses uit elkaar te houden. Ze verwachtte eigenlijk niets van het gesprek. Het was waarschijnlijk het gewone liedje. Een verslag dat opgesteld moest worden. Een paar opschepperige cijfers over een goed verlopen project, misschien wat verwijzingen.

Maud koos het nummer van de telefooncentrale van het ministerie van Buitenlandse Zaken en vroeg om doorverbonden te worden met de persvoorlichtster van de minister van Ontwikkelingszaken. Na een paar keer overgaan hoorde ze Ingrid Sköld aan het andere eind van de lijn.

'Hallo, met Maud Gunnarsson van *Echo*.'

'Hallo.'

'Hoe is het met je?' Wat een zinloze vraag, alsof het haar iets kon schelen. Alsof het iets uitmaakte of Ingrid Sköld verkouden was of net een blindedarmoperatie achter de rug had.

'Dank je, goed. En met jou?'

'Uitstekend.' Maud stak van wal. 'Luister, ik bel naar aanleiding van het kindertehuisproject in Tsjetsjenië. In mijn papieren staat genoteerd dat Buitenlandse Zaken na zes maanden met een evaluatieverslag zou komen, wat ongeveer... nu is.'

'Ja...' De persvoorlichtster klonk een beetje aarzelend. 'Dat zal ik na moeten kijken. Mag ik erop terugkomen?'

'Natuurlijk.'

Toen het gesprek afgelopen was, keek Maud op haar horloge. Kwart over elf. Het zou waarschijnlijk een paar uur duren voordat ze antwoord kreeg. Dat was goed, want dat betekende dat ze kon werken aan de reportage over het Finse staatsbezoek. Ze had beloofd dat het om kwart voor vijf klaar zou zijn. Ze kon er beter meteen aan beginnen.

'Je zult bij Henrik Hamrén moeten informeren, hij is de verantwoordelijke ambtenaar.' Katja gaf haar persvoorlichtster geïrriteerd antwoord. Ze moest zich voorbereiden en had geen tijd om antwoord te geven op irrelevante vragen van journalisten. Over een halfuur kwam de directeur van het Rode Kruis naar haar kantoor om verslag uit te brengen over de situatie in Darfur. Ze had er een hekel aan om niet goed voorbereid te zijn. En op dit moment kon ze zich niet eens herinneren hoe de hoofdstad van Soedan heette. Als de directeur van het Rode Kruis haar met zoiets in de val kon laten lopen, zou hij dat zeker doen.

Hij en Gunnar Lilja van Sida waren oude vrienden. Ze waren twee handen op één buik, wat aan de top altijd gebeurde. En Gunnar Lilja had niet veel op met de minister van Ontwikkelingszaken. Niet sinds ze hem in het voorjaar had gepasseerd. Hij maakte er geen geheim van dat hij Katja Löfdahl een onbekwame parvenu vond, zonder echte interesse voor of kennis over haar portefeuille.

Ze wist dat hij zijn beklag had gedaan bij de premier, omdat hij niet voor iemand met meer ervaring op zo'n belangrijke post had gekozen. Maar Tor Bergman had hem duidelijk gemaakt dat Katja Löfdahl weliswaar jong was, maar dat ze zijn volledige vertrouwen had. Ondanks haar leeftijd was ze een geroutineerde politica. Het ontbrak haar misschien aan een zekere mate van ervaring als het ging om ontwikkelingskwesties, maar interesse had ze absoluut. En de wil om te leren. Wat konden ze nog meer verlangen?

Ingrid Sköld liep het kantoor uit. Katja's irritatie over de onderbreking veranderde snel in schuldgevoel. Ingrid deed alleen haar werk. Bovendien was ze er goed in. Het was niet de bedoeling geweest om tegen haar te snauwen. Katja zuchtte. Ze had geen tijd om zich daar nu in te verdiepen. Ingrid zou van Hamrén horen wat ze nodig had. Het was tijd om zich op Darfur te concentreren.

Khartoem, was dat niet de naam van de hoofdstad van Soedan?

7

Henrik Hamrén deed zijn best om betrouwbaar te klinken toen hij Ingrid Sköld beloofde dat hij contact met haar zou opnemen zodra hij informatie had. Hij had niets meer van Moskou gehoord. Nu kreeg hij een slecht geweten, want hij had het project misschien beter moeten volgen. Katja had tenslotte aan hem gevraagd of hij de zaak wilde controleren. Wanneer was dat? Meer dan een maand geleden, bijna twee. Henrik probeerde het argument weg te wuiven, hij had het immers geprobeerd en Martin had beloofd contact met hem op te nemen als hij meer wist. Het was Henriks schuld niet dat hij niets had gehoord.

Na het gesprek met Ingrid Sköld legde hij niet eens de hoorn neer, maar drukte alleen op de haak en koos het nummer van de centrale.

Een paar minuten later had hij Martin aan de lijn.

'Henrik... Hoe is het met je?'

Henrik schrok, de gebruikelijke opgewektheid was uit Martins stem verdwenen.

'Dank je, goed. Met jou ook?'

'Jazeker, dank je.' Er viel een korte pauze voordat Martin verderging. 'Het spijt me dat ik niets van me heb laten horen, maar ik heb niet zo veel te melden.'

'Geen probleem. Dat dacht ik al.'

'Tot nu toe niet in elk geval.'

'Ik begrijp het. Maar we moeten ons met het project bezig gaan houden. Het is tijd voor de tweede ronde. Heb je met Dovgajev gepraat?'

'Nee, dat heb ik niet,' zei Martin bedachtzaam. 'Ik denk dat we een probleem hebben.'

'Een probleem? Wanneer gebeurt dat niet? We hebben het tenslotte over Rusland.' Henrik probeerde het gevoel van onbehagen dat hem bekroop weg te lachen.

'Ja, natuurlijk, maar het ziet er erger uit dan anders.'

'Zo, is dat mogelijk?' Henrik lachte, maar Martin deed niet mee.

'Het lijkt erop dat Umar Dovgajev verdwenen is.'

Het bleef een moment stil voordat Henrik reageerde. 'Verdwenen? Wat bedoel je? Dat je hem niet te pakken kunt krijgen?'

'Erger dan dat, ben ik bang. Het lijkt erop dat hij er niet meer is.'

'Niet meer is...' herhaalde Henrik.

Martin haalde adem. 'Sinds we laatst met elkaar hebben gepraat... Wanneer was dat, een maand geleden?'

'Iets meer, anderhalf.'

'Goed, sindsdien heb ik geprobeerd met Dovgajev in contact te komen, maar ik heb hem niet te pakken gekregen. Niet via de telefoon en niet via de mail. Vorige week kreeg ik Adam Zizajev uiteindelijk te pakken, herinner je je hem nog? Hij was de coördinator van het hulpverleningskantoor.'

'Ja, vaag...'

'Ik heb hem gevraagd me te helpen Dovgajev te pakken te krijgen.'

'Ja...'

'Gisteren belde Zizajev terug.' Martin wachtte even, alsof hij aarzelde om verder te vertellen. 'Umar Dovgajev is verdwenen. Hij is er niet meer. Niemand heeft hem de afgelopen maanden gezien.'

'Maar... maar waar is hij dan?' Het was een domme vraag, maar de enige die Henrik op dat moment kon bedenken.

'Niemand weet het. Hij is verdwenen.'

'Verdwenen? En het geld?'

'Dat is ook weg. In het kindertehuis heeft niemand een euro gezien.'

'Heb je bij de bank geïnformeerd?'

'Ja, de rekening is leeg. Het geld is een paar dagen nadat we het hebben overgeboekt afgeschreven. Sindsdien is er niets met de rekening gebeurd.'

'Is er sinds we het geld hebben overgemaakt contact geweest?'

'Ik heb op de dag dat de overboeking is gemaakt een fax van Dovgajev gekregen.'

'Wat schreef hij?'

'Hij bevestigde dat het geld er was. Hij zei dat hij ontzettend dankbaar was en dat ze meteen zouden beginnen met de inkoop en de verdeling van de middelen.'

'En sindsdien?'

'Niets meer.' Martin klonk opgelaten. 'Het is zoals ik de laatste keer tegen je zei, de communicatie met Grozny is heel slecht en na die bevestiging nam ik aan dat het project liep. We hebben tenslotte zes maanden gezegd, of niet soms? We kunnen niet elke stap die ze nemen volgen. Ze moeten op hun eigen manier kunnen werken.'

Henrik zweeg. De informatie die hij net had gekregen was slecht verteerbaar.

'En het MID?'

'Ik heb onze contacten natuurlijk gebeld zodra ik de informatie van Zizajev kreeg, maar de interesse van de kant van de MID is niet zo groot, zal ik maar zeggen.'

Nee, wat konden ze verwachten? De MID, het Russische ministerie van Buitenlandse Zaken, was vanaf het begin tegen het project geweest. Ze hadden met grote moeite een visum en toestemming gekregen om Tsjetsjenië in het voorjaar te bezoeken. Het had een heleboel informatieve contacten en diplomatiek talent vereist van Birger Frost, de ambassadeur in Moskou, voordat de overheid had ingestemd met het bezoek van de Zweedse minister van Ontwikkelingszaken aan Grozny.

Pas na garanties van Zweedse zijde dat het doel van het bezoek een puur humanitair karakter had en dat er geen verborgen politieke agenda was, hadden Katja Löfdahl en haar gezelschap toestemming gekregen om ernaartoe te reizen. Maar ze waren niet met de Russische zegen vertrokken en als Katja niet zo koppig was geweest, had het bezoek waarschijnlijk nooit plaatsgevonden. Een voorwaarde voor de reis was natuurlijk geweest dat het ministeriële gezelschap het programma volgde dat de Russen in samenwerking met de ambassade voor het verblijf in Grozny hadden uitgestippeld.

Tijdens het bezoek hadden ze contact gehad met vertegenwoordigers van het Rode Kruis, die hen informeerden over de verschillende hulpprogramma's die in het gebied liepen en ze hadden het ziekenhuis, scholen en een kindertehuis bezocht. Pas toen Katja vroeg of alle kindertehuizen in de regio internationale bijstand kregen hadden ze over *De Hoop van de Tsjetsjeense Kinderen* gehoord. Katja had erop gestaan om dat kindertehuis ook te bezoeken en uiteindelijk hadden de Russische overheidsvertegenwoordigers met heel veel tegenzin Martin Vindell toestemming gegeven om een bezoek te regelen.

De Hoop van de Tsjetsjeense Kinderen werd geleid door Umar Dovgajev, die het tehuis was gestart voor kinderen die tijdens de oorlog wees waren geworden. De minister had het tehuis in het centrum van Grozny bezocht en had het besluit genomen om tegen elke prijs te helpen.

'En wat doen we nu?' Henrik Hamrén stelde weliswaar een vraag, maar hij had niet veel hoop dat hij een verstandig antwoord zou krijgen.

'Ik weet het niet.'

'Vijfenhalf miljoen...'

'Ja. Vijfenhalf miljoen.'

'We kunnen het niet opgeven.'

'Natuurlijk niet.' Martin klonk absoluut niet overtuigd.

'Ik moet het met Katja bespreken. Jij werkt er daar verder aan.'

'Absoluut.'

'We spreken elkaar nog.'

'Dat doen we.'

Henrik legde de hoorn neer. Verdomme, dit was niet goed. Helemaal niet goed. Plotseling had hij een worstcasescenario op zijn dak. Niet dat hij daar zelf niet aan had gedacht. Hij had het zelfs met Blidfelt besproken, die op zijn beurt contact had opgenomen met de ministers van Ontwikkelingszaken en Buitenlandse Zaken. Dat wist hij. Maar het had blijkbaar geen effect gehad. En nu was het geld weg, in elk geval zoals het er op dit moment naar uitzag. Misschien zou het weer opduiken.

Waarschijnlijk niet.

Het zou gemakkelijk zijn om Katja de schuld te geven. De financiële bijdrage was háár beslissing geweest. Maar dat zou te gemakkelijk zijn. Umar Dovgajev had hen allemaal overtuigd. Ondanks zijn ervaring in Rusland en de Sovjet-Unie en het systeem dat sinds de dagen van Dzjengis Khan zijn best had gedaan om een cultuur van egoïsme en graaien bij de mensen te kweken, had hij Dovgajev toch vertrouwd. Henrik was niet in het kindertehuis geweest, maar hij had vertaald tijdens de ontmoeting die daarna plaatsvond met de directeur en hij had geconstateerd dat Umar Dovgajev een van die enthousiastelingen was die je zo zelden in het leven tegenkomt. Een magere man met zwarte ogen, ingevallen wangen en een versleten kostuum dat te groot was en van zijn dunne schouders hing.

Zijn verhaal over de kinderen, de hoop van Tsjetsjenië, die waren beroofd van hun ouders, hun veiligheid en hun toekomst; zijn verhaal over het geven van veiligheid en liefde, om ze niet op te voeden in haat, was recht naar Henriks hart gegaan. Hij had naar Katja gekeken en had de tranen in haar ogen gezien, door het verhaal en door wat ze in het kindertehuis had gezien. Als hij aan dat moment terugdacht, had hij volkomen begrip voor het besluit dat ze later had genomen.

Maar toch. Het was niet zijn besluit dat de Zweedse belastingbetalers van vijfenhalf miljoen kronen had beroofd. Daarentegen was het wel zijn probleem. Daar was geen twijfel aan.

8

'Wanneer heb je dit gehoord?'

'Donderdag?'

'Waarom hoor ik het nu pas?'

'Je was vrijdag op reis en ik nam aan dat je er in het weekend toch niets aan kon doen.'

'Zoiets bepaal ik het liefst zelf.' Katja staarde naar de man aan de andere kant van het bureau. Door wat ze net had gehoord waren haar schouders in een onnatuurlijke houding verstijfd. Henrik Hamrén keek naar zijn papieren. Hij zag er niet uit alsof hij goed nieuws had om haar mee te troosten na het vreselijk slechte nieuws dat hij haar net had gegeven, en Katja ging na een korte pauze verder. 'Heb je met Blidfelt gepraat?'

'Nee.'

Katja's schouders daalden een stukje. Dat Blidfelt van niets wist was niet meer dan een kleine troost, maar het was in elk geval iets. 'Ik bespreek het zelf met hem,' zei ze snel. 'Wie weten hier nog meer van?'

'Alleen Martin Vindell en ik.'

'Goed. Ik bedoel...' Katja aarzelde. Ze was Henrik Hamrén geen verklaring schuldig. 'Hou dat zo. Ik zal mijn gedachten over de kwestie laten gaan en in die tijd denk ik dat het beter is als er zo weinig mogelijk mensen bij betrokken zijn.'

Henrik knikte. Ze begreep dat hij het begreep, maar op dit moment had ze de kracht niet om zich daar druk over te maken. Op dit moment was haar probleem niet Henrik Hamrén.

Dit was exact waar de directeur van Sida haar voor had gewaarschuwd. Het was exact het scenario dat de Ruslandkenner van het ministerie van Buitenlandse Zaken had geschilderd toen ze het project met hem had besproken. En zijn mening woog zwaar. Torsten Blidfelt werkte al met Rusland toen zij nog moest leren lezen. Het was niet gemakkelijk geweest om de premier ervan te overtuigen de mening van Blidfelt in deze kwestie buiten beschouwing te laten, maar het was haar gelukt.

Op dit moment voelde het echter als een twijfelachtig succes.

Henrik pakte de armleuning van de bezoekersstoel vast en maakte aanstalten om op te staan.

'We blijven natuurlijk aan de zaak werken,' zei hij zonder veel overtuiging. 'Maar zoals ik al zei, ik denk niet dat we op veel steun van het MID moeten hopen.'

Katja keek hem vragend aan en hij corrigeerde zich snel. 'Van het Russische ministerie van Buitenlandse Zaken,' voegde hij eraan toe. Hij ging staan en knikte naar haar. Ze knikte terug met een grimmige frons tussen haar wenkbrauwen.

Toen Henrik de kamer uit liep, maakte Ingrid van de gelegenheid gebruik om naar binnen te glippen.

Katja keek naar haar en zuchtte: 'Ja?'

Maud Gunnarsson van *Echo* heeft weer contact opgenomen naar aanleiding van het Tsjetsjeense project. Ze wil het evaluatieverslag graag hebben. Ik wacht nog steeds op bericht van Hamrén.' Ingrid Sköld knikte naar de deur waardoor Henrik net naar buiten was gegaan. 'Het lijkt tijd te kosten. Wat wil je dat ik doe?'

Katja speelde met een pen die op het bureau lag. Gunnarsson zat haar weer op de huid. Het kon niet slechter. 'Zeg tegen haar dat er aan het verslag wordt gewerkt,' zei ze verbeten terwijl ze de pen losliet. 'En dat we erop terugkomen.'

'Goed.' Ingrid verliet het kantoor net zo discreet als ze was binnengekomen. Katja was weer alleen. Dat het geld weg was, was een probleem. Een enorm probleem dat ze moest zien op te lossen. Toch was dat niet waaraan ze dacht.

Het was ongelooflijk hoe intens ze het voelde, alsof het gisteren was. Ze kon bijna het kleine handje voelen dat haar vinger vasthield, en ze zag het kind weer voor zich dat haar tussen de spijlen van het bed door aankeek, het bed met de naar urine stinkende lakens en de droevige leegte. Oneindig ver verwijderd van Molly's gezellige hoekje, die zo veel knuffeldieren had dat ze ze op de grond moest zetten omdat er op het bed niet voldoende plaats was.

Een greep en ogen die haar sinds die grijze, kille maartdag in een kindertehuis in Tsjetsjenië niet meer hadden losgelaten. Ze had zich voorgenomen er alles aan te doen om deze kinderen te helpen. Alsof haar hele leven, haar hele carrière, alleen was gericht op die ontmoeting en die beslissing.

Zou alles tevergeefs zijn geweest? Zou de informatie die ze net had gekregen het einde betekenen?

Het was over vijven. Eigenlijk wilde ze naar huis. Naar Anders en Molly. Naar de omhelzingen en het gepraat. Naar de kleine wereld waarin ze zich zo groot en belangrijk voelde. Maar dat kon ze niet. De Deense minister van Ontwikkelingszaken was op bezoek en vanavond was er een diner in het Franse restaurant van het Grand Hotel. De grote wereld had een gastvrouw nodig.

9

Katja slikte. Ze ging niet elke dag naar de premier voor persoonlijk advies. Hij wilde niet dat zijn ministers onnodig naar hem toe renden. Er werd van hen verwacht dat ze hun zaakjes zelf regelden. Dat was niet altijd even gemakkelijk omdat Tor Bergman, in tegenstelling tot zijn opstelling, zich graag overal mee bemoeide. Hij leek een gespleten verhouding met het begrip delegeren te hebben. Katja had gemerkt dat het vaak het gemakkelijkst was als ze een kwestie in het voorbijgaan noemde als Tor in de buurt was. Als ze hem een discrete kans gaf om zijn mening in een vroeg stadium te geven. Wachtte je te lang, dan was de inmenging vaak groter.

Tor Bergman hield ervan om met zijn kennis en algemene ont-wikkeling te pronken. Hij stelde er eer in om altijd en binnen elke specialiteit van zijn ministers een zakelijk oordeel te kunnen vellen: kindersporten, spoorwegen, kabeljauwvissen in het Östersjön. Alsof hij ze allemaal wilde bewijzen dat hij de post van iedereen zou kunnen overnemen. Als hij daar de tijd voor had.

Dit keer was het geen kwestie van een discrete hint van Katja's kant. Dit keer had ze een afspraak met de premier gemaakt, net als de eerste keer toen ze de kwestie van het Tsjetsjeense kindertehuis met hem besprak.

De lamp boven de deur van het kantoor van de premier veranderde van rood in groen en Katja haalde diep adem voordat ze de deurkruk naar beneden duwde.

'Zo, als dat minister Löfdahl niet is.' Tor glimlachte, hij leek in een goed humeur te zijn. 'Waarmee kan ik je van dienst zijn?' Hij strekte zijn benen onder het bureau uit, verstrengelde zijn handen in zijn nek en leunde achterover in de verende stoel, waardoor het leer kraakte.

Nee, ze had het verkeerd gezien. Tor Bergman was niet in een goed humeur, hij was in een uitstekend humeur.

'Ik...'

'Kom, ga zitten!'

Katja ging op de blauwe bezoekersstoel zitten. Ze vond het moeilijk om te ontspannen, ze zat helemaal op het randje van de stoel zonder de rugleuning te raken. Dat zag er waarschijnlijk niet goed uit, ze moest zich vermannen. Ze leunde achterover en sloeg haar ene been over het andere, hopelijk met een nonchalante beweging.

'Wil je een koffiebroodje?'

'Nee, dank je.'

Tor luisterde niet naar haar. 'Het is overgebleven van een eerdere afspraak. Neem maar.' Hij stak het kruimelige bord met het eenzame koffiebroodje naar haar uit. Ze wilde geen koffiebroodje, maar Tor bleef haar het bord voorhouden.

'Dank je,' zei ze uiteindelijk en ze strekte haar hand uit om het kleverige gebakje aan te pakken.

'En een servet.' Tor gaf haar een servet. 'Het is maar een beetje gebruikt!' Hij lachte, Katja pakte het servet met haar andere hand aan en legde het op het bureau voor haar neer. Daarna legde ze het koffiebroodje erop en probeerde discreet de kruimels van haar vingers te vegen.

'Goed, ik wil graag met je praten over...'

'Zou je niet eerst proeven? Ze zijn van Sturekatten, de beste koffiebroodjes van de stad!'

'Ja, natuurlijk...' Katja leunde naar voren en nam een hap. Ze voelde dat de bladerdeegschilfers bleven kleven aan de lippenstift die ze had aangebracht vlak voordat ze naar haar afspraak met Tor ging.

'Nou?'

'Ik wil...'

'Lekker, vind je niet?' Tor had zijn handen op zijn buik verstrengeld. Zelfverzekerd. Hij wist wat haar antwoord zou zijn. Hij had deze koffiebroodjes al honderden keren gegeten en er was maar één manier om ze te beschrijven.

'Heerlijk.' Katja probeerde te slikken. Ze legde het koffiebroodje weer neer en herhaalde haar poging om de kruimels van haar vingers te vegen. 'Zoals ik al zei, ik wil met je praten over...'

'Mm,' zei Tor terwijl hij knikte.

'Over het kindertehuisproject in Tsjetsjenië.' Zo, dat was in elk geval gezegd. 'Er is een probleem ontstaan.'

'Een probleem?'

'Ja, helaas een ernstig probleem.'

Tor keek naar haar. De glimlach was weg en hij kneep nadenkend in de huid onder zijn kin. 'Ga verder.'

'Onze contactpersoon in het kindertehuis... het lijkt erop dat hij... verdwenen is.' Katja wachtte even voordat ze verderging. Ze kon het beter zo snel mogelijk achter de rug hebben. 'Met het geld.'

'Met twaalf miljoen kronen?' Tor Bergman stond bekend om zijn goede geheugen.

'Nee.' Katja voelde zich opgelucht. Ze had een onverwachte kans gekregen om het slechte nieuws te verzachten. 'Niet met het hele bedrag. Het gaat om de eerste deelbetaling.'

'En dan hebben we het over...?'

'Vijfenhalf miljoen.'

'Hebben jullie vijfenhalf miljoen in handen van één persoon gegeven?'

'Nee, natuurlijk niet. We hebben het aan de organisatie betaald. Aan *De Hoop van de Tsjetsjeense Kinderen*. Maar deze man, Umar Dovgajev, is degene met wie we de afspraak hebben gemaakt en die een volmacht had om het geld op te nemen.'

'Dus jullie hebben vijfenhalf miljoen in handen van één persoon gegeven.'

Katja kromp in elkaar. Wat moest ze zeggen? 'Ja, min of meer wel...'

'*Min of meer?* En wat hadden jullie voor garanties dat deze man niet zou doen wat hij nu heeft gedaan?'

Katja was geschokt. Hoe moest ze de indruk die ze van Dovgajev had gekregen, de indruk die ze allemaal van de kalme directeur van het kindertehuis hadden gekregen, uitleggen aan de premier? Ze had nooit geaarzeld, ze had nooit een greintje twijfel gehad. De gedachte dat hij er met het geld vandoor zou gaan was niet eens in haar wildste fantasieën opgekomen. Niet voordat Blidfelt het had geopperd. Hij had gezegd dat het een scenario was dat ze in acht moesten nemen. Op dat moment was de gedachte pas opgekomen, maar ze had deze zonder problemen kunnen wegwuiven.

Nee, ze had geen garanties gehad. Geen zekerheden. Niet meer dan haar eigen indruk en oordeel. Die had ze gebruikt om de premier ervan te overtuigen dat er geen risico was om het geld te geven, dat het geen gok was maar een absolute noodzaak.

Katja probeerde zich te concentreren. Het zou niet in haar voordeel zijn als ze emotioneel werd. 'Er was geen mogelijkheid om te voorzien of te verhinderen wat er nu is gebeurd,' zei ze zachtjes. 'Het is gebeurd. We weten niets over de omstandigheden. Er heerst daar oorlog. Er kan van alles zijn gebeurd.'

'Denk je dat die verontschuldiging relevant is voor een alleenstaande moeder die hiervoor heeft betaald terwijl de groepen in het kinderdagverblijf van haar kind steeds groter worden? Denk je dat het relevant is voor het oude stel dat 57 jaar is getrouwd en niet meer bij elkaar kan wonen omdat er niet voldoende tweepersoonskamers in het verpleeghuis zijn? Denk je dat...'

Katja onderbrak hem. 'Nee! Dat denk ik niet.'

Tor keek naar haar. Zijn gezicht was uitdrukkingsloos. 'Dan denk ik dat het het beste is als ze er nooit achter komen. Wat denk jij?'

'Ja...' Katja's stem klonk klein.

'Dan zijn we het daarover eens.' Tor leunde naar voren en begon tussen zijn papieren op het bureau te rommelen, om aan te geven dat het gesprek voorbij was. Katja voelde zich verward. Wat had hij gezegd? Hadden ze iets afgesproken? Ze kon het hem niet vragen, dat wist ze, maar als ze nu ging staan en het kantoor uit liep zou ze nooit meer een kans krijgen. Ze haalde adem.

'Wat moet ik doen?' vroeg ze uiteindelijk. De man aan de andere kant van het bureau keek op. In zijn ogen zag ze zowel verbazing als teleurstelling. Het was precies de vraag die je nooit aan Tor Bergman moest stellen. Niet omdat hij niet kon of wilde antwoorden, maar omdat dat het bewijs was dat hij de verkeerde persoon voor de post had gekozen. En om zo'n mislukking onder de neus van de premier te wrijven was niet alleen erg onhandig, maar was harakiri op je carrière plegen.

'Je zult het probleem zelf moeten oplossen,' zei hij kalm.

Molly rende in de hal naar haar toe. Katja ging op haar knieën zitten en spreidde haar armen uit. 'Lieverd! Ben je nog steeds op?'

'Ja, dat mocht van papa. Ik verlangde naar je.'

'En ik verlangde naar jou.' Katja omhelsde het kleine meisje stevig. De lichtgele pyjama rook naar kind en schuimbad. Haar haren waren gewassen en de blonde lokken waren bij de punten nog steeds een beetje vochtig.

Anders kwam de hal in lopen. 'Hallo!'

'Hallo!' Katja liet Molly los en kwam overeind. Molly jengelde en hield haar armen als een baby omhoog. Ze wilde gedragen worden. Katja liep naar Anders toe en gaf hem een kus op zijn mond voordat ze haar dochter weer oppakte. 'Hoe is het hier? Deze kleine dame mag lang opblijven.'

'Ze wilde op je wachten en het is vrijdagavond, dus het maakt niet zo veel uit dat ze wat langer opblijft.'

Molly duwde haar gezicht in Katja's nek en omhelsde haar stevig. 'Je moet voorlezen,' zei ze vastbesloten terwijl haar greep verslapte.

'O ja?'

'Ja, je moet *Petter en de vier geiten* voorlezen.'

'Dan moet ik eerst mijn jas uittrekken. En mijn laarzen.'

Molly rende weg. Anders bleef in de deuropening staan.

'Je ziet er moe uit.'

'Zeg maar niets, anders begin ik te huilen.'

'Is het zo erg?'

'Erger.'

Molly kwam terug met een boek in haar handen. 'Kom, mama, lezen.'

Katja keerde zich naar Anders. 'We praten er zo over. Kun je alvast een fles wijn openmaken?'

'Dat heb ik al gedaan.' Anders glimlachte.

Katja pakte Molly's hand en liep met haar naar de kinderkamer op de bovenverdieping. Het rolgordijn was al dicht en de sterrenlamp bescheen het kleine bed en de knuffeldieren, die kriskras door elkaar lagen, met een geelachtig licht.

'Er is helemaal geen plaats,' zei Katja met een bezorgde uitdrukking op haar gezicht. Molly schoof haastig wat knuffels op de grond.

Daarna kroop ze onder het dekbed en wees gebiedend naast haar, naar de vierkante decimeter die vrij was.

'Daar is plaats!'

Katja ging zo goed als dat ging zitten, sloeg het boek open en begon te lezen. 'Petter woonde in zijn huisje met een kat en vier geiten...'

Het werd niet alleen Petter, maar ook Pippi, en Emilia in het zwembad voordat ze naar beneden ging. Ze zag zichzelf in de halspiegel terwijl ze op weg was naar de keuken. Ze was bleek en onder haar ogen lag een donkere schaduw die er eerder niet was geweest. Ze sliep de laatste tijd slecht en in de hal stond haar aktetas, die zoals gewoonlijk vol zat met papieren en documenten die gelezen, becommentarieerd en begrepen moesten worden. Maar het was in elk geval weekend, ze was thuis.

Anders had in de keuken kaarsen aangestoken en de felle lamp aan het plafond uitgedaan. Op tafel stond een kaasplank en twee ingeschonken glazen wijn. Katja bleef op de drempel staan en keek naar de tafel alsof ze een oase in de woestijn had ontdekt. Anders lachte toen hij haar gezicht zag.

'Welkom thuis,' zei hij zacht. 'Ga zitten.'

Meer was er niet voor nodig om haar aan het huilen te maken en al snel leunde ze snikkend tegen Anders' borstkas, terwijl hij probeerde haar met lange, stevige halen over haar rug te troosten.

'Waarom huilt mama?' Plotseling stond Molly in de deuropening. Ze keek met bange ogen naar haar ouders.

Katja schrok en droogde haar gezicht snel met Anders' shirt. Er bleef een lange slijmsliert op de donkerblauwe lamswol achter. 'Ik ben een beetje verdrietig, meisje.' Ze probeerde te glimlachen.

'Waarom?'

'Dat gebeurt soms.'

'Heb je je pijn gedaan?'

'Nee, meisje, dat heb ik niet. Het is niet erg, zo meteen ben ik weer blij. Ga maar lekker naar bed.'

Molly keek haar weifelend aan. Toen liep ze langzaam achteruit de keuken uit en de trap op naar de kinderkamer. Door de onderbreking was het huilen minder geworden en Katja keek voorzichtig naar Anders op. 'Je denkt zeker dat ik gek ben.'

'Nee. Maar ik vraag me wel af wat er is gebeurd.'

Katja ging vermoeid op een van de keukenstoelen zitten en nam een slok van de rode wijn. 'Weet je nog dat ik je over het geld heb verteld?'

'Dat weg is? Ja, natuurlijk.'

'Ik heb het aan Tor verteld.'

'Oké. En dat ging...?'

'Niet goed.'

'En wat wil dat zeggen?'

'Dat ik werkloos ben als ik het niet kan oplossen.'

'Dat kun je toch niet menen.'

'O, jawel...'

'Maar wat kun je eraan doen? Je kunt toch niet toveren?'

'Dan zal ik dat moeten leren.'

Anders schudde zijn hoofd. 'Dat is toch waanzin.'

Katja gaf geen antwoord. Hij had gelijk.

'En weet je al wat je nu gaat doen?' vroeg hij.

'Nee, nog niet.'

'Wat heb je voor mogelijkheden?'

'Tja... zoals ik het nu zie heb ik twee mogelijkheden. Een: beseffen dat het geld weg is en het project afblazen. De media komen erachter en ik word ontslagen. Of twee: het verlies verbergen en ervoor zorgen dat de rest van het geld daar wel belandt en doet wat het moet doen.'

'Je bedoelt dat je nog meer geld in het project wilt stoppen?'

'Ja. Dat we doorgaan.'

Anders zweeg even. 'Is dat wel zo'n goed idee?'

'Ik weet het niet, ik zeg alleen dat ik die twee alternatieven heb.'

'Er moet nog een andere manier zijn.'

'Ik vind het heel fijn als je met een voorstel komt.'

Het werd weer stil in de keuken. Ze dronken van hun wijn en Katja sneed een stuk kaas af en legde dat op haar bord. Ze aten een tijdje in stilte. Anders was de eerste die weer begon te praten. 'Er komt wel een oplossing, Katja,' zei hij kalm. 'Dat is altijd zo.'

10

Het ging om meer dan geld, dat begreep Henrik ook. Misschien deed Katja het toch goed. Ze konden het tenslotte niet zomaar opgeven. Niet alleen haar carrière stond op het spel, die van hem ook. Als je het tenminste een carrière kon noemen. Dat was waarschijnlijk twijfelachtig. Het was zo goed begonnen, maar dat was dan ook het enige positieve dat je erover kon zeggen.

Nu hij tweeënvijftig was geworden, had hij de hoop opgegeven om ooit nog promotie te maken en zijn functie als secretaris-generaal bij het ministerie achter zich te laten. Dat zou er niet van komen. Hij had zijn opleiding aan de universiteit met bijzonder goede cijfers afgesloten en was nummer een van de groep ambtenaren die Buitenlandse Zaken dat jaar had aangenomen. Maar daarna was het voor hem gestopt, alsof hij achter een onzichtbare glazen wand stond, terwijl zijn collega's van de ene speciale opdracht naar de andere gingen.

Hij wist waarom het was. Net als iedereen bij Buitenlandse Zaken. De aanleiding werd gespeld als C-e-c-i-l-i-a. De liefde die groter was geweest dan de ambitie.

Hij had voor het eerste aanbod voor een post in het buitenland bedankt – drie jaar in Boekarest. Cecilia wilde niet weg. Dat maakte niet zo veel uit, hij had op een ander land dan Roemenië gehoopt. Tenslotte was hij een slavist.

Daarna had hij ook het volgende aanbod afgeslagen, consul-generaal in Leningrad, een toppositie voor een jonge ambtenaar. Cecilia was zwanger, en hij natuurlijk ook. Ze verwachtten een kind, hun eerste: Gustav. Dat was nu vijfentwintig jaar geleden.

Het derde aanbod kwam toen Cecilia opnieuw zwanger was. Hij

kon haar niet dwingen om te verhuizen. Toen hij het aanbod afsloeg deed hij dat met een zwaar hart, zelfs al had hij op dat moment geen vermoeden van de consequenties.

Hij had geen kansen meer gekregen. En ook geen nieuwe functie.

Het werd nooit hardop uitgesproken, maar Henrik Hamrén had zich belachelijk gemaakt. Op een werkplek zoals het ministerie van Buitenlandse Zaken werd verwacht dat je klaarstond; het was niet de bedoeling dat je om persoonlijke redenen voor een post bedankte. En als je zo nodig moest trouwen, dan was dat met iemand die niet aarzelde om haar eigen carrière, haar huis en haar vrienden in Zweden achter te laten.

Henrik Hamrén was met Cecilia getrouwd.

Henrik zuchtte, het had geen zin om te piekeren over zijn verloren carrière. Of zijn verloren huwelijk. Dat had hij de afgelopen jaren voldoende gedaan. Nu was alles weer goed. Hij had Maria tenslotte.

Henrik rekte zich uit en schoof de stapel papieren op het bureau opzij. Katja wilde dat hij contact opnam met de Russische ambassade. Aan zo veel mogelijk touwtjes trekken, had ze gezegd. De vraag was wat voor zin dat had. De ambassade zou niet anders reageren dan het MID, dat wist hij, en het Russische ministerie van Buitenlandse Zaken had duidelijk zijn onwil om te helpen benadrukt. Hij kon Viktor Rybkin natuurlijk bellen. Dan had hij in elk geval gedaan wat hij kon.

Hij had Katja gevraagd of het niet beter was om Blidfelt het contact met de ambassade te laten regelen. Om de druk op te voeren. Maar dat had Katja niet gewild; ze vond het juist goed dat de kwestie op Henriks niveau werd geregeld, dat maakte de kansen op informele hulp groter. Dat was natuurlijk de reden niet, Katja was bang voor Blidfelt. Zo eenvoudig was het.

Henrik koos het nummer van de Russische ambassade en probeerde de telefoniste in de centrale een tijdlang uit te leggen wie hij was en met wie hij wilde spreken. Het was net alsof hij iets aan een klein kind probeerde uit te leggen. Hij snapte niet waarom de Russen hardnekkig doorgingen met alleen Russisch sprekend personeel in hun centrale te laten werken. De ambassade lag tenslotte in Zweden, en ze konden toch vermoeden dat een groot deel van de inkomende gesprekken in het Zweeds gevoerd moest worden, of in elk geval in het Engels.

Na een aantal misverstanden, waarbij de telefoniste een paar keer 'No mister Hamrén' schreeuwde, wat waarschijnlijk betekende dat er geen meneer Hamrén bij de Russische ambassade werkte, deed Henrik uiteindelijk een poging in het Russisch. Misschien had hij daarmee moeten beginnen, maar het was een principekwestie voor hem geworden. Ze moesten Zweeds verstaan, of in elk geval Engels, en dus praatte hij geen Russisch. Om een punt te maken, wat verloren moeite was. Tijdens zijn vijfentwintig jaar bij Buitenlandse Zaken had de Russische telefooncentrale altijd op dezelfde manier gewerkt, en dat zou in de toekomst waarschijnlijk zo blijven. Met of zonder Henrik Hamréns principes.

Toen hij zijn wens in het Russisch had herhaald, vroeg de telefoniste hem te wachten. Ze was niet in ovaties van dankbaarheid uitgebarsten over zijn talenkennis, maar na een tijdje wachten verbond ze hem met een nors *pozlajusjta* in elk geval door met Viktor Rybkin.

'Viktor, *zdravstvujte!* Eto Henrik Hamrén.'

'Henrik! *Zdravstvujte! Kak dela?*'

'*Normalno, normalno...*' Dat moest voldoende Russisch zijn. Hij had zijn goede wil getoond en Viktors Zweeds was uitstekend, dat wist hij al heel lang. 'En jij, hoe is het met jou?'

'Dank je, heel goed. Prima. Machtig mooi!'

Henrik glimlachte. Viktor hield ervan om met zijn talenkennis te pronken. Zodra hij zijn kans schoon zag gebruikte hij spreekwoorden en uitdrukkingen. Het doel was natuurlijk om de taal echt te laten klinken, maar het resultaat was vaak het tegenovergestelde.

'Viktor, ik heb een probleempje.'

'Kijk eens aan. Waarmee kan ik je helpen?'

'Herinner je je ons project in Tsjetsjenië nog? *De Hoop van de Tsjetsjeense Kinderen?*'

'Natuurlijk.'

'Er is een kleine complicatie opgetreden, kun je wel zeggen...'

'In wat voor opzicht?'

'Met de financiën.' Henrik luisterde gespannen naar de reactie.

Hoorde hij een zweem van leedvermaak? Viktor zei niets en na een korte pauze ging Henrik verder. 'Ik vraag me af of je tijd hebt om met me te lunchen, zodat ik het kan uitleggen. Kunnen we elkaar bij Fredsgatan 12 ontmoeten?'

Katja had hem gevraagd alles te doen wat in zijn vermogen lag, en als je Russen wilde paaien kon je dat het beste met luxe doen. Bij Fredsgatan 12 ging het niet om een eenvoudige lunchdagschotel van vijftig kronen.

Het leek alsof Viktor toehapte. 'Ja... welke dag stel je voor?'

'Wat denk je van donderdag?'

'Donderdag? Dat moet lukken.'

'Dan spreken we dat af. Om één uur, past dat?'

'Dat past precies in mijn straatje.'

'Dan zien we elkaar donderdag. Do *svidanija*!'

'*Do tjetverga, do svidanija*, Henrik!'

Donderdag 30 november

12.30	Obj. verlaat amb. met donkerblauwe Audi DL0169C. Rijdt in oostelijke richting over de Gjörwellsg. Västerbrug naar Drottningsholmsv. Re Eriksg. Li Hantwerkarg. Stadshusbrug naar Fredsgata. Parkeert voor Fredsgata 12.
12.54	Gaat restaurant binnen. Begroet man, waarschijnlijk Hamrén. Overige observaties niet belangrijk.
14.22	Verlaat rest. samen met Hamrén (?). Geven elkaar een hand. H loopt in oostelijke richting. Obj. stapt in auto. Keert via dezelfde weg terug.
14.40	Aank. amb.

11

Maria ruimde de tafel af. Ze hadden laat gegeten. Haar sportles was pas om acht uur afgelopen. Toen ze haar spullen bij elkaar had gezocht en een snelle douche in de kleedruimte voor het personeel had genomen, was het halfnegen geweest. Een uur later waren Henrik en zij klaar geweest met hun maaltijd, bestaande uit twee afhaalpizza's, een vegetarische en een tropicana. Haar man zat gemakkelijk achterovergeleund op de keukenstoel en zag er voldaan uit.

'O ja,' zei hij plotseling terwijl hij overeind kwam om haar met afruimen te helpen. 'Ik heb een Rus uitgenodigd.'

'Een Rus?'

'Viktor Rybkin, hij werkt op de ambassade.'

'Heb je hem hier uitgenodigd?'

'Ja. Voor het avondeten.'

'Waarom?'

'Om aardig te zijn.'

'O.' Maria keek niet-begrijpend naar Henrik, die zuchtend weer op zijn plek aan de keukentafel ging zitten.

'We hebben een probleem. En deze Viktor kan ons misschien helpen. Ik dacht dat hij wat vriendelijker gestemd zou zijn als ik hem hier uitnodigde. Een beetje goede wil tonen. Een persoonlijke band met hem opbouwen. Daar houden Russen van.'

'Is dat zo?'

'Ja. Russische vrienden maak je niet in een restaurant, maar door ze mee naar huis te nemen. En met Viktor heb ik nu twee jaar te maken, sinds hij hiernaartoe is gekomen. Ik vond dat het tijd werd.'

'Waar heb je dan hulp bij nodig?'

Henrik zuchtte weer. 'Dat is een lang verhaal.'

'Vertel.' Maria legde het vaatdoekje weg en ging tegenover haar man zitten. Henrik begon met tegenzin te vertellen.

Het meeste dat ze te horen kreeg wist ze al: het kindertehuis, de charismatische directeur en de hulp die Katja Löfdahl had beloofd. Nu was het geld blijkbaar verdwenen. Veel geld. Dat het een probleem was geworden, verbaasde haar eigenlijk niet; ze had van Henrik al begrepen dat het project in Tsjetsjenië niet zo soepel liep.

'En nu is Katja doodsbang dat deze mislukking in de media terechtkomt,' besloot hij. 'Dan kan ze het vergeten.'

'Waar kan die Viktor dan mee helpen?'

'Waarschijnlijk nergens mee, eerlijk gezegd. Maar hij heeft in elk geval mogelijkheden, en dat is meer dan iemand van ons bij Buitenlandse Zaken op dit moment heeft. Het is een poging waard.'

'En wanneer moet dat etentje plaatsvinden?'

'Niet voor volgende week. Ik wil niet te gretig overkomen.'

'Neemt hij zijn vrouw mee?'

'Hij komt alleen. Ik geloof niet dat hij een vrouw heeft.'

Maria knikte. Een etentje was geen enkel probleem. Ze was bijna blij voor Henrik. Het was goed voor hem dat hij zich belangrijk voelde. Dat was op zijn werk beslist niet zo.

In de drie jaar dat ze getrouwd waren, had ze hem krom zien worden. Hij was als het ware opgedroogd op zijn werkplek, en dat maakte haar ongerust. Sinds Katja Löfdahl minister van Ontwikkelingszaken was geworden, ging het iets beter, maar het was niet goed. Katja leek Henrik in vertrouwen te nemen, fiducie in hem te hebben. Henrik beweerde dat dat alleen was omdat ze niet met Blidfelt kon opschieten. Dat het gemakkelijker voor haar was om met een ambtenaar samen te werken dan met zijn baas. Maria dacht dat hij het te somber inzag. Hij had het kindertehuisproject toch onder zijn hoede gekregen? En hij was mee geweest naar Tsjetsjenië. Het kon van Katja's kant niet alleen strategie zijn. Ze leek bovendien oprecht betrokken bij het kindertehuis, en dan zou ze dat project toch niet in handen geven van iemand in wie ze geen vertrouwen had?

Henrik en zij hadden er al heel vaak over gepraat, en soms lukte het haar om het hem van haar kant te laten zien. Dan strekte hij zijn rug, in elk geval voor even, maar een dag op het werk was voldoende om weer krom te lopen.

En zolang Blidfelt de baas van de afdeling Rusland was, zou Henrik nooit een kans krijgen.

Maria begreep heel goed dat Katja het moeilijk vond om met Blidfelt te werken. Hij was een pompeus Buitenlandse Zaken-relikwie. Hij was een van degenen die haar en haar collega's van de receptie nooit groette als hij in Rosenbad moest zijn. Hij zag ze niet eens.

Katja Löfdahl was anders. Toen ze was begonnen, sprong ze er echt uit tussen die stijve harken. De eerste dag had ze zich voorgesteld en iedereen in de receptie een hand gegeven. En elke keer als ze langsliep had ze vrolijk gegroet en een opmerking over het weer of het verkeer gemaakt, hoewel dat nu minder vaak gebeurde, moest Maria bekennen. Zelfs al mocht ze de jonge minister graag, het was haar niet ontgaan dat Katja het afgelopen jaar steeds stiller was geworden. Niet dat ze chagrijnig was of onvriendelijk, maar ze was geslotener, minder uitbundig. Toch kwam het nog steeds voor dat ze bij de receptie bleef staan om een praatje te maken. Behalve Katja deed bijna alleen de premier dat. Dat wil zeggen, als hij een goede bui had.

Mensen als Blidfelt waren er helaas veel te veel in het regeringsgebouw. En niet alleen bij Buitenlandse Zaken. Maar misschien moesten ze afstand houden en met hun neus in de lucht lopen om hun geheimen te beschermen. Daarvan hadden ze er genoeg.

Blidfelt was zonder enige twijfel een homo. En hij zou zonder enige twijfel de rest van zijn leven in de kast blijven zitten. Alsof hij niet had meegekregen dat het tegenwoordig doodnormaal was om homoseksueel te zijn. En meer dan dat. Toen Erik Crona er dit jaar voor was uitgekomen, had Maria een kleine parade van homo's bij Buitenlandse Zaken verwacht die in zijn voetspoor zouden treden, maar nee, ze bleven op hun plaats zitten. Met hun neus in de lucht en een dubbel slot op de kast.

Maria was zo in gedachten verzonken dat ze niet merkte dat Henrik achter haar stoel was gaan staan. 'Hoe was je sportles vandaag?' vroeg hij terwijl hij haar schouders zachtjes begon te masseren.

'Goed, dank je. Het was vol.'

'Je bent populair.'

'Dat ben ik niet, het is het tijdstip. Zeven uur komt voor de meeste mensen heel goed uit.'

'Natuurlijk komt het door jou. Je bent de beste, als je het mij vraagt.'

Maria lachte. 'Dank je, maar je bent misschien een beetje partijdig.'

'Nu wel, ja.'

Ze lachte. 'Trouwens, het is een hele tijd geleden dat ik jou heb zien sporten.'

'Ik hoef niet langer te trainen. Ik heb al een mooie, jonge vrouw veroverd. Wat moet ik met een wasbordje?'

'Je wilt haar misschien ook houden.'

'Ze houdt van me zoals ik ben, met of zonder wasbordje. Of niet soms?' Henrik liet een hand naar Maria's borst glijden.

'Ja, dat doet ze,' antwoordde Maria en ze pakte zijn hand vast. 'Maar ze is nu een beetje moe. Zij probeert namelijk wel in vorm te blijven.'

Henrik trok zijn hand los uit haar greep en legde hem weer op haar borst. 'Ze is in vorm, dat voel ik,' zei hij en hij bukte zich om een kus in haar nek te geven.

Maria kwam haastig overeind. Henrik keek teleurgesteld. Ze vond het heel vervelend, maar ze kon niet alleen voor Henriks plezier klaarstaan voor seks. Zij moest er ook iets aan hebben. En dat had ze niet. Niet wat ze wilde in elk geval.

'Ik ga nog wat televisiekijken,' zei ze terwijl ze de uitnodiging die ze net van haar man had gekregen, negeerde. 'Wil jij ook thee?'

'Nee, dank je. Ik ga in bed lezen, ik heb wat papieren mee van mijn werk.' Henrik keek chagrijnig toen hij de keuken uit liep. Daar kon ze helaas niets aan doen. Ze kon geen theater spelen.

12

'So, friends, what else do you have for us today?'

Ze naderden het eind van de bespreking. Nog één naam op de lijst. Björn Wester voelde hoe het zweet zich in kringen onder de mouwen van zijn colbert had verspreid. Hij zou het naar de stomerij moeten brengen. Anders ging het stinken als het zweet opdroogde.

Hij leunde naar voren en maakte een aantekening op de lijst namen op het schrijfblok dat voor hem lag voordat hij verderging. 'Rybkin,' zei hij en hij keek op.

'Ah, mister Rybkin! So what's he up to this time?' De blonde man tegenover hem leek niet te transpireren. Hij zag er eerder uit alsof hij in deodorant was gemarineerd. Het overhemd onder het grijze kostuum was spierwit, de gele zijden das had een vaag patroon.

Björn Wester schraapte zijn keel. Hij voelde zich niet op zijn gemak als hij Engels sprak. Vooral als er anderen bij waren. Toch had hij een cursus gevolgd. Een jaar lang, twee keer per week. En hij had een intensieve twee weken durende opleiding in Cambridge gevolgd. Meer kon hij niet verlangen van zijn werkgever.

Hij gluurde naar Kristin, die naast hem zat. Ze had nooit iets over zijn Engels gezegd. Misschien omdat haar Engels ook niet zo fantastisch was. Ze zweeg meestal tijdens de vergaderingen, het was zijn taak om te praten. Dat werkte goed. Als hij met iemand moest samenwerken, dan was Kristin oké. Hij had bijvoorbeeld liever Kristin dan Peder. Die was weliswaar van dezelfde leeftijd als Kristin, maar Peder was iemand die naar voren keek, naar boven. Björn raakte daar gestrest van. Kristin was rustiger. En ze liet hem praten.

Wester richtte zijn aandacht weer op de man die aan de andere kant van de tafel losjes achterovergeleund zat. 'Well...' begon hij aarzelend. 'Mister Rybkin is twee keer in contact geweest met een ambtenaar van het ministerie van... Het ministerie van Industrie, Werkgelegenheid en Communicatie. Wat was dat verdomme in het Engels? 'At the department of... eh, ministry of...' Hij keek vragend naar Kristin. Ze haalde haar schouders op. 'Communication.' Was dat goed? Het ging tenslotte om telefoons. De Amerikaan leek niet te reageren, hij zag er nogal ongeïnteresseerd uit. Björn ging haastig verder. 'Rybkin heeft de Russische regering hulp aangeboden in verband met de vestiging van Telia in Rusland.' Hij ademde uit. De uitspraak was niet geweldig, maar hij had in elk geval de juiste woorden gevonden.

'How generous!' De man tegenover hem sloeg zijn armen over elkaar en lachte droog. Hij had witte tanden. Heel veel witte tanden. 'Kan het misschien iets te maken hebben met de lancering van Ericssons nieuwe basisstation voor GSM?'

'Yes... Dat denken we inderdaad.' Björn Wester knikte en keek naar Kristin, die hetzelfde deed. Dat hadden ze op de afdeling besproken.

Valentin Smirnov had zijn contact bij Ericsson nu bijna een jaar lang onderhouden. De laatste maanden hadden ze een intensivering van Smirnovs interesse voor de nieuwe basisstations opgemerkt en Rybkins uitnodiging was waarschijnlijk stap twee. De politieke weg. Als de Russische overheid bij Telia binnen kon komen, dan zouden hun mogelijkheden om toegang tot de nieuwe techniek te krijgen aanzienlijk stijgen. Het was mooi. Smirnov deed het vuile werk, Rybkin hield schone handen. Tot nu toe.

Wester schraapte zijn keel weer. Hij wilde een goede indruk maken, maar deze nieuwe man maakte hem zenuwachtig. 'We zien daarom reden om zowel Smirnovs als Rybkins contacten voortaan extra in de gaten te houden,' zei hij terwijl hij een toon probeerde aan te nemen die zowel ontspannen als zelfverzekerd was.

'Sure. Anything else?'

'Yes.' Björn Wester strekte zich. 'Rybkin heeft ook contact gehad met een ambtenaar van Buitenlandse Zaken in verband met een ontwikkelingsproject in Tsjetsjenië.' Dat had hij van tevoren opgezocht: Project of development assistance to Chechnya.

'Aha...' De man leunde naar voren. Het onderwerp leek hem te interesseren. *'And who would that be?'*

Wester aarzelde. Het was niet gebruikelijk om in dit verband namen te noemen, maar wat moest hij doen? De vraag was rechtstreeks gesteld. 'Henrik Hamrén. Ze hebben elkaar voor een lunch ontmoet, *Hamréns initiative*. Het betreft waarschijnlijk financiën, volgens onze bronnen.'

De man trommelde met zijn vingers op de tafel. *'Any details?'*

'Not yet. Maar we zullen u natuurlijk informeren zodra we iets te weten komen.'

'Great!' De witte tanden glansden. 'Dat waarderen we. Op goede vrienden moet je kunnen vertrouwen.'

13

Maria pakte het boeket bloemen aan en vroeg de man in de deuropening om binnen te komen. Hij stelde zich voor als Viktor en stak zijn hand uit. Hij zag er heel anders uit dan ze zich had voorgesteld toen Henrik vertelde over de gast van de Russische ambassade. Ten eerste was hij jonger dan ze had gedacht. Van haar leeftijd waarschijnlijk, rond de vijfendertig. Zijn haar was donker en kortgeknipt, zijn gezicht was smal, met geprononceerde jukbeenderen en blauwgroene ogen. Zijn houding was recht en zijn schouders tamelijk breed, hij zag eruit alsof hij aan sport deed. Tennis, misschien? Speelden ze dat in Rusland? En hij was goed gekleed. Niet modern, maar netjes. Geen gabardine kostuum, geen nylon overhemd.

Henrik pakte zijn jas aan en hing hem op een kleerhanger. De man keek nieuwsgierig om zich heen. 'Is je vrouw niet thuis, Henrik?'

Henrik keek hem verbaasd aan. 'Jawel,' zei hij terwijl hij naar Maria keek. Het bleef even stil in de hal, alsof iedereen tegelijkertijd de bedoeling begreep van wat er net was gezegd.

Viktor was de eerste die weer begon te praten. 'Je vrouw is zo mooi, Henrik, ik dacht dat het je dochter was...'

Henrik en Maria gaven allebei geen antwoord op wat hij had gezegd. Als ze vijftig was geweest, was het een compliment geweest. Nu was het gewoon een lompe opmerking. Viktor veranderde haastig van onderwerp. Hij bukte zich en pakte de fles die in een plastic zak op de vloer stond. 'Sjampanskoje. Nastojasjtjeje!'

Henrik pakte de fles aan en ze lachten allebei opgelucht. Viktor richtte zich tot Maria. 'Echte champagne, dat is een grapje. Hij is Russisch.'

'En lekker,' voegde Henrik eraan toe. 'Die kunnen we toch voor het eten drinken, Maria?'

Viktor gebaarde met zijn handen. 'Nee, nee, dat hoeft niet! Het was niet de bedoeling dat aan jullie op te dringen. Het was bedoeld als een grapje.'

'Absoluut niet,' drong Henrik aan. 'Maria moet hem tenslotte proeven.'

Viktor haalde zijn schouders op. 'Zoals jullie willen. Wie dan leeft wie dan zorgt. En wie het laatst lacht, lacht het best.'

Henrik ging met de fles en de bloemen naar de keuken. Maria bleef met Viktor in de hal staan. Ze voelde zich een beetje opgelaten. Deels over zijn eerdere opmerking, deels omdat ze plotseling met een vreemde man in haar huis stond. Ze hoopte dat Henrik snel terug zou komen. Hij was beter in dit soort dingen.

'Kom binnen,' zei ze terwijl ze met haar hand gebaarde.

Viktor glimlachte. 'Dank je,' zei hij en hij volgde haar de zitkamer in. In de open haard brandde een vuur en de eettafel bij het raam was al gedekt. Op de salontafel stonden kleine schaaltjes met noten, olijven en chips.

'Ga zitten!'

Viktor ging zitten. 'Wat een mooi appartement,' zei hij terwijl hij om zich heen keek.

'Dank je.' Maria keek ook om zich heen, alsof ze voor het eerst op bezoek was. Het werd stil in de kamer. Maria hoestte. 'De stijl heet functionalisme,' zei ze om de stilte op te vullen. Het klonk belachelijk, alsof ze een lerares was, maar Viktor keek waarderend naar haar.

'Net als ons Chroetsjov-huis,' knikte hij. 'Maar dan mooier natuurlijk,' voegde hij er snel aan toe. 'Trouwens, het Chroetsjov-huis lijkt waarschijnlijk meer op jullie miljoenenprogramma.'

Maria was onder de indruk van zijn kennis. 'Ja, dat was in de jaren zestig,' zei ze. 'Dit huis is in negenendertig gebouwd. Er zijn in de jaren dertig en veertig veel woningen in deze stijl in Gärdet gebouwd.' Nu klonk ze weer als een lerares. Viktor maakte haar op de een of andere manier zenuwachtig, hoewel hij heel ontspannen naar haar glimlachte. Henrik kwam als reddende engel de zitkamer in met een blad dat hij op de salontafel zette.

'Sjampanskoje, Viktor?'

'Geef je vrouw eerst. Ik weet tenslotte hoe het smaakt.'

Henrik schonk voor allemaal in en deelde de glazen uit.

'Proost,' zei hij terwijl hij naar Viktor keek. 'En welkom in ons huis.'

Ze hadden het avondeten samen gekookt. Maria had het voorgerecht gemaakt: gegratineerde chèvrekaas met honing en walnoten. Op de grens van te exotisch, had Henrik gedacht, maar Maria had beweerd dat ze hun gast toch moeilijk piroggen konden voorzetten. Henrik had de zalm gemaakt die ze als hoofdgerecht serveerden. Met gekookte aardappelen en koude kruidensaus. Het nagerecht bestond uit zelfgemaakt saffraanijs met verse frambozen.

Ze hadden een dankbare gast. Hij schepte overal nog een keer van op en prees het heerlijke eten.

Daarna waren ze naar de zithoek teruggegaan. Henrik legde nog wat berkenhout op het vuur. Niet omdat het nodig was, het was al te warm in het appartement, maar omdat vuur gezellig was. Viktor had zijn colbert uitgedaan en zowel hij als Henrik had zijn overhemd bij de hals open geknoopt. Maria deed haar vest uit voordat ze op de bank ging zitten. De zwarte knielange jurk was mouwloos en één moment voelde ze zich een beetje naakt. Viktor zag het. 'Wat een mooie jurk,' zei hij waarderend. 'Italiaans?'

Maria lachte. Ze had de jurk bij Kapp-Ahl gekocht, voor de vorige oudejaarsavond. 'Nee, deze is niet Italiaans,' zei ze glimlachend tegen Viktor.

'Niet? Hij ziet er heel exclusief uit, net Armani. Maar misschien heeft het te maken met de vrouw die hem draagt...'

Maria voelde zich verlegen worden. Ze kwam overeind en verontschuldigde zich. Ze ging koffie maken, zei ze en ze liep snel naar de keuken. Maar het was niet alleen het compliment waardoor haar wangen gloeiden. Er was iets met die Rus. Ze had zichzelf er tijdens de maaltijd verschillende keren op betrapt dat ze wegkeek omdat Viktors ogen haar niet loslieten als ze iets had gezegd. Misschien was het gewoon iets Russisch, iets wat ze niet begreep, maar ze reageerde er toch op. Het was een vreemd gevoel, maar niet vervelend. Bovendien was hij aardig, op de grens van charmant, en hij leek het bij hen naar zijn zin te hebben. Henrik had waarschijnlijk gelijk, hij moest het tenslotte weten, en als hij zei dat je thuis Russische vrienden maakte dan was dat waarschijnlijk zo. Ze herinnerde zich ook dat Henrik had verteld over de speciale loyaliteit die Russen konden tonen. Het vermogen om sterke banden met andere mensen aan te knopen om op die manier dictators, armoede, oorlog en communisme te overleven.

Maria had er geen idee van. Het dichtste dat ze ooit bij Rusland was geweest, was een weekendtrip die ze een paar jaar geleden samen met Diana en Sofia naar Tallinn had gemaakt. De herinnering die haar was bijgebleven was dat haar portemonnee was gestolen en dat het ze een halve dag had gekost om de Estlandse politie zo ver te krijgen dat ze een proces-verbaal opmaakten. Ten slotte vertrok de veerboot naar Stockholm en was Maria gedwongen om Tallinn achter zich te laten zonder portemonnee of proces-verbaal. Dat was dan de medemenselijke loyaliteit. Maar natuurlijk waren Estlanders geen Russen. En dieven en bureaucraten waren er overal.

Toen de koffie klaar was, liep Maria met het blad naar de zitkamer terug. Henrik had een fles drank tevoorschijn gehaald en Viktor en hij praatten Russisch. Ze veranderden meteen van taal toen Maria de kamer binnen kwam.

'Maria,' zei Viktor. 'Je man is erg gul, kijk eens wat hij heeft gepakt?'

Maria keek naar de fles. 'Cognac?' vroeg ze.

'Maar niet zomaar een cognac. Georgische cognac. En stokoud! Dit is mooi spul, Henrik!'

Henrik wuifde het compliment weg. 'Ik ben blij dat ik hem kan delen met iemand die zo'n edele drank weet te waarderen.'

'Maar je hebt je vrouw toch...'

'Ach...' Henrik keek naar Maria. 'Cognac is niet echt jouw ding, hè?'

'Nee.' Maria ging naast hun gast op de bank zitten en begon koffie in te schenken.

'Maar je moet proeven!' hield Viktor vol. 'Dit smaakt niet als gewone cognac.' Viktor hield haar het glas voor dat Henrik hem had gegeven. Henrik ging een nieuw glas halen.

Maria keek naar de barnsteenkleurige vloeistof en rook er voorzichtig aan. Door de alcoholdamp nieste ze en begonnen haar ogen te tranen.

'Proost dan maar,' zei Henrik toen Viktor een nieuw glas had. Voorzichtig nipten ze van de drank. Maria nam maar een paar druppels. Het klopte wat Henrik zei, eigenlijk hield ze niet van cognac. Een heksenmengsel in haar puberteit had zijn sporen achtergelaten. Maar Viktor had gelijk, het smaakte niet naar gewone cognac. Deze was zoeter, zachter als het ware.

Zowel Henrik als Viktor proefde waarderend.

'Nu had Churchill hier moeten zijn,' zei Viktor en hij nam nog een slok.

'Die oude Winston komt straks nog even langs,' antwoordde Henrik snel. Ze lachten allebei. 'Ik dacht trouwens dat je voorkeur uitging naar Armeense cognac?'

'Nee, Georgische. De Armeense is nooit zo goed geweest als deze.' Viktor knikte om te benadrukken wat hij had gezegd. 'Nou, Maria, wat zegt de jury?' Hij legde een hand op haar schouder. Hij was warm op de plek waar hij haar naakte huid raakte. Ze moest zich inspannen om antwoord op de vraag te geven.

'Ja...' Ze aarzelde even met het antwoord. 'Helemaal niet gek, eigenlijk. Het doet een beetje aan Metaxa denken.'

Viktor keek teleurgesteld naar haar en haalde zijn hand weg. 'Metaxa... Henrik, hoor je dat?'

Henrik lachte en pakte de fles op. 'Maria is misschien geen deskundige getuige in deze kwestie. Wat vind jij, lieveling?' Hij wachtte niet op het antwoord maar richtte zich tot Viktor. 'Nog een glaasje?'

Viktor stak zijn glas uit. 'Graag.' Toen keek hij naar Maria en glimlachte. 'In zo'n prettig gezelschap smaakt het nog veel beter.'

14

Katja legde de hoorn neer. Ze had een hekel aan dit soort gesprekken. Niet omdat Anders haar verwijten maakte, dat gebeurde niet zo vaak, maar ze had zelf gehoopt dat het niet zo zou worden. Ze had gehoopt dat het juist haar, van alle ministers, zou lukken om kinderen en regeringswerk te combineren. Toen Tor haar zijn aanbod deed, had ze ook met hem besproken dat haar gezin voorging. Hij had er volledig begrip voor gehad, zei dat hij hetzelfde zou doen als hij kleine kinderen had. Het is een waardevolle tijd die nooit meer terugkomt, had hij gezegd. Ze had dat vertaald als een groen licht voor haar eisen, maar eigenlijk had Tor nooit iets gezegd. Behalve dat het belangrijk voor hem was dat hij een regering had die een afspiegeling van het volk was. En het volk bestond nu eenmaal ook uit moeders met kleine kinderen.

Toen puntje bij paaltje kwam, was hij totaal niet geïnteresseerd geweest in haar excuses, en had ze een kater of heroïneafkickverschijnselen net zo goed de schuld kunnen geven. De eerste keer dat ze zei dat ze niet bij een avondvergadering aanwezig kon zijn omdat er een ouderavond op de crèche was, had hij met een strakke glimlach gevraagd of het kind geen vader had. Katja had geprobeerd uit te leggen dat de vader van het kind met het kind zou thuisblijven zodat zij naar de ouderavond kon gaan. Halverwege haar uitleg was Tor weggelopen, met de mededeling dat de vergadering om halfzeven begon en dat hij al zijn ministers erbij wilde hebben.

Anders was begripvol geweest. Niet alleen toen, maar ook de meeste andere keren tijdens het afgelopen anderhalve jaar. Natuurlijk hadden ze afgesproken dat hij degenen was die de grootste verantwoordelijkheid voor Molly en het huis zou dragen, maar dat maakte de prestatie niet minder. In elk geval niet in de ogen van de buitenwereld. Ze had al verschillende keren tijdens interviews antwoord moeten geven op vragen over haar man, die voor haar klaarstond terwijl zij carrière maakte. Het was een onuitgesproken feit dat het ongewoon was, hoewel weinig mensen zeiden waar het eigenlijk om ging, namelijk dat zij een vrouw was en hij een man.

Zelfs hun vrienden maakten soms grapjes over de regeling. Niet op een nare manier, maar Katja vond hun opmerkingen vervelend en onnodig. Ze had veel etentjes met een slecht humeur verlaten. Anders vond dat ze overdreef, maar ze zag dat zijn glimlach verstrakte als het onderwerp ter sprake kwam.

Nu was het in elk geval weer zover en Katja had moeten rekenen op het begrip waarvan ze maar al te goed wist dat het niet uit een onuitputtelijke bron kwam. Anders had niet geprotesteerd, maar het was haar niet ontgaan dat hij zuchtte toen hij vroeg of het laat zou worden.

Ze had de opdracht gekregen om naar de kerstbijeenkomst in de Amerikaanse ambassade te gaan. Een mooie traditie, had de minister van Buitenlandse Zaken gezegd toen ze met maar een paar uur waarschuwing vooraf de opdracht aan Katja gaf. Een mooie gelegenheid voor een jonge minister om contacten te leggen. En ze zou de bóóm zien! Het was Anita Lundin zelfs gelukt om het als een opoffering te laten klinken dat ze dit jaar had besloten om de eer aan Katja te gunnen in plaats van zelf te gaan. Wat een leugen.

Vier dagen voor kerstavond was het enige wat Katja nodig had een paar uur tijd om na het werk kerstcadeaus te kopen. Geen mousserende wijn en droge sandwiches, terwijl ze omringd was door een heleboel mensen wier baan inhield dat ze onbeduidende gesprekken voerden om elkaar te verzekeren van hun wederzijdse waardering. Diplomatieke bijeenkomsten waren een noodzakelijk kwaad dat de post van minister met zich meebracht. Nationale feestdagen, onafhankelijkheidsdag, de verjaardag van de koning... Er kwam geen eind aan alle gebeurtenissen die gevierd konden worden.

Ze had Molly ook aan de telefoon gehad. Haar dochter klonk teleurgesteld toen Katja zei dat ze vanavond laat thuis zou komen. Teleurgesteld, maar gelaten. Ze had alleen vastgesteld dat ze de kerstster die ze die ochtend op de crèche had gemaakt dan maar morgen aan Katja moest laten zien. En toen Katja antwoordde dat ze ernaar uitzag om hem te zien, was ze helemaal eerlijk.

Het was tijd voor een snelle opfrisbeurt voor de spiegel die ze aan de binnenkant van de deur had laten ophangen. Het was misschien mogelijk dat een mannelijke minister zonder spiegel in zijn kantoor kon, maar een vrouw niet. Het ging niet om haar ijdelheid, maar om het vrouw-zijn. Zo eenvoudig was het. Van een vrouw werd verwacht dat ze haar uiterlijk verzorgde en hoe beter en discreter dat gebeurde, des te meer luisterde men buiten haar kantoor naar wat ze te vertellen had.

Ze moest er goed uitzien, maar niet té goed. Ze moest zich mooi aankleden, maar niet provocerend. Niet zoals Anita Lundin, die in het vrouwenblad *Svensk Damtidning* gekleed in een Afrikaanse sarong was verschenen. Het idee was waarschijnlijk om zich te laten zien als een informele, persoonlijke minister van Buitenlandse Zaken met een eigen stijl, een open geest en interesse voor vreemde culturen. Maar het resultaat was zo lachwekkend geweest dat Tor, in heel doorzichtige bewoordingen, tijdens een regeringsvergadering over persoonlijke contra professionele stijl was begonnen.

Het was natuurlijk anders geweest toen de minister van Industrie, Werkgelegenheid en Communicatie voetbal voor het goede doel had gespeeld en op foto's was verschenen met modderige knieën en grasvlekken op zijn short. Daarvoor kreeg hij een schouderklopje voor de mooie pr.

Een vrouw mocht nooit belachelijk zijn. Bitcherig, schamper, scherp, zelfs onvriendelijk en incompetent behoorden tot de mogelijkheden. Maar belachelijk niet.

Katja was niet van plan om in een sarong in een roddelblad te verschijnen. Voor de spiegel bracht ze lippenstift aan in een discrete, bruinroze kleur en ze borstelde haar korte, praktische kapsel. Dat maakte haar minstens een paar, misschien zelfs vijf jaar ouder. Dat vond ze zelf in elk geval, maar dat was waarschijnlijk relatief. Ze zag er jong uit, zelfs voor haar leeftijd, daar was niet veel aan te doen. Katja had altijd het gevoel gehad dat ze extra volwassen moest zijn om haar ronde wangen en rimpelloze voorhoofd te compenseren.

Misschien had ze daarom een nogal streng voorkomen ontwikkeld. De vrouw met het korte kapsel die in de spiegel terugkeek had een norse trek rond haar mond.

Katja stopte de lippenstift in haar handtas en trok haar colbert aan. Het werk riep.

De ingang van de residentie van de Amerikaanse ambassadeur was verlicht met toortsen waarvan de vlammen in de wind flakkerden. Verder was er niet veel kerstsfeer. De sneeuw die vlak voor Lucia was gevallen, was gesmolten en vervangen door grote hoeveelheden regen. Het motregende nu ook en Katja haastte zich naar het huis, om niet nat te worden tijdens de korte wandeling. Haar haren waren weliswaar kort en gemakkelijk te onderhouden, maar haar kapsel was minder goed bestand tegen vochtig weer en Katja wilde niet riskeren dat ze haar entree op het feest moest maken als de enige Zweedse minister met een kroespermanent.

Bij het hek stond veiligheidspersoneel, dat de gasten die in taxi's arriveerden en de stenen trap naar de ingang op liepen discreet controleerde. De ambassadeur en zijn vrouw ontvingen de gasten met handdrukken en wangkussen.

Katja vermande zich toen ze bij de deur was, ze voelde zich niet op haar gemak. De meeste gasten arriveerden in paren en degenen die alleen kwamen waren bijna uitsluitend mannen. Ze begroette de ambassadeur en zijn vrouw, die ze nog nooit had ontmoet, met een stijve glimlach. Daarna deed ze haar jas uit, die werd aangepakt door een jong meisje in een geïmproviseerde garderobe in de hal.

Er hing kerstversiering in de residentie en toen ze de grote ontvangstzaal binnen liep en de geuren van de kaarsen, de kerstboom en de hyacinten rook, voelde ze één moment iets wat op verwachting leek. De prachtige ramen waren versierd met dennenslingers en grote rode zijden rozetten. In de open haard brandde een vuur en op de schoorsteenmantel, die ook was versierd met slingers, stond een grote kerstman van een halve meter, met zijn rendieren en een slee vol pakjes. Geen kleine grijze Zweedse tuinkabouter à la Jenny Nyström, maar de dikke Amerikaanse variant met een golvende witte baard en een zwarte riem rond zijn rode jas.

Aan de andere kant van de zaal stond de schitterende kerstboom waarmee Anita Lundin haar had geprobeerd over te halen. Alsof Katja zes jaar was en niets liever wilde dan dat de kerstman snel zou komen. De boom was blijkbaar beroemd in het hele diplomatenkorps. Elk jaar veranderde hij van uiterlijk en het was min of meer een Amerikaans staatsgeheim hoe hij er het komende jaar uit zou zien. De vrouw van de ambassadeur beheerde de boom. Ze had de traditie meegenomen naar de verschillende buitenlandse posten waar haar man en zij waren gestationeerd en de laatste vier jaar had Zweden de eer gehad. Waarschijnlijk was dit het laatste jaar. Er werd gezegd dat de Fosters naar Amerika zouden terugkeren.

Met tegenzin raakte Katja onder de indruk van de boom, die een onmiskenbare kerstgeur verspreidde. Hij was minstens vier meter hoog en het aantal zilveren ballen in verschillende maten die aan de takken hingen was niet te tellen. Zilveren glitter en kleine lichtjes glinsterden als sterren in de boom en weerspiegelden in de ballen. Kleine zilveren engelen gaven een zacht kristallen geluid als ze onzichtbaar bewogen in de tocht van de balkondeur. Het had een bijna magisch effect en Katja wilde dat Molly hier was om hem te zien.

Een ober verscheen discreet naast haar. Ze pakte een van de champagneglazen van het blad en probeerde vriendelijk te knikken. Nu moest ze zo snel mogelijk iemand zien te vinden om mee te praten. Alleen staan op een receptie was niet alleen saai, maar ook onprofessioneel. Er was maar één reden voor dit soort feesten, behalve om de gastheer de gelegenheid te geven zijn gulheid te tonen, en dat was contacten leggen. De oude vossen van Buitenlandse Zaken waren daar natuurlijk meesters in. Ze liepen op dit soort bijeenkomsten rond als doelbewuste robotten en glimlachten uren achter elkaar, schudden handen en wisselden banaliteiten uit.

De anderhalf jaar bij Buitenlandse Zaken had van Katja nauwelijks een vos gemaakt en achter de ministerfaçade voelde ze zich hopeloos gehandicapt. Er waren natuurlijk ook andere vertegenwoordigers van Buitenlandse Zaken aanwezig. Ze had de chef-protocol gezien en Claes Nordvall van het departement voor Internationale Handel, maar bij hen kon ze niet gaan staan. Ze kende ze niet goed genoeg, en als ze met hen wilde kennismaken kon ze dat beter op kantoor doen. Als ze nu naar hen toeging, zouden ze begrijpen hoe verlegen ze zich voelde. Dat was iets wat de jongste minister zich niet kon veroorloven.

Katja deed haar best om eruit te zien alsof ze het naar haar zin had; ze knikte tegen vreemdelingen en glimlachte, terwijl ze tegelijkertijd met haar ogen de kamer doorzocht naar iemand om mee te praten. Plotseling zag ze een bekend gezicht aan het andere eind van de zaal. Dat was Rybkin van de Russische ambassade toch? Henrik Hamréns contact. Alleen de gedachte gaf haar al een onbehaaglijk gevoel.

Het Tsjetsjeense project hing boven haar als het zwaard van Damocles. Het geld was nog steeds weg en hoewel de Russen er volgens Henrik aan werkten om zowel het geld als de verdwenen meneer Dovgajev te lokaliseren, hadden ze nog geen resultaat geboekt. De vraag was waarschijnlijk of dat ooit zou gebeuren. En zelfs als ze uiteindelijk informatie zouden krijgen, was het risico enorm groot dat het te laat was.

Katja haalde diep adem. Als ze als minister druk uitoefende zou dat de zaak misschien bespoedigen. Ze begon langzaam in de richting van Rybkin te lopen. Ze wilde niet aan komen rennen alsof hij haar reddingsboei was. Het was beter om discreet te naderen en hem dan toevallig in haar buurt te ontdekken en een gesprek te beginnen.

Het duurde een paar minuten om zich in de volle zaal te verplaatsen, maar eindelijk stond ze in de juiste positie om hem ongedwongen en spontaan te kunnen ontdekken. Plotseling legde iemand een hand op haar elleboog. Katja schrok en draaide zich haastig om.

'I'm sorry, I didn't mean to frighten you.' De man naast haar glimlachte breed. Hij was nogal klein, maar breedgeschouderd en in zijn kostuum leek hij meer op een portier dan een diplomaat.

'It's okay. Je hebt me niet laten schrikken.' Katja keek naar de plek waar Rybkin net had gestaan. Hij was weg. Ze was hem met een paar seconden misgelopen.

'Mag ik je glas vullen?' De Amerikaan stond nog steeds naast haar en keek haar vragend aan.

'Nee, dank je. Dat is niet nodig.' Ze hield haar glas omhoog om te laten zien dat ze nog had. Daarna zweeg ze. Ze keek om zich heen alsof ze net haar gezelschap was kwijtgeraakt. Tegelijkertijd probeerde ze koortsachtig te bedenken wat ze tegen de man naast haar kon zeggen. Hij loste het probleem voor haar op.

'Daniel Leblanc,' zei hij met een sterk Amerikaans accent terwijl hij zijn hand naar haar uitstak.

'Katja Löfdahl.'

'*I know.*'

Katja glimlachte. Als ze zich niet voorstelde was het verkeerd en als ze dat wel deed was het ook niet goed.

Leblanc pakte een glas van een ober die langsliep. 'U bent de minister van Ontwikkelingszaken.'

'Dat klopt.'

'Zo jong nog. U moet erg bekwaam zijn.'

Katja lachte. Het was zo'n typisch Amerikaanse manier om het te bekijken.

'*I guess so.*'

'Ik werk als ambassaderaad,' stelde hij zich voor. 'Sinds drie maanden. Ik probeer nog steeds aan de kou te wennen.'

'Dat lukt u nooit.'

Nu was het de beurt van de Amerikaan om te lachen. Zijn tanden waren bijna onnatuurlijk wit en gelijkmatig. Tanden en neuzen, dat waren toch de dingen die Amerikanen lieten opknappen?

'*Have you seen the Christmas tree?*' vroeg hij terwijl hij naar de boom wees. Het was een overbodige vraag. Niemand in de zaal kon de boom missen.

Katja knikte. 'Hij is fantastisch.'

Ze bleven er allebei naar kijken, alsof ze wilden vaststellen of er nog meer over de legendarische kerstboom van mevrouw Foster te zeggen was. Dat was niet zo.

De Amerikaan schraapte zijn keel en draaide zich weer naar Katja toe. 'En hoe staat het ervoor met de Zweedse ontwikkelingszaken?'

'Heel goed. Maar het is natuurlijk altijd een afweging tussen het doel en de middelen.'

'Natuurlijk. Ik heb begrepen dat jullie veel hulp aan Soedan geven.'

'Ja, Sida gaat het werk van het Rode Kruis in Darfur ondersteunen. Het is daar een verschrikkelijke situatie.'

'Sure.' Hij knikte zonder nog iets te zeggen. Er ontstond een pijnlijke stilte. Om die te vullen bleef Katja praten. Lukraak.

'De Zweedse regering houdt natuurlijk vast aan de eenprocentregel. Het zou goed zijn als alle landen dat deden.' Ze had meteen spijt van haar opmerking. Natuurlijk was dat waar, maar ze was op een bijeenkomst van de Amerikaanse ambassadeur. Het was waarschijnlijk niet bijzonder diplomatiek om de gastheer van gierigheid te beschuldigen. Leblanc leek het niet verkeerd op te vatten.

'Ik ben er zeker van dat de wereld een betere plek zou zijn als meer landen redeneerden als Zweden,' zei hij glimlachend.

'Well, I don't know...'

'Er zijn veel gaten die overal ter wereld gevuld moeten worden: armoede, hongersnood, ziektes. Het moet frustrerend zijn om als minister van Ontwikkelingszaken prioriteiten te moeten stellen.'

'We zullen nooit iedereen kunnen helpen, maar dat wil niet zeggen dat we er niet zo veel mogelijk kunnen helpen.' Het was een cliché, maar ze meende het. Het was een barmhartige gedachte die zo vast in haar verankerd was dat haar moeder haar als kind al plagerig Moeder Teresa had genoemd.

'Ik snap het. Ik neem aan dat jullie zo ook over Tsjetsjenië redeneren?'

'Well...' Haar gezicht voelde stijf toen Katja probeerde te lachen. Niet omdat hun hulp aan Tsjetsjenië een geheim was. Integendeel. Haar reis naar Grozny en de daaropvolgende beslissing om geld te geven, tegen de aanbevelingen van Sida, de VN en de EU in, was groot gebracht in de media, maar het irriteerde haar dat hij daar juist nu over begon.

'Er is daar een oorlog bezig. Er zijn velen die lijden, niet in het minst de kinderen,' antwoordde ze kortaf.

De Amerikaan knikte nadenkend. 'Chechnya...' zei hij toen. 'Lastig werken, nietwaar?'

Katja knikte. 'Maar het is belangrijk. Het is een in de steek gelaten volk. Zelfs al kunnen we niet veel doen, ze moeten voelen dat de wereld met ze meeleeft.' Het was bijna dezelfde frase die ze in alle interviews had gebruikt, toen het project in Tsjetsjenië bekend werd gemaakt.

'I'm sure you do.'

Katja was er niet zeker van of ze begreep wat hij bedoelde. Dat zij meeleefde, of dat Zweden dat deed? 'Don't you?'

'Absolutely, maar wij wachten het besluit van de VN af.'

Wat een huichelaar, dacht Katja. Dus nu er geen olie bij betrokken is wachten ze op de VN.

'Dat is natuurlijk verstandig,' antwoordde ze zo kalm mogelijk. 'Maar Zweden heeft ervoor gekozen humanitaire hulp aan het gebied te geven.' Zweden, wat in dit geval zij was.

'En hoe gaat het daar?'

Katja aarzelde. Dit was precies waarover ze het niet wilde hebben. Ze had helemaal niet over Tsjetsjenië moeten praten. Tot nu toe was het haar gelukt om het schandaal onder de oppervlakte te houden. Er was nog hoop, praatte ze zichzelf aan. Deze Rybkin, die vlak voor haar ogen was verdwenen, zou doen wat hij kon. Volgens Hamrén tenminste. Het was op zich niet bijzonder geruststellend dat haar toekomst, om nog maar te zwijgen over de toekomst van de weeskinderen, afhing van een vriendschappelijk contact tussen een Russische overheidsambtenaar en een van haar ambtenaren. Het was echter het enige wat ze op dit moment had.

'We werken aan de volgende stap,' zei ze zo nonchalant mogelijk.

'I see...' Hij keek naar haar en glimlachte zijn gelijkmatige tanden bloot. Hij zag er vriendelijk uit, ondanks de enigszins overgeproportioneerde schouders. Hij had dik, blond haar in een zijscheiding en dat, samen met de krachtige kaaklijn, deed haar een beetje aan Bill Clinton denken.

'Miss Löfdahl... of mag ik Katja zeggen?'

'Please.'

'And I'm Daniel.' Ze glimlachten naar elkaar. 'Katja, mag ik je de Kennedy-zaal laten zien? Het is de trots van de ambassadeur. It's really something extra.' Hij wees naar de trap die in een boog vanaf de hal naar boven leidde. 'Hij is op de bovenverdieping.'

Daniel wachtte niet op haar antwoord, maar legde één hand licht in haar rug en wees de weg naar de hal met zijn andere hand. Katja protesteerde niet toen hij haar voorzichtig voor zich uit duwde. Daarvoor was ze tenslotte hier: om contacten te leggen.

15

'Ik wil graag beginnen met iedereen een heel fijne kerst te wensen.'
Henrik hield zijn beker bisschopswijn omhoog en de anderen volgden. Iedereen wenste elkaar een fijne kerst. Toen ze van de warme bisschopswijn proefden werd het stil.

Maria keek naar haar ouders. Ze zagen er zo gezond uit. Het was moeilijk te geloven dat ze over een paar jaar met pensioen zouden gaan. Ze hadden nog zo veel energie. 's Zomers waren ze weken achter elkaar op stap met hun zeilboot. Als ze niet langs de scherenkust zeilden, waren ze ergens anders. Er ging geen weekend voorbij zonder wandelingen door het bos om paddenstoelen te zoeken, langlauftochten of voorjaarswandelingen. Ze hielden van het buitenleven. Net als Maria.

Waarschijnlijk had ze van haar vader haar interesse om in vorm te blijven geërfd. Hij was sportleraar geweest en was nu zestig, maar hij had nog geen spoor van een buikje en zijn rug was kaarsrecht. Haar moeder was ook goed in vorm: ze deed aan aquagym, nordic walking en maakte lange wandelingen. Ze was een tijdje sportlerares geweest, net als Maria, maar daar was ze mee gestopt omdat ze niet voldoende tijd overhield om te joggen.

Voor het eerst in vier jaar vierden Henrik en zij Kerstmis samen met haar vader en moeder. Vorig jaar waren Johanna en Gustav bij hen geweest, het jaar daarvoor waren ze alleen geweest, want toen verbleven haar vader en moeder op de Canarische Eilanden. Het jaar daarvoor hadden ze het opnieuw met Johanna en Gustav gevierd. Er bestond een strenge regeling bij wie de kinderen waren, ook nu ze volwassen waren.

Het eerste jaar dat Henrik en zij elkaar hadden ontmoet, had ze hem meegenomen naar haar ouderlijk huis in Nyköping. Ze was verschrikkelijk zenuwachtig geweest. Weliswaar hadden haar ouders Henrik vluchtig ontmoet tijdens een bezoek aan Stockholm, maar op dat moment hadden ze niet begrepen hoe serieus het tussen hen was. Ze had hem met een gevoel van angst vermengd met vreugde meegenomen naar huis. Het was hun eerste Kerstmis met elkaar en die zouden ze samen met haar ouders vieren. Bovendien moest ze hun het nieuws over hun aanstaande bruiloft vertellen.

Birgitta en K-A veroordeelden niet, ze waren allebei leraar, hadden een ontwikkelde kijk op het leven en waren sociaal betrokken. Ze hadden meegedaan aan de demonstratie tegen vreemdelingenhaat in Nyköping en hadden een open, maar enigszins lacherige houding tegenover homoseksualiteit.

Dat Maria een achttien jaar oudere gescheiden man met volwassen kinderen had ontmoet, was waarschijnlijk toch slecht te verteren geweest. Haar moeder had gezegd dat ze gelukkig was zolang Maria dat was, maar het was moeilijk de ongeruste frons tussen haar wenkbrauwen te negeren. En K-A had zijn best gedaan om een houding tegenover Henrik te vinden die een combinatie van collega, broer en schoonzoon was. Dat was echter voordat ze beseften hoe serieus hun relatie was.

Toen Henrik en Maria het nieuws over hun aanstaande bruiloft vertelden, had het haar ouders heel wat moeite gekost om in de blijdschap van het paar te delen.

Nu hun huwelijk al meer dan drie jaar een feit was, waren de verhoudingen geneutraliseerd, ze waren zelfs goed. Henrik gebruikte zijn diplomatieke talenten ijverig op zijn schoonvader, en zorgde ervoor dat hij zich gewaardeerd en intelligent voelde. En Birgitta vond eigenlijk dat haar schoonzoon een goede vangst was – ontwikkeld, welgemanierd en elegant – hoewel hij een stuk ouder was dan haar dochter.

Het was tijd om aan tafel te gaan en Henrik trok Birgitta's stoel naar achteren, die dankbaar ging zitten. Omdat ze maar met z'n vieren waren, hadden ze de eetkamertafel gedekt, die nu vol stond met schalen en borden. Er was haring, haringsalade, ham, worstjes, gehaktballetjes, zult, leverpastei, verschillende soorten kaas, rode kool, mosterd en nog veel meer. Er was zelfs een schaal met varkenspootjes. Daar had Henrik op gestaan, hij had gezegd dat het een traditie was. Dat was mogelijk, maar niet in Maria's familie, en ze twijfelde eraan of haar ouders dit gebruik van hun schoonzoon waardeerden.

Henrik hield zijn glas weer omhoog, dat dit keer was gevuld met brandewijn gekruid met jeneverbessen, en wenste iedereen een prettig kerstfeest. Maria slikte het brandende vocht snel naar binnen en nam een paar slokken kerstbier. Ze keek naar de anderen aan tafel. Haar moeder had alleen voorzichtig aan haar glas genipt, maar haar vader keek tevreden en klakte met zijn tong alsof hij probeerde het genot wat te rekken.

Daarna barstte de grote braspartij los, die er een paar uur later mee zou eindigen dat ze allemaal uitgeput in de stoelen rond het vuur hingen en wilden dat ze op tijd waren gestopt met eten.

Er hing een prettige sfeer aan tafel. Prettig, maar een beetje formeel. Het echte familiecontact liet op zich wachten. Birgitta vroeg Henrik veel over zijn baan. Ze was gefascineerd door het werk van haar schoonzoon en de tastbare nabijheid van de macht die zijn baan bij Buitenlandse Zaken met zich meebracht. Dat Maria in Rosenbad werkte was ook iets wat ze nauwkeurig onder de aandacht van haar collega's in de lerarenkamer bracht. Zelfs al was het maar als receptioniste.

Maria had voor een uitzendbureau gewerkt en na een paar jaar in verschillende banen was ze bij de receptie van het landbouwdepartement beland. Door een langdurig ziekteverzuim had ze er langer dan een halfjaar gewerkt. In die periode had ze ontdekt dat het fijn was om niet telkens op andere plekken te werken en zich aan een nieuwe omgeving aan te passen, en toen er een interne sollicitatieprocedure voor een receptionist in Rosenbad werd gestart, had ze niet geaarzeld om te solliciteren. Het werk was niet moeilijk, het salaris was goed en haar collega's waren aardig. En het zou beslist een pre zijn als ze in de toekomst een andere baan zocht. Zo zag ze het op dat moment in elk geval. Maar eerlijk gezegd had ze geen grote ambities. Ze had een tijdlang sportlerares willen worden, net als haar vader, maar de opleiding duurde lang en Maria was rusteloos. Haar moeder was een beetje teleurgesteld geweest toen ze na haar secretaresseopleiding stopte met studeren, maar ze ging ervan uit dat het goed was zolang Maria maar gelukkig was.

En ze had natuurlijk haar sportles. Ze gaf twee keer per week les, een uur bij Friskis & Svettis en een uur voor het parlementspersoneel. Op die manier had ze Henrik ook ontmoet, alhoewel hij beweerde dat hij haar al heel wat keren in de receptie had gezien. Hij was haar in elk geval nooit opgevallen, maar er liepen zo veel grijze mannen in kostuums rond, en voordat ze Henrik leerde kennen leek hij verwarrend veel op de anderen.

Veel mensen hadden gereageerd toen Henrik Hamrén met Maria trouwde. Dat was niet omdat ze niet was opgevallen in de receptie, of omdat ze haar bij de sportles hadden gezien, als ze tot de sportieve types behoorden. Hoewel ze zelf dacht dat ze een alledaags uiterlijk had, trok ze de aandacht met haar lange, slanke lichaam, haar blonde haar en haar intens blauwe ogen. Dat ze reageerden kwam doordat het opmerkelijk was dat een ambtenaar van Buitenlandse Zaken met een receptioniste trouwde. Als ze al trouwden, er bestond tenslotte een hele kastmaffia, was het met andere academici. Goed opgeleide vrouwen met eigen carrières. Of ze trouwden met vrouwen die geen eisen stelden en hun man over de hele wereld volgden.

Maar Henrik Hamrén was speciaal. Het duurde een tijdje voordat Maria dat begreep, maar toen ze voorzichtig zijn naam begon te noemen tegen een paar oudere collega's in de receptie kreeg ze het verhaal te horen over de diplomaat die Stockholm nooit had verlaten. Die zijn carrière had opgeofferd voor een vrouw die hem daarna in de steek had gelaten. Die in het algemeen werd gezien als een carrièrematige ramp en werd gebruikt, informeel natuurlijk, als een voorbeeld voor hoe verkeerd het kon aflopen als je het spel niet goed speelde.

Het vreemde was dat Maria alleen maar geïnteresseerder raakte door het verhaal. En toen Henrik, na een paar weken intensief flirten in de sportzaal van het parlement, uiteindelijk vroeg of ze een avond met hem uit eten wilde, stemde ze toe.

Henrik en zij hadden gelukkige jaren gehad, en hoewel zijn kinderen in het begin wat tegensputterden, had zowel Johanna als Gustav haar geaccepteerd.

Misschien was het zo gemakkelijk gegaan omdat Henrik en Cecilia al jaren gescheiden waren toen Maria hem ontmoette, en omdat de scheiding bovendien van Cecilia was uitgegaan. De kinderen konden niet zo veel zeggen toen hun vader een nieuwe vrouw had ontmoet. Hij had natuurlijk ook recht op een eigen leven. En eerlijk gezegd hadden de kinderen waarschijnlijk een beetje medelijden met hun vader. Als Maria niet achttien jaar jonger dan Henrik was geweest, hadden ze waarschijnlijk helemaal niet moeilijk gedaan.

Het kerstdiner was achter de rug en nu hingen ze, net zoals Maria had voorspeld, in een stoel bij het vuur. Het was nog maar acht uur, en toch had Maria het gevoel dat ze naar bed wilde. Maar eerst zouden ze cadeautjes openmaken en mandarijnen en snoep eten. En noten kraken en... Maria voelde dat haar maag alleen al bij het idee dat hij meer voedsel te verwerken zou krijgen, protesteerde. Hoewel, een stukje marsepein zou waarschijnlijk wel lukken.

Henrik ging naar de keuken om mineraalwater voor hen te halen. De dorst had toegeslagen na het zoute eten. K-A was naar het toilet gegaan en Maria en haar moeder bleven samen achter in de zitkamer. Birgitta sloeg haar arm om de schouders van haar dochter. Maria leunde tegen haar moeder aan.

'Is alles goed met je, meisje?' vroeg Birgitta zacht. Ze gaf Maria een kus op haar voorhoofd.

'Ja.'

Het bleef even stil. Het vuur knetterde behaaglijk.

'Weet je dat zeker?'

Maria draaide haar gezicht naar haar moeder toe. 'Ja,' zei ze verbaasd. 'Waarom vraag je dat?'

'Ik weet het niet. Ik kreeg gewoon het gevoel dat je niet echt gelukkig bent.'

'Ik ben wel gelukkig.'

'Dan is het goed. Dat wilde ik horen.' Het bleef weer stil. Maria voelde haar moeders ademhaling. Haar hoofd, dat nog steeds op haar moeders schouder leunde, bewoog in hetzelfde ritme.

Het was niet waar. Ze was niet echt gelukkig, maar hoe zou ze dat tegen haar moeder kunnen zeggen zonder haar verdrietig te maken?

En dat op kerstavond. Waarschijnlijk hoefde ze het niet te doen. Haar moeders hand streelde haar schouder en zonder echt te weten waarom begreep ze dat haar moeder het wist.

'Het komt wel in orde,' mompelde Birgitta in haar haar. En hoewel Maria niet eens wist wat er in orde moest komen, was het een veilig gevoel dat haar moeder dat zei.

16

Molly trok aan haar. 'Mama, nog één keer om de kerstboom. Alsjeblieft!'

'Ik kan niet meer, meisje. Vraag het aan je opa, hij wil wel.' Katja glimlachte naar haar schoonvader terwijl ze het zei. Hij gebaarde afwerend met zijn handen, maar toen Molly zich omdraaide stopte hij daar meteen mee.

'Zo, dus de jongedame wil nog een keer rond de boom dansen. Goed, dan moeten we dat maar doen. Daarom hebben we hem tenslotte binnen gezet!' Hij kwam overeind en pakte de hand van de van blijdschap huppelende Molly, om zeker voor de tiende keer *De vos rent over het ijs* te zingen.

Katja maakte van de gelegenheid gebruik om naar de keuken te glippen, waar Anders en Jocke bespraken of ze de geiser wel hadden uitgezet toen ze het vakantiehuis op het platteland winterklaar hadden gemaakt.

Anders' moeder waste af, voor de zoveelste keer dat weekend. Hulp wilde ze niet hebben, zo was ze nu eenmaal. Lollo, Jockes vrouw, was buiten met hun zoon Emil om de slee uit te proberen die hij als kerstcadeau had gekregen. Het was dan ook redelijk rustig in huis. Emil was weliswaar nog maar zes, maar als hij niet onmiddellijk kreeg wat hij wilde protesteerde hij luidkeels. Molly verafgoodde haar neef, maar op Katja maakte hij een tegenovergestelde indruk. Je mocht niet slecht denken over een kind, absoluut niet, maar Emil was zo verwend dat ze het moeilijk vond hem in haar hart te sluiten. Ze was bang dat Molly ook zo zou worden als ze geen broertje of zusje kreeg. Ze was bijna vijf en was eraan gewend om de volle aandacht van haar ouders te krijgen. In elk geval van haar vader. Anders en Katja hadden over een baby gepraat, ze wilden allebei nog een kind, maar ze waren tot de conclusie gekomen dat dit niet het juiste moment was. Later, over een of twee jaar, zou de situatie waarschijnlijk anders zijn.

Het begon buiten donker te worden, en Lollo en Emil zouden al snel terug zijn. Het was het beste om van de rust te genieten nu het nog kon. Katja liep naar de bovenverdieping en ging in de logeerkamer op een van de wankele vouwbedden liggen, die Anders en zij tot hun beschikking hadden. Molly sliep op een matras op de grond, wat ze ontzettend spannend vond.

Katja pakte het boek dat op de stoel naast het bed lag. Ze had het als kerstcadeau van haar schoonouders gekregen. Het was geschreven door een jonge immigrante die vertelde over haar leven tussen de Pakistani in Londen. Het boek was blijkbaar erg goed want het had prijzen gewonnen en fantastische recensies gekregen, maar het was Katja nog niet gelukt om erin te komen. Zodra ze probeerde te lezen werd ze ongeconcentreerd en rusteloos. Waarschijnlijk kwam dat niet door het boek. Iets anders beheerste haar gedachten.

Ze kon niet vergeten wat Daniel Leblanc tegen haar had gezegd tijdens de Amerikaanse bijeenkomst. Misschien was het alleen een grootmacht die praatte, politieke retoriek, maar hoe vaak ze er ook over nadacht, ze kon geen reden bedenken waarom hij tegen haar zou liegen. Toch was die gedachte het enige wat haar beschermde tegen wat hij had gezegd.

Hij had haar meegenomen naar de Kennedy-zaal. Een zaal op de bovenverdieping van de residentie die minder indrukwekkend was dan de ruimte waar de bijeenkomst plaatsvond. 'Something extra,' had hij gezegd. Katja was niet bijzonder onder de indruk geweest. Het was een vergaderzaal met overal aan de muren zwart-witfoto's van Amerikaanse presidenten in goudomrande lijsten. Er stond een tafel in van een donkere, exclusieve houtsoort met twaalf stoelen met houtsnijwerk eromheen, en erboven hing een indrukwekkende kristallen kroonluchter. Ze had honderden vergaderzalen gezien. Deze was mooi, maar niet *something extra*.

Ze had zich naar Daniel gedraaid om hem een compliment over de zaal te geven, maar hij was haar voor.

'Het is hier rustiger,' had hij zonder te glimlachen gezegd.

'Dat is prettig.'

'Inderdaad, maar daarom heb ik je niet hiernaartoe meegenomen.'

Katja keek hem vragend aan. Hij zou haar toch niet proberen te versieren?

'Ik ben op de hoogte van je probleem,' zei hij kalm. Katja begreep eerst niet welk probleem hij bedoelde. Dat het over vier dagen Kerstmis was? Dat ze nog geen enkel kerstcadeau had gekocht? De Amerikaan zweeg even voordat hij verderging met zijn verhaal. 'Het verdwenen geld,' voegde hij er ernstig aan toe.

Door het onbehagen dat ze bij die woorden voelde had Katja onwillekeurig een stap achteruit gedaan, alsof ze probeerde te ontsnappen aan wat hij zei.

Katja huiverde bij de herinnering. Het opklapbed waarop ze lag, met haar boek opengeslagen op haar buik, piepte. Ze dacht aan de blik van de Amerikaan toen hij haar vertelde wat hij volgens hem wist. Resoluut, krachtig en heel overtuigend. Toch lukte het haar niet om de woorden in zich op te nemen. Wat moest ze met deze informatie doen? Ze was minister van Ontwikkelingszaken, geen held uit een spionageroman.

Hij had de situatie in korte zinnen aan haar beschreven. Umar Dovgajev was niet verdwenen met het geld en leefde geen luxeleventje op Mauritius op kosten van de Zweedse belastingbetalers. Hij was uit de weg geruimd, waarschijnlijk vermoord.

Katja had niet geweten of ze moest lachen of geschrokken moest zijn. Vermoord. Ja, natuurlijk. Het was oorlog in Tsjetsjenië, er werden daar elke dag mensen vermoord, dat was geen sensatie. Maar door de manier waarop Daniel het voorstelde, dat hij uit de weg was geruimd, leek het eerder een bizar verhaal dan een denkbaar scenario uit een gecompliceerde werkelijkheid.

Het was de FSB, zei hij. De Russische Federale Veiligheidsdienst was erbij betrokken. Katja had geprotesteerd. Waarom zouden ze dat doen? De Russische overheid had weliswaar niet gejubeld over het Zweedse bijstandsproject, maar ze hadden het toch laten gebeuren. Ze hadden zelfs op kleine schaal geholpen met visa en transport.

Daniel had even droog gelachen om haar vraag voordat hij hem beantwoordde. Rusland had er absoluut geen belang bij dat Zweden rondsnuffelde in Tsjetsjenië, zei hij. Het was een intern Russisch conflict, een gewapende opstand, en het moederland had de plicht om deze te onderdrukken. Het was een gebied vol separatisten, moslimfundamentalisten en terroristen die in bedwang gehouden moesten worden. Geen oorlog, geen veronachtzaming van mensenrechten en lokale democratie, zoals de buitenwereld koppig bleef beweren.

Door Dovgajev uit de weg te ruimen zou Zweden niet alleen de interesse kwijtraken om verder te gaan met het Tsjetsjeense project, maar zou de noordelijke democratie zich ook aansluiten bij het Russische beeld dat de Tsjetsjenen onbetrouwbaar waren en niet in staat waren tot samenwerking.

Was de FSB daarin geslaagd?

Katja wist niet wat ze moest geloven, ze had inderdaad gedacht dat Umar Dovgajev een onbetrouwbare schurk was en dat het haar fout was dat ze dat niet had gezien. Dat het project vanaf het begin ten dode was opgeschreven. Dat ze zich er nooit mee in had moeten laten.

Maar dit?

'En het geld dan?'

'Daar heeft de FSB beslag op gelegd. Dat zien jullie nooit meer terug. Net zo min als jullie ooit nog iets van Umar Dovgajev zullen horen.'

Daarmee had Daniel zijn verhaal afgesloten.

Katja wilde het niet geloven, maar het was een onbehaaglijk gevoel dat het scenario geloofwaardiger leek naarmate ze er meer over nadacht. Ze kon Dovgajev toch niet zo verkeerd hebben beoordeeld? Ze had hem echt vertrouwd. En zij niet alleen. Henrik ook. En Martin van de ambassade. Zouden ze allemaal dezelfde verkeerde inschatting hebben gemaakt? Of had Daniel gelijk?

Hij had ook gezegd dat het niet de eerste keer was dat de FSB zo handelde. Twee jaar geleden had Duitsland geprobeerd om een financiële bijdrage te geven aan de bouw van een weg in Tsjetsjenië. Het geld was toen ook verdwenen en Duitsland had het project afgeblazen zonder dat ook maar een fractie van het geld op de plaats van bestemming was terechtgekomen. Die gebeurtenis was een van de feiten waarop de EU haar analyse had gebaseerd. Tsjetsjenië was niet rijp voor langdurige financiële hulp. De interne structuren waren niet voldoende ontwikkeld, stond in het document. Ze had het gelezen. De directeur van Sida had het onder haar neus geduwd tijdens de felle discussies over de financiële hulp aan *De Hoop van de Tsjetsjeense Kinderen.*

Katja had het niet kunnen laten om aan Daniel te vragen wat ze moest doen. Hij had geen antwoord gegeven. Natuurlijk niet. Het was zijn zaak niet. Maar hij zei dat hij zeker wist dat Zweden een oplossing zou vinden.

Er waren altijd oplossingen, had hij gezegd.

Daarna had hij zich omgedraaid, had naar een foto van John F. Kennedy gewezen en had verteld dat de fotograaf Cameron French heette, een goede vriendin van de familie Kennedy. Dat de foto maar een paar weken voordat de president in Dallas was vermoord was genomen en dat de man wiens rug op de achtergrond zichtbaar was zijn broer Robert was.

Katja had geluisterd, had gewacht op een boodschap, een conclusie. Maar Daniel zei niets. Hij was doorgegaan met vertellen over de foto's en portretten aan de muren, alsof hun eerdere gesprek nooit had plaatsgevonden.

Katja onderbrak hem. Waarom had hij haar over Dovgajev verteld?

Daniel had zich omgedraaid. Omdat hij de informatie had, heel gewoon, had hij ten slotte gezegd. 'Neem het besluit dat je moet nemen. Ik kan je geen raad geven. Ik kan je alleen helpen bij de besluitvorming.'

'En waarom zou je dat doen?'

Daniel had zijn schouders opgehaald. *'Why not?'*

De laatste vraag stelde ze pas toen ze de Kennedy-zaal hadden verlaten. Ze was stil blijven staan en had zich naar hem omgedraaid toen ze de trap af liepen, verbaasd dat ze het niet eerder had beseft.

Hoe wist Daniel dat allemaal?

Het antwoord kwam zonder enige aarzeling. *'Because it's my job to know.'*

Daarna was het gesprek afgelopen en Daniel Leblanc verdween in de mensenmassa na een handdruk en een glimlach. 'Nice to meet you.'

Moord. Katja was geschokt geweest. Als Leblanc gelijk had was dat verschrikkelijk. Maar eigenlijk maakte het niet uit of Dovgajev was gedood in de oorlog, naar de Bahama's was gevlucht of uit de weg was geruimd door de Russische Veiligheidsdienst. Niet voor de Zweedse belastingbetalers in elk geval. Zo cynisch was de werkelijkheid.

Katja's gedachten werden onderbroken doordat Anders plotseling in de deuropening stond. 'Ben je moe?'

'Een beetje.'

'Komt dat door mijn familie?'

'Natuurlijk niet.' Katja glimlachte naar haar man. 'Ik heb gewoon heel veel om over na te denken.'

'Zoals wat?'

Katja wilde niet over haar werk praten. Ze zou Anders op een door-deweekse dag over haar probleem vertellen. Ze glimlachte. 'Ik dacht eraan dat Kerstmis alweer bijna voorbij is.'

'Nu overdrijf je.'

'Het is tweede kerstdag.'

'We hebben nog een paar vrije dagen voor de boeg en dan is het oud en nieuw.'

'Ik moet van de week werken.'

Anders zuchtte. 'Is dat echt nodig?'

'Ja. Ik moet me voorbereiden op de Afrika-conferentie. Het is in deze periode rustig op kantoor. Daar kan ik net zo goed gebruik van maken om wat werk af te krijgen.'

'Ik ben trots op je, weet je dat?'

'Ja. Maar ik hoor het graag nog een keer van je.'

'Ik ben trots op je.'

'Dank je.'

Anders draaide zich om om weer naar beneden te gaan. 'Trouwens, ik moest van mijn moeder zeggen dat ze de aardappels heeft opgezet. We eten over tien minuten.'

'Goed. Ik kom eraan.'

Anders verdween naar beneden en Katja kwam overeind.

Er waren altijd oplossingen. Hij had zo zeker geklonken, zo overtuigd. De vraag was alleen wat hij bedoelde, want hoe Katja het probleem ook draaide en keerde, ze kwam telkens op hetzelfde punt uit: ze had gefaald. En ergens in Tsjetsjenië wachtte nog steeds een kleine jongen op zijn toekomst. Waarschijnlijk tevergeefs.

17

De kerstzak was leeg. En dat terwijl ze Driekoningen nog voor de boeg hadden. Maud Gunnarsson was geïrriteerd. Dat had de productieafdeling kunnen voorzien. Nu was zij degene die in de problemen zat. Ze had om kwart voor vijf één minuut en dertig seconden beloofd. Waarmee moest ze die nu vullen?

Folker had een paar voorstellen gedaan. Het ene was nog waardelozer dan het andere. Een onderzoek van afgelopen herfst over het gebrek aan voedingswaarde in het schoolvoedsel. Ze hadden dat nieuws destijds al weggestemd en het was in de loop der tijd niet direct in waarde toegenomen. Dan had ze het item dat Kalmar tijdens de sneeuwchaos van afgelopen november zwartwerkers had ingezet om sneeuw te ruimen. Het bericht was voor Kerstmis al behandeld, maar het had misschien niet de aandacht gekregen die het verdiende. Folker dacht dat ze dat konden gebruiken, maar Maud vond het geen prettig idee. Er waren immers geen nieuwe feiten naar voren gekomen en de verantwoordelijken hadden de schuld al op zich genomen. Misschien kon de plaatselijke redactie er iets meer mee doen?

Daarnaast had ze het vervolg op de uitzending over het Tsjetsjeense kindertehuis nog steeds niet gedaan. Maud had geprobeerd in contact te komen met Katja Löfdahl, maar ze had alleen te horen gekregen dat het evaluatieverslag nog niet klaar was. Misschien was het tijd om daarmee verder te gaan.

Dat of de wolf die gisteren in Wilhelmina een hond had gedood. Of het schoolvoedsel.

Maud zuchtte. Het zou Tsjetsjenië worden, hoewel het weinig stimulerend was om de voortgang van een subsidieproject in Verweggistan te volgen. Ze toetste het nummer van Buitenlandse Zaken in en vroeg of ze kon worden doorverbonden met Ingrid Sköld. Maud hoorde dat de telefoniste op haar toetsenbord tikte. Daarna kreeg ze de mededeling dat Ingrid Sköld op vakantie was en 10 januari terug zou zijn. Uiteraard. Was er iemand anders op de afdeling Voorlichting? De telefoniste tikte weer op haar toetsenbord. Een ogenblik.

Na een paar seconden werd de hoorn opgepakt door een man die Stefan Lundbäck heette. Maud stelde zich voor en legde uit waarvoor ze belde. Lundbäck, waarschijnlijk een vakantiekracht, was niet bekend met de kwestie: Ingrid Sköld was degene die ontwikkelingsamenwerking onder haar beheer had en zij was helaas niet aanwezig.

'Ja, dank je. Dat weet ik. Daarom ben ik met jou doorverbonden.' Ze benadrukte het woord jou een beetje. Het lukte. Stefan Lundbäck klonk zenuwachtig toen hij verderging. Ze had dat effect op mensen. Maud Gunnarsson was niet iemand om mee te sollen.

'Mag ik erop terugkomen?' vroeg hij snel. Maud ontweek de vraag. Ze moest over een paar uur één minuut en dertig seconden nieuws leveren. Ze had geen tijd om te wachten terwijl een zenuwachtige vakantiekracht op de afdeling Voorlichting een paar uur de tijd nam om haar mee te delen dat ze het na Driekoningen opnieuw moest proberen.

'Is Katja Löfdahl aanwezig?' vroeg ze in plaats daarvan.

'Eh... ik geloof het wel.'

'Dan wil ik met haar praten. Rechtstreeks.'

'Ik weet niet of ik dat kan...'

'Jazeker, dat kun je.' Ze vond precies de juiste toonval. Een combinatie van een moeder, een politieagent en een Oost-Duitse kunstschaatstrainster. Het had altijd effect.

'Ik zal zien wat ik kan doen.'

Het duurde even voordat ze eerst een klik op de lijn en daarna een vrouwenstem hoorde. 'Löfdahl.'

'Hallo, met Maud Gunnarsson van *Echo*.' De Oost-Duitse trainster was verdwenen. Ze schakelde over op de trouwe vriendin. Degene aan wie je alles kon vertellen.

'Hallo.' De begroeting van de minister klonk verontrustend af-

83

standelijk. Dat was niet goed. Maud had vandaag geen tijd voor uitvluchten.

'Nog een gelukkig nieuwjaar gewenst,' zei ze in een poging de minister te ontdooien.

'Hetzelfde.'

Het leek niet te werken en Maud besloot om recht op haar doel af te gaan. 'Ik wacht nog steeds op bericht van Ingrid Sköld met betrekking tot het evaluatierapport van het Tsjetsjeense kindertehuis.'

'Ja, dat kan...' zei de minister langgerekt.

'Dat was begin november.'

'We hebben wat vertragingen gehad.'

'Maar nu is het evaluatieverslag klaar?'

'Nee, het ligt nog steeds bij de ambassade in Moskou. Er zijn de afgelopen weken nogal wat communicatieproblemen met Grozny geweest.'

Aha. Communicatieproblemen. Was dat niet dezelfde informatie die ze de vorige keer van Ingrid Sköld had gehad, toen ze over de kwestie hadden gepraat?

'Sneeuwbuien hebben de paar lijnen die er in Tsjetsjenië zijn vernield en daarom beschikt de ambassade nog steeds niet over de aanvullende informatie die nodig is om het verslag af te maken.'

Maud zei niets. Het was vaak het beste om mensen te laten praten. Mensen waren bang voor stilte. Het trucje werkte en Katja sprak verder, maar er klonk een zweem onzekerheid in haar stem.

'Er wordt aan gewerkt en volgens de laatste informatie die ik heb gekregen zal het niet lang duren voordat het contact weer hersteld is.'

'Hoe verloopt het project?'

Het bleef even stil voordat de minister antwoord gaf. 'Dat verloopt goed, zover ik begrepen heb.'

'Is de tweede deelbetaling al uitgekeerd?'

'Nog niet.'

'Waarom niet?'

'Conform onze afspraak met het ontvangende instituut zal er een evaluatie plaatsvinden voordat de deelbetaling wordt overgemaakt.'

'Maar dat gaat dus snel gebeuren.'

'Ja.'

'Dan kan ik dus melden dat het werk voorlopig op de lange baan is geschoven?' Maud zette een paar woedende strepen op haar notitieblok. Dat was niet veel nieuws. Het was nauwelijks voldoende voor één minuut en dertig seconden.

De minister aarzelde een halve seconde voordat ze antwoord gaf. 'Als u niet wilt wachten op het rapport, kunt u dat natuurlijk doen. Ik weet zeker dat u meer zult hebben als u het rapport in handen hebt.'

Löfdahl had natuurlijk gelijk. Ze had geen nieuws. Het was beter om te wachten tot dat verdomde evaluatierapport er was.

'En wanneer is dat?'

'Zodra we het van Moskou krijgen.'

'En dat is?'

'Zoals ik al zei, ik weet niet precies...'

'Maar ongeveer?'

De minister aarzelde. 'Binnen een maand. Hopelijk.'

'Een maand. Zo lang nog?'

'Waarschijnlijk sneller, maar ik kan niets beloven. Het is afhankelijk van de communicatie met Grozny. Het is beter om een slag om de arm te houden.'

'Dan neem ik weer contact op.'

'Ik kan ook aan Ingrid vragen om het evaluatierapport te sturen zodra het binnenkomt.'

Maud bromde iets. Natuurlijk, dat was een mogelijkheid, maar ze had geen groot vertrouwen in dergelijke beloften. Maud zou degene zijn die weer belde. Journalisten die zaten te wachten op beloofde informatie kwamen niet ver, dat was een lesje dat ze gedurende de jaren had geleerd. Ze beëindigde het gesprek.

Verdomme. Geen nieuws dus. Maud leunde achterover in haar stoel en schopte een paar keer met haar voet tegen de poot van het bureau. Wat ze had gehoord klonk volkomen aannemelijk. Communicatieproblemen, sneeuwstormen, vertragingen. En de Russen stonden niet direct bekend om hun effectiviteit. Ze slikte de verklaring zonder bedenkingen. Maar toch... Ze had een vreemd gevoel aan het gesprek overgehouden. Alsof Katja Löfdahl het vervelend vond om met haar te praten. De korte pauzes voordat ze antwoord gaf op de vragen waren haar niet ontgaan.

Maud had haar al een paar keer ontmoet. Katja was altijd snel, op de grens van gejaagdheid. De persoon met wie ze daarnet had gepraat was eerder geforceerd langzaam geweest. Dat hoefde natuurlijk niets te betekenen. Ze had misschien een slechte kerst gehad. Daar wist Maud Gunnarsson alles van. Ze had trouwens geen tijd om zich te verdiepen in Katja Löfdahls eventuele privéproblemen.

Maud zuchtte en sloeg een nieuwe, schone bladzijde van haar notitieblik op. *Wolf*, schreef ze bovenaan en ze keek een paar seconden naar het woord voordat ze het doorstreepte. Eén minuut en dertig seconden over een dode hond. Nee, dat lukte niet.

Maud schoof haar stoel naar achteren. Ze moest naar Folker. Hij had het rapport over het schoolvoedsel.

Katja legde de hoorn langzaam neer. Haar lichaam voelde zo verstard dat ze bang was dat ze een stijve nek zou krijgen als ze te snel bewoog.

Welke verdomde idioot had Gunnarsson naar haar doorverbonden? Ze was totaal onvoorbereid geweest. Daar had je persvoorlichters voor – om aan dit soort gesprekken te ontsnappen. Het was waarschijnlijk een invalkracht die had geblunderd en het gesprek had doorverbonden. Dat was nooit gebeurd als Ingrid op haar plek had gezeten. Ze had duidelijke instructies over wat ze moest zeggen en ze wist ook dat Katja niet met Gunnarsson wilde praten voordat ze iets concreets voor haar had.

Nou ja, het was geen ramp geweest. Ze had de situatie goed gehanteerd. Ze had kalm antwoord gegeven op de vragen van de journaliste, had redelijke verklaringen voor de vertraging gehad. Hopelijk koesterde Gunnarsson geen argwaan, maar de *Echo*-journaliste zou terugkomen. Dat wist Katja zeker. Maud Gunnarsson stond er niet om bekend dat ze bij de eerste keer opgaf en de volgende keer zou Katja er niet zo gemakkelijk vanaf komen. Communicatieproblemen en kapotte lijnen waren een goed excuus, maar niet drie keer achter elkaar.

Katja bewoog haar nek voorzichtig. Ze draaide haar hoofd langzaam een paar keer van links naar rechts en weer terug om de gespannen spieren los te maken.

Er zijn altijd oplossingen. De zin zat nog steeds als een mantra in haar hoofd. Ze had nauwelijks kunnen werken. De conferentie over Afrika was over een week en zij zou de inleidende voordracht houden. Half Sida zou in het publiek zitten, met inbegrip van Gunnar Lilja. Ze moest goed zijn en doordachte, verstandige dingen zeggen. Ze wilde hem en zijn collega's verbazen met het feit dat ze zo goed was ingevoerd in de Afrika-problematiek.

Ze had een dikke stapel papieren voor zich op haar bureau liggen. Achtergrondmateriaal dat ze voor Kerstmis al had gekregen. Het enige wat ze hoefde te doen was alles lezen, begrijpen en daarna de kernpunten voor een briljante voordracht samenstellen.

In de drie uur die ze tot nu toe aan de stapel had besteed, had ze vijf bladzijden gelezen. Zodra ze probeerde te lezen gleden haar gedachten weg. Ze had andere problemen om over na te denken. Grote, zware problemen die opgelost moesten worden. Als haar dat niet lukte zou ze al snel geen baan meer hebben om zich zorgen over te maken.

Katja schoof de stapel papieren opzij.

In de bovenste bureaula lag een visitekaartje met in de hoek de witkopzeearend in reliëf.

U.S. Embassy
Daniel Leblanc
Counsellor

Hij zou tijdens de kerst in Zweden blijven, had hij gezegd. Ze mocht hem bellen als ze dat wilde. Waarover had hij niet duidelijk onder woorden gebracht. Hij had haar alleen het kaartje gegeven, op zo'n ontspannen Amerikaanse manier. *Call me, if there is anything I can do for you.*

Er stond een doorkiesnummer op de kaart. Katja zat er even mee in haar handen voordat ze de telefoon naar zich toe trok en het nummer intoetste.

Daniel nam bijna meteen op. Hij leek blij te zijn dat ze belde. Als hij verbaasd was, was dat in elk geval niet te horen. Hij praatte opgewekt, wenste haar een gelukkig nieuwjaar en vroeg hoe haar kerst was geweest.

Katja vond het moeilijk om te beginnen. Hoe direct kon ze zijn?

'Daniel, ik heb nagedacht over wat je laatst zei.' Ze probeerde kalm te klinken, professioneel. Ze was belangrijk. Hij was maar een ambassademedewerker. Het was goed om dat te onthouden.

'Dat kan ik me voorstellen.' Er lag geen ironie in de opmerking. Het was alleen een constatering.

'Je had het over oplossingen. *Solutions.*' Daniel zweeg. Katja's mond was droog toen ze verderging. 'Ik ben me er volledig van bewust dat het een Zweeds probleem is. Míjn probleem. Maar als je een paar...' Het kostte even tijd om het juiste woord te kiezen. '... ideeën voor zulke oplossingen hebt, dan wil ik daar heel graag naar luisteren.' Duidelijker kon ze niet zijn. Het was een vreemd gevoel om aan een vreemde toe te geven hoe hulpeloos ze was. Maar misschien maakte de afstand het gemakkelijker. Ze was niet bang om haar onzekerheid te tonen in haar positie. Er waren er genoeg die het fantastisch zouden vinden als ze een verkeerde stap zette.

'Zoals ik al zei...' Daniel wachtte even. 'Zoals ik al zei, heb ik geen antwoord, *no solutions.*'

'Maar...' Katja voelde haar hoop verdwijnen.

Daniel onderbrak haar. 'Jullie zijn in de vuurlinie van twee criminele structuren terechtgekomen, waarvan de een de overheid is. Dat is geen gemakkelijke situatie.'

'Is er iets wat we kunnen doen? *According to you...*'

'*Well...*' Daniel aarzelde. Katja kneep hard in de hoorn terwijl ze wachtte tot hij weer zou praten. '*I guess there is. But...*'

'Maar?'

'Je zult je in hetzelfde speelveld moeten begeven.'

'Wat bedoel je?'

'Jullie zullen deze wedstrijd nooit winnen met *fair play.*' Hij klonk als een sportman, alsof het allemaal een spel was, een wedstrijd. Katja dacht aan de brede schouders onder het kostuum. Amerikaans voetbal misschien.

De rest van het gesprek was moeilijk samen te vatten. Hij had lang gesproken, dat wel, maar wat had hij nu eigenlijk gezegd? Af en toe dacht ze even dat ze het begreep, daarna ontglipte het haar plotseling weer. Iets wat de ene seconde klonk als een uitnodiging was de volgende seconde verdwenen.

Hij had het over geld gehad. Dat er een kans was om het kindertehuisproject te laten slagen, maar dat het geld zou kosten. Had hij het over steekpenningen? Het antwoord was vaag geweest. Nee, geen steekpenningen. Het politieke spel erachter was te groot, zei hij. Geen van de betrokkenen zou het aandurven om in deze situatie zijn zakken te vullen. Het ging eerder om hulp van buitenaf. Van iemand die niets met de Russische belangen te maken had. Iemand die genoeg macht in de regio had om te kunnen garanderen dat het geld op de juiste plek terechtkwam.

Katja wilde meer weten, wie was die iemand? Maar Daniel wilde niet praten. Ze moest de woorden uit hem trekken. Het geld moest worden gebruikt voor bescherming, *protection*, kreeg ze te horen. Ze zou een deel van het geld voor het kindertehuis aan een buitenstaander moeten geven om de zekerheid van het project te garanderen.

Wat hij zei klonk redelijk, en toch was het alsof de zuurstof in haar kantoor opraakte. Ze wreef met haar vrije hand over haar slapen. Daniel kon haar niet zien, maar toch was het alsof hij het begreep.

'Listen, Katja,' zei hij. 'Ik had dit niet moeten vertellen. Vergeet wat ik heb gezegd. Het was een verkeerde inschatting van mijn kant. Natuurlijk werkt de Zweedse overheid niet op deze manier. Ik weet niet wat ik in mijn hoofd haalde. Ik wil alleen zeggen dat... dat...'

'What?'

'Dat er manieren zijn.'

Er volgde een lange stilte. Ze moest ophangen, dacht ze. Hem bedanken voor de informatie. Afsluiten. In plaats daarvan ging ze verder. Wat hij suggereerde was te verleidelijk om te negeren.

'Stel,' zei ze, 'dat een land... een buitenlandse overheid, geïnteresseerd zou zijn in die wegen...' Ze stopte even, wat korter dit keer. 'Hoe zouden ze dan te werk moeten gaan?'

Ook Daniel wachtte even voordat hij antwoordde. 'Ze zouden vermoedelijk hulp van een vriend aannemen...'

'Een vriend?'

'Met de juiste contacten.'

'En waarom zou deze vriend willen helpen?'

'Omdat hij dat is,' zei hij. 'Een vriend. *A very close friend.*'

Katja herinnerde zich niet veel van de rest van het gesprek. Ze was geschrokken, en doodsbang over wat ze net had gehoord. Daniel zou weer contact met haar opnemen. Zoveel had ze begrepen. Dan had hij meer informatie. Ze had hem bedankt. Waarvoor?

Het ergste was waarschijnlijk dat er midden in de ontzetting over de waanzin die ze net had gehoord een vage hoop ontsproot. Hoop dat er ondanks alles een oplossing was. Daniel kon de verdwenen miljoenen niet terugtoveren, dat had hij duidelijk gemaakt, maar hij kon haar misschien helpen om de rest van het geld op de plaats van bestemming te krijgen.

Er zou veel mee gedaan kunnen worden. Zesenhalf miljoen kronen was veel geld. Het zou voldoende zijn voor een nieuw dak, bedden, speelgoed, kleren, verf op de muren, eten, personeel. Iemand die de kinderen uit hun bedjes kon halen. Hen in zijn armen kon houden. Hen wiegen. Verdrietige liedjes zingen in een taal die Katja niet verstond, maar de kinderen wel.

En er was meer. Het zou tevens voldoende zijn om haar baan te redden. Misschien. Het schandaal over het verdwenen geld zou nooit bekend hoeven te worden. Als ze ervoor kon zorgen dat de volgende betaling het kindertehuis bereikte, was dat voldoende. Het evaluatieverslag kon geschreven worden. Er konden foto's genomen worden. Wie zou op het idee komen om de nieuwe bedden te tellen? En de hoeveelheid verf die was gebruikt om de gebarsten muren mee te bedekken?

Katja bekeek de situatie van alle kanten, maar het antwoord was al duidelijk. Er waren alleen winnaars. De kinderen, zij en Tor Bergman. Toch waren de onrust en de spanning zo duidelijk dat ze het gevoel had dat ze elk moment kon gaan overgeven.

Alleen winnaars, ja. Maar het had een prijs. En de vraag was of het alleen om geld ging.

10/1
09.37 Uitg. 4051826 R naar Johan Sjöblom.
JS bedankt voor leuke avond. R zegt dat het
een genoegen was. R heeft een paar vragen aan
JS, vraagt of ze elkaar kunnen ontmoeten voor
de lunch. JS druk, vraagt waarom het gaat. R
zegt dat ze dat beter onder vier ogen kunnen
bespreken. Is goed. JS heeft contact opgenomen
met Per Skavin (?) bij Ericsson mbt R's vragen.
Hij heeft ook schriftelijke info. R zegt dat ze
dat bespreken als ze elkaar zien. JS kan morgen.
R stelt voor achterzaal Operakällaren 13.00
uur. JS zegt beter 12.30. Spreken dat af.
     sv /KJ

18

De vergadering was uitgelopen. Tor Bergman was in een goed humeur geweest en had zeker een halfuur besteed aan geklets over Kerstmis en wat iedereen voor cadeaus had gehad. Hij had een nieuw jacht-geweer van zijn vrouw gekregen, waar hij heel blij mee was. Nu kon hij ook klein wild schieten, en vogels.

Hij was net begonnen met jagen en had in de herfst zijn eerste elandenjacht meegemaakt. Daar had hij enthousiast in de media over gepraat. Zijn politieke secretaris was het niet helemaal eens met de premier en vroeg zich af of dat zo handig was. Veel kiezers zouden het niet op prijs stellen dat de premier dieren doodde, vond hij. Dat lag gevoelig. Tor vond het belachelijk. Mensen hadden altijd dieren gegeten en dat een paar verwarde tieners in Umeå dachten dat de wereld een betere plaats zou zijn als ze een paar nertsen zouden bevrijden, betekende niet dat het grootste deel van de kiezers het niet zou waar-deren dat ze een premier hadden die wist hoe hij een geweer moest gebruiken. Daarvan was hij overtuigd. Er waren geen discussies meer over geweest; dat gebeurde zelden als Tor ergens overtuigd van was.

De vergadering was behoorlijk uitgelopen en Katja had gezien dan zij niet de enige was die op hete kolen zat. Nu had ze haast. Ze stopte bij de receptie en vroeg of ze een taxi voor haar wilden bestel-len. Maria zat er, een aardige jonge vrouw. Waarschijnlijk van haar eigen leeftijd, alhoewel Katja zichzelf nauwelijks nog als een jonge vrouw zag. Was Maria trouwens niet met Henrik Hamrén getrouwd? Ze keek nog eens goed naar de vrouw achter de balie. Als dat Henriks vrouw was, kon je in elk geval stellen dat hij een goede vangst had gedaan. Ze was knap. En heel veel jonger.

Maria beëindigde het telefoongesprek om de taxi te bestellen en vertelde glimlachend dat de auto meteen zou komen. Katja bedankte haar. Daar moest je nauwkeurig mee zijn. Servicepersoneel was belangrijk. Katja had voor kerst zelfs een doos chocolade voor haar huishoudster gekocht. Dat had grote indruk gemaakt. De werkster had haar bedankt alsof ze een diamanten tiara had gekregen.

Het duurde nog geen minuut voordat de auto met het logo van Taxi Stockholm voor de hekken van Rosenbad stopte. Katja wachtte niet tot de chauffeur was uitgestapt en de deur voor haar opendeed; in plaats daarvan ging ze op de achterbank zitten en trok de autodeur achter zich dicht.

'Globe,' zei ze terwijl ze op haar horloge keek. De chauffeur zag het toen hij in zijn achteruitkijkspiegel naar haar keek.

'Hebt u haast?' vroeg hij in gebroken Zweeds.

'Ja.'

'Hoeveel haast?'

'Kunnen we er over tien minuten zijn?'

'Geen probleem.' Hij draaide de weg op vanaf de parkeerplaats voor Rosenbad en reed na een paar rode verkeerslichten Söderleden op.

Katja probeerde te ontspannen. Ze zou het halen. Dat was geen probleem. En zelfs als ze een paar minuten te laat was, zou Daniel wachten. Ze was tenslotte minister. Een drukbezet iemand.

Katja had voorgesteld dat ze elkaar in Ulriksdals Wärdshus zouden ontmoeten, maar dat had Daniel afgeslagen. Hij vond het daar te druk. Het was niet nodig om zo met hun ontmoeting te koop te lopen. Katja had zich onnozel gevoeld. Een gedachte in die richting was absoluut niet in haar opgekomen.

Toen Daniel in plaats daarvan voorstelde elkaar bij Globe te ontmoeten voor een late lunch in het Chinese restaurant in het winkelcentrum, had ze dat zonder aarzelen geaccepteerd. En nu was ze op weg. Het was helemaal niet vreemd, probeerde ze zichzelf aan te praten. Ze zou een ambtenaar van het diplomatenkorps ontmoeten om een internationale aangelegenheid te bespreken. Dat was haar werk. Daarvoor kreeg ze betaald. Toch kon ze het gevoel niet van zich afzetten dat ze op weg was naar een smoezelige ontmoeting met een minnaar in een of ander motel. De versnelde pols, de rode wangen, en natuurlijk het lichte gevoel van opwinding.

Toen de taxi voor Globe stopte, betaalde ze en ze stopte de bon zorgvuldig in haar portemonnee. Dat was nodig voor de verantwoording.

In het winkelcentrum bleef ze één moment verward staan. Ze was hier nog nooit geweest. Het lag in een verkeerd gedeelte van de stad. Ze liep een tijdje rond voordat ze het Chinese restaurant had gevonden.

Er waren nog steeds mensen in het lokaal, maar de meesten waren hun lunch aan het beëindigen en anderen gingen al weg. Ze ontdekte Daniel in een afgescheiden ruimte die een beetje apart lag. Hij zwaaide naar haar en ze liep snel naar hem toe.

'*Sorry I'm late,*' zei ze terwijl ze haar hand uitstak. Hij ging staan en pakte hem vast.

'Dat hindert niet.' Hij gebaarde naar de lege plek tegenover hem. 'Ga zitten.'

Katja legde haar jas naast zich op de bank en keek om zich heen. Niemand leek haar te herkennen. Ze was weliswaar geen superberoemdheid, maar ze verscheen soms toch op de televisie. En in de kranten natuurlijk. Maar misschien waren ze niet gewend om ministers in dit Chinese restaurant te zien.

Een ober verscheen bij hun tafel en Katja haastte zich om de dagalternatieven op de menukaart te bekijken. Het werd biefstuk met prei. En mineraalwater. Daniel nam hetzelfde. Toen de ober weg was viel er een korte stilte. Katja frunnikte wat aan haar papieren servet. Was zij degene die moest beginnen? Daniel schraapte zijn keel. Hij leek ook zenuwachtig.

'Ik kan geen garanties geven, ik hoop dat je dat begrijpt.' Daniel keek haar strak aan.

Katja knikte langzaam.

'*It's your decision.*' Hij stopte even voordat hij verderging, alsof hij wilde benadrukken wat hij net had gezegd. 'Ik heb een naam. Een persoon die de mogelijkheid heeft om te garanderen dat het geld zijn bestemming bereikt. Hij is bereid om te helpen.'

'En waarom zou hij dat willen doen?'

'Omdat jullie aan dezelfde kant staan.'

'Aan dezelfde kant?'

'Zweden heeft er als enige land voor gekozen om Moskou te trotseren en hulp aan Tsjetsjenië te geven. Mijn vriend weet daarvan. Hij weet ook hoe en waarom de eerste betaling is verdwenen.'

'De Russen...'

Daniel knikte op het moment dat de ober met twee schalen verscheen, die hij op een rechaud met theelichtjes in het midden van de tafel zette. Het rook goed, al had ze eigenlijk geen honger. Daniel maakte een gebaar naar Katja om op te scheppen. Het was een merkwaardig gevoel. Moesten ze eten terwijl ze dit gesprek voerden? Ze nam een kleine portie. Daniel deed hetzelfde. Ze namen in stilte een paar happen voordat Katja haar eten met enige moeite doorslikte en verder praatte.

'Je had het over geld...'

'Yes. Het kost geld.'

'Als deze persoon aan onze kant staat, waarom wil hij dan geld hebben?'

'Omdat het geld kost om zekerheid te garanderen. Hij moet jullie geld tegen de Russische Federale Veiligheidsdienst beschermen. Dat doet je niet door het vriendelijk te vragen.'

'Waarvoor heeft hij het geld dan nodig?'

'Die vraag heb ik niet gesteld. Wil je dat echt weten? Is het antwoord belangrijk?'

Katja prikte met de eetstokjes in haar eten. Was het antwoord belangrijk nu ze kon redden wat er gered kon worden? Ze sloot haar ogen en wreef met haar hand over haar oogleden. In gedachten zag ze de blik weer van het kleine jongetje dat haar vinger had vastgepakt en hem niet meer los wilde laten. Ze haalde haar hand van haar gezicht en keek op.

'Nee, het is niet belangrijk,' antwoordde ze.

Daniel keek naar haar. 'Remember, it's your decision.'

Katja negeerde zijn opmerking. 'Over hoeveel hebben we het?' vroeg ze in plaats daarvan.

'Tweehonderdvijftigduizend euro.'

Katja haalde diep adem. 'Meer dan twee miljoen...' Ze liet haar stem zakken toen ze zag dat een stel dat een paar tafeltjes verderop zat nieuwsgierig naar haar keek. 'Dat is meer dan een derde van het totale bedrag.'

'Ik geef alleen de prijs door.'

'Valt erover te onderhandelen?'

'Misschien. Waarschijnlijk niet.' Daniel gebaarde met zijn hand. 'Ik kan ernaar informeren als je dat wilt. Misschien kun je er een paar duizend af krijgen, maar hoop er niet te veel op. Heb je tijd om te wachten?'

Katja zuchtte. Als er iets was wat ze op dit moment niet had, was het tijd. Maar het was een enorm bedrag. Van haar twaalf miljoen kronen zouden maar vier miljoen het kindertehuis bereiken. Vier of niets.

'Hoe gaat het gebeuren?'

'Je krijgt de naam van deze persoon van me. Het geld wordt in Moskou contant aan hem overhandigd. Binnen een week na de transactie kunnen jullie de financiële steun aan het kindertehuis overmaken.'

'En Dovgajev, ons contact?'

'Hij is verdwenen. Vergeet hem, hij komt niet terug. Is er iemand anders?'

Katja dacht na. Ja, er was nog iemand. Een vrouw, de naaste medewerkster van Dovgajev. Ze had zich op de achtergrond gehouden tijdens de ontmoeting, maar Katja had de indruk gekregen dat ze goed ingevoerd was in het werk. Misschien wel in dezelfde mate als Dovgajev. Martin Vindell wist haar naam waarschijnlijk. Ze moest Henrik vragen ernaar te informeren.

'Ik moet erover nadenken,' zei Katja en ze schoof het bord weg. Ze had niet veel gegeten en ze had geen trek in de rest.

'*Of course.*'

Hun ontmoeting was afgelopen, de lunch ook. Ze gingen staan en Daniel hielp Katja in haar jas. Ze stelde voor dat ze een taxi naar de stad zouden delen. Daniel sloeg het af, hij zei dat hij met de auto was. Hij bood haar geen lift aan en Katja liep in haar eentje het winkelcentrum uit.

19

Henrik keek uit het raam van zijn kantoor. Het sneeuwde weer. Hij kon zich niet herinneren wanneer het voor het laatst zo veel had gesneeuwd. Ja, toen hij klein was natuurlijk. Toen waren alle winters vol sneeuw en de zomervakanties oneindig lang en licht geweest, met een zon die nooit achter de wolken verdween. Het was natuurlijk een gekleurde herinnering. De werkelijkheid zag er niet zo uit. Zelfs vijftig jaar geleden niet.

Dachten Johanna en Gustav op dezelfde manier aan hun jeugd terug? Beschouwden ze het als een idyllische tijd? Dat was het tenslotte ook geweest, voor zover Henrik zich dat kon herinneren.

In de zomers hadden ze een klein huisje op Möja gehuurd. Ze hadden hun kinderen en enorme hoeveelheden bagage meegenomen om een paar weken van het leven aan de scherenkust te genieten, opgepropt op een paar vierkante meter op een steenworp van het strand. Hadden ze echt geen ruziegemaakt? Nee, toen niet. Nog niet. Ze waren zo verliefd geweest. De jaren met kleine kinderen waren natuurlijk moeilijk geweest, veel huwelijken rondom hen gingen stuk, maar Cecilia en hij hadden de lasten gedeeld. Dat was het geheim, had Cecilia gezegd. En de kinderen waren al op jonge leeftijd naar de crèche gegaan. Het was toen anders. Je hoefde daar destijds geen slecht geweten over te hebben.

Ze hadden de jaren zeventig net achter zich gelaten. De schoudervullingen waren groot en de omslagen glimmend geweest. Ze voelden zich een beetje verdwaald in deze nieuwe wereld. Cecilia en hij waren gevormd door de tijd waarin ze volwassen waren geworden, toen solidariteit en rechtvaardigheid de bepalende woorden waren.

Dat hij Russisch zou leren was vanzelfsprekend. Hij had zijn dienstplicht zelfs in een opleidingsinstituut voor tolken doorgebracht. De meesten van zijn kennissen waren helemaal niet in dienst geweest, maar hij had per se Russisch willen leren. Om te kunnen begrijpen, en anderen te laten begrijpen, dat de wereld niet in twee kampen verdeeld kon worden. Zonder wederzijds begrip en samenwerking zouden ze allemaal ten onder gaan. Om dezelfde reden studeerde hij politicologie. Het doel was vanzelfsprekend.

Over het toelatingsexamen voor Buitenlandse Zaken ging het gerucht dat het bijna onoverkomelijk moeilijk was, maar Henrik slaagde met glans. Helaas moest hij zijn lange haar opofferen voor de sollicitatiegesprekken. Hij was intelligent en doortastend. Niemand kon hem tegenhouden van het redden van de wereld.

Dat was voordat hij Cecilia ontmoette. Ze was een paar jaar jonger dan hij. Ze zat nog steeds op de universiteit waar ze haar laatste studiejaar sociale antropologie deed. Ze wilde met vreemde culturen werken. Ze hadden veel om over te praten.

Henrik was net bij Buitenlandse Zaken begonnen en de eerste euforie was gezakt. Het was niet de tempel van wereldverlossers die hij zich had voorgesteld. Als het ging om het verbeteren van de wereld, was dat meestal met het doel de Zweedse handelsverbindingen te vergemakkelijken.

Het was niet moeilijk geweest om nee tegen Boekarest te zeggen. De post was niet waarop hij had gehoopt en hij wist dat hij meer kansen zou krijgen. Leningrad was erger geweest. Zowel de eerste als de tweede keer dat hij daarvoor werd gevraagd. Die post had hij heel graag willen hebben. Maar hij kon niet alleen met zichzelf rekening houden. Hij kon Cecilia niet dwingen om zo'n onzeker bestaan te accepteren. Niet met een kind in haar buik. Bovendien had ze op dat moment ook een baan gehad, bij het Rode Kruis. Ze hield van haar werk en hij had het recht niet om dat van haar te verlangen. Hij had geen voorwaarden gesteld toen ze elkaar ontmoetten. Zij ook niet. Ze waren twee gelijkwaardige individuen die van elkaar hielden en met elkaar wilden leven. Voor de rest sloten ze hun ogen.

Als hij had geweten dat ze uiteindelijk zouden scheiden, had hij waarschijnlijk anders gereageerd, maar het had geen zin om verbitterd te zijn.

De telefoon op zijn bureau ging en Henrik liet de wervelende sneeuwvlokken voor wat ze waren. Het was Katja. Ze wilde dat hij onmiddellijk naar haar kantoor kwam.

Henrik pakte het Tsjetsjenië-dossier, het was het enige wat hij gemeen had met de minister van Ontwikkelingszaken. Hij kon haar net zo goed voor zijn. Hij bladerde wat in de papieren voordat hij opstond, zijn broek met zijn vrije hand gladstreek en het kantoor uit liep.

Katja was geïrriteerd. Moest het zo lang duren om van de Fredsgata hiernaartoe te komen? Het was maar een wandeling van een paar minuten naar haar kantoor in het Arvfurstens palats. Ze had de gedachte nauwelijks beëindigd toen er zachtjes op haar deur werd geklopt. Ze riep tegen de bezoeker dat hij binnen kon komen en Henrik Hamrén stapte over de drempel.

'Ga zitten.' Katja wees naar de stoel tegenover haar. Henrik ging zitten en legde het dossier dat hij bij zich had op zijn schoot. Ze vroeg zich één moment af of hij zich net zo overgeleverd voelde als zij als ze op Tors bezoekersstoel zat. Als hij zenuwachtig was, liet hij dat in elk geval niet merken. Hij had natuurlijk ook minder te verliezen.

'Je begrijpt waarschijnlijk dat het om ons kleine probleem gaat,' begon ze op een toon waarvan ze hoopte dat die vertrouwenwekkend was.

Henrik knikte. Dat had hij inderdaad begrepen.

'Hoe is het met je contact bij de ambassade gegaan?'

'Ja...' Henrik aarzelde even. 'Ik heb twee ontmoetingen gehad met Viktor Rybkin, waarin ik onze wens om assistentie op tafel heb gelegd.'

'En? Wat was het resultaat?' Katja was ongeduldig. Ze rekende er niet op dat er iets was gebeurd, want dan zou ze het hebben gehoord. Haar vragen waren alleen een formaliteit. Ze kon niet doorgaan met wat ze te zeggen had als ze er niet allebei van overtuigd waren dat alle andere mogelijkheden uitgeput waren.

'Helaas heeft dat tot nu toe niets opgeleverd. Rybkin is heel bereidwillig geweest, moet ik zeggen, en hij heeft beloofd te doen wat in zijn vermogen ligt. Maar...'

'Maar?'

'De kans dat er iets zinnigs uitkomt is waarschijnlijk klein.'

Dat vond ze zo prettig aan Henrik Hamrén. Hij mocht dan een carrièrematige catastrofe zijn geweest, zijn gebrek aan betrokkenheid had niets te maken met zijn intellectuele capaciteiten. Hamrén was scherp, drukte zich precies en zonder overdrijving uit. Zijn politieke analyses waren bovendien vaak briljant. Ze had begrepen dat die niet zelden op het bureau van de minister van Buitenlandse Zaken belandden, enigszins aangepast en met Torsten Blidfelts handtekening eronder.

'Hoe klein?'

'Nagenoeg niet aanwezig.'

Katja knikte. Dat had ze al verwacht. Henrik ging verder.

'Ik gok erop dat Rybkin terug zal komen met een rapport van de Russische politie waarin Umar Dovgajev als vermist wordt opgegeven en het geld als gestolen wordt gemeld.'

'Dat weten we al.'

'Inderdaad.' Henrik zweeg en Katja schoof even op haar stoel heen en weer.

'Ik heb nieuwe informatie gekregen,' zei ze ten slotte. 'Met betrekking tot Dovgajev.'

Henrik keek naar haar. Hij zag er verbaasd uit. 'Aha, van wie?'

Katja aarzelde, het was niet gemakkelijk om de zaak op de juiste manier te brengen. 'Van een vriend,' zei ze nadat ze even had nagedacht. Een vriend met een goed inzicht in de buitenlandse politieke verwikkelingen.'

Henrik bleef naar haar kijken zonder vragen te stellen. Hij had er misschien een vermoeden van wie de vriend was. Of misschien ging hij ervan uit dat hun eigen militaire inlichtingendienst ermee was gekomen. Normaal gesproken voorzag MUST de regering van dit soort informatie. Maar ongeacht wie het was, het had op dit moment geen zin om daar vragen over te stellen. Dat begreep Henrik Hamrén waarschijnlijk. Katja ging verder. 'De informatie die ik heb zegt dat Dovgajev niet terug zal komen.'

'Die conclusie hebben wij ook getrokken. Of niet soms?'

'Ja, maar dat geldt niet voor de reden.' Katja zweeg even. De informatie die ze van plan was aan Henrik Hamrén door te spelen was gevoelig, heel gevoelig, maar in deze situatie was ze om praktische redenen gedwongen om het met iemand te delen. De man aan de andere kant van het bureau was degene die ze had uitgekozen. Ze had geen ander alternatief gehad.

Katja bleef een paar seconden naar hem kijken voordat ze verderging. 'De Russische Federale Veiligheidsdienst heeft Dovgajev laten verdwijnen.'

Henrik keek haar aan. 'Heeft de FSB...'

Katja onderbrak hem. Er was geen reden om duidelijke taal te spreken. Henrik had het begrepen, dat zag ze aan zijn ogen. 'Ja,' zei ze snel. 'Voorgoed.'

'Omdat?'

'Omdat ons project moest mislukken. Ze wilden ons stoppen, heel gewoon. Rusland wil niet dat Zweden zich met Tsjetsjenië bemoeit.'

Henrik zweeg een paar seconden voordat hij langzaam zijn gedachten formuleerde. 'Bedoel je dat dit een indirecte methode is om ons weg te jagen? Om te voorkomen dat ze ons officieel moesten afwijzen?'

'De officiële weg had politieke complicaties gegeven.' Katja keek gespannen naar Henrik. Dit was een waarheid die ze er zelf aan toe had gevoegd. Zou Hamrén die ook accepteren? Hij zweeg een tijdje.

'Dat klinkt niet onaannemelijk,' zei hij ten slotte.

Katja ademde uit. Niet omdat Henrik Hamréns mening ertoe deed, maar omdat het beter was dat hij aan haar kant stond met het oog op wat er gedaan moest worden.

'En wat doen we nu?' Henrik verstrengelde zijn handen op de map op zijn schoot. 'Als we hiermee naar buiten komen zijn de diplomatieke gevolgen niet te overzien.'

'We komen er niet mee naar buiten.'

'Dus we laten het erbij? Laten we de Russen de agenda bepalen?' Henrik klonk ontmoedigd.

Katja keek hem diep in de ogen. Hij had de juiste conclusies getrokken. Nu moest ze hem alleen nog mee zien te krijgen voor het vervolg.

'Nee, we laten het er niet bij,' zei ze. 'We doen juist het tegenovergestelde.'

20

Henrik wist niet wat hij moest zeggen. Eerst dacht hij dat ze hem in de maling nam. Daarna besefte hij dat dat niet zo was. Katja meende het serieus. Ze moesten ervoor zorgen dat de rest van het geld op de plaats van bestemming kwam, zei ze. Ze zouden garanties kopen. De prijs daarvoor was tweehonderdvijftigduizend euro.

Het was absolute waanzin. Het zou nooit lukken. Hij had het idee krachtig verworpen. Niet omdat hij niet wist dat het zo werkte. In het bedrijfsleven was het een onuitgesproken wet dat er altijd geld voor bescherming meegerekend moest worden als je zaken deed met Rusland. Maar dan ging het om particuliere bedrijven. De tegenstander was de maffia, criminele groeperingen met het vermogen een bedrijf te vernietigen met bedreigingen, geweld en corruptie.

Dit was anders. De Zweedse staat was geen particuliere onderneming. En hoe angstaanjagend de maffia ook was, het was niets vergeleken met het gedeelte van de vroegere KGB dat zich nu FSB noemde.

Katja had echter een besluit genomen. Geen van de argumenten die hij haar voorlegde leken haar vastbeslotenheid te ondermijnen. Ze sprak over de kinderen, over hun plicht om te helpen, om moed te tonen en niet achteruit te deinzen als het moeilijk werd.

Henrik schudde zijn hoofd. Het was waanzin.

'Weet de premier hiervan?' vroeg hij uiteindelijk.

Katja's antwoord was kalm, bijna verbeten, maar hij zag dat ze rode vlekken in haar hals had. 'Dit is mijn verantwoordelijkheid,' zei ze. 'Het is mijn besluit.'

'Hij weet er dus niets van.'

Katja snoof minachtend. 'Tor Bergman heeft me gevraagd dit probleem op te lossen,' zei ze, 'en ik ben ook van plan om dat te doen.' Ze keek hem strak aan. 'We zijn net vijfenhalf miljoen kronen aan belastinggeld kwijtgeraakt. Als we de schade kunnen beperken door de rest van het geld bij het kindertehuis te krijgen en ervoor te zorgen dat het zijn werk doet, hebben we niet alleen de kinderen een dienst bewezen. We hebben ook het aanzien van de regering gered.'

'Je bedoelt jouw aanzien.'

'En dat van jou, Henrik Hamrén,' zei ze scherp.

Henrik keek naar haar. De vlekken hadden zich naar haar wangen uitgebreid, en de borstkas achter het grijze colbert bewoog in hetzelfde ritme als haar snelle ademhaling. Er daalde een gespannen stilte over de kamer neer. Hij had zijn argumenten op tafel gelegd, zij had ervoor gekozen om er niet naar te luisteren.

'Hoe wil je het gaan doen?'

Afgezien van de rode wangen was er geen aarzeling bij de minister toen ze antwoord gaf. 'Het geld, de tweehonderdvijftigduizend euro, wordt rechtstreeks aan een contactpersoon in Moskou overhandigd. Ongeveer een week daarna krijgen we het groene licht om de rest van het geld over te maken naar *De Hoop van de Tsjetsjeense Kinderen*.'

Henrik wachtte even af of er nog meer kwam, maar Katja zweeg. Ze leek te hebben gezegd wat ze van plan was geweest. Henrik haalde diep adem en fronste zijn voorhoofd. 'Is jouw vríénd degene die het contact met deze persoon onderhoudt?'

'Ja.'

'Mag ik een vraag met betrekking tot deze vríénd stellen?'

'Nee.'

Het werd weer stil in het ministerskantoor. 'Waarom vertel je me dit dan eigenlijk? Alles lijkt immers al beslist.'

Nu was het Katja's beurt om diep adem te halen. 'Omdat ik je hulp nodig heb.'

'Mijn hulp? Op wat voor manier?'

'Iemand moet het geld overhandigen.'

'Bedoel je dat ik dat moet doen?' Henrik begon bijna te lachen. Het scenario was niet alleen waanzinnig, het was ook komisch. Moest hij naar Moskou reizen met een portefeuille vol contanten? Om een onbekende man ergens in een donker steegje te ontmoeten en hem tweeënhalf miljoen kronen in ongemerkte eurobiljetten te overhandigen? Hij lachte kort. De minister keek hem geïrriteerd aan. 'Sorry,' zei hij. 'Maar vind je het zelf ook niet een beetje te gortig?'

Katja gaf geen antwoord. Henrik vermande zich.

'Kan je vríénd het overhandigen niet op zich nemen?'

'Nee.'

'Waarom niet?'

'Omdat ónze vriend zoiets niet doet. Dit is ons project. De praktische uitvoering is onze taak.'

'Het lijkt erop alsof het mijn taak is.'

'Heb je daar een probleem mee?'

Henrik dacht even na. Katja bleef naar hem kijken. Had hij er een probleem mee? Hij bedacht duizend tegenwerpingen, maar Katja had ze allemaal al gehoord. En weggewuifd.

'En áls ik er een probleem mee heb?' vroeg hij ten slotte.

'Tja, dat is jouw besluit.' Katja keek hem doordringend aan. Hij zag haar zelfs niet knipperen toen ze antwoordde. 'Je moet doen wat je goeddunkt. Ik kan je niet dwingen.'

Op het laatste deel van hun gesprek was ze niet trots geweest. Het was een noodoplossing. Ze was niet van plan geweest om op die manier Henriks leven in te stampen. Maar hij was zo koppig geweest en had zo onverwacht veel tegenstand geboden. Ze had gezien hoe hij na haar opmerking in elkaar kromp. Het was, voor zover zij wist, bijna twintig jaar geleden, maar Hamrén was nog steeds niet uit zijn carrièrequarantaine. Het was de vraag of dat ooit zou gebeuren.

Of die steek onder water de doorslag gaf of dat hij besefte dat er eigenlijk geen keus was, maakte niet uit. Henrik Hamrén stemde ermee in om naar Moskou te gaan. Hij wist waar hij zich mee inliet en het was zijn eigen beslissing, met een beetje druk van haar kant.

Ze vroeg hem om voor vrijdag al tickets te regelen. Het had haast. Hij moest zijn vriend Rybkin hulp vragen bij het aanvragen van het visum, om de trage administratie van de ambassade wat te haasten. Ze bemoeide zich niet met de verklaring die hij daarvoor gaf, maar hij moest het discreet regelen. Ze wilde dat hij een paar dagen voor de overhandiging in Moskou was. Die zou op dinsdag plaatsvinden, als alles volgens plan verliep.

Het geld was haar verantwoordelijkheid, maar dat zou geen probleem zijn. Zij had zeggenschap over de bankrekening en de uitbetalingen werden door haar ondertekend. Dat het evaluatieverslag niet klaar was voordat de rest van het geld op de projectrekening in Moskou werd gestort, was natuurlijk vervelend, maar de financiële afdeling zou het waarschijnlijk niet opmerken of zich ermee bemoeien. Zij was verantwoordelijk voor de rekening en zij was degene die bepaalde of aan de criteria voor de volgende uitbetaling was voldaan. De financiële afdeling was niet bekend met dat deel van de overeenkomst, dus waarom zouden ze achterdochtig worden? Ze was tenslotte minister. Haar woord woog zwaar. Het laatste wat ze moest doen was de ontmoetingscoördinaten aan Henrik doorgeven. Ze had de naam van de ontvanger al van Leblanc gekregen, maar die wilde ze niet eerder dan nodig was aan Henrik meedelen. Hij zou de naam en de plek van de ontmoeting krijgen op het moment dat hij naar Moskou vertrok.

Natuurlijk vertrouwde ze hem en hij kende immers alle feiten al. Althans bijna. Toch gaf het haar een veilig gevoel om de laatste schakel zo lang mogelijk zelf te houden. Voor het geval een van de betrokkenen zich zou bedenken.

11/1

15.42 Inkomend. Henrik Hamrén aan R. HH vraagt
om hulp met visum. R vraagt wat HH in Moskou
gaat doen. HH zegt dat het een ambassadeklus
is. Hij moet vrij 14/1 vertrekken, terug 19
of 20/1. Kort bezoek, heeft snel visum nodig.
R belooft te helpen. HH brengt aanvraag en
paspoort morgenochtend. R zegt dat hij R's naam
op envelop moet schrijven en hem achterlaten
bij de ambassade, niet bij het consulaat.
Visum kan do-ochtend opgehaald worden. HH
bedankt, beëindigt gesprek. R vraagt HH om
zijn betoverende vrouw de groeten te doen.

    Ry/sv/KJ

21

Maria zat in elkaar gekropen op de bank en keek strak naar haar schoot. Ze had de televisie uitgedaan en tikte met het deksel van de batterijhouder van de afstandsbediening.

Henrik had haar net verteld dat hij naar Moskou zou gaan. Maria vond het niet prettig. Rusland leek niet veilig. Ze had op het nieuws gezien hoe het er daar aan toe ging; zelfmoordbommengooiers in de metro, gebouwen die opgeblazen werden. Ze was bang voor haar man, ze wilde niet dat hij daar erheen ging. Henrik wist dat, maar het was zijn baan, zei hij. Ze moest erin berusten en het kwam bovendien niet vaak voor dat hij op reis moest. Het hielp niet veel.

'Maar, lieverd, het is maar een gewone zakenreis.'

'Wat is er dan zo belangrijk dat jij daar naartoe moet? Jullie hebben toch telefoon, en mail?'

'Je kunt niet alles via de telefoon regelen.'

Maria bleef naar haar schoot kijken.

Henrik zuchtte. 'Ik moet er dit keer naartoe. Zo is het gewoon.'

'Waarom dan?'

Hij aarzelde even voordat hij antwoord gaf. 'Het heeft met Tsjetsjenië en met het kindertehuis te maken.'

Maria keek op. 'O.'

'Meer kan ik niet vertellen.'

'Snap je niet hoe ongerust ik word als je dat zegt? Je gaat niet naar de Canarische Eilanden toe!'

'Nee, helaas...' Hij probeerde een grapje te maken.

'Hou op! Weet je wel hoe bang ik was toen je in Tsjetsjenië was? Er was daar een oorlog aan de gang. Je had dood kunnen gaan.'

'Maar ik ben thuisgekomen. Levend. En dat doe ik deze keer ook. Het is alleen maar Moskou.'

'Alleen maar, alleen maar...'

'Hou daarmee op, Maria! Alsjeblieft. Er is niets om je ongerust over te maken, zeg ik. Ik moet naar Moskou. Niet naar Bagdad. Moskou is tegenwoordig een gewone, normale stad. Ze hebben een McDonald's, en een Pizza Hut, en een Ikea.'

'Waarom kun je niet vertellen wat je daar gaat doen?'

Henrik gaf geen antwoord. Maria werd stil en keek weer naar haar schoot. Dit was niets voor haar. Ze was gewoonlijk niet angstig en ze vertrouwde haar man, maar er klopte iets niet in wat hij zei. Of liever gezegd, in wat hij niet zei.

Ze stond op van de bank en gooide de afstandsbediening op de salontafel. 'Goed dan,' zei ze en ze liep de zitkamer uit.

Een halfuur later ging hij ook naar de slaapkamer. Hij had zich uitgekleed en rook al naar tandpasta, hoewel het nog maar tien uur was. Maria was met haar kleren aan op bed gaan liggen. Ze staarde naar het plafond en deed net alsof ze niet merkte dat hij binnenkwam.

Henrik haalde zijn pyjama onder zijn kussen vandaan en trok hem aan. Daarna kroop hij naast haar en legde hij zijn hand op haar arm.

'Kunnen we alsjeblieft stoppen met ruziemaken?'

'Ja hoor.' Maria bleef naar het plafond kijken.

'Ik zal het vertellen. Oké?'

Maria keek hem aan. Ze knikte. 'Oké.'

Hij moest geld in Moskou afleveren. Het was niet voor het kindertehuis, niet rechtstreeks in elk geval. Hij moest voor bescherming betalen, zei hij. Om te garanderen dat de rest van het geld de kinderen bereikte.

Maria had onzeker geluisterd. Hij had al eens over het probleem verteld, ze wist dat het geld verdwenen was, dat ze zich zorgen maakten. Maar dit... beschérming, waren dat geen zaken waarmee de maffia zich bezighield? Henrik had haar ervan overtuigd dat het absoluut niet om de maffia ging. Een deel van het geld voor het kindertehuis werd gewoon gereserveerd voor een zekerheidsarrangement en dat was de transactie die hij in Moskou moest regelen.

Maria had gevraagd waarom ze de betaling niet via de bank regelden, en Henrik had uitgelegd dat het zo niet werkte in Rusland. De Russen vertrouwden de banken niet. Als de ontvanger het geld contant wilde hebben, dan moest het zo gebeuren. Als het om bescherming ging, was het een verkopersmarkt.

Wat hij haar vertelde kalmeerde haar nauwelijks, maar nu wist ze het in elk geval. Bovendien had hij haar beloofd om in Moskou te blijven. En hij zei dat ze elkaar zo vaak als ze wilden konden bellen.

Ze moest er tevreden mee zijn. Het ging tenslotte maar om een paar dagen.

Ze was gestopt met mokken en had zich naar hem toe gedraaid. Ze had gezegd dat hij moest begrijpen waarom ze ongerust was. Omdat ze om hem gaf. Omdat ze niet wilde dat er iets zou gebeuren. Hij begreep het en ze hielden elkaar vast. Ze rook de zwakke muntgeur van zijn ademhaling en de warmte van zijn lichaam maakte haar moe en soezerig.

Maar toen Henrik zijn hand onder haar trui liet glijden verdween het behaaglijke vermoeide gevoel snel. Ze duwde zijn hand geïrriteerd weg. Het zou gemakkelijk zijn geweest om zijn reis en haar ongerustheid de schuld te geven; dat ze door hun ruzie niet in de stemming was. Maar dat was niet de hele waarheid.

Ze vond het moeilijk om er goed mee om te gaan, maar de laatste tijd waren de verschillen tussen hen steeds duidelijker geworden. Ze leefden verschillende levens. Henrik had twee volwassen kinderen en een huwelijk achter de rug. Hij wilde nu comfortabel achteroverleunen. Hij wilde een gemakkelijk leven met haar in hun kindervrije woning in Gärdet. Lekkere avondmaaltijden, koffie met cognac, vakanties en theaterbezoek. En natuurlijk, daar hield zij ook van. Het was een behaaglijk leventje. Maar was zij echt bereid om nu al achterover te leunen?

Ze had het vorige winter beseft, toen ze hun zomervakantie planden. Maria had voorgesteld dat ze in Griekenland zouden gaan eilandhoppen. Henrik wilde vooraf een hotel boeken en op één plek blijven. Het was maar een klein ding, maar ze had er achteraf over nagedacht.

Natuurlijk was Henrik ouder dan zij, maar dat was het niet alleen.

In het begin had ze hem heel erg geïnspireerd. Hij praatte vaak over haar energie en de onverwachte wendingen die ze aan zijn bestaan gaf. Hij zei dat hij de dingen daardoor op een nieuwe manier zag. Maar na de bruiloft was er iets veranderd. Langzamerhand was de behaaglijkheid in hun leven geslopen. Soms had ze het gevoel dat ze zo'n oud getrouwd stel waren, die je aan de eettafels van de veerboten naar Åland kon vinden.

Maar zij was niet oud. Ze voelde zich niet oud. Ze was iemand die in haar vakantie wilde eilandhoppen. Ze was iemand die een gezin wilde starten.

Hij had er al een.

Dat was een verschil, een groot verschil. Maria had de laatste tijd ontdekt dat de prijs die ze voor haar huwelijk betaalde, het onverzettelijke geloof was in het feit dat liefde alles overwint.

22

Katja tilde Molly in de hal op.

'Ga je het vandaag fijn hebben op de crèche?'

'Ik wil bij jou blijven.'

'En ik wil bij jou blijven. Maar dat gaat niet. Mama moet werken.' Ze zette Molly op de grond. 'Jij gaat het vandaag fijn hebben op de crèche. Of niet soms?'

'Nee!'

'Jawel, volgens mij wel.' Katja keek op haar horloge. Ze moest weg.

'Wanneer kom je thuis? Voor Bolibompa?'

Vóór zes uur? Nee, dat was niet waarschijnlijk. Dat gebeurde bijna nooit.

'Nee, meisje. Maar ik kom thuis voordat je slaapt. En dan lezen we een verhaaltje, goed?'

Molly trok een pruilmondje. Ze was niet tevreden over de onderhandelingen. Anders verscheen in de hal. 'Kom, Molly, mama moet weg, en wij trekken zo onze jassen aan en gaan naar de crèche. Ik moet ook naar mijn werk.'

Molly zuchtte en liet Katja's jas los. Ze zei met een klein stemmetje gedag en Katja omhelsde haar nog een keer voordat ze de deur achter zich dichttrok en zich naar de metro haastte.

Op weg daar naartoe probeerde ze niet aan dat kleine stemmetje en de teleurgestelde ogen te denken. Het zou niet altijd zo zijn. Dat was alleen nu. Het zou later beter worden.

Bij de metro haalde ze wat documenten uit haar aktetas en begon te lezen. Ze werd zelden herkend, en zolang dat niet gebeurde was het geen probleem om met het openbaar vervoer te reizen. Ze moest ervan genieten zo lang het nog kon; steeds meer collega's van haar hadden een lijfwacht. In elk geval met regelmatige tussenpozen. De wereld was de laatste jaren harder geworden en ook Katja reisde 's avonds laat niet meer met het openbaar vervoer.

Toen de metro op het Centraal Station stopte, stapte ze uit en ging met de roltrap naar boven. Sommigen keken een beetje extra als ze langsliep en in de hal op de begane grond riep een alcoholist iets tegen haar. Het was niet erger dan anders.

Ze haastte zich over de Drottninggata naar het Arvfurstens palats. Het was al halfnegen. Ze had vanochtend om acht uur op haar werk willen zijn, zodat ze iets eerder naar huis kon, maar het gebeurde zelden dat haar plannen in die richting lukten. Ze was geen ochtendmens en als de wekkerradio om zes uur ging, leek het absoluut onmogelijk om op te staan. Alsof iemand haar bed met nat beton had bedekt dat gedurende de nacht rond haar lichaam was gestold. Pas als ze een halfuur op de snoozeknop had gedrukt, duwde Anders haar uit bed. Het was Katja's taak om Molly wakker te maken. Een van de weinige, moest ze toegeven.

Anders droeg veel verantwoordelijkheid voor hun gezin. Dat hadden ze van tevoren uitgebreid besproken. Hij deed het met plezier, zei hij. Hij vond dat haar ministerspost het waard was en bovendien was zijn baan bij de sociale dienst zo zwaar dat hij graag minder wilde werken. Toch knaagde haar slechte geweten voortdurend aan haar. Ze was bang dat hij er genoeg van zou krijgen, dat hij de vrijheid terug zou eisen die hij had gehad voordat ze minister werd. Soms dacht ze dat ze de voortekenen zag – irritatie, gezucht – maar als ze ernaar vroeg antwoordde hij dat de situatie nu eenmaal zo was. En wat moest ze zeggen? Ze kon geen verbetering beloven.

Ze hadden geweten dat het zwaar zou worden, maar ook dat ze het zouden redden; ze waren volwassen mensen. Het was erger voor Molly. Daar hadden ze ook over gepraat, maar ze waren het erover eens dat Molly's leven niet in de knel mocht komen.

Katja dacht weer aan het kleine stemmetje en was er plotseling absoluut niet zeker van dat ze daarin slaagden.

Na een korte wandeling door de gangen hing ze haar jas aan de kleerhanger achter de deur van haar kantoor en ging ze achter haar bureau zitten. Ze had een mooi kantoor. Minder mooi dan dat van de minister van Buitenlandse Zaken natuurlijk, maar vergeleken met het kleine hok dat ze als Kamerlid had gehad, was het een balzaal. Niet helemaal haar persoonlijke smaak misschien, een beetje te opzichtig met imposant stucwerk, goud en tierelantijnen, maar ze klaagde niet.

Om tien uur moest ze op de ambassade van Nicaragua zijn voor een ontmoeting met de ambassadeurs van Latijns-Amerika, die wilden praten over een eventuele Zweedse deelname aan een gemeenschappelijk project om de armoede en de corruptie terug te dringen.

Ze was nieuwsgierig wat ze te vertellen hadden. Het project was het idee van de landen zelf, wat niet alleen positief voor hen was, maar ook voor haar. De basisregels waren dat er alleen Zweedse ontwikkelingshulp werd gegeven aan landen die zelf initiatieven ontplooiden. Aan dat criterium was voldaan en Helena Milles van Sida was al ingeschakeld.

's Middags zou ze een voordracht in het Olof Palme-centrum geven over de huidige internationale samenwerking op het gebied van mondiale veiligheid en mensenrechten. De tekst had ze gisteren gekregen en in bed doorgelezen voordat ze ging slapen. Het zag er goed uit, voor zover ze kon zien; ze had maar een paar kleine veranderingen in de kantlijn genoteerd. Die zou ze mailen, zodat de veranderingen konden worden doorgevoerd. Ze hield niet van slordige teksten.

Katja zette haar computer aan en terwijl ze wachtte tot hij was opgestart, pakte ze de telefoon. Eerst moest ze iets anders doen.

Henrik leunde achterover in de vliegtuigstoel, maakte zijn veiligheidsgordel vast en trok hem aan. Zijn knieën stootten tegen de rugleuning voor hem. Ambtenaren van Buitenlandse Zaken vlogen niet businessclass. Het was de verantwoordelijkheid van iedereen om te bezuinigen en het was uitgesloten dat er een dubbele ticketprijs werd betaald voor een extra decimeter knieruimte en een lunch met een wit linnen servet. Toen hij met Katja meereisde was dat wel anders geweest want voor ministers golden duidelijk andere regels. Sommige mensen bij de overheid waren nu eenmaal belangrijker dan anderen.

Maar nu reisde hij alleen en de houding van het SAS-personeel was in de economyclass duidelijk anders dan aan de andere kant van het magische gordijn.

Hij was op weg naar Moskou. Waaróm probeerde hij uit zijn gedachten te bannen. Katja had hem 's ochtends gebeld en zich ervan verzekerd dat hij echt onderweg was voordat ze hem de informatie had gegeven.

Ze had zenuwachtig geklonken. Dat maakte Henrik niet bepaald kalmer. De opdracht kwam weliswaar van een minister, maar hij had begrepen dat het absoluut niet officieel was. Hij probeerde er niet aan te denken. Hij moest naar Moskou om het evaluatieverslag met betrekking tot *De Hoop van de Tsjetsjeense Kinderen* door te nemen. Dat was de enige reden die hij had kunnen bedenken voor de plotselinge reis. Hij moest tenslotte een plausibele verklaring voor Blidfelt en de anderen hebben waarom hij plotseling naar Moskou vertrok. Het kindertehuisproject was de enige van zijn werkzaamheden waarin ze geen inzage hadden.

Hij had Martin Vindell gewaarschuwd over zijn komst. Hij had de schuld gegeven aan het verslag en administratieve rompslomp. Hij was bewust vaag gebleven. Martin had geen twijfels geuit, maar Henrik vroeg zich af wat hij eigenlijk dacht.

Katja had beloofd dat het geld maandag op de projectrekening zou staan. Hij moest het ter plekke opnemen. De bank zou geïnformeerd zijn, want zulke grote bedragen vereisten een waarschuwing vooraf. De gedachte dat hij de bank uit zou lopen met een tas vol eurobiljetten gaf hem een onbehaaglijk gevoel. Zachtjes uitgedrukt. Hij wilde nergens graag rondlopen met miljoenen in een tas, maar vooral niet in Moskou. Maar Katja en hij hadden het zo afgesproken, en het was nu te laat om terug te krabbelen.

Hij had een plaats en een tijdstip gekregen. En een naam: Aslan Zakujev. Een Tsjetsjeen, dat was aan de naam te horen. In zijn oren klonken ze allemaal verwarrend gelijk: Basajev, Zakajev, Dovgajev, Zakujev...

Moskou. Anderhalf jaar geleden was hij er voor het laatst geweest. Hij was maar een paar dagen gebleven, voor een ambassadebriefing en veiligheidsinstructies van de Russische minister van Buitenlandse

Zaken, voordat ze doorreisden naar Tsjetsjenië. Hij had niet zo veel van de stad kunnen zien, alleen wat hij door het autoraam zag terwijl ze tussen de luchthaven, de ambassade en het MID heen en weer werden gereden. Er was veel gebeurd, dat had hij in elk geval kunnen constateren.

Voordat hij Cecilia had ontmoet en bij Buitenlandse Zaken was begonnen, had hij een jaar aan de MGU gestudeerd, de universiteit van Moskou. Dat was in het midden van de jaren zeventig geweest, toen de rijen voor het brood lang waren.

Hij had zich op zijn studie geconcentreerd, veel anders was er niet te doen. Heel weinig Russen durfden met hem om te gaan uit angst voor represailles. In die tijd was omgaan met buitenlanders meteen verdacht en op zijn minst een staatsvijandelijke bezigheid. Natuurlijk niet als je aan de KGB rapporteerde, maar zulke 'vrienden' was Henrik liever kwijt dan rijk. Daarnaast waren er de zwartemarkthandelaren. Roekeloze 'zakenmannen' die contact zochten met iedereen die toegang had tot spijkerbroeken, bandrecorders en kauwgom. In die omgang was Henrik ook niet geïnteresseerd geweest. In plaats daarvan werd de cultuur zijn gezelschap.

Tijdens zijn jaar in Moskou leerde hij het theater waarderen. Een gewoonte die hij mee naar huis nam. En natuurlijk de bioscoop en tentoonstellingen en musea. Maar meestal ging hij daar zonder gezelschap naartoe.

Het was een tamelijk eenzaam jaar geweest. Hij had een beetje contact gehad met een Zweedse studente die Ninel heette en die uit Piteå kwam. Ze was altijd al communist geweest en vertelde trots dat haar naam het spiegelbeeld van Lenin was. Ninel gebruikte graag woorden zoals proletariaat, strijd en solidariteit. Dat deed Henrik ook, maar als Ninel met vurige ogen vertelde over solidariteit tussen de arbeiders van de hele wereld, hadden de woorden een andere klank dan wanneer Henrik ze uitsprak. Voor hem was solidariteit de plicht van de rijke wereld om te delen, geen oorlog die moest worden uitgevochten tussen 'arbeiders en uitzuigers', zoals Ninel predikte.

Henrik was geen communist en dat werd hij ook niet na zijn bezoek aan de Sovjet-Unie, maar hij hield zijn geloof in de rol van Zweden als bemiddelaar in de Koude Oorlog. In mensen zoals hij, die de beer tegemoet durfden te treden, die bruggen zouden bouwen tussen beide grootmachten. De wereld zou ontwapenen en Henrik zou daarbij helpen.

In plaats daarvan ging een Amerikaanse havik, een afgedankte B-acteur, met de eer strijken. Hij voelde zich daar niet verbitterd over, het resultaat was immers positief, maar in een historisch perspectief gezien was het allemaal een beetje verwarrend.

Henrik keek door het vliegtuigraam naar buiten en nam een slok van zijn vruchtensap. Het broodje had hij afgeslagen. Niet omdat hij gierig was, maar dertig kronen voor een broodje kaas met een slap blaadje sla was een beetje overdreven als je de volle prijs voor het vliegticket had betaald. Hijzelf niet natuurlijk, maar zijn werkgever, en hij had een zekere mate van verontwaardiging namens Buitenlandse Zaken gevoeld toen de stewardess met de broodjes langskwam. Nee, hij hoefde niet. Ze mochten het houden.

Toen het vliegtuig in Moskou landde was Henrik de eerste die uitstapte. Het was hem gelukt om de onaangename gedachten het grootste deel van de reis buiten te sluiten. Heel soms doken ze op, en dan voelde hij een steek in zijn maag. Hij probeerde tijdens de reis net te doen alsof hij een toerist was.

Katja had gewild dat hij een paar dagen langer bleef, zodat ze speelruimte hadden als er iets verkeerd zou gaan. Hij had er geen idee van wat dat zou moeten zijn, maar het bezorgde hem nog meer gedachten die hij op afstand probeerde te houden. De extra dagen wilde hij in elk geval gebruiken om zijn kennismaking met de stad te hernieuwen. De toerist spelen. Musea en bezienswaardigheden bezoeken, en naar de universiteit gaan om te kijken of alles daar nog hetzelfde was. Misschien kon hij de trein naar Zagorsk nemen om het klooster te bezoeken.

Afgezien van zijn opdracht was hij eigenlijk vol verwachting. Na zijn jaar aan de universiteit van Moskou was hij er alleen maar voor korte dienstbezoeken geweest en voor de reis naar Tsjetsjenië was hij acht jaar lang niet in Rusland geweest.

De rijen bij de paspoortcontrole waren lang; er was net een vliegtuig uit Berlijn geland en de meeste reizigers praatten Duits. Henrik haalde dankbaar zijn paspoort tevoorschijn, liep naar de diplomatencontrole en drong voor in een rij met gewone Russen en buitenlandse toeristen die ondanks de borden de kortste rij hadden gekozen. Daar had hij over gedroomd gedurende zijn studiejaar in Moskou te midden van de kakkerlakken.

Martin Vindell had beloofd een auto te sturen. De luchthaven Sjeremetevo was een chaos als het om vervoer ging. Er waren geen bussen, geen metro en geen sneltrein. De taxi was het enige alternatief om naar de stad te komen, maar het woord eenheidsprijs had, hoewel dat heel merkwaardig was met het oog op de geschiedenis van het land, geen equivalent onder de Moskouse taxichauffeurs. Een paar jaar geleden had de maffia de taxibranche bij de luchthaven in een ijzeren greep gehad. Het kostte minimaal vijftig dollar en geen kopeke minder om naar de stad te komen als je een buitenlander was. Een belachelijk bedrag. Nu was het iets beter, had Martin gezegd, maar voor alle zekerheid stuurde hij een auto.

Een stevige man van in de vijftig stond bij de uitgang en hield een bord met de naam Hamrén omhoog, geschreven in onregelmatige Latijnse letters. Toen Henrik naar hem toe liep en knikte, draaide de man zich zonder een woord te zeggen om en begon hij weg te lopen. Henrik nam aan dat hij hem moest volgen. Zijn koffer moest hij zelf dragen.

De geur van diesel, uitlaatgassen en Russische sigaretten kwam hem bij het verlaten van het luchthavengebouw tegemoet. Het was de geur van Moskou en Henrik kon het niet laten om zijn mond te vertrekken. Hoewel er heel wat tijd voorbij was gegaan, had hij op de een of andere manier het gevoel alsof hij thuiskwam.

Het was koud, twaalf graden onder nul hadden ze in het vliegtuig gezegd. De kou was guur en vochtig en kleine sneeuwvlokken dwarrelden uit de hemel. Langs de rand van het pad naar de parkeerplaats lag een muur van vieze sneeuwbrij. Toen ze er waren deed de man het kofferdeksel van de auto open en Henrik legde zijn koffer in de kofferbak, waarin al vier jerrycans sproeivloeistof lagen. Het was een zilverkleurige Volvo, misschien tien jaar oud. De staat ervan was onmogelijk te bepalen. Door het vuil dat op de auto was gespat en de bruine, dikke ijsmassa's rond de wielbakken leek het meer op een pantserwagen dan op een auto.

Henrik had Martins aanbod om op het ambassadeterrein te overnachten afgeslagen. Hij wilde niet meer dan noodzakelijk omgaan met mensen die lastige vragen aan hem konden stellen. Bovendien wilde hij het echte Moskou zien. Hoewel dat in een hotel ook niet helemaal echt was. Maar het was in elk geval beter dan 'klein Zweden' aan de Mosfilmovskaja.

Terwijl de chauffeur tussen de bijna stilstaande rijen auto's in de Leningradskoje sjosse door laveerde, om hem naar hotel Metropol in het centrum van de stad te brengen, keek Henrik nieuwsgierig naar de enorme winkelcentra die langs de snelweg verrezen waren. Hij zag een gigantische Ikea en natuurlijk de luxe verlichte glazen gebouwen waar opzichtige auto's van kostbare merken werden verkocht. Er was inderdaad veel gebeurd.

Bij hotel Metropol bedankte hij de chauffeur, die zijn koffer chagrijnig uit de kofferbak had gehaald en op de schoongeveegde stoep voor de hotelingang had gezet. Zonder een woord te zeggen stapte hij in zijn smerige Volvo en reed weg.

Henrik keek om zich heen. Het was een goede plek om te staan. Hij kon aan een kant helemaal naar het Kremlin en het historische museum kijken en aan de andere kant naar het theaterplein met het Bolsjoi-theater met zijn galopperende paarden, dat als een roomwit gebakje in het midden stond.

Toch was de plek niet hetzelfde. Het grote hotel Moskou was weg. Hij wist dat ze het hadden gesloopt, maar pas nu besefte hij de impact ervan. Het was een baken geweest, een grote zwarte klomp aan de voet van het Rode Plein. Het was niet duidelijk waarom het was gesloopt. Er werd verteld dat het bouwbedrijf van de vrouw van de burgemeester erbij was betrokken. Dat was niet onmogelijk, haar bedrijf regelde tachtig procent van de bouwwerkzaamheden in Moskou. Zoiets werd niet in twijfel getrokken. Dat de machthebbers gebruikmaakten van hun positie was een oude traditie in dit land.

Henrik pakte zijn koffer van het trottoir en maakte zich klaar om het hotel in te gaan. Hij zou straks tijd hebben om de stad te bezichtigen. De stad was van hem, in elk geval voor een paar dagen.

23

Ze was de hele middag met Diana op stap geweest. Ze waren naar de bioscoop geweest en hadden een slechte Zweedse film gezien. Daarna hadden ze bij de Wiener Konditorei chocolademelk met slagroom gedronken en kaneelbroodjes gegeten.

Diana was grappig, er gebeurde altijd van alles als zij in de buurt was en voordat Maria Henrik ontmoette waren ze vaak samen op stap geweest. Diana en zij hadden bij hetzelfde uitzendbureau gewerkt voordat Maria de baan in Rosenbad had aangenomen. Zo hadden ze elkaar ook leren kennen. Later hadden ze elkaar niet zo vaak meer gezien. Diana had een vriend en Maria had Henrik. Een paar weken geleden had Diana contact met haar opgenomen. Ze was volkomen in paniek nadat ze haar vriend uit huis had gegooid, en sindsdien hadden ze elkaar regelmatig gezien.

Diana was drie jaar samen geweest met Janne, een man met een eigen transportonderneming. Het bleek dat Janne haar meer dan een jaar ontrouw was geweest. Hij had een meisje in Warschau, de stad waar hij twee keer per maand op reed. Diana was stapelgek geworden. Ze had het slot van het appartement veranderd en had daarna al zijn kapot geknipte kleren in een container voor het huis gegooid. Janne had sindsdien niets meer van zich laten horen.

Nu wisselde Diana ongeveer veertien keer per uur tussen euforie omdat ze 'vogelvrij' was en totale duisternis omdat ze 'haar kans had gemist'. Gelukkig was ze in elk geval onderhoudend, hoewel enigszins manisch, als ze vertelde over Jannes 'Poolse secreet', over haar pogingen om een nieuwe vriend te scoren in de 'volwassendisco' in Åkersberga en troost te zoeken in nachtelijke orgies met snoep van 7Eleven.

Maria luisterde, troostte, lachte en probeerde haar in balans te houden. Het was niet uitsluitend zwart of wit. En die idioot van een Janne was absoluut níét haar laatste kans.

Het leek in elk geval alsof Diana zich een beetje beter voelde toen ze na een paar uur chocolademelk drinken uit elkaar gingen. Bovendien had ze een flirt met het hoofd van de afdeling Financiën bij het schildersbedrijf waar ze op dit moment werkte. Ze was er maar voor een week, maar ze hoopte op een verlenging. Maria had het gevoel dat het waarschijnlijk niet zo lang zou duren voordat ze over Janne heen was. Drie jaar was weliswaar een hele tijd, maar Diana had het vermogen om dingen van zich af te zetten. Een talent waar Maria soms jaloers op kon worden.

Het was al donker en de sneeuw, die nog maar een week geleden dik en uitnodigend wit op de grond had gelegen, was veranderd in een grijze brij. In sommige etalages van gesloten winkels schenen nog steeds kerststerren en lichtsnoeren, herinneringen aan de feestdagen die voorbij waren.

Maria had thuis de kerstversiering al weggehaald. Ze was er niet zo gek op en treurde er niet om toen ze Henriks kleine porseleinen kerstmannen in papier wikkelde en in de kerstdoos stopte. Ze wilde orde om zich heen hebben, terwijl Henrik van gezelligheid hield. De eerste keer dat ze met hem mee naar Gärdet was gegaan, was ze verbaasd geweest over de huiselijkheid van zijn appartement. Overal stonden bloempotten met groene planten. Lampjes, kussens op de bank, tafelkleden, een vitrinekast met verlichting waarin de souvenirs, voornamelijk Russische, elkaar verdrongen, en op de schoorsteenmantel stonden schalen, figuren, kaarsen, boten, vrouwen en vogels van glas. Ze stonden er niet lang.

Ze hadden een aantal compromissen gesloten toen ze bij hem kwam wonen. Een deel van de versierselen waren verdwenen, namelijk die, welke ze niet kon verdragen. Zoals de verzameling op de schoorsteenmantel. Met andere had ze heel gewoon leren leven. Nu was ze eraan gewend en vond ze dat ze een gezellig appartement hadden.

De wandeling en het gepraat hadden haar moe gemaakt. Toen ze haar jas had uitgetrokken en een glas water voor zichzelf had ingeschonken, liep ze naar de zitkamer en ging op de bank liggen. Ze sliep bijna toen er werd aangebeld. Ze schrok. Wie kon dat zijn? Huis-aan-huisverkopers werkten toch niet op zondagmiddag? Misschien moest ze gewoon niet opendoen.

Maria kwam overeind en sloop naar de hal om door het kijkgat te kijken.

Ze herkende de man die voor de deur stond meteen. Hij droeg een donkere jas en het kortgeknipte haar was bijna zwart. Het was de Rus, Viktor van de Russische ambassade. Wat deed hij hier?

Hij belde nog een keer. Het geluid klonk onbehaaglijk hard in de lege hal. Maria wierp een haastige blik in de spiegel aan de muur en maakte snel een paardenstaart in haar lange haren met een elastiekje dat ze rond haar pols had gehad. Haar wangen waren nog steeds roze van de snelle wandeling naar huis.

Of misschien was het van de deurbel.

De bel ging voor de derde keer en Maria keek opnieuw door het kijkgat. Ze voelde zich niet in staat om te beslissen of ze de bezoeker zou blijven negeren of niet, maar Viktor liep alweer naar de lift toe.

Ze vond plotseling dat ze heel onaardig was. Hij had natuurlijk een boodschap, terwijl zij als een mensenschuwe oude heks door het kijkgat stond te gluren. Ze deed de deur open en Viktor bleef staan en draaide zich om toen hij het geluid hoorde. 'Maria!' zei hij blij. 'Je bent dus thuis. Ik had de hoop al bijna opgegeven.' Hij deed een paar stappen naar haar toe.

'Het spijt me dat het even duurde,' zei ze en ze probeerde te glimlachen. 'Ik... was televisie aan het kijken. Ik hoorde de bel niet.'

'Het spijt me, maar dan stoor ik misschien?'

'Natuurlijk niet, helemaal niet! Ik keek niet naar iets speciaals.' Ze was zich er plotseling van bewust dat de televisie niet aan stond, het was stil in het appartement. 'Ik heb hem uitgezet,' zei ze alsof ze hem een verklaring schuldig was.

Viktor was bij de deuropening aangekomen. Hij keek over haar schouder het appartement in. Als antwoord op zijn blik haastte Maria zich te zeggen dat Henrik helaas niet thuis was.

'Dat weet ik,' antwoordde Viktor. 'Hij zit in Moskou, ik heb hem geholpen met het visum.'

Er ontstond een korte stilte. Wat wilde hij?

Viktor sprak verder. 'Ik was hier in de buurt en ik dacht dat ik misschien even kon kijken of ik mijn handschoenen hier toevallig had laten liggen.'

Maria keek in de hal rond alsof er elk moment vergeten voorwerpen konden verschijnen, hoewel het weken geleden was dat Viktor bij ze had gegeten.

'Nee, helaas niet,' zei ze. 'Ik heb geen handschoenen gevonden.'

Viktor knikte. 'Jammer, het was een gok. Als je ze verliest moeten ze tenslotte ergens zijn. Als je de draad maar hebt, zul je het kluwen wel vinden.' Hij glimlachte.

'Inderdaad. Hoe zagen ze eruit?'

'Zwart leer met bont aan de binnenkant. Ze waren Russisch.'

'En warm waarschijnlijk.'

'Ja. We maken misschien niet de beste auto's ter wereld, maar we zijn redelijk goed in het fabriceren van warme kleren.' Hij lachte even. Daarna werd het weer stil. 'Ja... dan zal ik niet langer storen. Je mag Henrik de groeten doen als hij terugkomt.' Viktor deed een stap naar achteren.

'Maar... wil je niet binnenkomen voor een kop koffie?' Ze wist niet goed waar dat vandaan kwam. Was het haar eigen wil? Of waren het alleen haar opvoeding en vriendelijkheid waardoor ze hem binnen vroeg?

'Stoor ik dan niet?'

'Nee, absoluut niet. Ik lag gewoon op de bank te suffen.'

'Nou, in dat geval. Heel graag.'

Maria vroeg Viktor om in de zitkamer te gaan zitten, terwijl zij naar de keuken ging om koffie te zetten. Eerlijk gezegd vluchtte ze. Ze had hartkloppingen. Het was haar bijna gelukt om de indruk die de Russische man tijdens zijn bezoek in hun appartement op haar had gemaakt te verdringen. Maar nu ze zich weer onder hetzelfde dak bevonden kon ze er niet aan ontsnappen. Toen ze het Bodum-koffiezetapparaat uit de kast pakte merkte ze dat haar handen trilden.

Ze gedroeg zich belachelijk. Er zat een vreemde man in haar zitkamer. Een buitenlandse diplomaat op jacht naar zijn verloren handschoenen. Waar was ze eigenlijk mee bezig? Ze gedroeg zich alsof hij hier was om haar te verleiden.

Als ze eerlijk was, moest ze bekennen dat ze aan hem had gedacht. Ze was zo schaamteloos geweest om het beeld van de Rus de afgelopen weken voor haar innerlijke oog op te roepen. En elke keer had ze een huivering gevoeld. Alsof hij zelfs invloed op haar had als hij er niet was.

Nu was hij er.

Ze kon zich niet langer in de keuken verstoppen, de koffie was klaar en ze had het blad vol geladen. Ze pakte het op en haalde diep adem. Ze zouden koffiedrinken, Viktor en zij. Koffie, herhaalde ze in zichzelf.

Plotseling stond hij in de deuropening. Geluidloos. Maria schrok zo dat de spullen die op het blad stonden rammelden en weggleden. Als in slow motion zag ze hoe de kan met hete koffie op de vloer viel. Viktor sprong opzij, maar niet snel genoeg. De koffie uit de kapotte kan spatte op zijn broek, terwijl de bekers van het blad rolden en ook op de grond vielen.

Maria gaf een gil van schrik en Viktor ook, hoewel dat waarschijnlijk door de pijn van de hete koffie kwam. Eén seconde stonden ze naar de ravage op de grond te kijken. Maria hield het blad nog steeds vast, maar het enige wat erop lag was een schaal met biscuitjes.

'Hoe kon dat gebeuren?' zei ze zodra ze haar spraakvermogen terug had. 'Heb je je verbrand?'

'Het maakt niet uit.' Viktors gezicht betrok.

'Het spijt me heel erg.'

'Het was mijn schuld. Ik heb je laten schrikken.'

'Nee, ik ben degene die onhandig was.'

Ze keken elkaar aan.

'Hoe zeg je dat ook alweer? Scherven brengen geluk.' Viktor glimlachte.

Maria glimlachte terug. Viktor pakte het blad uit haar handen.

'Kom, dan maken we dit schoon,' zei hij terwijl hij het blad op het aanrecht zette en een vaatdoekje pakte. Maria ging op haar hurken zitten en begon de stukken glas en porselein voorzichtig op te pakken. Viktor zat tegenover haar en hielp.

Het duurde een hele tijd voordat alles schoon was. De koffie was hoog op de muren gespat en de scherven lagen over de hele vloer verspreid. Ze praatten terwijl ze schoonmaakten. Maria vertelde over haar vakantiebaan bij een banketbakkerij. De eerste dag had ze een blad vol slagroomsoezen laten vallen. Viktor moest erg lachen om haar beschrijving van de slagroom die overal had gelegen, als luchtige sneeuwvlokken. Hij vertelde op zijn beurt het verhaal van de vier flessen cognac die tijdens een vlucht in zijn koffer kapot waren gegaan. De Zweedse douane had argwanend gesnuffeld, alsof het drugshonden waren, toen hij door de diplomatencontrole liep.

'Misschien moeten we het niet riskeren om nieuwe koffie te zetten.' Maria keek onderzoekend naar haar gast toen het vaatdoekje voor de laatste keer was uitgespoeld en over de kraan was gehangen. 'Wil je een glas wijn?'

'Weet je zeker dat ik niet stoor?'

'Ik weet het zeker.' Ze pakte een willekeurige fles rode wijn uit het rek dat op het aanrecht stond. Henrik had verstand van wijn en hij was degene die ervoor naar Systembolaget ging. Ze gaf Viktor de fles en een kurkentrekker. Daarna pakte ze twee wijnglazen en gingen ze naar de zitkamer.

'Het is hier misschien een beetje donker,' zei ze verontschuldigend. Ze had alleen een van de kleine lampen op de vensterbank aangeknipt voordat ze na haar wandeling op de bank was gaan liggen.

'Ik vind het gezellig zo,' zei Viktor op het moment dat Maria zich uitstrekte naar de schakelaar van de vloerlamp.

Ze liet haar arm zakken. Op de salontafel stonden een paar kleine lantaarns met theelichtjes. Maria pakte het luciferdoosje dat ernaast lag en stak ze aan. Viktor opende de fles wijn en schonk de glazen vol.

Ze waren een hele tijd bijna ongedwongen met elkaar omgegaan, maar nu was de spanning terug. Door de kaarsjes op de salontafel kromp de grote kamer en het was alsof ze rond de warmte van een kampvuur zaten. Maria pakte haar glas en tooste. Ze namen een slok wijn en daarna werd het weer stil. Maria was zich plotseling zo bewust van de bizarre situatie dat ze op moest staan om de sfeer van zich af te schudden. Ze liep naar de cd-speler.

'Wat wil je horen?' vroeg ze.

'Kies jij maar.'

Het werd Frank Sinatra, een van Henriks cd's. Ze hield van Sinatra's zwoele stem en de weemoedige nummers. Soms danste ze er thuis op.

Maria liep terug naar de bank en pakte haar wijnglas. Ze zat er een tijdje mee in haar hand en draaide de wijn rond. Ze durfde niet naar Viktor te kijken, maar ze zag vanuit haar ooghoek dat hij van de wijn dronk. Ze probeerde iets te bedenken om te zeggen, maar Viktor was haar voor. 'Heb je al iets van Henrik gehoord?'

Maria knikte. 'Hij heeft gebeld toen hij aangekomen was.'

'Is alles goed gegaan?'

'Ik geloof het wel.'

'Wat ging hij in Moskou doen?'

'Ik weet het niet precies.' Ze nam een slok wijn.

'Ik geloof dat ze een aantal kwesties op de ambassade moeten oplossen.'

Maria gaf geen antwoord.

'Ze hebben tenslotte nogal wat problemen gehad...'

Maria wierp hem snel een blik toe. 'Ja...' antwoordde ze aarzelend. Ze wist niet zeker waarop hij doelde.

Viktor ging door, alsof hij Maria's aarzeling zag en uitleg wilde geven. 'Ik heb het over het kindertehuis...' zei hij. 'Ik neem aan dat je weet over het probleem met het geld?' Hij keek haar vragend aan.

'Ja,' antwoordde ze kort. Ze had geen goed gevoel over het gespreksonderwerp. Het werd weer even stil. Ze was verbaasd toen Viktor over het onderwerp doorging.

'We werken eraan,' zei hij. 'De Russische politie is ingeschakeld. Maar waarschijnlijk is het geld voorgoed weg.' Hij zuchtte. 'Het zou niet het eerste geld zijn dat daar verdwijnt. Helaas.'

'Is dat zo?' Maria wilde van onderwerp veranderen, maar ze wist niets beters te verzinnen.

'Om zo veel geld in de handen van één persoon te geven was misschien...' Het leek alsof hij een diplomatieke formulering zocht. 'Misschien een beetje halsoverkop...'

Maria knikte. Zelfs al was de uitdrukking misschien niet helemaal correct in dit verband, ze begreep wat hij bedoelde. Henrik had hetzelfde gezegd. Dat Katja Löfdahl een koppig wijf was. 'Zover ik weet was het Katja's idee,' zei ze, maar ze had er bijna meteen spijt van. Ze mocht niet praten over Henriks werk.

Viktor knikte. 'Ja, ze bedoelt het goed, maar ze had moeten luisteren naar de mensen die de regio kennen.'

'Misschien wel.' Politiek was niet Maria's specialiteit.

'Ik neem aan dat ze de rest van de betaling nu stopzetten...' Was het een vraag of een opmerking? De zin bleef in de lucht hangen.

'Ik weet het niet. Ik heb geen inzage in Henriks werk.'

'Nee, natuurlijk.' Hij glimlachte. 'Heel saai van me om over werk te praten als ik hier met een mooie vrouw zit.'

Een mooie, getróúwde vrouw, dacht Maria terwijl ze het glas omklemde. Het was bijna leeg. Viktor zag het en pakte de fles van de tafel.

'Mag ik nog wat bijschenken?

Hij schonk voor hen beiden in. Maria moest haar best doen om het glas stil te houden. Waarom reageerde ze zo sterk op deze man? Hij zag er goed uit, natuurlijk, maar ze kon hem niet knap noemen. Eerder interessant. Hij zag er vriendelijk uit, en zijn rechte neus en blauwgroene ogen hadden iets exotisch. Hij zag er niet Zweeds uit, maar ook niet als een Rus. Niet voor zover het haar ideeën over Russen betrof in elk geval.

Afgezien van een paar verkeerd geplaatste uitdrukkingen hier en daar was zijn Zweeds nagenoeg perfect. Zijn stem had een melodieuze klank en de klinkers waren zacht, misschien was de Russische intonatie erin te horen. Als hij haar naam zei klonk het eerder als Marija dan als Maria. Dat klonk mooi.

'Hebben jullie geen kinderen?' Het was geformuleerd als een vraag, maar het klonk eerder als een constatering.

'Jawel. Twee,' antwoordde Maria snel. 'Maar ze wonen niet hier, ze zijn volwassen.'

'Heb jij volwassen kinderen?' Viktor keek haar argwanend aan.

'Nee, ze zijn van Henrik. Uit een eerder huwelijk. Maar je weet hoe het gaat als je getrouwd bent.' Ze gluurde naar zijn linkerhand, maar zag geen ring. 'Alles wat van mij is, is van jou.'

'Wil je geen kinderen van jezelf?'

Maria nam nog een slok wijn; ze had het tweede glas te snel leeggedronken en ze voelde hoe haar wangen gloeiden.

'Jawel,' zei ze na een kleine pauze. Het antwoord verbaasde haar. Ze vertelde dat nooit aan anderen.

Viktor begon te stralen. 'Dan heb je waarschijnlijk al snel een broodje in de oven!'

Maria moest lachen, maar dat duurde niet lang. 'Ik denk het niet,' zei ze zacht.

Viktor keek haar verbaasd aan. Zijn blik maakte haar duizelig. Of was het de wijn?

'Waarom niet?'

Ze aarzelde even. Deze vreemde man had niets te maken met het leven van Henrik en haar. Maar misschien was dat juist de reden waarom ze begon te vertellen. Omdat hij erbuiten stond. Ze kon met haar moeder of haar vriendinnen niet over haar verlangen praten. Diana had gevraagd of het geen tijd werd. Maria had de vraag weggelachen. Ze kon het niet opbrengen om het uit te leggen. Om te vertellen over het besluit dat niet het hare was, over de discussies die nergens toe leidden.

Viktor luisterde en toen ze klaar was, schudde hij zijn hoofd. 'Dat is niet goed,' zei hij. 'Niet goed.'

Maria zweeg. Nee, het was niet goed, maar wat moest ze eraan doen? Ze had voor Henrik gekozen en dit was de voorwaarde.

Viktor leunde naar voren en strekte zijn hand naar haar uit. Hij legde hem over die van haar. Het gebaar was zo intiem dat Maria schrok, maar Viktor haalde zijn hand niet weg. In plaats daarvan bleef hij naar haar kijken zonder zijn blik af te wenden. 'Je bent een jonge vrouw,' zei hij. 'Je verlangt naar kinderen. Niemand heeft het recht je dat te onthouden. Dat is fout. Je wordt als een vis op het droge.'

Maria beet in haar wangen om niet te gaan lachen. Viktor pauzeerde even voordat hij verderging.

'Als je mijn vrouw was zou ik kinderen met je willen hebben.'

Behalve de muziek die nog steeds zachtjes speelde was het stil in de kamer. Wat de man op de bank net had gezegd was te veel. Maria voelde zich er ongemakkelijk door. Bovendien had hij haar hand nog steeds vast. Om uit zijn greep los te komen deed ze net alsof ze de fles wilde pakken.

Viktor leek te begrijpen dat hij een grens had overschreden. Hij trok zijn hand terug. 'Ik moet gaan.' Hij kwam haastig overeind. 'Het was gezellig om hier te zijn.'

Maria ademde uit. Hij zou gaan, dat was goed.

Ze volgde hem naar de hal zonder te protesteren. Ze wilde dat hij zou gaan. Dat zijn invloed op haar stopte.

Hij trok zijn donkere jas aan en strikte de veters van zijn schoenen, die kleine plasjes smeltwater op de vloer van de hal hadden achtergelaten.

'Dank je wel,' zei hij. 'Ik hoop dat we elkaar nog eens zien.'

Maria knikte. Viktor probeerde de deur open te krijgen om naar buiten te gaan. Na twee mislukte pogingen liep Maria naar hem toe. 'Wacht, dan help ik je,' zei ze. 'Het gaat soms stroef.'

Hij ging niet opzij om haar ruimte te geven. In plaats daarvan stonden ze vlak naast elkaar toen Maria haar hand op het slot legde. Ze rook de geur van zijn jas, van hem. Viktors nabijheid was zo doordringend dat ze nauwelijks adem kon halen.

Toen hij zijn hand op haar schouder legde wist ze dat het te laat was om hem weg te laten gaan. Alsof ze helemaal geen wil had draaide ze zich naar hem om toen hij zijn andere hand in haar nek legde. Hij kuste haar, wat een onwerkelijk gevoel was. Alsof er iemand anders in de hal stond met een onbekende man in een donkere jas en een buitenlands accent.

Ze kuste hem terug, voelde niets anders dan zijn lippen op de hare en zijn hand in haar nek. Die plekken stonden in brand. Het was alsof haar lichaam oploste, alsof ze vibreerde, geen contouren meer had. Na een tijdje liet ze haar hand onder zijn jas glijden en streelde zijn rug. Ze kon het niet helpen. Viktors jas belandde op de vloer, hij frunnikte aan de knopen van zijn overhemd. Hij ademde zwaar tegen haar wang. 'Maria,' fluisterde hij. 'Marija.'

Ze wilde niet dat hij praatte. Niet nu. Viktor pakte haar bij haar schouders en duwde haar een eindje van zich af.

'Maria, ik moest hiernaartoe komen.' Hij zocht haar ogen.

Ze probeerde hem het zwijgen op te leggen met een kus, maar

hij draaide zijn hoofd weg. 'Sinds ik hier ben geweest, heb ik aan je gedacht.'

Ze legde haar wijsvinger op zijn lippen en zei: 'Sst, je hoeft niets te zeggen.'

'Maar dat wil ik.' Hij pakte haar hand vast. 'Ik wil dat je weet hoe ik me voel. Ik weet dat je getrouwd bent, maar ik kan er niets aan doen. Je hebt me in een duif veranderd.'

'In een wat?' Maria haalde heftig adem.

'In een duif. Als een tovenaar. Je hebt me betoverd.' Daarna boog hij naar haar toe en kuste haar opnieuw.

Wat er daarna gebeurde was onbegrijpelijk. Achteraf snapte Maria niet dat ze het had gedaan. Dat ze Viktor had meegenomen naar haar slaapkamer, dat ze elkaar hadden uitgekleed.

Toen hij het appartement verliet was het bijna een uur 's nachts en ze omhelsden elkaar nog een laatste keer voordat ze uiteindelijk de voordeur achter hem op slot deed.

Ze was nog nooit ontrouw geweest. Nog nooit.

Toen ze terugliep naar de slaapkamer en de geur van Viktor in het laken van het niet opgemaakte bed rook, zocht ze naar een gevoel van schuld.

Uiteindelijk viel ze uitgeput in slaap, zonder dat ze het had gevonden.

Zondag 16 januari

14.20 Obj. verlaat amb. in donkerblauwe Audi
DL0169C. Gjörwellsg. Västerbrug. Li
Hornsg. Stopt bij bushalte 'Lidnagata'.
Staat geparkeerd 14.27-14.31, gaat
auto niet uit. Praat in mobiel?
14.31 Verlaat bushalte, rijd in westelijke
ri door Hornsgata. Re Ringväg. Li
Rosenlundsgata. Stopt bij bushalte
station Zuid. Geparkeerd 14.37-14.39.
14.39 Verlaat bushalte. Rijd verder
door Rosenlundsg. Re Hornsgata.
Re Timmermansg. Re Krukmakarg.
U-bocht kruising Torkel Knutssonsg./
Krukmakarg. Parkeert voor apotheek.
14.44 Stapt uit auto. Gaat de metrotrap
af bij Mariaplein, ingang Torkel
Knutssonsg. Staat op weg naar beneden
stil op de roltrap. Perron ri Centraal
Station. Stapt niet in metro naar
Ropsten, of de volgende naar Mörby.
15.02 Stapt in metro naar Ropsten. Raak obj. kwijt.

Maandag 17 januari

01.27 Obj. bereikt amb. in donkerblauwe
Audi DL0169C.

24

Henrik had moeten bellen. Hij wist dat ze ongerust was, dat had ze gezegd voordat hij vertrok. Zo hadden er zelfs ruzie over gehad.

Hij had een mobiel bij zich. Ze zouden elkaar bellen, hadden ze gezegd. Zo stom. De vloek van de mobiele telefoon. *Het nummer is op dit moment niet bereikbaar, probeer het later nog eens.* Als de communicatie niet functioneert, is er niets meer. Geen back-up.

Hij zou in een hotel slapen, had hij gezegd, maar Maria kon zich de naam niet herinneren. Als hij het al had verteld voordat hij vertrok. Ze wist het niet. Op maandag probeerde ze de Zweedse ambassade te bellen, maar daar wisten ze niet waar hij was. Ze wisten niet eens dat hij in Moskou was. Dat maakte haar er niet geruster op.

Hij had gisteren wel een sms'je gestuurd. *Alles goed,* stond erin. *Verlang naar je.* Maria had geprobeerd te bellen, maar er werd niet opgenomen. Ze stuurde een sms'je terug. *Hier ook alles goed,* schreef ze. *Verlang ook naar jou.* Ze wist niet of het was aangekomen. Rusland was net een groot zwart gat, waarin mannen en sms'jes konden verdwijnen.

Op dinsdagochtend was ze moe toen ze achter het glazen loket van de receptie ging zitten. Ze had slecht geslapen. Misschien omdat ze ongerust was over Henrik. Misschien om al het andere.

Als Henrik maar snel terugkwam zou alles goed komen. Als ze hem weer zag en zijn geur rook zou het gevoel van de andere man verdwijnen. Haar liefde voor Henrik was sterker dan al die vreemde gevoelens binnenin haar. Zo was het. Waarom was hij op reis gegaan? En waarom kwam hij niet thuis? Nu.

Ze maakte zich natuurlijk zorgen over hem, maar misschien nog wel meer over zichzelf. Ze had hem nodig. Om haar gedachten te reinigen. Om weg te spoelen wat onder de douche niet lukte. Om vanbinnen te kalmeren.

Eén keer was geen keer, probeerde ze zichzelf in te praten. Dat kon gebeuren. Ja, dat móést zelfs gebeuren. Henrik en zij zouden de rest van hun leven getrouwd zijn. Dit was een onvermijdelijk onderdeel van een huwelijk. Niet alleen van hen. Van iedereen. Het was beter dat het achter de rug was. Ze had haar slippertje gemaakt, ze was uit de band gesprongen. Ze hoefde het niet meer te doen. Het taboe was verbroken, het had zijn lading verloren. Als Henrik maar thuis kwam zou het nooit meer gebeuren.

Een staatssecretaris in een grijze jas en een aktetas in zijn hand passeerde aan de andere kant van het raam. Hij knikte verstrooid naar haar en Maria knikte terug. Ze probeerde te glimlachen. Het voelde vreemd.

Eva-Lena was vroeg gaan lunchen en Maria was alleen in de receptie. Ze pakte de telefoon en toetste nog een keer het nummer van Henriks mobiel in. *Het nummer is op dit moment onbereikbaar, probeer het later nog eens.* Zuchtend legde ze de hoorn terug. Ze wist niet eens wat ze moest zeggen als ze hem te pakken kreeg. Niet dát in elk geval. Dat was iets wat ze zelf moest dragen. Maar ze wilde zijn stem horen. Weten dat alles goed was. Dat was voldoende.

Maar hoe moest ze hem te pakken krijgen, wie wist waar hij was?

Plotseling kreeg ze een idee. Maria keek naar de klok. Ze kon het nu proberen. Dat moest lukken.

Ze pakte de hoorn weer en toetste het nummer van een van de kantoren in. Haar hart bonkte. Het was iets wat ze nog nooit eerder had gedaan.

De telefoon op het bureau ging over. Het was een intern nummer. Katja pakte de hoorn.

'Katja Löfdahl.' Ze hoorde iemand kuchen en daarna een jonge vrouwenstem die ze niet herkende.

'Ja, goedemiddag. Het spijt me dat ik stoor, ik ben Maria Hamrén van de receptie.' De vrouw zweeg even en Katja wachtte. Had ze bezoek? Nee, ze verwachtte niemand, en de receptie belde nooit rechtstreeks naar haar. Daar had ze haar assistenten voor.

'Ja?' zei ze uiteindelijk een beetje geïrriteerd toen er geen vervolg kwam.

'Ik heb een vraag over mijn man,' hoorde ze ten slotte.

De vrouw had werkelijk een jonge stem. Was er geen leeftijdsgrens voor zo'n belangrijke baan? 'Ja?'

'Henrik Hamrén.'

Katja verstijfde. Maria Hamrén. Nu legde ze het verband. De blondine in de receptie, Henriks vrouw. Wat wilde ze? Was er iets gebeurd? Alleen al de gedachte dat er iets mis was gegaan, zorgde ervoor dat er een huivering langs haar rug liep. Deze onverkwikkelijke zaak had de neiging om zich kenbaar te maken zodra het haar was gelukt de gedachten eraan te verbannen. Dat was irritant. Ze had een belangrijke baan, een ministerspost in de regering. Ze kon het zich niet permitteren om zo afgeleid te worden. Daarom had ze Henrik Hamrén naar Moskou gestuurd, zodat het opgelost zou worden. Was er iets gebeurd?

Hamréns vrouw ging verder. 'Het spijt me dat ik stoor,' herhaalde ze, 'maar het lukt me niet om Henrik op zijn mobiel in Moskou te bereiken en ik moet hem spreken... privé.'

'Aha.' Katja klonk een beetje barser dan ze van plan was geweest. Ze vond het niet prettig om aan de situatie herinnerd te worden en bovendien was het verontrustend dat Hamréns vrouw over de reis wist. Wat wist ze nog meer? 'Ik kan helaas niet helpen,' zei Katja iets vriendelijker, het was tenslotte zijn vrouw. 'Is het belangrijk?'

De jonge vrouw aarzelde even. 'Nou ja, min of meer. Ik moet met hem praten. Ik dacht dat u misschien wist in welk hotel hij logeert.'

'Helaas niet.' Dat had ze niet gevraagd. Het hele punt van delegeren was immers dat je zulke dingen niet hoefde te weten. Ze had de kwestie in Henriks handen gelegd en ze vertrouwde erop dat hij zijn werk zou doen. Misschien kon ze zijn vrouw aanraden om Martin Vindell te bellen, hoewel... nee, het was niet goed om de aandacht van de ambassade te trekken.

Daar had Maria blijkbaar anders over gedacht. 'Ik heb de ambassade gebeld,' zei ze, 'maar daar wisten ze ook niet waar ik hem kon bereiken.'

Verdomme. Ze was aan het snuffelen. Ze vertrouwde haar man waarschijnlijk niet. Eenzaam in Moskou, opgewacht door een prostituee in de hotelbar... Op zich vond ze het moeilijk om zich een voorstelling te maken van Henrik Hamrén in een dergelijke situatie, maar mooie woorden konden elke man, hoe trouw ook, in een willoos slachtoffer veranderen. Dat wist ze, of ze dacht in elk geval dat ze dat wist.

'Ik dacht dat u misschien wist waar hij zou zijn, of de naam van de persoon die hij zou ontmoeten. Misschien hebt u een telefoonnummer.'

De persoon die hij zou ontmoeten. Wat had hij zijn vrouw eigenlijk verteld? Katja wilde het gesprek beëindigen. Ze had niets te zeggen.

'Helaas niet,' zei ze stijfjes. 'Ik verwacht hem aan het eind van de week terug. Als ik voor die tijd iets van hem hoor, wat ik niet geloof, zal ik vragen of hij je belt.'

'Dank u wel.' Zijn vrouw klonk teleurgesteld, maar daar was niets aan te doen. Katja was minister, Henrik Hamrén een ambtenaar. De problemen van zijn vrouw waren de hare niet.

Nadat ze het gesprek hadden beëindigd en Maria Hamrén zich nog een keer had verontschuldigd omdat ze had gestoord, probeerde Katja zich te concentreren op het document dat ze voor zich had liggen: *Zweedse politiek voor mondiale ontwikkelingshulp.* Dat waren de dingen waarmee ze zich bezig moest houden, dat was haar werk. Ze kon alleen maar hopen dat Henrik Hamrén zijn werk ook deed.

Op het moment dat Maria de hoorn neerlegde kwam Eva-Lena terug van haar lunch. Het leek er niet op dat ze had gegeten, want ze had twee tassen in haar handen.

'*Shopping?*' Maria glimlachte.

'Ja, ik kon het niet laten. Hoewel er bijna niets meer is nu het uitverkoop is. Maar ik heb dit gevonden.' Eva-Lena deed een van de tassen open en haalde er een roze vest met geborduurde bloemen uit. 'Vind je het niet schattig!?'

'Heel schattig. Voor wie is het?'

'Voor Vera. Ik heb er net zo een voor Stefanie gekocht, maar dan in blauw.' Ze zag er tevreden uit terwijl ze het vest weer in de tas stopte.

Ze praatte veel over haar kleinkinderen. Ze had twee dochters die op hun beurt allebei een dochter hadden. Vera was vijf en Stefanie was drie. Maria vond het moeilijk om ze uit elkaar te houden.

'Heb je helemaal niet geluncht?'

'Nee, maar ik hoef niets. Ik ben zo dik geworden met de kerst.'

De lunch overslaan was misschien niet de beste manier om te lijnen, dacht Maria, maar ze zei niets. Het was haar één keer gelukt om Eva-Lena mee te krijgen naar de sportzaal voor een van haar lessen, maar achteraf had Eva-Lena geconstateerd dat ze waarschijnlijk niet het 'bewegende type' was.

'Zal ik een salade voor je kopen?' probeerde Maria terwijl ze haar jas aantrok.

'Een salade... nee, dank je, ik sla de lunch over. Ik heb niet zo'n honger.'

'Goed.' Maria deed de deur open en liep naar het trappenhuis. Toen ze twee treden had genomen, hoorde ze Eva-Lena's stem door het loket van de receptie. 'Hé, ik heb voor ons beiden een koffiebroodje gekocht voor bij de thee!'

Maria draaide zich om en glimlachte naar Eva-Lena, die met een papieren zak van de banketbakkerij om de hoek zwaaide. Ze nam de rest van de trap met een paar stappen en liep naar buiten.

Ze had zelf eigenlijk ook geen honger, maar in tegenstelling tot Eva-Lena had zij geen reserves om aan te spreken. Als ze de lunch oversloeg wist ze dat de middag ondraaglijk zou worden.

Ze liep naar de Vasagata. Een hamburger van McDonald's kon ze waarschijnlijk wel naar binnen krijgen. Niet meteen een voedingstoffenbom, maar beter dan niets, wat op dit moment het alternatief leek.

Er kwamen wat kleine, zwakke zonnestralen tussen de wolken tevoorschijn en Maria haalde diep adem. Niet zozeer om de frisse lucht, ze bevond zich immers in de Vasagata, maar om te kalmeren.

Ze had Katja Löfdahl gebeld. Dat had ze waarschijnlijk niet moeten doen. Van receptionistes werd niet verwacht dat ze privégesprekken met ministers voerden, maar ze had gehoopt dat Katja zou weten hoe ze Henrik te pakken kon krijgen. Zij had hem tenslotte naar Moskou gestuurd.

Katja had geïrriteerd geklonken en Maria had er meteen spijt van gehad. Ze had niet moeten bellen, maar toen ze de minister eenmaal aan de lijn had kon ze moeilijk ophangen.

De minister was absoluut niet geïnteresseerd geweest in haar vraag en deed geen poging haar te helpen. Dat had Maria eigenlijk een beetje verbaasd. Ze vond Katja Löfdahl aardig, veel aardiger dan de meesten van haar collega's. Natuurlijker en vriendelijker. De persoon met wie ze vandaag aan de telefoon had gesproken, was echter nauwelijks vriendelijk te noemen. Misschien was ze gewoon gestrest. Ze had een verantwoordelijke baan en veel aan haar hoofd, en Maria's telefoontje had een grens overschreden. Dat besefte ze.

Nee, ze had niet moeten bellen, maar ze wist geen andere manier om Henrik te pakken te krijgen.

Plotseling schoot haar iets te binnen. Eigenlijk was het er de hele tijd al geweest, maar Maria had het weggestopt. Het mocht niet. Maar als hij wist waar Henrik was? Dan was het toch niet erg om hem te bellen?

Bij McDonald's stond een rij voor de kassa en er hing een rommelige sfeer. Dat kwam goed uit, het verdreef haar gedachten. Toen het haar beurt was bestelde ze een cheeseburger, een middelgrote patat en een glas water. Ze droeg haar blad naar een rustig hoekje in de zaal.

Het was geen uitgebreide maaltijd, maar het kostte toch tijd om haar eten naar binnen te werken. Als je geen honger had was eten geen pretje. Aan de andere kant waren de slappe patat en de in papier gewikkelde hamburger nauwelijks een genotmiddel te noemen.

Toen ze eindelijk klaar was veegde ze haar mond en vingers af aan het servet.

Zou ze het doen? De gedachte die tijdens de maaltijd door haar hoofd had gespookt weigerde te verdwijnen. Nee, ze kon het niet. Echt niet. Toch zochten haar vingers het stukje papier in haar zak. Het was het nummer van een mobiel. Zo kon ze hem gemakkelijker bereiken, had hij gezegd. De telefooncentrale van de ambassade was een ramp, het was waarschijnlijk het beste dat ze die niet belde.

Maria pakte het stukje papier en keek erop. Het nummer was met de hand geschreven. Een nummer dat ze niet kon bellen. Niet eens om naar Henrik te vragen.

Alsof ze geen eigen wil had pakte ze haar mobiel en toetste de tien cijfers in. Langzaam, alsof ze tijd nodig had om een steekhoudend argument te bedenken om niet te bellen. Toen ze ten slotte op 'bellen' drukte had ze het opgegeven. Er waren geen steekhoudende argumenten.

Viktors mobiel ging twee keer over voordat hij opnam. Dat was niet veel, maar toch lukte het Maria in die paar seconden om ontzetting en verliefdheid en alles daartussenin te voelen. Zijn stem maakte dat haar gedachten bevroren, op dezelfde manier als wanneer de muziek stopte met spelen en iedereen in de ruimte doodstil in een verstarde positie bleef staan.

Hij nam op in het Russisch. Ze begreep niet wat hij zei, maar hij was het. De man van wie ze de geur niet uit haar lakens had gewassen.

'Viktor,' zei ze voorzichtig. Toen zweeg ze.

'Marija?'

'Ik had niet moeten bellen. Het spijt me, ik...' Ze zweeg weer.

'Maria, ik durfde niet te bellen, maar ik heb zo veel aan je gedacht. Ik had nooit verwacht dat jij mij zou bellen.'

'Dat had ik niet moeten doen.' Ze herhaalde zichzelf. Wat ze wel of niet had moeten doen was niet meer dan een zinloze uiting van een geweten waarnaar ze toch niet luisterde. Het werd weer stil. Ze moest zich vermannen, ze moest haar vraag stellen. 'Ik wil je om hulp vragen, Viktor,' zei ze uiteindelijk.

'Hulp? Waarmee kan ik je helpen, Maria?' Misschien was het inbeelding, maar het klonk alsof hij bereid was om de maan voor haar van de hemel te plukken als dat zou helpen.

'Het gaat om Henrik. Ik kan hem niet te pakken krijgen.'

'Henrik.' Viktor klonk teleurgesteld. 'In Moskou?'

'Ja. Ik kan zijn mobiel niet bereiken. Ik weet natuurlijk dat het belachelijk klinkt, maar ik maak me zorgen over hem.'

'Zorgen? Waarom dan?'

'Nergens om. Het is alleen dat... ach, het is niets. Ik moet gewoon met hem praten.'

Viktor klonk aarzelend. 'Kun je hem niet op de ambassade bellen?'

'Daar is hij niet. Hij slaapt in een hotel, maar ik ben vergeten te vragen in welk hotel. Ik dacht dat zijn mobiel zou werken.'

'Dat kan soms een probleem zijn.' Hij zweeg even. 'Dus je wilt hulp hebben om...'

'Om te achterhalen in welke hotel hij slaapt. Kan dat? Jij hebt toch zijn visumaanvraag. Misschien staat daar iets op vermeld.'

'Dat zou kunnen. Het kost alleen tijd om dat uit te zoeken. Maar als ik een paar uur heb kan ik het voor je regelen.'

'Dat zou fantastisch zijn.' Maria probeerde enthousiast te zijn over het bericht, maar het enige wat ze voelde was de duizeligmakende, bodemloze verwarring die Viktors stem veroorzaakte. Ze slikte voor ze weer wat zei. 'Zal ik je vanavond bellen?'

'Ja. Als je niet...' Hij zweeg.

'Als ik niet?'

'Als je niet wilt afspreken?'

'Ik weet het niet...' Jawel, ze wist het wel. Heel goed zelfs. Het was precies de vraag waarop ze had gehoopt.

'Niet bij jou,' haastte hij zich eraan toe te voegen. 'Ergens anders. In een restaurant misschien?'

'Ja...' Het was zo gemakkelijk om de aarzeling uit haar stem te halen. Wie probeerde ze in de maling te nemen?

'Wat denk je van het nieuwe hotel bij Skanstull? Het Clarion.'

Maria knikte zwijgend voordat ze antwoord gaf. 'Dat is goed.'

Ze was er nog nooit geweest, maar ze had niets tegen het voorstel. Een hotel was goed, anoniem, en Söder was niet haar deel van de stad. Geen eigen terrein.

Viktor ging verder. 'Hoe laat zullen we afspreken?'

Maria maakte een snelle berekening. Ze was om vijf uur klaar met werken, maar ze wilde eerst naar huis. 'Zeven uur?'

'Goed. Zeven uur in het Clarion.'

Ze beëindigden het gesprek en Maria zette haar mobiel uit. Ze keek om zich heen. Het was alsof het rommelige hamburgermilieu heel even was opgelost, had opgehouden te bestaan. Nu was ze weer terug. Tussen de plastic bladen en de schreeuwende kinderen. Ze kwam overeind en liet het blad op tafel staan. Ze moest naar buiten. De frisse lucht in.

25

Henrik stopte midden op de brug en keek om zich heen. Rechts voor hem lag het Gorkypark als een zwart bos, met het reuzenrad op de achtergrond. De kermis bij de rivier was donker en de duizelingwekkende vorm van de achtbaan was bedekt met sneeuw. De hele stad was trouwens bedekt met sneeuw en de ijspegels hingen scherp en levensgevaarlijk aan de daken. Op de trottoirs lag de sneeuwbrij in dikke lagen en hij was een paar keer bijna gevallen als hij uitgleed in zijn veel te dunne leren schoenen. Maar op dit moment was uitglijden niet waar hij bang voor was.

Hij hield de blauwe nylon tas stevig vast. De inhoud was waardevol. Heel waardevol. Toch had hij zichzelf gedwongen om de metro te nemen. Liever omringd door mensen, getuigen, dan eenzaam in een taxi met een onbekende chauffeur.

In het gedrang van de metro hield hij de tas tegen zijn borstkas gedrukt en zijn hart had zo hard gebonkt dat hij bang was dat de hele coupé het kon horen. Het was een opluchting geweest om uit te stappen bij Park Kultury en de korte wandeling over de Krimbrug had zijn hartslag enigszins gekalmeerd. Er was niets gebeurd en voor zover hij kon zien werd hij niet gevolgd of in de gaten gehouden.

Misschien moest hij denken dat het spannend was. Ervan genieten dat hij zich in het centrum van de gebeurtenissen bevond. Hij beleefde in elk geval iets. Had hij daar niet naar verlangd? Maar in plaats van spanning voelde hij alleen een onbehaaglijke onrust die grensde aan angst.

Maria had gelijk. Hij was niet avontuurlijk. En met de jaren was hij bovendien gemakzuchtig geworden. Een combinatie van eigenschappen die maakte dat hij zich zelden aan verrassingen blootstelde.

Nog maar een paar minuten, dan zou het voorbij zijn. De tas zou niet langer zijn last zijn en het Zweedse ministerie van Buitenlandse Zaken zou, hopelijk, een probleem minder hebben.

De hele situatie was natuurlijk volkomen absurd. In werkelijkheid was het zelfs nog absurder dan hij zich had kunnen voorstellen. Maar daar kon hij nu niet aan denken. Dat kon hij zich niet veroorloven. Het zou een verhaal zijn om later te vertellen. Een spannende anekdote om de familie mee te vermaken. Eventueel. Of misschien was het een belevenis die hij in zijn eigen archief moest bewaren.

Om wat te kalmeren haalde hij diep adem en bestudeerde het uitzicht. Aan de andere kant van de mooie ijzeren brug stond Tseretelis' afgrijselijke standbeeld van Peter de Grote op zijn ponton in de rivier. Er werd gezegd dat het ooit Columbus had voorgesteld en was gemaakt voor het vijfhonderdjarige jubileum van zijn ontdekking van Amerika. Maar de Amerikanen hadden het standbeeld afgeslagen. Daar hadden ze gelijk in gehad.

Het moest een van de lelijkste standbeelden ter wereld zijn, dacht Henrik terwijl hij naar het zwarte schip en zijn trotse legerleider keek. En zelfs al was het hoofd van Columbus vervangen door dat van Peter de Grote, toch wekte het net zo weinig trots bij de Moskovieten als het standbeeld van Dzerzjinskij, dat voor het hoofdkwartier van de KGB had gestaan. De burgemeester was echter een goede vriend van de kunstenaar, die waarschijnlijk een flinke som geld voor de moeite had gekregen, en dus stond het er nog steeds.

Bij het linkerbruggenhoofd lag het Centrale Kunstenaarshuis. Het hing vol neon lichtreclames. Gedurende zijn jaar als student in Moskou was hij daar vaak geweest. Hij had tentoonstellingen bezichtigd en had de moderne collecties in de Tretjakov-galerie bewonderd. Malevich Svarts kwadraat met het witte vierkant linksonder had hem gefascineerd. Zo plagerig scheef in al zijn eenvoud. Alsof de kunstenaar het gevoel voor orde van de toeschouwer had willen uitdagen. Hij was er dit keer niet aan toegekomen om erheen te gaan. En nu had hij er geen tijd voor. Hij had iets anders te doen.

Henrik had de trap bereikt die van de brug naar de kade leidde. De traptreden waren niet geveegd of gestrooid en met zijn vrije hand hield hij de leuning angstvallig vast. De trap werd zwak verlicht door een grote Pepsi-lichtreclame, die aan het gebouw naast de brug ging. De 'e' was gedoofd en gaapte als een zwart gat in het woord.

Hij moest naar rechts lopen, tot onder de brug. Daar werd hij verwacht. Op 18 januari om twintig nul nul onder het oostelijke bruggenhoofd van de Krimbrug. Zo luidden de instructies.

Nu was het drie minuten voor. Hij wilde niet te vroeg zijn. Als ambtenaar van Buitenlandse Zaken was hij er niet aan gewend om onder buitenlandse bruggen rond te hangen met tweehonderdvijftigduizend euro in een nylon tas over zijn schouder. Hij wilde graag voorkomen dat hij dat langer dan hoogst noodzakelijk moest doen. Onder de brug was het donker. Het licht van de Pepsi-reclame reikte niet tot hier. De ruimte werd waarschijnlijk gebruikt door de gemeente, want er stond een hele vloot versleten sneeuwruimers opgesteld en een paar enorme sneeuwmuren belemmerden het uitzicht op het Kunstenaarshuis. Een stukje verderop lag een benzinestation. Het leek gesloten te zijn.

Het was moeilijk om een natuurlijke manier te vinden om te staan. Het was trouwens helemaal niet natuurlijk om onder een brug op een vreemdeling te wachten als het vijftien graden vroor. Henrik stampte wat op de grond. De tas hield hij onder zijn rechterarm geklemd.

Wat moest hij doen als er niemand kwam? Daar had hij niet over nagedacht, hij was ongeruster geweest over wat er zou gebeuren als er wél iemand kwam. Stel je voor dat het iemand was die hij niet mocht zien. Dat ze hem zouden vermoorden omdat hij te veel wist. Hij had thrillers gezien. Het was geen prettige gedachte, vooral niet op dit moment.

Henrik probeerde in plaats daarvan aan zijn terugreis te denken. Morgen zou hij teruggaan. Als alles volgens plan verliep. Hij verlangde naar Maria. Hij had haar gebeld toen hij aankwam. Waarschijnlijk had hij weer moeten bellen, maar twee redenen hadden hem tegengehouden. De eerste was dat de gedachte aan waar hij op dit moment mee bezig was. Hij was bang dat zijn nervositeit zou overslaan op Maria, dat ze zou horen hoe ongerust hij was. Daarom had hij in plaats daarvan een sms'je gestuurd, maar hij wist niet zeker of dat de beste oplossing was. Hij had immers beloofd dat hij zou bellen.

De tweede reden was dat de batterij van zijn mobiel meteen daarna leeg was en dat hij er niet aan had gedacht om een lader mee te nemen.

Misschien kon hij vanavond in het hotel bellen. Als alles achter de rug was en hij niet langer het risico liep dat zijn stem hem verraadde. Anders moest ze nog een dag wachten. Hij zou tenslotte morgen naar huis gaan. Hopelijk.

Henriks gedachten werden onderbroken doordat een auto afsloeg en naar de plek onder de brug reed waar hij stond. Het geluid van de motor en het verblindende licht van de koplampen dwongen hem terug naar de bizarre werkelijkheid. Zijn hart begon opnieuw te bonken. In maar een paar seconden verdween al het speeksel uit zijn mond en zijn benen voelden verontrustend slap. Zonder dat de motor werd uitgezet, stapte er een man uit de auto, een oude Volga met een flinke schade aan de linkerachterdeur. Er bleef iemand achter het stuur zitten. Henrik kon het silhouet alleen maar vermoeden, de koplampen waren nog steeds aan. Hij had het tastbare gevoel dat hij een ter dood veroordeeld konijn in het licht van de koplampen was.

De man liep om de auto heen naar Henrik toe. Hij zei iets, onduidelijk, en het duurde even voordat Henrik begreep dat de man daarnet zijn naam had gezegd. Aslan Zakujev. Dezelfde naam die Katja had genoemd.

De man was gekleed in een versleten donzen jack. Het zag er veel te dun uit voor de avondkou. Op zijn hoofd droeg hij een bontmuts. Niet het normale Russische model met oorkleppen die bovenop waren vastgeknoopt, maar een kegelvormig model van grijze schapenvacht. Hij had een donkere, verbazingwekkend goed verzorgde baard en tussen de muts en de baard zag Henrik een paar diepliggende ogen, licht als het blauwige ijs van de Moskva een paar meter verderop. De ongewone kleur gaf zijn blik een bijna onaangename intensiteit en toen de man zijn hand naar Henrik uitstak, haastte hij zich om de tas te geven.

De man trok de rits van de tas een stukje open en keek erin. Het was net een scène uit een film. Hoe vaak had hij dit soort overhandigingen niet op het witte doek gezien? Waarschijnlijk was de inhoud van de tas wat de man had verwacht, want hij glimlachte toen hij weer naar Henrik keek. Er ontbrak een halve voortand. Als Henrik zijn instructies niet had gehad, was het nauwelijks natuurlijk geweest om bijna tweeënhalf miljoen kronen voor 'bescherming' aan deze man toe te vertrouwen. Hij leek bijna net zo vertrouwenwekkend als de jongeman die vandaag op het Rode plein had geprobeerd om hem Russische kaviaar voor vijftig dollar per blik te verkopen.

'Very good,' zei de man met een sterk accent, terwijl hij op de blauwe nylon tas klopte. Toen pakte hij zijn eigen groene stoffen tas, een militair model, en stopte de nylon tas daarin. Hij hing de tas als een riem dwars over zijn lichaam. De banden waren zo versleten dat het leek alsof ze elk moment op verschillende plekken konden breken.

De man stak zijn hand naar Henrik uit.

'Very good,' herhaalde hij. 'Spasibo.' Zijn Russisch had bijna net zo'n sterk accent als zijn Engels.

Henrik knikte. 'Pozjalujsta.' Alsjeblieft. Was dat wat je in zo'n situatie zei? Het was alsof ze net een bilaterale overeenkomst hadden getekend en elkaar een hand gaven onder de kristallen kroonluchters in het Arvfurstens palats.

De man liet zijn hand niet los. De blauwe ogen waren op Henrik gericht. 'You tell our friend – everything okay.'

'Okay.' Henrik wist niet wat hij moest zeggen. Hij begreep niet welke vriend de man bedoelde, of wat er okay was. Hij bevestigde het alleen om weg te komen. Tot zover was het goed gegaan. De man vertoonde geen tekenen dat hij hem wilde vermoorden en het zou ontegenzeggelijk fijn zijn om deze verlaten plek achter zich te laten voor zijn gezelschap op die gedachte zou komen.

'Everything – po planam. You tell our friend. Okay?'

'Okay,' herhaalde Henrik. Alles volgens plan, natuurlijk. Als hij nu maar weg mocht. Hij deed voorzichtig een stap naar achteren. En toen nog een. De automotor bromde, de uitlaatgassen hingen in een wolk rond de auto. De man deed een stap naar hem toe. En toen nog een. Henrik verstarde. De man stond nu zo dichtbij dat de rook van zijn ademhaling, gekruid met de geur van goedkope tabak, over Henriks gezicht gleed. Plotseling stak de man zijn armen naar Henrik uit en omhelsde hem. Het vriendschappelijke gebaar kwam als een volslagen verrassing. Heel even was hij begonnen afscheid van zijn leven te nemen.

De man liet hem los, draaide zich zonder een woord te zeggen om en liep naar de auto terug. Binnen een paar seconden was de auto achteruitgereden en in de richting van Oktjabrskaja verdwenen.

Henrik bleef eenzaam achter. De plotselinge opluchting was zo overrompelend dat hij ineens straalmisselijk werd. Zijn maag trok in een heftige kramp samen en zonder waarschuwing braakte hij. Hij bleef nog een tijdlang kokhalzen. Daarna schraapte hij zijn keel en spuugde. Zijn benen trilden en het braaksel lichtte geel op in de sneeuw. Hij draaide zich langzaam om en begon weg te lopen, op dezelfde manier als hij was gekomen.

Het was voorbij. Hij had gedaan wat hij moest doen. Nu wilde hij naar huis.

26

Om vijf over zeven liep Maria door de hoteldeuren naar binnen. Ze had de metro naar Skanstull genomen, was voor een etalage gestopt en had haar haren gekamd. Het blonde, glanzende haar hing laag op haar rug. Ze zag eruit als een Lucia, maar ze voelde zich absoluut geen heilige.

Omdat ze Viktor niet in de bar bij de ingang zag, liep ze de licht hellende lobby in. Het duurde even voordat ze hem zag. Er waren niet veel gasten, slechts een paar tafels waren bezet, maar de zaal was groot. Viktor was achterin gaan zitten. Hij zag haar het eerst en zwaaide terwijl ze naar hem toe liep. Toen ze bijna bij hem was kwam hij onstuimig overeind, alsof hij naar toe wilde rennen om haar te omhelzen. Maar de beweging stopte en ze keken elkaar zwijgend aan.

Maria deed haar jas uit en legde hem op de stoel tussen hen in. Daarna ging ze tegenover Viktor zitten. Hij ging ook zitten. Ze was zenuwachtig, maar toen ze Viktor zag besefte ze dat zij niet de enige was.

'Het spijt me dat ik iets te laat ben.' Ze moest het ijs op de een of andere manier breken.

'Dat maakt niet uit. Wie wacht op iets goeds...' Hij glimlachte.

Een serveerster kwam naar hen toe en gaf hun de menukaarten. Maria bestelde een glas witte wijn en Viktor deed hetzelfde. Ze bladerden afwezig in het menu terwijl ze op hun drankje wachtten. De honger was nog steeds niet teruggekeerd.

'Ik denk dat ik een kipsalade neem,' zei Maria uiteindelijk terwijl ze de menukaart dichtsloeg.

'Dan doe ik dat ook.' Viktor legde zijn menu boven op dat van Maria. De serveerster kwam met de wijn en ze toostten. Maria nam snel een slok. Ze keek om zich heen. Aan de tafel naast hen zat een ouder Amerikaans echtpaar. De vrouw had pas gekapt haar in grote, luchtige krullen en een trui met schoudervullingen en paillettendecoratie. Haar gezelschap droeg een donker kostuum en zijn haar was verdacht dik voor een man van zijn leeftijd.

Verder weg zat een man alleen, die de avondkrant las terwijl hij op zijn eten wachtte. Op de tafel voor hem stond een biertje. Waarschijnlijk een zakenman. Het was geen benijdenswaardig leven, niet voor Maria in elk geval. Er was niets aan om in mooie hotels te slapen en te dineren in restaurants als je dat altijd alleen moest doen.

Nog een paar tafels verderop zaten vier Japanners met veel smaak te eten. Eén man in het gezelschap lachte af en toe zo hard en hinnikend dat de overige gasten nieuwsgierig naar hem keken. Hij leek de aandacht die hij trok niet op te merken.

Maria keek weer naar Viktor. Hij keek terug en ze keek onmiddellijk weg. Ze begon met haar ogen op de tafel gericht te praten. 'Is het je gelukt om Henriks hotel te achterhalen?'

'Ja. Hij slaapt in het Metropol.' Viktor pakte een stuk papier en gaf het aan Maria. 'Dit is het telefoonnummer.'

Maria pakte het aan. 'Dank je.'

'Het was niets.'

'Voor mij betekent het heel veel.'

Viktor knikte. 'Ik zag op het visum... Hij komt morgen toch thuis?'

'Inderdaad.' Maria zag de vraag in Viktors ogen. Wat kon er zo belangrijk zijn? 'Het is natuurlijk niets,' zei ze, 'maar hij heeft beloofd om te bellen en ik heb sinds vrijdag niets meer van hem gehoord.'

'Waar ben je bang voor?'

'Eigenlijk nergens voor.' Maria probeerde te glimlachen, maar Viktor bleef ernstig naar haar kijken. 'Ik heb gehoord dat Moskou een gevaarlijke stad is.' Ze lachte even.

'Niet zo gevaarlijk als de mensen denken.' Viktor schudde zijn hoofd. 'En Henrik spreekt immers Russisch, hij weet hoe het eraan toegaat. Je hoeft niet ongerust te zijn.'

Maria knikte dankbaar. Viktor aarzelde een moment voordat hij verder sprak. 'Als hij tenminste niet...'

'Als hij wat niet?'

Viktor keek ernstig, maar er glom iets in zijn ogen. 'Als hij niet met de maffia omgaat natuurlijk, dan moet hij wel een beetje voorzichtig zijn.'

Het was bedoeld als een grapje, dat begreep Maria. Als een onschuldig commentaar om de sfeer wat luchtiger te maken. Henrik was een ambtenaar bij Buitenlandse Zaken. Hij had geen reden om zich met de maffia in te laten. Het was een grapje, natuurlijk, maar het commentaar was voldoende voor Maria om zich plotseling onbehaaglijk te voelen.

Henrik en zij hadden het over zijn opdracht gehad. Hij had gepraat over bescherming en over het geld dat hij moest overhandigen. Hij had haar ervan overtuigd dat het niets met de maffia te maken had. Het was alsof je bescherming kocht van een beveiligingsbedrijf, had hij gezegd. Zoals Falck of Securitas. Maar dan Russisch.

Ze had het met tegenzin geaccepteerd. Haar argumenten hadden heel kinderachtig en ondoordacht geklonken toen Henrik ze een voor een doorprikte. En wat moest ze zeggen, Henrik was de expert. Het was zijn werk, zijn terrein. Het enige wat ze in kon brengen was een vaag gevoel dat er iets niet klopte.

Viktor keek aandachtig naar haar. 'Maria, wat is er? Heb ik iets raars gezegd?' Hij hield zijn hoofd scheef en keek haar bezorgd aan.

'Nee. Ik denk alleen...' Ze zweeg.

'Wat is er, Maria? Is er iets met Henrik?'

'Nee. Of ja. Of, ik weet het niet.'

'Als je het vertelt, kan ik je misschien helpen.' Hij stak een hand uit en legde die over de hare op tafel. De aanraking maakte haar slap. Het duurde maar een paar seconden, toen haalde hij zijn hand weer weg.

'Ik weet het niet. Er is niets te vertellen.'

'Maar er is wel degelijk iets, ik zie het.'

Maria aarzelde even. Het had met Henriks werk te maken, ze mocht het niet vertellen. Aan de andere kant, als er iets was gebeurd, dan... Ze keek naar de man aan de andere kant van de tafel. Zijn smalle gezicht was nog steeds ernstig. Net als gisternacht.

Ze zuchtte. 'Ik ben ongerust over Henrik, hij moest in Moskou geld overhandigen en ik weet niet aan wie.'

'Geld? Wat voor geld?'

'Het gaat om het kindertehuis. Er zijn problemen geweest, net zoals je zei. Ze moesten ervoor zorgen dat het geld dit keer zijn bestemming bereikte en daarvoor moesten ze blijkbaar iemand betalen om ze daarbij te helpen. Een soort zekerheidsarrangement, geloof ik.'

'Een zekerheidsarrangement.' Viktor fronste zijn voorhoofd.

Maria haalde haar schouders op. 'Ja, ik weet het niet goed, maar er moest veel geld overhandigd worden.'

Viktor leunde achterover in zijn stoel en legde zijn vingertoppen tegen elkaar. Hij had een diepe rimpel tussen zijn ogen die ze niet eerder had gezien. 'Maria, weet je dat zeker?'

'Ik geloof het, of, ik weet het niet. Dat heeft Henrik tegen me gezegd.'

'Dat hij geld moest overhandigen aan iemand die in Tsjetsjenië zou helpen? Met een zekerheidsarrangement?'

'Dat denk ik.' Maria beet op de binnenkant van haar wang. Ze vond Viktors reactie niet prettig. Het was één ding dat zij ongerust was, dat kon. Ze kon de zaak verkeerd begrepen hebben, overdreven, zichzelf nodeloos druk hebben gemaakt, maar Viktors bezorgde blik aan de andere kant van de tafel vertelde haar iets anders.

Plotseling leunde hij heftig over de tafel naar voren. Hij pakte haar handen. 'Maria, als het klopt wat je zegt, en als ik de juiste conclusies heb getrokken, dan is Henriks opdracht gevaarlijk.' Hij keek diep in haar ogen, wisselde van rechts naar links, van links naar rechts, voordat hij verderging. 'Ik heb tegen hem gezegd dat ik het zal regelen. Dit is het terrein van het Russische ministerie van Binnenlandse Zaken. Zweden kan niet op eigen houtje handelen.' Hij liet haar handen los en leunde met een snelle beweging achterover in zijn stoel.

Maria schrok. Viktors reactie was heftig. Veel te heftig. 'Maar, Viktor, misschien heb ik de zaak gewoon verkeerd begrepen,' voegde ze er snel aan toe, in een poging het effect van haar woorden te verzachten.

Viktor verstrengelde zijn handen op zijn buik. 'Laten we het hopen,' zei hij grimmig.

'Alsjeblieft, Viktor.' Maria begon te smeken. 'Je vertelt toch aan niemand wat ik heb gezegd?' Viktor gaf geen antwoord. 'Alsjeblieft, voor mij...'

Viktor beet op zijn lippen. 'Als Henrik morgen niet thuiskomt zoals de bedoeling is, dan moet ik handelen.'

'Maar hij komt wel, ik heb het gewoon verkeerd begrepen. Ik snap dat soort dingen niet. Je moet niet naar me luisteren!' Maria was wanhopig. Ze had iets doms gedaan. Nu was ze niet alleen ongerust om Henrik, ongeruster dan eerst, maar ze was ook bang dat Viktor het door zou vertellen. Dat Henrik in moeilijkheden zou komen omdat zij haar mond voorbij had gepraat. Hij had haar in vertrouwen over de reis verteld. Ze had dat vertrouwen beschaamd.

Viktor was iets gekalmeerd, maar hij keek haar nog steeds doordringend aan. 'Maria, je moet me één ding beloven. Voor Henrik. Hij is mijn vriend, vergeet dat niet. Ik geef om hem.'

Het was een vreemd gevoel. Wat kon ze Viktor beloven voor Henriks bestwil? En was hij wel zo'n goede vriend na wat er tussen hen was gebeurd? Het leek niet het juiste moment om deze vraag te stellen. Viktor ging verder. 'Als je meer te weten komt over de reis, over het geld, wie Henrik heeft ontmoet, dan moet je het me vertellen. Beloof me dat, Maria. Zelfs als hij morgen thuiskomt. Het gaat om zijn veiligheid. Henrik is een verstandige man, maar als het klopt wat ik denk, dan...'

'Dan?' Maria stelde de vraag, hoewel ze het antwoord eigenlijk niet wilde weten.

'Dan kan hij in moeilijkheden zijn.'

Maria slikte. Ze wilde er niet meer over praten. Ze had een vergissing gemaakt; ze had iets verteld wat ze niet had mogen vertellen. Het was het beste om het gesprek nu te beëindigen. Te beëindigen en te vergeten.

'Beloof me dat je het vertelt als je meer te weten komt.'

Maria knikte. Het klonk als een afsluiting. 'Ik beloof het,' zei ze langzaam.

'Voor Henriks bestwil.' Viktor keek haar smekend aan.

'Voor Henriks bestwil.'

Ze praatten er niet meer over. Waar hun gesprek daarna over was gegaan, kon Maria zich niet herinneren. Alleen dat Viktors nabijheid haar duizelig maakte en dat de borden bijna onaangeroerd waren toen ze het restaurant uit liepen. Ze had op zijn aanraking gewacht, een hand op de hare, een aai over haar wangen. Wat dan ook. Maar er gebeurde niets. Toen Viktor voor het restaurant met een merkwaardig stijve handdruk afscheid van haar had genomen, had ze de hele weg naar Gärdet gelopen in een poging haar gedachten te ontrafelen.

Waarschijnlijk had hij afstand gehouden vanuit een gevoel van respect. Ze moest hem dankbaar zijn. Ze had hem gebeld om haar te helpen bij het opsporen van Henrik. Ze had de naam van het hotel en het telefoonnummer gekregen. Niets meer. Zo moest het zijn. Toch kon ze het niet laten om aan zijn blikken te denken. Gevuld met iets anders. Net als die van haar.

Maria probeerde de gedachten van zich af te schudden. Het lukte maar gedeeltelijk, ze verschenen telkens weer.

Het was beangstigend om te zien hoe Viktor had gereageerd toen ze over Henrik en zijn reis had verteld. Alsof hij echt bij iets gevaarlijks was betrokken. Ze had natuurlijk al het gevoel gehad dat er iets niet klopte, maar gevoelens waren onbetrouwbare raadgevers. Misschien maakte haar slechte geweten haar gewoon gek, maar door de geschokte blik in Viktors ogen, die nog steeds op haar netvlies stond gegrift, was het moeilijk om die versie te geloven.

Toch dacht ze weinig aan Henrik tijdens de snelle wandeling. Op de een of andere manier was het scenario dat Viktor had geschetst te diffuus, te onwerkelijk om te accepteren. Henrik zou morgen thuiskomen, alles zou zoals altijd zijn. Hij zou vertellen over zijn reis en zij zou vertellen over haar onrust en haar fantasieën. Daarna zouden ze er samen om lachen.

Nee, Henriks veiligheid was niet wat haar bezighield toen ze met lange, snelle stappen Söder achter zich liet en in noordelijke richting liep. Het was iets heel anders.

Ze dacht na over hoe had het kunnen gebeuren.

Over hoe had ze het kunnen láten gebeuren.

Ze was zo'n beheerst en stabiel persoon. Ze wist altijd hoe ze zich voelde en wat ze deed. Zij, die niet eens dronken werd omdat ze bang was haar controle te verliezen, had plotseling een vreemde man het commando over laten nemen. Hij had haar heel gemakkelijk en zonder inspanning uit haar baan geduwd. Ze had maar een zacht stootje in haar zij gekregen, en nu dreef ze rond in een vreemd universum, met alles wat ze vroeger had gekend op angstaanjagende afstand.

Ze probeerde tevergeefs een paar bekende punten te vinden om zich op te oriënteren, om haar spoor terug te vinden, maar toen ze naar bed ging was ze niet wijzer. Ze hield van Henrik. Hij hield van haar. Ze hadden een fijn leven samen.

Maria kneep haar ogen in de donkere slaapkamer dicht. Ze herhaalde de drie zinnen telkens weer, als een mantra.

Ja, ze hield van Henrik. Wat ze voor Viktor voelde had niets met die gevoelens te maken. Ze hield van haar man en Henrik hield van haar. Dat wist ze, daar twijfelde ze niet aan.

Maar wat was het probleem dan? Hadden ze geen goed leven samen? Jawel, ze hadden een fijn leven. Er ontbrak maar één ding aan. Het was haar leven niet. Ze leefde Henriks leven, volgens regels die nooit de hare waren geweest.

Dat moest veranderen. Voordat het te laat was.

27

Björn Wester liep naar de brandkast en maakte hem open. De map die hij zocht lag boven op de stapel. Dat was een geluk, de kast was rommelig. Het bureau was daarentegen schoon en opgeruimd. Er stonden foto's van een vrouw en twee kinderen op. Ze waren oud, de kinderen waren nu volwassen.

Het was goed om foto's van het gezin te hebben, dat hoorde erbij. Als een man foto's van zijn gezin op zijn bureau had staan, straalde hij veiligheid en stabiliteit uit. Dat was anders voor vrouwen. Hij bedacht hoe het eruitzag in het kantoor van de assistenten. Sommigen hadden hun hele bureau vol staan met foto's van kinderen en kleinkinderen, onnozele cadeautjes die ze van de kinderen hadden gekregen, en tekeningen aan de muren. Dat gaf heel andere signalen. Het moest niet te veel worden.

Hij ging zitten en schoof wat op zijn stoel, die was gevormd volgens de laatste ergonomische technieken, heen en weer. De ARBO had de stoel voor hem besteld om zijn pijnlijke schouders te ontzien. Niet dat het veel beter was geworden met de nieuwe stoel, de pijn had nu andere oorzaken, maar hij was comfortabel en gaf het kantoor een zekere waardigheid. Als tegenwicht tegen de pilaar.

Hij werd al chagrijnig als hij alleen maar aan de pilaar dacht. Hij nam het halve kantoor in beslag. Dat was misschien niet echt zo, maar het voelde zo. Hij was zo blij geweest toen hij hoorde dat hij een eigen kantoor zou krijgen. Eindelijk. Tot het er één met een pilaar bleek te zijn. Heel typerend.

Wester sloeg het dossier open en keek naar de foto die rechtsboven aan het document was geniet. Hij zag een elegante man, in elk geval relatief gezien. Hij zag er niet zo bedroevend Russisch uit als zo veel anderen. Die waren een beetje pafferig en bleek. Viktor Rybkin was eerder mager, atletisch, zoals het team dat hem schaduwde hem in een rapport had genoemd. Zijn haar was donker en zat in een ouderwetse zijscheiding. Zijn jukbeenderen waren hoog, zijn neus recht en zijn ogen gemêleerd.

Wester pakte het document en hield de foto onder het licht van de tl-buis aan het plafond. Hij kneep zijn ogen tot spleetjes. Hij probeerde achter de façade te kijken, probeerde de intenties en ambities in het vreemde gezicht te zien. Welk doel joeg deze man na? Na een tijdje legt hij het document terug. Hij had niets ontdekt. In plaats daarvan pakte hij het observatierapport van die ochtend op. Rybkin was blijkbaar druk bezig geweest. Hij las de eerste regels vluchtig door. Rybkin had geprobeerd ze af te schudden. Hij was van rijrichting veranderd, was onnodig gestopt, was gedraaid en was dezelfde weg teruggereden. Het was het oude liedje. Hij was een pro. Toch was het ze gelukt om hem naar zijn bestemming te volgen. Wester was onder de indruk. Het waren flinke kerels, en vooral vrouwen, die ze hier op de spionageafdeling hadden.

Rybkin was naar een restaurant geweest. In hotel Clarion in Söder. Wester was er een paar maanden geleden zelf geweest met een bron. De zaal was gemakkelijk te overzien, eventuele bewaking gemakkelijk te ontdekken. Rybkin had een verstandige keus gemaakt.

Hij was in het gezelschap van een vrouw geweest. Circa dertig jaar, stond er in het verslag. Lang, blond haar, tenger. Wester keek naar de wazige foto die bij het document was gevoegd. De vrouw was van achteren gefotografeerd toen ze Rybkin voor het hotel een hand gaf. Er was niet veel te zien, de verlichting was slecht en het was donker geweest, maar dat hinderde niet. Wester had het plaatje al duidelijk voor zich. Het was een schoonheid.

Wester keek weer in Rybkins map en scande het bovenste document met zijn ogen. Naam, leeftijd, eerdere werkzaamheden. Op het moment dat hij de informatie die hij zocht ontdekte, lachte hij in zichzelf. Wat een deugniet, die Rybkin!

Nu hoefden ze alleen nog uit te zoeken wie zij was. Ze waren haar naar Gärdet gevolgd. Ze had blijkbaar de hele weg gelopen. Wat een idioot! Misschien was ze een sportfreak. Hij keek opnieuw naar de wazige foto. Ze was duidelijk goed in vorm, zelfs al zag je haar alleen van achteren.

Het observatieteam had een adres in de Askrikegata genoteerd. Birgitta moest een lijst maken van de personen die daar woonden. Als de blondine daar inderdaad woonde, zou de identificatie geen probleem zijn. Daarna moesten ze waarschijnlijk met haar praten. Eens kijken wat ze te vertellen had.

28

Maria stond in de keuken toen ze hoorde hoe de sleutel in het slot werd gestoken. Hij was punctueel, het was bijna halfzes, precies zoals hij had gezegd toen hij die ochtend vanaf het hotel belde. Maria was bijna gaan huilen toen ze zijn stem hoorde en had tegen hem gescholden omdat hij niets van zich had laten horen. Henrik had haar gekalmeerd, had gezegd dat hij zijn oplader was vergeten, had zich verontschuldigd en had haar ermee getroost dat hij over een paar uur thuis zou zijn.

Maria legde het keukenmes op het aanrecht en deed haar schort snel af. Toen ze in de hal kwam, stond Henrik daar met zijn koffer en twee tassen van de taxfree naast zich op de vloer. Hij spreidde zijn armen uit en ze haastte zich naar hem toe. Zo stonden ze een hele tijd. Ten slotte liet Henrik haar los. 'Ik heb het gevoel dat je me hebt gemist. Klopt dat?'

'Daar lijkt het wel op.' Maria glimlachte. Ze had naar hem verlangd. Ze had de halve nacht wakker gelegen en nagedacht. Ze was tevreden over de uitkomst. Wat ze met Viktor had gedaan was onvergeeflijk, maar Henrik zou haar niet hoeven te vergeven. Hij zou het nooit te weten komen. Henrik was haar man. Ze hielden van elkaar. En zij zou ervoor zorgen dat hun huwelijk overleefde. Ze zouden een echt gezin worden.

Ze pakte Henriks hand en leidde hem de keuken in, zette hem op een van de keukenstoelen en schonk een glas wijn in. Hij pakte het dankbaar aan en nam een grote slok.

'Hoe is het geweest?' vroeg ze toen hij het glas met een zucht neerzette.

'Interessant.'

'Wat bedoel je daarmee?'

'Gewoon. Het was interessant. Het is niet hetzelfde Moskou van tien jaar geleden.'

'Godzijdank. Toch?'

'Ja. Natuurlijk. Uiteraard.' Henrik knikte, maar leek niet helemaal overtuigd.

Maria liep naar hem toe en ging op zijn schoot zitten. 'En je opdracht?'

Henrik keek op, verward, alsof hij niet meteen begreep wat ze bedoelde. 'O, dat. Ja, dat ging goed.'

'Ik was ongerust.' Maria streelde zijn wang. Zijn stoppelbaard schuurde.

Henrik keek op. 'Ik ook,' zei hij eerlijk. 'Ik was doodsbang. Maar ik heb het gedaan. En nu ligt de bal weer bij Katja.'

'Wat was degene die je hebt ontmoet voor iemand?'

'Ik weet het niet. Heel eerlijk, ik weet het niet. Maar hij zag er niet uit als iemand die je 's avonds in Moskou onder een donkere brug wilt ontmoeten.'

'Onder een donkere brug?'

'Ach, vergeet het. Het is niet belangrijk.'

'Maar wat bedoel je dan?'

Henrik pakte zijn wijnglas en nam nog een slok voordat hij antwoord gaf. 'Hij zag er niet uit alsof hij op een bank werkte, als je begrijpt wat ik bedoel.'

Maria knikte. Ze wist niet of ze meer wilde weten. Henrik leek dat te begrijpen. 'Maar nu is het voorbij,' zei hij glimlachend. 'Ik ben weer thuis.'

'Eindelijk.' Maria dacht aan wat Viktor had gezegd. Dat het gevaar niet voorbij hoefde te zijn omdat de opdracht achter de rug was. Ze probeerde de gedachte van zich af te zetten. Ze hoorden niet in hun keuken – de gedachte niet en degene die hem had uitgesproken niet.

'Thuis bij mijn mooie, fantastische vrouw,' zei Henrik. Hij kuste haar.

Maria schoof een stukje bij hem vandaan. 'Ik ben bezig met het avondeten. Heb je honger?' Ze stond op.

Henrik trok zijn broek recht en pakte zijn glas. 'Ja. Inderdaad.'

Het avondeten was heerlijk. Maria had haar best gedaan. Een gegratineerde ovenschotel met zeetong en zelfgemaakte hollandaisesaus. Ze had de saus twee keer moeten maken. De eerste keer schiftte hij en moest ze naar de winkel rennen om nieuwe eieren te kopen voordat ze verder kon. De tweede keer was de saus perfect en de ovenschotel smaakte fantastisch, dat vond zij zelfs. Ze had er een salade bij gemaakt: eikenblad, rucola en frisé in een grote schaal met alleen wat zout, olijfolie en balsamicoazijn.

Henrik was tevreden. Hij leunde achterover op zijn stoel en nipte aan de witte wijn, een chardonnay die Maria in de koelkast had gevonden. Hij had over zijn reis en zijn indrukken van Moskou verteld. Maria had geluisterd en had geprobeerd de stad voor zich te zien. Het ene moment stelde ze zich een sprookjesstad voor met veelkleurige koepels en kerken met gouden kantelen en torens die glansden in de zon. Het volgende moment zag ze grijs beton, een sneeuwbrij en mensen met bontmutsen en gebogen hoofden. Het derde beeld was dat van protserige casino's, neonverlichting, Mercedessen en mannen in leren jassen met gouden tanden. Ze kon er geen samenhangend geheel van maken. Henrik lachte toen ze het vertelde.

'Ik ook niet,' zei hij. 'Het was vroeger erger, maar gemakkelijker te begrijpen,' voegde hij eraan toe. 'Russen zijn Russen. Ze gaan hun eigen weg en zijn voor een buitenstaander niet altijd gemakkelijk te volgen.'

Maria luisterde aandachtig. Zelfs al wilde ze het niet, ze zoog de informatie op. Ze wilde dat hij meer over Russen zou vertellen, over hoe ze waren. Henrik rekte zich uit. Hij zei dat hij moe was en kwam overeind. Maria keek naar hem. Hij zag er inderdaad moe uit. En een beetje oud. Ze dacht nooit na over het leeftijdsverschil en was bijna verbaasd over haar eigen gedachte. In het begin had ze dat wel gedaan, maar nu niet meer. Henrik was Henrik. Of hij 32, 42 of 52 jaar was, was niet belangrijk. Ze hield van hem zoals hij was.

Henrik liep naar Maria toe en trok haar uit haar stoel. 'Misschien moeten we naar bed gaan.'

'Ik wil eerst opruimen.'

'Nee.'

'Hoezo, nee?'

'Nee, dat doe je niet. Je gaat met mij mee naar de slaapkamer. Daar kleed ik je uit en leg ik je mooie lichaam op bed en daarna ga ik met je vrijen.'

Maria voelde zich verlegen worden. 'Ik wil alleen...'

'Nee, dat doe je niet,' herhaalde Henrik en hij pakte haar hand. Hij trok haar de keuken uit, de zitkamer door en de slaapkamer in.

Daar begon hij haar langzaam uit te kleden. Maria stond er verstard bij. Dit was precies wat ze ook in gedachten had gehad, maar Henriks vastberadenheid verwarde haar. Ze had gedacht dat het op haar voorwaarden zou gaan, haar initiatief, haar besluit. Nu gaf ze zich over aan wat Henrik wilde.

'Ik heb zo veel aan je gedacht toen ik weg was,' zei hij en hij kuste haar nek terwijl zijn handen naar haar rug gleden om haar beha los te maken. 'Je bent alles voor me. Ik vraag me af of je dat weet. Of ik het vaak genoeg tegen je zeg.' De beha hing los over haar borsten. Henrik streelde haar wangen en keek ernstig in haar ogen. 'Ik hou van je, Maria,' zei hij. 'En ik hou van ons leven samen.'

Hij liep naar het bed en vouwde de sprei terug. Maria liet haar beha naar beneden glijden en knoopte haar spijkerbroek open. De rest van hun kleren trokken ze uit terwijl ze naar elkaar keken. Maria liep naar haar man toe en ze kropen samen onder het dekbed. Henrik ging met zijn bovenlichaam over haar heen liggen en begroef zijn gezicht in haar hals.

'Je ruikt lekker,' zei hij. 'Je haar ruikt lekker.' Hij snoof aan het kussen. 'Pas gewassen lakens ruiken lekker.' Daarna begon hij haar lichaam te kussen. Hij nam er de tijd voor, liet haar liggen en ontvangen. Hij was goed in het voorspel. Ze hield ervan, zelfs al voelde ze soms een kleine steek van irritatie. Alsof hij een lesje had geleerd en het telkens weer op dezelfde manier herhaalde.

Soms wilde ze dat hij haar zou verrassen. Dat hij het voorspel zou overslaan, en haar gewoon snel en egoïstisch zou nemen zonder aan haar genot te denken. Nu had ze op de een of andere manier het gevoel dat ze hem iets schuldig was. Het was natuurlijk oneerlijk om zo te denken. Henrik had geen bijbedoelingen en ze moest dankbaar zijn. Niet alle minnaars waren zo attent, dat wist ze uit eigen ervaring. Maar toch, als hij een halfuur bezig was geweest met kussen, strelen en haar opwinden had ze soms het gevoel dat haar genot groter moest zijn. Extatisch. Alsof het genot dat ze voelde nooit groot genoeg was. Niet voldoende beloning voor Henriks inspanningen.

Dan vond ze hun variatie misschien wel fijner. Hun spel. Henrik als de ongeïnteresseerde man en zij als de afwachtende vrouw. Dan was hij degene die nam en zij degene die gaf.

Maria probeerde zich te concentreren op de warme tong rond haar tepels. Ze deed haar ogen dicht en voelde hoe ze langzaam stijf werden.

Plotseling was het er, het beeld dat ze de hele avond weg had gehouden, aangelokt door de erotische aanrakingen. Een verboden gedachte waarvan ze besloten had dat ze hem nooit meer zou denken. Zonder dat ze zich kon beheersen schoten de begeerte en opwinding als een hevige koorts door haar lichaam.

Ze hapte naar adem, deed haar ogen snel open, en zag Henriks hoofd op weg naar haar buik gaan, met de kale plek in het midden van zijn schedel en de grijze bakkebaarden waarvan de kleur zich over de rest van zijn haar begon te verspreiden. Hij keek op, afgeleid door het geluid van haar ademhaling. 'Vind je het fijn?' vroeg hij.

Maria knikte en Henrik boog zijn hoofd weer. Ze keek naar de klok bij het bed: 22 uur 13.

Om 22 uur 29 rolde Henrik boven op haar en bezeerde haar dijbeen met zijn knie. Hij had zijn werk grondig gedaan. Hij had haar goed voorbereid en Maria kreunde toen hij bij haar binnendrong.

Zijn ademhaling werd zwaarder en dieper naarmate ze langer bezig waren en toen Maria wist dat hij bijna zover was duwde ze hem op zijn rug en ging schrijlings op hem zitten. Ze begon hem met krachtige bewegingen te berijden en ze zag dat Henriks gezicht vertrokken was van concentratie.

'Wacht,' zei hij. 'Ik kom bijna klaar. We moeten...' Hij strekte zijn hand uit naar de la van het nachtkastje, maar Maria gaf hem geen kans. Ze pakte zijn polsen en ging door met de ritmische bewegingen. Zij was ook geconcentreerd, maar op een andere manier. Ze was niet uit op een orgasme.

Ze versnelde haar ritme en plotseling zag ze hoe Henriks gezicht in een grimas vertrok. Hij snakte naar adem en op hetzelfde moment deed hij zijn ogen open en ontmoette haar blik. Met een heftige beweging en al zijn kracht gooide hij haar opzij. Toen schreeuwde hij en zijn lichaam verstrakte. Een seconde later zag Maria hoe een kleine straal wit vocht op zijn buik belandde. Hij kreunde en zakte terug in het kussen. Maria lag naast hem, in dezelfde houding waarin ze was beland toen Henrik haar opzij had geduwd. Hij ademde zwaar. Het was stil in de kamer. Na een moment deed Henrik zijn ogen open en keek naar haar. 'Meisje,' zei hij zachtjes. 'Wat was je aan het doen? Dat had helemaal verkeerd kunnen gaan.'

'Het ís helemaal verkeerd gegaan,' antwoordde ze terwijl ze naar de witte druppels keek die aan het haar op Henriks buik kleefden.

Hij zag haar blik. 'Maar lieve Maria...' Hij stopte en zuchtte. Maria zei niets. Na een moment deed hij een nieuwe poging. 'Je mag niet boos op me zijn. We hebben tenslotte besloten dat...'

'Nee, Henrik, dat hebben we niet.'

'Hoezo?'

'Wíj hebben niets besloten. Jíj hebt het besloten! Jíj hebt besloten dat we geen kinderen krijgen. Jíj hebt besloten dat ik niet zwanger mag worden.'

'Maar jij bent toch niet de enige die kinderen moet willen, Maria? Dat moet ik toch ook kunnen beslissen?'

'Ja, en dat heb je ook mogen doen. Nu is het mijn beurt om te beslissen!' Maria stem brak bijna en haar blik werd wazig van de tranen. Dit was meer dan ze kon verdragen. Niet nog een keer deze discussie. Die had ze al zo vaak verloren. Ze kende alle argumenten. Zowel die van haar als van Henrik. Twee even sterke kanten, en toch was hij altijd degene die won. De diplomaat die precies wist wat hij moest zeggen. Na verloop van tijd lukte het hem altijd om haar te laten inzien waarom hij zijn zin moest krijgen. Maar achteraf was zij de verliezer, wat hij ook zei.

Ze had zich hierop voorbereid. Vannacht, toen ze haar mogelijkheden had doorgenomen was ze ook op dit punt terechtgekomen. Bij dezelfde impasse als al zo vaak was gebeurd. Maar deze keer was er één ding anders: haar vastbeslotenheid.

Ze zou hun huwelijk redden op de enig mogelijke manier. Ze zouden een gezin vormen. Ze zouden een kind krijgen. Niet om een band te kweken, niet om een ten dode opgeschreven huwelijk te lijmen, maar omdat ze niet kon leven met de gedachte dat ze van een kind af moest zien. Als hij haar niet tegemoetkwam, was hun huwelijk voorbij. Dat wilde ze niet, maar het was gewoon zo.

Ze zou het ene argument gebruiken dat ze nog nooit eerder had gebruikt. Ze had eraan gedacht, maar had het nooit gedurfd. Ze was niet bereid geweest om de consequenties te aanvaarden. Ze wist dat de last van een mislukking verschrikkelijk zou zijn. Maar ze wist ook dat het nog ondraaglijker zou zijn om verder te leven met de verloochening van haar hele wezen.

Ze vermande zich, droogde haar tranen met de achterkant van haar hand en haalde haar neus op. Ze wilde duidelijk zijn. Niet in tranen en snikken verstikken wat ze moest zeggen. 'Je mag kiezen,' zei ze zo kalm mogelijk.

'Kiezen? Hoezo kiezen?' Henrik probeerde te gaan zitten.

'Nu is het mijn beurt om te beslissen, anders vertrek ik.'

Henrik begon te lachen, een vreemde holle lach die snel wegebde. Hij keek naar haar met ogen vol twijfel en angst. Maria dwong zichzelf terug te kijken.

'Je vertrekt als we geen kinderen nemen? Meen je dat?'

'Ja.'

'Maar dat is toch... Dat is toch...' Henrik begon te stotteren.

'Zo is het.'

'Kinderen, is dat het enige wat iets voor je betekent!? Hou je niet van míj?'

'Ja, ik hou van je. Maar ik ga bij je weg als dat moet.'

'Je kunt niet bij me weggaan. Ik hou van je!'

Maria zweeg. Henrik lachte weer even, een lach gevolgd door een snik. 'Ik wil geen kinderen meer, Maria. Begrijp je dat niet? Ik kan niet opnieuw beginnen. Ik ben te oud.'

'Maar ik ben dat niet.'

Henrik negeerde haar commentaar. 'Ik heb die reis al gemaakt. Het is fantastisch om kinderen te hebben, ik hou van ze, maar het heeft me alles gekost: mijn carrière, mijn vrouw...'

'Ík ben je vrouw.'

Henrik snikte weer. 'En ik wil jou niet ook kwijtraken.'

'Verander dan van mening.'

'Dat kan ik niet.' Hij haalde adem en strekte zijn rug. 'Ik wil geen kinderen meer, Maria. Ik ben de hele tijd eerlijk tegen je geweest. Je kunt de spelregels niet plotseling veranderen.'

'Jouw regels.'

Henrik snoof. 'Het maakt helemaal niet uit wiens regels het zijn. Zo was het toen we trouwden en zo is het nu.'

Maria keek naar haar man. Hij was gaan zitten en zijn kaken waren hard op elkaar geperst. Ze had gedacht dat hij zou zwichten, dat hij door het laatste argument van gedachten zou veranderen. Dat bleek niet zo te zijn. Waarschijnlijk moest ze nu opstaan en het appartement, Henrik en haar huwelijk verlaten. Ze moest laten zien dat ze meende wat ze had gezegd, maar haar lichaam wilde niet gehoorzamen. In plaats daarvan kwam Henrik overeind en greep zijn badjas van de haak naast het bed.

Bij de deur draaide hij zich om. 'Ik hoor wat je zegt, Maria. En ik hou van je. Maar je kunt me op deze manier niet dwingen.'

'Op welke manier dan, Henrik? Zeg dan wat ik moet doen!'

'Dat weet ik niet, Maria. Ik weet niet of er een manier is.'

Henrik ging in de zitkamer op de bank zitten. Hij zette de televisie met de afstandsbediening aan en zapte een tijdje tussen de twaalf kanalen heen en weer. Het licht in de slaapkamer was uit, dat zag hij door de kier. Hij moest naar Maria toe gaan. Haar troosten, het uitpraten. Het was niet goed om hier alleen te zitten. Maar hij had nog steeds hartkloppingen. Ze hadden hier al zo vaak over gepraat. Het laatste jaar steeds vaker, als hij eerlijk was. Altijd op initiatief van Maria. Steeds gefrustreerder, steeds woedender.

Het was alsof ze voortdurend in een doodlopende steeg terechtkwamen, hoe nauwkeurig ze de kaart ook probeerden te lezen. Hij wist wat ze wilde, en dat ze teleurgesteld in hem was. Maar tegelijkertijd was hij boos op haar. Maria had het de hele tijd geweten. Hij had haar op tijd uitgelegd dat hij het hoofdstuk kinderen krijgen had gesloten. Hij wilde niet opnieuw beginnen, hij was te oud. Ze had dat geaccepteerd, had gezegd dat het goed was. Dan kon ze toch niet zomaar van mening veranderen.

Het was echter niet gewoon één ruzie van een serie. Maria was dit keer anders geweest, vastbeslotener. Ze zou hem verlaten, had ze gezegd. Dat had ze nog nooit gezegd. Waarschijnlijk was het niet meer dan een onbezonnen opmerking in een verontwaardigde ruzie, waarschijnlijk meende ze het niet. Maar toch. Het was een vreselijk idee. Hij hield echt van haar.

Zuchtend zet hij de televisie uit en keek naar de donkere kier van de slaapkamer. Nee, hij kon nog niet naar binnen gaan en in bed gaan liggen. Maria sliep waarschijnlijk nog niet en de gedachte dat ze wakker naast elkaar zouden liggen, zij naast zijn woede, hij naast haar teleurstelling, was ondraaglijk. Hij zou nooit in slaap kunnen vallen.

Hij kon net zo goed wat werk doen. Het zou morgen een lange dag worden. Hij had veel in te halen na de reis. Hij zou in elk geval een rapport voor Katja kunnen schrijven, dan was dat gedaan. Ze wilde het waarschijnlijk morgen al hebben.

Henrik kwam overeind en ging in de kleine gecombineerde logeer/ werkkamer naast de keuken aan het bureau zitten. Het was Johanna's kamer geweest zolang ze thuis woonde, maar haar spullen waren al lang geleden verdwenen.

Henrik startte de computer op en opende een worddocument. In de linkerbovenhoek schreef hij MINISTERIE VAN BUITENLANDSE ZAKEN in hoofdletters, daaronder *eenheid voor Oost-Europa en Centraal-Azië*. En daaronder zijn naam: *secretaris-generaal Henrik Hamrén*. In de rechterbovenhoek van het document schreef hij de datum, vijf regels daaronder *werknotitie* en daaronder *voor Katja Löfdahl*.

Het was natuurlijk maar een informeel memorandum, alleen Katja zou het lezen, maar het kon geen kwaad om het formeel te houden.

Hij dacht even na over de titel. *Betreft reis naar Moskou*, schreef hij ten slotte en onderstreepte de regel.

Naar aanleiding van de reis naar Moskou van 14 tot 19 januari kan ik mee-delen dat ik het afgesproken bedrag op 18 januari persoonlijk heb overhandigd aan Aslan Zakujev.

Het was niet veel tekst. Het zag er een beetje armzalig uit. De paar woorden vertelden niets over de bizarre situatie waarin hij zich had bevonden, niets over zijn indruk van de ontvanger, over zijn angst en de opluchting toen het allemaal achter de rug was. Misschien was dat juist goed – Katja hoefde het niet te weten.

Hij las de tekst nog een keer door, zette de printer aan en gaf de computer opdracht om te printen. Een paar seconden later kwam het document uit het grijze plastic apparaat. Henrik ving het op. Hij zette de printer en de computer uit en stond op. Hij deed de lamp in de werkkamer uit en liep naar de hal. Het document legde hij op de plank onder de spiegel, zodat hij het de volgende ochtend niet zou vergeten.

Hij was tevreden. Als hij morgen op tijd naar zijn werk ging zou Katja het rapport al hebben als ze aankwam. Hij hoopte dat het indruk op haar zou maken.

Hij liep naar de keuken, deed de koelkast open, pakte de melk en dronk een paar slokken uit het pak. Het was niet lekker. Hij hield van de rode melk, Maria kocht altijd de blauwe.

Hij zette het pak weer in de koelkast en zuchtte diep. Hij zou naar bed gaan, naast zijn vrouw gaan liggen. Hij hoopte dat Maria sliep. Zijn slechte geweten drukte zwaar op hem, maar morgen zou dat hopelijk anders zijn. Het zou wegzakken. Als ze de tijd maar kreeg, zou ze begrijpen dat hij niet op haar eis kon ingaan. Hij kon dezelfde fout niet nog een keer maken. Ze zou begrijpen dat hij haar niet ook nog kon verliezen.

29

Maria zat op de keukenstoel en hoorde hoe de voordeur dichtsloeg. Ze was niet met hem mee naar de hal gegaan. Ze kon het niet opbrengen. Hij had haar gedag gekust en gezegd dat hij niet wist hoe laat hij die avond thuis zou zijn, maar dat hij zou proberen om op tijd te zijn. Daarna had hij beloofd dat hij zou koken. Iets lichts, iets voor de arme zieke. Kippensoep misschien.

Ze had gedaan alsof ze dankbaar was. Ze had haar keel vastgepakt en een beetje gekrast. Eigenlijk was ze helemaal niet ziek. Niet op die manier in elk geval. Toen ze haar spiegelbeeld in het keukenraam zag, besefte ze dat het in elk geval niet moeilijk was geweest om Henrik voor de gek te houden. Ze zag er slecht uit. Door de tranen van gisteravond waren haar ogen rood en gezwollen. Dat kon net zo goed het gevolg van een verkoudheid zijn.

Ze hadden er niets meer over gezegd. Er viel niets meer te zeggen. De bal lag nog steeds bij haar. Hij had geweigerd hem op te pakken. Zij was degene die haar dreiging in realiteit moest omzetten. Het huis verlaten. Henrik verlaten. Ze had er echter de kracht niet voor. Ze had echt gedacht dat ze zover was, dat ze in staat was om de consequenties te aanvaarden, maar ze kon het niet. Ze kon trouwens helemaal niets.

Ze had zich ziek gemeld. Ze kon de gedachte niet verdragen dat ze moest glimlachen en vriendelijk zijn tegen mensen die haar als een servicevoorziening beschouwden. Ze had begrepen dat dat voor iedereen anders was. Sommigen wilden mensen om zich heen als ze ongelukkig waren, anderen wilden alleen zijn. Sommigen wilden getroost worden, anderen konden niet eens eten. Zij hoorde waarschijnlijk bij de tweede categorie, in beide gevallen. Het bord yoghurt dat voor haar stond had ze nauwelijks aangeroerd.

Ze kwam overeind en spoelde het bord af. De natte muesli lag als een onaantrekkelijke smurrie in de gootsteen. Ze pakte het op met een beetje keukenpapier en gooide het in de afvalemmer. Daarna zette ze het lege bord in de afwasmachine en liep terug naar de slaapkamer. Als ze toch een dag thuisbleef kon ze net zo goed in bed gaan liggen. Dat deed je tenslotte als je ziek was.

Ze schudde het kussen op, ging languit in bed liggen en trok het dekbed over zich heen. Zo lag ze een tijdje. Vijf minuten, misschien tien. Het konden er ook twintig zijn. Ze keek naar het plafond en de witte muren tegenover het bed. Het vreemde was dat ze niets voelde. Het was alsof de teleurstelling haar vanbinnen had verlamd.

Ze probeerde te voelen. Was haar huwelijk met Henrik voorbij? Ze kreeg geen antwoord. Ze gaf zichzelf geen antwoord. En het kind dat er niet was? Hoe belangrijk was dat? Vannacht had ze geweten dat het belangrijker was dan al het andere. Nu wist ze het niet meer zo zeker.

Had ze haar verlangen overdreven? Was ze misschien gewoon het slachtoffer van een biologische programmering? Was dat het werkelijk waard?

Vragen, maar geen antwoorden. Het enige wat ze op dit moment voelde was eenzaamheid. Vertwijfelde, grenzeloze eenzaamheid. Ze had niemand om mee te praten. Haar moeder was uitgesloten – ze zou zo ongelukkig zijn als Maria het vertelde. Maria wist hoe ze naar een kleinkind verlangde. Ze was discreet genoeg om het er niet over te hebben, maar er was geen twijfel mogelijk.

Een vriendin misschien. Natuurlijk had ze vriendinnen, maar de meesten waren al getrouwd en hadden kinderen. Vooral de vriendinnen uit Nyköping. Veel schoolvriendinnen van haar waren lang geleden al een geregeld leven gaan leiden. In Nyköping begonnen ze eerder aan dat soort dingen. Misschien had ze ook een gezin gehad als ze was gebleven. Het was een zinloze gedachte. Ze wilde in elk geval geen van hen bellen, ze wilde geen medelijden. Ze wilde niet weten dat het goed was dat ze eisen stelde, dat het leven zonder kinderen zinloos was. Dat zeiden vriendinnen met een gezin namelijk altijd.

Diana misschien. Zij zou het waarschijnlijk begrijpen, want ze had het er zelf over gehad. Over het verlangen om moeder te worden en de paniek toen ze Janne eruit had gegooid. Dat ze haar laatste kans had gemist, dat ze nooit iemand zou vinden voordat haar biologische klok voorgoed stopte met tikken.

Ja, Diana zou het waarschijnlijk begrijpen als Maria het vertelde. Maar daar was ze niet toe in staat.

Eigenlijk was er maar één persoon met wie ze kon praten: Henrik. En hij was buiten bereik. Op alle mogelijke manieren.

Maria ging rechtop zitten. Ze moest zich vermannen. Ze kon niet in een onopgemaakt bed over haar leven treuren. Zo was ze niet. Ze was actief, iemand die dingen deed. Iemand die zich vermande.

Na een lange douche bedacht ze dat een wandeling waarschijnlijk het beste zou zijn. Frisse lucht, zuurstof in haar bloed, warme spieren, endorfinen. Ze wist dat het hielp.

Ze trok haar schoenen en haar jas aan en pakte haar handschoenen. Tot slot trok ze een gebreide muts over haar blonde haren. Na een laatste blik in de spiegel was ze gereed om naar buiten te gaan.

Op de plank onder de spiegel lag een vel papier. Maria pakte het op. Het was van Henrik, hij was het vanochtend waarschijnlijk vergeten. Ze bekeek de korte tekst vluchtig. Het was een verslag over de reis naar Moskou. Het geld was overhandigd, stond er. En de naam van de ontvanger.

Maria voelde hoe haar maag samentrok. Ze had beloofd om het te vertellen als ze iets over het geld te weten kwam, of wie Henrik had ontmoet. Ze had beloofd om haar man te helpen, hem te beschermen.

Een naam.

Nu had ze die. Als ze Viktor belde zou dat voor Henriks bestwil zijn.

Haar polsslag versnelde, haar slapen bonkten onder de warme muts. De nacht dat ze had besloten dat Henrik en zij een kind zouden krijgen, had ze ook besloten dat ze Viktor nooit meer zou zien. Ze had prioriteiten gesteld. Maar hiermee, of met het feit dat Henrik nee zou zeggen, had ze geen rekening gehouden.

Maria deed haar muts langzaam af en liet hem op de grond vallen.

In haar jaszak had ze nog steeds het papiertje met Viktors telefoonnummer. Ze moest bellen. Ze moest voor Henriks bestwil bellen. Hij
was nu weliswaar thuis, terug in Stockholm, maar het gevaar, wat
het ook was, was niet voorbij. Dat had Viktor gezegd.

30

Het gesprek was snel afgelopen. Viktor had bijna voorbereid geleken, alsof hij erop had gewacht dat ze zou bellen. Was ze zo gemakkelijk te doorgronden? Had hij gezien waar zij haar ogen voor had gesloten?

Hij had haar gevraagd om hem in Djurgården te ontmoeten, voor de ingang van Gröna Lund. Ze konden een wandeling maken, had hij gezegd. Wanneer? Ze had voorgesteld om elkaar meteen te zien, ze had haar jas toch al aan. Maar Viktor had wat meer tijd nodig, zei hij. Ze hadden besloten om elkaar om één uur te ontmoeten, voor de hekken van het gesloten kermisterrein.

Maria had al een uur lang door Djurgården gewandeld toen het tijd was om naar de ontmoetingsplek te gaan. Ze had snel gelopen, geprobeerd zichzelf moe te maken. Om alle onstuimige energie in haar lichaam kwijt te raken.

Ze zou Viktor zien.

Voor Henriks bestwil.

Ze zag hem al van verre. Ze herkende zijn jas en het donkere haar; ondanks de kou droeg hij geen muts. Hij keek waakzaam om zich heen. Ze begreep dat hij naar haar uitkeek.

Hij zag haar ook van verre en liep snel naar haar toe. Even later stonden ze tegenover elkaar. Dezelfde gespannen stilte als in het restaurant. Dezelfde impuls om haar armen uit te strekken voor een omhelzing. Dezelfde matheid in haar benen.

'Maria,' zei Viktor zacht. 'Ik ben blij dat je er bent.'

'En ik ben blij dat ik hier ben.' Voor Henriks bestwil, probeerde ze vanbinnen te denken. Ze wilde de zin afmaken, de formule herhalen waarmee ze zichzelf tijdens de wandeling had geprobeerd te beschermen. Maar de woorden vervaagden.

Ze begonnen langzaam te lopen en keken af en toe glimlachend naar elkaar. Viktor praatte een beetje, alsof hij haar moest kalmeren.

'Het is mooi in Djurgården,' zei hij. 'Een beetje als ons Gorkypark in Moskou. De mensen komen daar in het weekend bij elkaar, net als hier, om te wandelen. Ik hou ervan om daar naartoe te gaan.'

Maria knikte. Ze moest ook proberen te praten, iets neutraals te zeggen, maar ze wist niets te bedenken. Na een paar zinnen zweeg Viktor ook.

Ze waren een flink eind voorbij Skansen voordat Viktor uiteindelijk weer begon te praten. 'Dus je hebt iets ontdekt,' zei hij kalm.

'Ja.' Maria was blij dat ze iets concreets had om haar gedachten op te richten. 'Ik heb een vel papier gevonden.'

'Het je het bij je?'

'Ik heb de tekst overgeschreven.' Ze had het origineel niet mee durven nemen, voor het geval Henrik ernaar zou zoeken. Ze begon de rits van haar jas naar beneden te trekken om het papier uit haar binnenzak te halen.

Viktor legde zijn hand snel op haar arm. 'Niet nu,' zei hij. 'Dat kunnen we later doen.'

'Goed.' Maria trok haar rits weer omhoog. Ze was een beetje teleurgesteld. Ze had meer enthousiasme verwacht.

Ze liepen verder en Viktor leidde haar naar een klein pad dat van de weg afliep. Ze liepen een paar honderd meter tot de bomen rondom hen dichter werden. Viktor stopte en keek om zich heen. Maria deed hetzelfde. Er was geen mens te zien. Het spaarzame verkeer klonk afgelegen. Tussen de bomen viel wat sneeuw van een tak. Viktor keerde zich naar haar toe. Hij was bleek. De spanning was zo onmiskenbaar dat ze nauwelijks adem kon halen. Ze probeerde iets te zeggen, maar Viktor stopte haar. 'Maria, laat me iets zeggen,' zei hij terwijl hij zo dicht bij haar ging staan, dat hun jassen elkaar raakten. Hij pakte haar hand en kneep erin. De aanraking was net zo intens alsof ze naakt naast elkaar in bed lagen.

'Er is me iets overkomen waarmee ik geen rekening had gehouden,' zei hij terwijl hij in haar ogen keek.

'Wat dan?' mompelde Maria. Ze kon haar eigen stem nauwelijks horen, maar Viktors antwoord was duidelijk.

'Jij. Jij bent me overkomen.' Hij pakte haar andere hand ook vast. 'Gisteravond in het restaurant... ik probeerde me ertegen te verzetten.' Viktor keek haar bijna smekend aan. 'Ik wilde het je niet moeilijk maken.' Het was alsof hij plotseling in elkaar kromp. Hij schudde zijn hoofd. 'Het was vreselijk,' zei hij zachtjes. 'Ik had er geen idee van. Ik wist niet dat...' Hij maakte zijn zin niet af, maar Maria begreep het. Zij had er ook geen idee van gehad. Zij wist ook niet dat de gevoelens er gewoon zouden zijn. Plotseling, zonder waarschuwing. En dat voor een man die ze nog maar een paar keer had ontmoet.

Ze zeiden niets meer. Ze kusten elkaar. Het bos was stil. Een ekster kraste en in een struik klonk gekraak. Viktor schrok. Hij draaide zich snel naar het geluid om. Een haas sprong weg. Ze lachten opgelucht, alsof de haas hun een reden had gegeven om te stoppen. Hoe lang zouden ze elkaar anders hebben gekust? Tot de duisternis viel? Tot het voorjaar werd? Tot alles opgelost was en anders was geworden?

Ze begonnen weer te lopen en hielden elkaars hand vast. Na nog een paar honderd meter stopte Viktor weer. Maria voelde zich gespannen. Ze wilde weer gekust worden, maar Viktor begon in plaats daarvan te praten. 'Ik wil je iets vertellen,' zei hij. Zijn stem had nu een andere klank. 'Het heeft met mijn werk te maken.'

'Op de ambassade?'

'Ja. Er zijn nieuwe tijden in Rusland aangebroken, dat weet je. Er is een nieuwe samenleving, een nieuwe politiek.'

Maria knikte, het was een gespreksonderwerp dat ze niet had verwacht. Ze wist er niet veel over. Ze kende de communisten natuurlijk, zoals Lenin en Stalin, en die nieuwe, Poetin. Maar niet veel meer. Voor Henrik had ze geprobeerd het te leren, maar de interesse wilde niet komen en Henrik leek het niet belangrijk te vinden. Over Rusland kon hij op zijn werk praten, had hij gezegd. Dus had ze het opgegeven. Ze wist er niet veel van, maar ze dacht aan wat Henrik haar na zijn reis naar Moskou had verteld. Ja, ze wist dat er nieuwe tijden in Rusland waren aangebroken. Zoveel had ze begrepen.

Viktor ging verder. 'Maar niet iedereen lijkt dat te begrijpen.'

'Wat bedoel je?'

'Sommige Zweden lijken nog steeds te geloven dat Rusland een totalitaire staat is die op jacht is naar wereldheerschappij.'

Maria keek hem vragend aan. Het was een ingewikkeld woord. Viktor leek niet op zijn gemak. Wat wilde hij? Hij hoestte voordat hij verderging. 'Sommigen lijken te geloven dat alle Russen oneerlijk zijn. Dat alle Russen voor de KGB werken.'

Maria had er niet eens aan gedacht. Ze lachte. 'Doen jullie dat dan niet?'

'Nee.' Viktor leek het niet grappig te vinden. 'Dat wilde ik je vertellen.'

'Dat je niet voor de KGB werkt. Waarom zou ik dat denken?'

Viktor zuchtte. 'Omdat de Zweedse overheidsinstanties dat denken.'

'Welke overheidsinstanties?'

'De politie. De veiligheidspolitie.'

'Maar...' Maria begon weer te lachen.

'Ja, ik weet dat het belachelijk klinkt. Toch is het zo. Ik wil dat je dat weet. Voor het geval ze contact met je opnemen. Ik heb geprobeerd voorzichtig te zijn. Ik wil niet dat je betrokken raakt bij hun verdenkingen, maar je weet het nooit.'

Maria was weer ernstig geworden. Zou de Säpo geïnteresseerd zijn in haar? In haar en Viktor? Dat klonk niet goed. 'Maar waarom denken ze dat je iets met de KGB te maken hebt?' vroeg ze nadat ze even had nagedacht.

'Omdat het vroeger zo was. De KGB bestaat niet meer. Maar in de Sovjet-tijden werd het ambassadepersoneel gedwongen om een overeenkomst met de KGB te ondertekenen als ze in het buitenland wilden werken. Ze waren verplicht om de dingen die ze zagen te rapporteren.'

Het klonk geloofwaardig. Maria wist dat er spionnen op de Sovjet-ambassade waren. En ook op de Oost-Duitse ambassade. Maar dat was verleden tijd. Oost-Duitsland bestond niet meer. En de Sovjet-Unie ook niet.

'Maar de Säpo zou toch moeten weten dat er nieuwe tijden zijn aangebroken? Dat het zo niet langer gaat?' Ze keek vragend maar Viktor.

'Dat zou je denken. Misschien zijn ze bang voor hun baan. Als ze de waarheid vertellen hebben ze geen werk meer.'

'Maar... maar wat betekent dat dan? Voor jou?'

'Dat ze me in de gaten houden. Dat ik mijn werk niet kan doen, en dat ik niet kan ontmoeten wie ik wil zonder dat er gedacht wordt dat ik een spion ben.'

'Maar dat is verschrikkelijk.'

Viktor glimlachte even. 'Het went. Maar ik wil dat je het weet. Voor het geval ze tegen de verwachting in contact met je opnemen.'

'Bedankt dat je het hebt verteld.' Maria glimlachte terug. Ze vond wat ze had gehoord niet prettig, maar ze was toch blij met de informatie. Ze kon zich heel goed voorstellen hoe ze had gereageerd als de Säpo plotseling bij haar op de stoep had gestaan om te vertellen dat Viktor een spion was. Dat was verschrikkelijk geweest. Ze was blij dat ze de waarheid voor die tijd wist.

Daarna kuste hij haar weer en zetten ze hun wandeling door het bos voort. Ze zeiden niet veel. Ze stopten soms en kusten elkaar of omhelsden elkaar alleen. De sfeer was bijna hypnotisch, zoals die keer in haar appartement. Viktors uitstraling was onontkoombaar, magnetisch, en de situatie was vreemd, maar tegelijkertijd merkwaardig natuurlijk. Aan het eind van het pad lag de weg. Ze hadden in een cirkel gelopen. Ze waren weer op weg naar de werkelijkheid. Viktor stopte. 'Maria,' zei hij.

'Ja?' Ze wilde dicht bij hem zijn. Zo dichtbij dat zijn uitstraling een willoos slachtoffer van haar maakte, maar deze keer sloeg hij zijn armen niet om haar heen.

'Het papier. Ik kan het nu aannemen.'

Eerst begreep ze niet wat hij bedoelde. Toen herinnerde ze het zich weer en ze trok de rits van haar jas naar beneden. Dit keer hield hij haar niet tegen. Ze gaf hem het met de hand geschreven papiertje. Viktor pakte het aan en bekeek de tekst vluchtig. Daarna keek hij naar haar. Hij was bleek.

'Dank je,' zei hij verbeten. Hij stopte het papier in zijn binnenzak.

Maria keek hem ongerust aan. 'Is het slecht nieuws?' vroeg ze ten slotte, toen Viktor niets meer zei.

'Ja, dat kun je wel zeggen. Het is goed dat je het aan me hebt gegeven.'

'Is Henrik in gevaar?'

Viktor ontweek de vraag. In plaats daarvan klopte hij op zijn jas en lachte een scheve lach. 'Nu ik deze informatie heb, ben ik verantwoordelijk voor zijn veiligheid. Je kunt me vertrouwen.'

Dat deed ze. Ze vertrouwde Viktor. Iets anders kon ze niet eens denken. Er was een eerlijkheid in hem die ze nog nooit was tegengekomen. Ze wist dat hij haar niet in de maling nam. Ze dacht aan Henrik. Wat had hij eigenlijk in Moskou gedaan en wie was de man die hij had ontmoet? De man tegen wie de minnaar van zijn vrouw hem moest beschermen.

Ze bereikten de weg en begonnen langs de straat te lopen. Viktor bepaalde de snelheid en ze liepen snel. Toen ze bij Gröna Lund waren stopte Viktor. 'Ik geloof dat we het beste hier afscheid van elkaar kunnen nemen,' zei hij. Maria vroeg niet waarom. Ze moesten toch afscheid van elkaar nemen, dus het kon net zo goed hier gebeuren. Ze deed een stap naar hem toe voor een laatste omhelzing, maar Viktor deed snel een stap opzij. In plaats daarvan stak hij zijn hand uit. Maria pakte hem teleurgesteld. 'Tot ziens,' zei hij en hij kneep zo hard in haar hand dat ze bijna een gil gaf van pijn.

'Tot ziens,' antwoordde ze zachtjes. Hij deed een stap bij haar vandaan. Toen veranderde hij plotseling van gedachte en liep weer naar haar toe.

'Maria,' zei hij en hij aarzelde een moment voordat hij verderging. 'Als je me wilt spreken...'

'Ja?' Ze wachtte tot hij weer wat zei. Ze vroeg zich niet af waarom ze hem zou willen spreken.

'Ik weet niet of de telefoon zo'n goed idee is.' Hij zag eruit alsof hij het niet prettig vond om het te zeggen. 'We kunnen een ontmoetingsplek afspreken.'

'Een ontmoetingsplek?'

'Ja, voor alle zekerheid. Voor als er iets gebeurt. Ik wil niet dat je problemen krijgt.' Hij legde niet uit welke problemen hij bedoelde en wat er zou kunnen gebeuren. Waarschijnlijk had het iets te maken met wat hij eerder had verteld. Het maakte niet uit. Viktor ging verder. 'Herinner je je de boom in het bos waar we stilstonden nog? Waar we de haas zagen?'

Maria knikte.

'Daar zal ik elke maandag zijn, om zes uur. Dan weet je dat, voor het geval je me nodig hebt.'

Hij pakte opnieuw haar hand en drukte hem een laatste keer voordat hij hem losliet en in de richting van de weg verdween. Ze bleef op het trottoir staan wachten tot hij zich zou omdraaien, naar haar zou glimlachen, nog een laatste keer zou zwaaien. Maar dat deed hij niet. Hij liep met besliste stappen en zonder nog een keer naar haar om te kijken weg.

Uiteindelijk begon ze zelf te lopen. Ze zag Viktor als een donkere stip in de verte. Hij liep vlugger dan zij en al snel was ze hem uit het oog verloren.

Het was bijna drie uur en het begon te schemeren. Er verdrongen zich zo veel gedachten in haar hoofd dat het af en toe helemaal stil werd. Als een kortsluiting. Daarna doken ze weer op. Dwars door elkaar.

Vragen zonder antwoord.

31

Björn Wester legde de telefoon neer. Hij had oneindig veel van dit soort gesprekken gevoerd in zijn tijd bij de contraspionage. 'Goeden-dag, mijn naam is Björn Wester. Ik ben van de veiligheidspolitie...' Meestal was die zin voldoende om de mensen gewillig te maken. Maar deze vrouw had heel anders gereageerd. Ze was bijna onvriendelijk geweest, nu hij erover nadacht. Het was een vreemd gesprek geweest. Als politieagent was hij natuurlijk gewend dat niet iedereen hem mocht, maar zelfs de brutaalsten hadden een zeker respect.

Deze vrouw had zijn verzoek om een ontmoeting beantwoord met een brutaal: 'Waarom dat?' Hij had geantwoord dat hij daar door de telefoon niet op wilde ingaan. Uiteindelijk had ze, na wat stevige maar toch diplomatieke pressie van zijn kant, ingestemd met zijn verzoek.

Normaal gesproken zou hij haar gevraagd hebben om naar het politiebureau te komen voor een eerste ontmoeting, maar het uit-zicht op een lunch op kosten van de zaak had ervoor gezorgd dat hij andere plannen had gemaakt. Ze hadden in het restaurant van Åhléns afgesproken. Niet het grote restaurant, maar het kleine op de bovenste verdieping. Het was zijn voorstel geweest en hij was er redelijk tevreden over. Het milieu was neutraal en gezien worden in een warenhuis verminderde de angst die velen voor zijn beroepsgroep voelden. Een angst die Maria Hamrén echter niet leek te delen.

Ze werkte als receptioniste, wat op zich niet zo vreemd was, maar hij moest toegeven dat hij behoorlijk onder de indruk was van Ryb-kin. Een receptioniste van Rosenbad. Slim. Ze had waarschijnlijk uitstekende informatiecapaciteiten.

Hij was van plan om Kristin mee te nemen – hij mocht haar graag. Ze kwam voort uit de nieuwe lichting die afgelopen herfst was begonnen. Ze was een heel stuk jonger dan hijzelf, waarschijnlijk eerder dertig dan veertig. Ze was bescheiden, maar toch kreeg je het gevoel dat ze flink wat in haar mars had. Hij had moeite met luidruchtige vrouwen, die met dreigen probeerden om gelijkheid af te dwingen. Er was natuurlijk veel veranderd de afgelopen tien jaar, maar soms betrapte hij zich erop dat hij vond dat er iets onnatuurlijks was aan vrouwelijke politieagenten.

Kristin Holmberg-Bergman behoorde tot de betere agenten. Ze was goed, kalm en bestendig. Vooral met hysterische vrouwen. Niet dat Maria Hamrén hysterisch leek, maar je wist het nooit. De informatie die hij had kon veel veranderen.

Verder was het altijd goed om met z'n tweeën te zijn. *Good cop, bad cop*. Dat leerden ze niet op de politieschool, of de politiehogeschool, zoals het tegenwoordig heette, maar je zag het op de televisie, in Amerikaanse politiefilms. De formule was eenvoudig: een van de twee schold, dreigde en kwam met onaangename waarheden. De ander bood koffie aan, troostte en nam de bekentenis op. Dat was in elk geval de bedoeling, maar in werkelijkheid ging het bijna nooit zo. Helaas.

De Zweedse veiligheidspolitie dreigde niet. Die bood alleen koffie aan.

Hij wilde Kristin toch mee hebben. Als gezelschap. Bovendien was het goed voor haar om met een ervaren politieagent naar dit soort gesprekken te gaan. Om te zien hoe het echte veiligheidswerk eruitzag. Dat leerden ze niet op de politiehogeschool of tijdens de jaren in uniform.

Zijn strategie voor het gesprek was eenvoudig. Onthullen dat hij wist dat ze contact had met Rybkin, suggereren dat ze meer wisten dan ze eigenlijk deden, vertellen wie Rybkin was, haar laten vertellen.

Zo moeilijk zou het niet zijn. Het was immers geen verhoor. Ze had niets strafbaars gedaan, niet voor zover hij wist in elk geval. Het was een eenvoudig informatief gesprek. Hij zou haar waarschuwen voor de Rus en haar afraden contact met hem te hebben. Als echter bleek dat Rybkin al was begonnen haar te bewerken, lag de situatie natuurlijk anders. Dan hadden ze een zaak. Daar hoopte hij ook op. Dat ze een zaak hadden.

In zijn fantasie had hij al een strategie bedacht voor een tegenoperatie. Hij zou de vrouw zelf begeleiden. Daar was hij goed in. Hij had zowel een basiscursus als een vervolgopleiding in bronhantering gehad. Hij wist hoe je vriendschapsbanden en loyaliteit opbouwde.

Als dat was gebeurd, zou hij verdergaan. Achterhalen wat Rybkin wilde, haar voorzien van veilige informatie die ze kon doorgeven. Hij moest natuurlijk het hoofd van de veiligheidsdienst in Rosenbad informeren over zijn activiteiten. Misschien met hem samenwerken, maar de operatie zou definitief zijn naam dragen.

Zijn gedachten gingen met hem op de loop. Het was bijna tijd om te gaan. Hij zou Kristin onderweg naar beneden oppikken, daarna moesten ze een auto regelen. Het was niet ver naar het centrum en het was soms moeilijk om tijdens de lunchtijd een parkeerplaats te vinden, maar hij had een parkeervergunning. Wandelen was niet echt zijn ding.

Björn Wester stond op van de stoel, die een beetje naveerde. Hij trok zijn colbert aan en liep naar de deur. Hij aarzelde één moment voordat hij de brandkast opende en Rybkins dossier pakte. Het was tegen de regels om vertrouwelijke informatie uit het gebouw mee te nemen, maar bij deze vrouw had hij het gevoel dat ze een extra duwtje nodig had. Hij pakte het bovenste document en stopte dat in zijn aktetas, daarna liep hij het kantoor uit en deed de deur op slot.

Maria liep langzaam door de Drottninggata. Ze wilde te laat komen, maar dat lag haar niet. Ze was altijd op tijd en ze had zichzelf moeten dwingen om op weg naar haar afspraak in verschillende winkels te kijken om de tijd voorbij laten gaan. Ze had tegen Eva-Lena gezegd dat ze misschien laat van haar lunch terug zou zijn. Dat ze een afspraak had. Niet omdat ze geloofde dat het zo lang zou duren, volgens haar hadden ze niets om over te praten, maar ze wilde dat Eva-Lena het wist als het inderdaad laat zou worden.

Ze was blij dat Viktor haar had gewaarschuwd, anders was ze misschien ongerust geworden. *Goedendag, ik ben Björn Wester. Ik ben van de veiligheidspolitie.* Zulke telefoontjes kreeg je niet elke dag. Toch had ze niet meteen begrepen dat hij met haar wilde praten. Ze wachtte er de hele tijd op dat hij zou vertellen wie hij zocht. Een van de veiligheidsagenten misschien. Het wemelde ervan in het gebouw. Of misschien een lijfwacht. Niet alle ministers hadden er een, maar de premier natuurlijk wel, en Anita Lundin, de minister van Buitenlandse Zaken. Verder waren de meeste beschermingsacties op zichzelf staande gevallen.

Björn Wester had echter niet naar iemand anders gevraagd. Hij wilde met háár praten en toen het muntje was gevallen, begreep ze meteen waarover het ging. Ze was bijna boos geworden. Het was zo brutaal. Ze dacht aan Viktor. Het kon niet gemakkelijk voor hem zijn om door de Säpo achtervolgd te worden. Hij moest tenslotte zijn werk doen.

Het liefst van alles had ze nee willen zeggen tegen de ontmoeting, maar dat was moeilijk geweest. De politieagent die had gebeld, was koppig. Het ging alleen om een gesprek, herhaalde hij telkens. Hij wilde gewoon met haar praten. Uiteindelijk had ze ja gezegd, voornamelijk om van hem af te zijn. En nu was ze dus op weg.

Tegen haar wil had ze een zwaar gevoel in haar maag. Niet om de politieagent, niet om de ontmoeting, ze had niets te verbergen, maar om het gevoel dat een buitenstaander het wist. Iets wist over haar en Viktor. Hoeveel?

Ze wilde niet dat Henrik erachter kwam. Het was haar geheim. Van haar en van Viktor.

En van Björn Wester.

Ze hoefde nog maar één roltrap. Maria liep de vierde verdieping op en oriënteerde zich snel. Daarna liep ze naar het restaurant, tien minuten te laat.

Het was niet moeilijk om ze te ontdekken. Ze zaten een beetje apart aan een tafeltje bij het raam. Van verre was al te zien dat het ongelijke stel politie was. Hij was ruim vijftig, misschien zelfs zestig, een beetje pafferig en met een ouderwetse snor die goed paste bij zijn te krappe colbert, waarschijnlijk gekocht bij Dressmann of Kapp-Ahl.

Hij had een vrouw bij zich, dat had hij van tevoren gezegd. Ze zag er sympathiek uit. Van haar leeftijd, misschien iets jonger. Krachtig gebouwd, maar niet dik. Het blonde haar hing in een dikke vlecht op haar rug. Ze droeg een spijkerbroek en een colbert.

Ze kwamen overeind toen ze Maria in het oog kregen. Alsof ze haar herkenden. Dat deden ze misschien ook. Op de een of andere manier wisten ze immers wie ze was.

Björn Wester begroette haar eerst. Zijn handdruk was stevig, bijna hard, en hij bekeek haar nauwkeurig. Van top tot teen, en niet bepaald discreet. Maria kon er niets aan doen, maar ze voelde zich geprovoceerd door hem. Ze richtte haar aandacht in plaats daarvan op zijn collega.

'Kristin Holmberg-Bergman,' zei de vrouw, met een accent waarvan Maria dacht dat het Norrlands was. Haar handdruk was ook stevig, maar niet zo demonstratief als die van Wester. 'Ga zitten.' Ze wees naar de lege stoel tussen hen in. 'Wat wil je eten?'

Maria was niet van plan geweest om iets te eten, ze wilde benadrukken dat ze hier niet vrijwillig was, maar plotseling voelde ze dat ze een enorme honger had. Een compromis, misschien. Ze keek snel naar de toonbank.

'Koffie en een broodje is goed,' zei ze.

'Goed.' Kristin was bij de tafel gaan staan. 'Wat voor soort broodje wil je?'

'Dat maakt niet uit. Kaas, salami... het hindert niet.'

'En wil je melk en suiker in je koffie?'

'Melk, geen suiker.'

Daarna richtte ze zich tot haar collega. 'Björn, wat wil jij hebben?'

'Ik neem de pasta van de dag. En een licht biertje. En neem wat extra brood mee, alsjeblieft. En boter.'

Kristin liep naar de toonbank om te bestellen. Maria had het prettiger gevonden als Wester voor het eten had gezorgd, zodat ze met Kristin aan het tafeltje had kunnen blijven zitten. Ze probeerde Westers ogen te ontwijken. Hij zei niets, zij ook niet. Pas toen zijn collega met het blad terugkwam begon hij te praten. 'Wat is het voor pasta?' vroeg hij terwijl hij aan het bord rook.

'Tagliatelle met garnalensaus.'

Wester gromde. Waarschijnlijk was het een positief commentaar. Kristin had ook een broodje en koffie genomen en ze zette de bekers neer en legde servetten op tafel.

'Smakelijk eten,' zei Wester. Hij begon met tevreden smakkende geluiden te kauwen. Er gingen een paar minuten voorbij voordat hij zijn bestek neerlegde en de garnalensaus die op zijn kin was beland wegveegde. 'Goed, Maria, je vraagt je waarschijnlijk af waarom we contact met je hebben opgenomen.'

'Ja.' Natuurlijk wist ze waarover het ging.

'Ja, je begrijpt...' Hij praatte alsof hij het tegen een kind had, maar de zin die volgde was houterig, alsof hij hem uit zijn hoofd had geleerd. 'Wij werken met contraspionage, zoals ik over de telefoon al vertelde, en een van onze taken is het ontdekken en voorkomen van ongeoorloofde spionage- en inlichtingenactiviteiten van buitenlandse inlichtingendiensten.' Hij stopte en wachtte op een reactie. Maria kneep haar lippen op elkaar. Van haar zou hij in elk geval niets horen. Wester nam een hap voordat hij verderging. 'Een van de personen die we in de gaten houden is Viktor Rybkin van de Russische ambassade.' Nog steeds geen reactie. Een nieuwe hap. 'Ken je die naam?'

'Misschien wel.'

'Zou je iets over hem kunnen vertellen?'

'Er is niets te vertellen.' Maria aarzelde. Ze had erover nagedacht wat ze moest zeggen. 'Mijn man heeft contact met hem via het werk. Ik heb hem tijdens een paar maaltijden ontmoet.'

'Je man.' Wester zag er plotseling verward uit.

'Ja.'

'En die werkt...?'

'Bij het ministerie van Buitenlandse Zaken.'

Björn Wester voelde zich plotseling ontzettend dom. Werkte Maria's man bij het ministerie van Buitenlandse Zaken? Waarom had hij dat niet uitgezocht, waarom had niemand dat voor hem uitgezocht? Hij was zo tevreden geweest toen hij erachter kwam waar ze werkte dat hij helemaal vergeten was om de rest te controleren.

Ze was dus getrouwd. Met een ambtenaar van Buitenlandse Zaken. Hamrén. De naam kwam hem niet bekend voor. Het was niet een van de hoge pieten. Hij moest de zaak natuurlijk controleren. Hij kon er nu geen vragen over stellen, dan zou het lijken alsof hij niet wist waarover hij praatte. Hij moest zijn troepenmacht enigszins hergroeperen.

Dit veranderde de zaak enigszins, maar het hoefde niet per se ongunstiger te zijn.

Maria keek naar de man met de snor aan de andere kant van de tafel. Hij zag eruit alsof hij net iets heel belangrijks had ontdekt. Hij zweeg even voordat hij verderging met het gesprek. 'Maar jij en Rybkin gaan ook onder vier ogen met elkaar om?'

Maria slikte. Wat wisten ze eigenlijk? En wat moesten ze met die informatie? Ze koos ervoor om geen antwoord te geven en na een paar seconden ging Wester verder. 'De reden dat ik dat vraag is, en dat zul je zeker begrijpen, dat ik geïnteresseerd ben in Rybkins activiteiten. Een inlichtingenofficier doet niets toevallig. Ze hebben altijd een reden voor hun contacten en daarom interesseert het me waarover jullie hebben gepraat, wat hij heeft gevraagd, of hij ergens om heeft gevraagd. Bepaalde informatie, bijvoorbeeld.'

Hij keek haar strak aan. Het was heel vervelend. Maria probeerde een manier te vinden om zijn blik te ontwijken. Kristin redde haar. 'Het hoeft niets speciaals te zijn,' zei ze. 'Het kan een heel normale vraag zijn. Over een telefoonnummer, een naam... Zo begint het vaak, met kleine proefopdrachten. Niet gevaarlijk, niet illegaal.' Ze keek naar Maria en glimlachte.

Maria beet op haar lippen. Als Viktor niet aan haar had verteld wat er aan de hand was, was ze niet voorbereid geweest. Dat maakte haar boos. Deze twee politieagenten probeerden haar te misleiden om hun baan te houden. Het idee dat Viktor een spion was! Ze snoof. 'Dat is toch belachelijk! Je bent toch geen spion alleen omdat je een Rus bent. Het zijn tegenwoordig nieuwe tijden, hebben jullie dat niet begrepen?'

Björn Wester leek een beetje verbaasd over haar uitbarsting en Kristin stopte met glimlachen.

'Viktor Rybkin is geen spion,' ging ze verder. 'Hij is niet uit op informatie en ik heb hem ook geen informatie gegeven. Is het misschien verboden om samen van een gezellig etentje te genieten?' Ze probeerde zich in te houden, maar ze was nu boos. Ze voelde haar wangen branden.

Björn Wester begon te praten. 'Natuurlijk is het niet verboden om samen met iemand te eten.' Hij aarzelde even. 'Maar mag ik vragen hoe je zo zeker weet dat Rybkin geen spion is?'

'Omdat hij dat niet is. Dat heeft hij gezegd.'

'Heeft hij dat gezegd?' Wester keek naar haar en daarna naar zijn collega. Ze glimlachten naar elkaar.

'Ja. En hij heeft ook verteld hoe vervelend het is om in Zweden je werk te moeten doen. Hoe de Säpo hem volgt. Hij is diplomaat, het is zijn taak om contact met Zweden te hebben. Jullie zijn degenen die niet hebben begrepen dat de Koude Oorlog voorbij is. Viktor is geen spion.'

Wester keek geamuseerd toen hij het woord weer nam. 'Dus Viktor is geen spion. Omdat hij dat heeft gezegd?'

'Ja.' Maria keek hem koppig aan. Er was een beetje dille in zijn snor blijven hangen.

'En jij vertrouwt hem?'

'Ja. Waarom zou ik dat niet doen?'

Wester en Kristin glimlachten weer naar elkaar.

'Jij bent natuurlijk degene die moet bepalen wie je vertrouwt,' begon Kristin voorzichtig. 'Maar het is misschien toch goed om te weten dat Viktor voor de Russische inlichtingendienst werkt, de SVR. Dat weten we. Ik geloof dat het nuttige informatie voor je is als je van plan bent om je contact met hem door te zetten.'

Ze gaven zich niet gewonnen. Wat was eigenlijk de bedoeling van dit gesprek? Eén moment twijfelde Maria. Ze knipperde met haar ogen en slikte. Ze was niet van plan zich te laten misleiden. Viktor had verteld wat er aan de hand was. Dat was alle informatie die ze nodig had.

'Dus jullie kennen elkaar goed?' Wester keek haar nieuwsgierig aan. Ze dacht dat ze hem zag glimlachen voordat hij verderging. 'Dan neem ik aan dat je zijn familie ook kent?'

'Familie?' Maria keek hem niet-begrijpend aan. Ze herinnerde zich dat Viktor tijdens het etentje met Henrik bij hen thuis iets over zijn familie had verteld. Over zijn moeder in Moskou. Over zijn broer die militair was en dat zijn vader dood was. Meer had ze niet gehoord. Tot nu toe.

Björn Wester schoof het lege bord opzij en leunde over de tafel naar voren. 'Zijn vrouw en zoon in Moskou. Heeft hij daar niet over verteld?'

Maria staarde naar hem en daarna naar Kristin, die instemmend knikte. Wester pakte zijn aktetas, die naast hem op de grond stond, opende hem en haalde er een document uit dat hij voor haar neerlegde. In de rechterbovenhoek was een foto van Viktor bevestigd.

Wester wees naar een paar regels in het midden van het document. 'Hier,' zei hij bijna opgewekt. *'Getrouwd met Natalja Nikolajevna Rybkina, geboren in 1971. Zoon: Anton Viktorovitj.'* Wester stopte even en keek op. Daarna keek hij weer naar het papier. *'Anton Viktorovitj, geboren in 1994. Wonend te Moskou.'* Hij hield het papier voor Maria zodat ze het zelf kon zien. Ze pakte het niet aan.

Ze had er geen idee van wat de twee politieagenten over de situatie dachten. Het kon haar niet schelen. Ze was op veel voorbereid geweest, maar niet op dit. Ze had er geen moment aan gedacht dat Viktor getrouwd zou kunnen zijn. Dat hij een kind had.

Ze voelde hoe Kristin een arm om haar schouders sloeg en vroeg hoe het met haar was. Maria knikte en kreeg een 'goed' over haar lippen. Ze glimlachte misschien zelfs. Toen kwam ze overeind, bedankte voor de lunch en liep het restaurant uit.

24/1
10.44 Uitg. 4055161 B naar Henrik Hamrén, BZ. R
vraagt hoe de reis naar Moskou ging. HH antwoordt
goed, leuk om Moskou terug te zien. Bedankt nog
een keer voor hulp met visum. R vraagt of het
is gelukt op ambassade. HH bevestigt, klaagt
over veel werk in deze tijd van jaar. R vraagt
of ze kunnen lunchen. HH zegt dat het lastig
is, veel te doen. R zegt dat het goed is elkaar
te ontmoeten, hij heeft informatie van min.
Binnenlandse Zaken die hij wil geven. Over
Tsjetsjenië. HH gaat morgen mee lunchen. R stelt
Da Vinci in de Västerlanggata voor, dichtbij voor
HH, 13.00 uur. Besluiten elkaar daar te zien.
    ry / sv / MO

32

Henrik liep met haastige stappen door de Västerlanggata. Hij vond het maar niets. Vroeger was het een gewone, vriendelijke, saaie toeristenstraat geweest. Kleine kunstnijverheidwinkeltjes met kleding, sieraden, glas en kunst. Oninteressant, maar onschuldig. Heel anders dan nu.

Henrik Hamrén beschouwde zichzelf niet als conservatief, integendeel, maar dit deel van Gamla stan was echt diep gezonken. Dat kon je niet ontkennen. Als een miniatuur-Drottninggata. Met souvenirwinkels die de Eiffeltoren in glazen sneeuwbollen, Russische poppen of waaiers met stierenvechters verkochten. En immigrantenwinkels met geïmporteerde kleren van slechte kwaliteit en smaak.

Niet dat hij iets tegen immigranten had, maar het waren er gewoon te veel. Ze waren overmatig aanwezig. Dat vond hij echt, zelfs al kende hij er zelf niet zo veel. Paul Zeuge misschien, de EU-jurist. Zijn moeder was in de jaren dertig als kind naar Zweden gekomen. Nee, Paul Zeuge kon niet worden beschouwd als een immigrant. Niet zoals deze in elk geval, dacht Henrik terwijl hij zich verder haastte en een glimp opving van een etalage met Peruaanse poncho's en panfluiten in allerlei maten.

Hij was bijna bij Da Vinci, een verschrikkelijk restaurant. Een echte toeristenfuik. Viktor had het waarschijnlijk gekozen omdat het gemakkelijk was voor Henrik, dichtbij, of omdat het goedkoop was. Het was Rybkins beurt om te betalen. Inofficieel protocol. Vorige keer waren ze naar Fredsgatan 12 geweest. Toen had Buitenlandse Zaken de rekening betaald.

Nou ja, het was niet anders. De Russische ambassade had een ander budget dan Buitenlandse Zaken, en het had geen zin om daarover te klagen. Bovendien, als er iets was waarover hij ontevreden was, dan was dat eigenlijk niet de keuze van het restaurant.

Hij had Viktor het liefst een tijdje ontlopen. Hij had gelogen over zijn bezoek aan Moskou en het ambassadewerk dat hij daar moest verrichten. Het was geen prettig gevoel, maar hij zou ermee door moeten gaan. Hij kon immers de waarheid niet vertellen. Aan niemand, en al helemaal niet aan iemand die bij het Russische ministerie van Buitenlandse Zaken werkte. Bovendien moest je op je hoede zijn voor Russische diplomaten. De nieuwe tijden hadden veel veranderd, maar niet alles.

Viktor zat aan een tafeltje voor twee in de buurt van de deur. Er waren niet veel mensen in het lokaal. Januari was geen toeristenseizoen en maar weinig zakenmannen in de buurt kozen dit restaurant voor hun dagelijkse lunch.

Viktor kwam overeind en gaf hem een hand. Ze wisselden de gebruikelijke begroetingszinnen in het Russisch uit voordat ze zoals gewoonlijk op Zweeds overgingen. Een serveerster nam hun bestelling op: lasagne, wat de pasta van de dag was, en mineraalwater. Ze vulden hun bord bij het buffet vlak bij hun tafeltje met slappe ijsbergsla en droog witbrood, gingen zitten en begonnen te praten.

'Het spijt me dat ik je van je werk afhoud nu je het zo druk hebt,' begon Viktor.

Henrik kreeg een beetje last van een slecht geweten. 'Dat maakt niet uit. Dit is ook werk.' Hij praatte snel verder toen hij hoorde hoe koel zijn opmerking klonk. 'Maar veel leuker dan rapporten schrijven. Wat vind jij?' Hij lachte in een poging om een ambtenarengrapje te maken.

Viktor lachte terug. 'En eten moet je, anders ga je dood!'

'Absoluut.' Nu was het Henriks beurt om te lachen.

Ze namen een paar happen van de salade terwijl ze wachtten op de lasagne. Die kwam snel; een stevig brok dat in geplette tomaten en witte saus zwom.

'Het is in elk geval voldoende.' Viktor lachte.

'Absoluut. Smakelijk eten.' Henrik stak zijn bestek in het brok. De damp sloeg ervan af. Hij nam een paar happen zonder iets te zeggen. Ondanks de informele omgeving en het ontspannen gesprek was Henrik zenuwachtig. Viktor had iets gezegd over nieuwe informatie. Het was moeilijk te bepalen of het goed of slecht nieuws was.

Uiteindelijk begon Viktor te vertellen. 'Ja, Henrik...' Hij legde zijn bestek neer en leunde een stukje naar voren. 'Wat betreft je reis naar Moskou.'

'Ja?' Henrik voelde de spieren in zijn schouders verstrakken.

'Ik heb bepaalde informatie gekregen...'

Dat begon niet goed. Het was nooit goed als Russen *bepaalde informatie* hadden.

Viktor ging met een andere insteek verder. 'Ik begrijp dat het voor Zweden een groot probleem is dat het geld voor het kindertehuis in Tsjetsjenië is gestolen...'

'Verdwenen. We weten niet of het gestolen is.'

'Nee, natuurlijk. Verdwenen.' Viktor leek niet overtuigd. 'Ik begrijp ook dat jullie sneller resultaat hadden gewild van het onderzoek dat de Russische overheid heeft ingesteld.'

Henrik probeerde een afwerend gebaar te maken. Hij was niet in een positie om te klagen.

Viktor tilde zijn handen protesterend op en ging verder. 'Jawel, natuurlijk. Ik begrijp het. De Russische bureaucratische molens malen langzaam.' Hij gebaarde weer met zijn handen in een spijtig gebaar voordat hij eraan toevoegde: 'Maar nauwkeurig.'

'Natuurlijk. We zijn dankbaar voor alle hulp die we tot nu toe hebben gekregen.' Dat was niet helemaal waar. Tot nu toe hadden ze helemaal geen hulp gekregen. Alleen een belofte van mogelijkheden en resultaten.

'Geloof me, het ministerie van Binnenlandse Zaken werkt aan de zaak. Maar het ligt gevoelig, dat begrijp je natuurlijk. De contacten met de Tsjetsjeense overheid moeten met zachte hand onderhouden worden.' Viktor leek tevreden over zijn formulering. Henrik knikte, maar zei niets. *Met zachte hand* was misschien niet de uitdrukking die hij zelf zou hebben gekozen om de Russisch-Tsjetsjeense contacten te beschrijven.

Viktor trok een bezorgd gezicht voordat hij verderging. 'En het gaat tenslotte ook om buitenlands geld, dat maakt de zaak niet minder gecompliceerd.'

Viktor hoefde niets meer te zeggen. Henrik begreep wat hij bedoelde. De Zweedse belangstelling voor Tsjetsjenië had nooit de zegen van de Russen gehad. Ze hadden weliswaar niet verhinderd dat Zweden *De Hoop van de Tsjetsjeense Kinderen* ondersteunde, maar ze hadden het ook nooit goedgekeurd. Zweden, Katja dus, had er aan de andere kant voor gekozen om niet op goedkeuring te wachten. Het was een gecompliceerde diplomatieke situatie.

Henrik probeerde zo neutraal mogelijk te kijken, maar de spanning in zijn schouders had zich naar zijn rug en zijn maag verspreid.

Viktor keek naar hem voordat hij het gesprek weer oppakte. 'Buitenlands geld kan bijzonder goed van pas komen in Tsjetsjenië. Dat wil ik niet ontkennen. Maar...' Viktor wachtte even voordat hij verderging. 'Als het verkeerd terechtkomt, kan het ook grote problemen veroorzaken. *Bolsjije trudnosti*.'

'Daar hebben we begrip voor. Van Zweedse zijde hadden we volledig vertrouwen in Umar Dovgajev en *De Hoop van de Tsjetsjeense Kinderen*. Anders was de financiële steun nooit uitbetaald.' Het klonk leeg. Het geld was weg, wat betekende *volledig vertrouwen* dan? 'We wachten het onderzoek van de Russische overheid af om duidelijkheid te krijgen over wat er is gebeurd.'

'Doen jullie dat?'

'Sorry?'

'Duidelijkheid afwachten? Of handelen jullie op eigen houtje?'

De insinuatie was zo grof dat Henrik het nauwelijks begreep. 'Wat bedoel je?'

Viktor keek Henrik doordringend aan voordat hij weer sprak. 'Henrik, ik heb bepaalde informatie...' Viktor was weer bij zijn uitgangspunt beland. 'Informatie die zegt dat je een concrete taak in Moskou had.'

Henrik staarde naar Viktor. Het was een bijna onwerkelijk gevoel. Alsof hij het gesprek op de televisie zag. 'Ja, natuurlijk had ik een concrete taak. We moesten een verslag op de amb–'

Viktor onderbrak hem. 'Daar heb ik het niet over. Ik heb het over het geld dat je hebt betaald voor het zekerheidsarrangement.'

'Ik begrijp niet waarover je het hebt.' Henrik leunde achterover op de ongemakkelijke houten stoel en sloeg zijn armen over elkaar. 'Ik heb geen geld betaald. En over welk zekerheidsarrangement heb je het?' Hij probeerde kalm te klinken, alsof hij een absurde, bijna belachelijke bewering afwees. Maar hij hoorde hoe zijn stem trilde, hoe de woorden bestonden uit slecht gecoördineerde letters, als in een slordig geschreven roman. Viktor leek niet bepaald onder de indruk van zijn excuses.

'Ik begrijp de situatie, Henrik, ik weet dat je alleen opdrachten uitvoert, maar in dit geval heeft iemand je in gevaar gebracht. Ik wil dat je dat weet.'

'Waar heb je het over?' Henriks stem klonk dun, alsof er niet voldoende zuurstof meer was.

'Jullie willen helpen, dat begrijp ik. Maar iemand heeft jullie misleid.'

'Misleid?'

'Henrik, luister naar me.' Viktor liet zijn stem dalen en keek om zich heen. 'Wat weet je eigenlijk van Aslan Zakujev?'

Henrik schrok toen hij de naam hoorde. Een onvrijwillige huivering trok van zijn schouders over zijn rug naar beneden. Viktor ging verder. Hij stak één hand op en begon op zijn vingers te tellen, alsof hij een kinderrijmpje voordroeg: 'Budjonnovsk, Volgodonsk, Nagatino, het Dubrovka-theater, Beslan...' Hij stopte en liet zijn hand op het tafelblad zakken. 'Zakujev was overal bij betrokken.'

Henrik staarde naar Viktor. De namen van de plaatsen die hij net had opgesomd ademden angst uit. Voor eeuwig verbonden met terreur en ontzetting. Henrik herinnerde zich de ramp in Beslan, de bestorming van het Dubrovka-theater en het opblazen van de flatgebouwen in Volgodonsk en Moskou. Honderden doden en gewonden, vrouwen en kinderen, huizen en levens in puin. Familieleden die schreeuwden van verdriet en machteloosheid.

Dat kon niet waar zijn. Katja kon hem niet naar Moskou hebben gestuurd om geld aan een terrorist te overhandigen. Zakujev zou bescherming regelen, hij was een zekerheidsconsulent die ervoor zou zorgen dat het geld voor het kindertehuis dit keer wel aankwam. De inhoud van de blauwe nylon tas die Henrik had afgegeven was de betaling daarvoor. Viktor had het mis.

'Ten eerste...' Henrik probeerde zich te vermannen. 'Ten eerste,' herhaalde hij langzaam, 'heb ik in Moskou geen geld overgedragen. Ten tweede onderhoudt de Zweedse regering geen contacten met terroristen. Ten derde...' Henrik aarzelde een moment. Hij herinnerde zich het gesprek met Katja voordat hij vertrok. Wat had ze gezegd over de verdwijning van Umar Dovgajev? Over de FSB en de Russische belangen? Hij had toen geaarzeld. Het had te groot, te onwerkelijk geklonken. Op dit moment leek de verklaring echter de enige juiste. 'Ten derde,' zei hij zo kalm mogelijk, 'hebben de Russen er zo veel belang bij om de Zweedse contacten in Tsjetsjenië in diskrediet te brengen dat de informatie niet betrouwbaar klinkt.' Het was meer dan hij had moeten zeggen. Zulke waarheden werden nooit hardop uitgesproken, en al helemaal niet door ambtenaren op zijn niveau. Als dit gesprek bekend werd, was hij verloren.

Viktor keek hem bijna met medelijden aan. 'Henrik,' zei hij weer, zachter dit keer, 'ik ben je vriend. Ik zeg je dat iemand jullie heeft misleid om het geld aan een Tsjetsjeense terrorist te overhandigen. Zakujev is misschien minder bekend dan Basajev en Maschadov, maar er kleeft minstens evenveel bloed aan zijn handen. Ik zeg dit omdat je het moet weten. En ik zeg dit omdat ik ongerust ben, heel ongerust. Over mijn vaderland.' Hij zweeg en zag er even bijna verdrietig uit voordat hij verderging. 'Om hoeveel geld gaat het?'

'Ik heb geen geld...'

'Henrik, hoeveel geld? Een half miljoen? Een miljoen? Meer? Weet je wat dat geld kan doen in de handen van terroristen? Hoeveel bommen er gemaakt kunnen worden van een miljoen kronen? Hoeveel onschuldige slachtoffers in stukken gereten worden? Wat zal het deze keer worden?' Viktor gebaarde met zijn handen. 'De metro, een vliegtuig, een ziekenhuis, een kerncentrale?' Hij liet zijn stem weer dalen. 'Je moet met me samenwerken, Henrik. Je kunt levens redden. Niemand hoeft het te weten. We houden je opdrachtgever erbuiten.'

Henrik keek Viktor nog één moment aan. Toen pakte hij het servet van zijn schoot en legde dat op tafel. Hij stond op. Zijn benen voelden stijf, wankel.

'Bedankt voor de lunch,' zei hij kalm. 'Als je me wilt verontschuldigen, ik moet weer aan het werk. Er is in deze tijd van het jaar veel te doen.' Hij liep naar de uitgang en pakte zijn jas van de haak bij de deur. Daarna legde hij hem over zijn arm en verliet het restaurant.

33

Ze hadden hem dus in de gaten gehouden. Ze hadden hem gevolgd, op straat, in winkels, in cafés en in de metro. Het was een onbehaaglijke gedachte, alsof je merkte dat er iemand in je kantoor was geweest. Er was niets verplaatst, niets aangeraakt, en toch was er dat gevoel van binnendringing.

Hij herinnerde zich hoe het vroeger was, in de Sovjet-tijd. Toen je geen stap kon zetten zonder 'overjas'. Ze waren nooit moeilijk te ontdekken, maar dat was misschien ook de bedoeling. Dan werd er rekening met ze gehouden.

Misschien had hij erop voorbereid moeten zijn. Misschien had hij niet verbaasd moeten zijn. Toch was hij dat. Hij had ze niet gezien, hij had niet eens het vertrouwde gevoel gehad dat iemand hem in de gaten hield. Want zo moest het gegaan zijn. Hoe had Rybkin de informatie anders achterhaald? De naam. Niemand anders wist dat immers, alleen hij en Katja.

Of was het toch anders gegaan? In dat geval was híj misschien niet degene die was gevolgd, maar was het een ander. Dan was hij een bonus geweest en was deze informatie een neveneffect van een ander onderzoek geweest. Er zat een onaangename logica in.

Of misschien was het gewoon bluf. Misschien wilden de Russen hem bang maken door net te doen alsof ze iets wisten, terwijl ze alleen losse fragmenten hadden. Maar de naam, hij snapte niet hoe ze in dat geval de naam wisten.

Henrik had sinds de lunch als verlamd in zijn kantoor gezeten. Wat had hij verkeerd gedaan? Die vraag kwam voortdurend terug. Had hij iets verkeerd gedaan? Om halfvijf pakte hij de telefoon.

Het was donker in Katja's kantoor. Alleen de lamp op het bureau brandde. Henrik weerstond de impuls om zijn hand naar het licht-knopje uit te steken toen hij het kantoor binnen kwam. Als ze het licht aan wilde, had ze dat waarschijnlijk wel gedaan.

Katja was aan de telefoon en wees een beetje afwezig met één hand naar de bezoekersstoel terwijl ze verder praatte. Henrik ging zitten. Hij keek om zich heen, en daarna discreet naar de vrouw in de stoel aan de andere kant van het bureau. Een kleine broche op de revers van haar colbert glinsterde toen ze in het halogeenschijnsel van de bureaulamp bewoog.

Na een paar minuten was het gesprek voorbij en Katja hing op. Ze keek snel op haar horloge en trok een afkeurend gezicht over wat ze zag. 'Ik heb een beetje haast,' begon ze. 'Wat wil je?'

'Het gaat over mijn verslag over Moskou.'

'Ja, dat heb ik vrijdag gekregen.'

Henrik schoof heen en weer op zijn stoel. Ze had het een dag eerder moeten krijgen, maar hij was het rapport thuis vergeten en had geen tijd gehad om het donderdag opnieuw te schrijven. Blidfelt had er plotseling op gestaan dat hij een actuele versie van de zaak Wallenberg kreeg. Het was, hoewel deze zaak al jarenlang niet meer onder zijn verantwoordelijkheid viel, Henriks taak gebleven om de rapporten te schrijven. Waarschijnlijk was het Blidfelts wraak en was Wallenberg zijn straf. Blidfelt mocht Katja niet en hij vond het maar niets dat Henrik taken voor haar uitvoerde. Vooral niet als het te maken had met dat 'idiote kindertehuisverhaal', zoals hij het noemde.

Henrik schraapte zijn keel. Katja zag er gestrest uit. 'Het gaat over de ontvanger van het geld.'

'Ja?'

'Hoe ben je eigenlijk aan de naam gekomen?' vroeg hij. Zijn stem was scherp. Het was allemaal zo'n waanzin. Het was niet redelijk dat hij alles moest dragen, dat hij de verantwoordelijkheid had. 'Wie is die vríend over wie je het had? Waarvoor wordt het geld gebruikt?' Er waren zo veel vragen. Hij had feiten nodig om de absurde beweringen van Rybkin te weerleggen.

Katja keek naar hem. Eerst verbaasd, daarna steeds geïrriteerder. 'Ik heb alles verteld wat ik te zeggen heb.'

'Wíé? Wie heeft dit geregeld? Ik moet het weten.'

'Je weet alles wat er te weten valt. Daar moet je tevreden mee zijn.' Katja maakte aanstalten om te gaan staan. 'Als je me nu wilt verontschuldigen...'

Henrik trok zich er niets van aan dat Katja bezig was op te staan. Hij bleef haar aankijken. 'Nee, daar neem ik geen genoegen mee. Als ik tegen je zeg dat Aslan Zakujev een terrorist is, wat zeg je dan?'

'Een terrorist, wat is dat voor idioterie?' Katja was weer gaan zitten.

'Vraag me niet hoe, maar Viktor Rybkin wist van de ontmoeting. En het geld. Niet hoeveel, maar dat er geld betaald is en dat ik dat heb gedaan. Bovendien kende hij de naam van de ontvanger.' Henrik zweeg even voordat hij verderging. 'Hij beweert dat Zakujev een terrorist is. Een Tsjetsjeense terrorist.'

Katja keek zonder iets te zeggen naar Henrik, die weer een vraag stelde. 'Kun je garanderen dat dat niet zo is?'

Katja gaf nog steeds geen antwoord. Henrik zuchtte en streek met zijn hand over zijn kin. Hij voelde stoppels, hoewel hij zich die ochtend zoals altijd had geschoren. Misschien moest hij weer een scheermesje gaan gebruiken. Hij was echter bang dat Maria dan teleurgesteld zou zijn. Hij had afgelopen voorjaar voor zijn verjaardag een scheerapparaat van haar gekregen, maar hij was niet echt tevreden over het resultaat. Een scheerapparaat schoor bij lange na niet zo goed als een scheermesje. Het liet baardharen achter die een tiende millimeter te lang waren, waardoor zijn wangen 's middags al rasperig waren.

Hij legde zijn handen op zijn schoot. 'Katja,' zei hij ten slotte toen hij geen antwoord van de minister kreeg. 'Ik wil weten waar de informatie vandaan is gekomen.'

'Dat kan ik niet vertellen.'

'Waarom niet?'

'Het is vertrouwelijke informatie.'

'We zijn er net achter gekomen dat Aslan Zakujev een terrorist is. Betekent dat dan niets voor je?'

Katja vermande zich. 'Alles wat we hebben is een bewering van Viktor Rybkin. De Russische versie dus.'

'Bedoel je dat jij een andere versie hebt?'

Katja schudde haar hoofd. 'Umar Dovgajev is weg. Het geld is weg. Dat is op de een of andere manier gebeurd.' Ze zweeg. Alsof ze eigenlijk meer wilde zeggen, maar daar plotseling spijt van had.

Henrik maakte de zin af. 'De FSB?'

'Ja.' Katja keek op. 'Hoe moet het geld anders zijn verdwenen? Je gelooft toch niet echt dat Dovgajev het gestolen heeft? Je hebt hem ontmoet. Jij weet ook dat hij ons niet zo zou misleiden.'

'Maar misschien heeft iemand anders dat wel gedaan. Ons misleid.'

Katja's ogen glansden in het zwakke licht. Ze gaf geen antwoord.

Henrik zuchtte weer en richtte zijn blik op de duisternis achter het raam. Het was onmogelijk om grip op de situatie te krijgen. Katja's vriend beweerde één ding, zijn vriend beweerde iets anders. Hij keek naar haar. Ze had haar hoofd gebogen, haar schouders waren gezakt. Henrik had bijna medelijden met haar. 'Ik vraag je voor de laatste keer, vertel me wie de bron is.'

Katja schudde opnieuw haar hoofd. 'Dat kan ik niet,' herhaalde ze. 'Dat kan ik niet.'

'En Rybkins informatie?'

'Dat is míjn probleem. Vergeet het.' Ze rechtte haar rug en keek nog een keer op haar horloge. 'Je moet nu gaan,' zei ze weer. Ze ging staan en schoof haar bureaustoel naar voren. Henrik volgde langzaam haar voorbeeld.

Ze was zo klein, dacht hij. Minstens een hoofd kleiner dan Maria. Behalve de broche op de revers van haar colbert was er niets aan haar kleding dat de aandacht trok. Ze was gekleed in een eenvoudig grijs kostuum en een lichtblauwe bloes – misschien om ouder te lijken. Ze had een kinderlijk gezicht met zachte, volle wangen die snel rood werden, en een blik in haar ogen die varieerde tussen naïeve verrukking en koppige vastbeslotenheid. Hoe oud was ze eigenlijk? Er was veel over haar leeftijd geschreven. Hij herinnerde het zich niet. Jong in elk geval. De jongste van Bergmans ministers. Ze zou lang mee kunnen gaan.

Op het moment dat Katja de deurkruk vastpakte om het kantoor en de discussie achter zich te laten bedacht hij iets. Zijn stem verbrak de stilte. 'Er is nog één ding.'

Katja draaide zich om en ontmoette zijn blik. Ze keek alsof ze het niet wilde weten. Henrik ging verder. 'Een groet van onze vríénd. Van Zakujev.' Hij keek naar de minister, die haar hand nog steeds op de deurkruk had. 'Hij laat weten dat alles volgens plan gaat. Dat is misschien iets wat je wilt doorgeven?'

Ze keken elkaar zwijgend aan. Toen duwde ze de deurkruk naar beneden en liep het kantoor uit.

In de metro naar huis probeerde ze te lezen. Ze was nog steeds bezig met het boek dat ze als kerstcadeau van Anders' ouders had gekregen. Ze was nog niet eens halverwege. Dat kwam niet omdat het boek slecht was, ze had alleen veel te weinig tijd om erin verdiept te raken. De personages gingen niet leven, het milieu was niet meer dan een vlakke beschrijving van muren, tafels en stoelen.

Katja sloeg het boek dicht en keek door het raam naar buiten. Twee banken verder zat een vrouw van in de vijftig, die ongegeneerd naar haar keek. Ze was gisteren op de televisie geweest. Een kort interview in *Rapport* over de nieuwe aidscijfers in de Baltische Staten. Na elk televisie-interview waren er meer blikken, meer discrete vingers die in haar richting wezen. Alsof de media van haar een toelaatbare prooi voor de nieuwsgierigheid van anderen maakten.

Ze probeerde zich op het uitzicht te concentreren, maar er was niet veel te zien in het donker. In plaats daarvan ontmoette ze elke keer haar eigen spiegelbeeld.

Ze was bang. Voor de eerste keer sinds ze minister was geworden, was ze bang. Ze was de controle helemaal kwijt. Ze wist niets. Niet of het goed was. Niet of het fout was. Ze had zichzelf een vals gevoel van veiligheid aangepraat, maar wat wist ze eigenlijk over vrienden en vijanden?

Ze had er vooral voor gekozen om Daniel Leblanc te geloven omdat... Ja, ze had er gewoon voor gekozen. Misschien had ze de juiste keus gemaakt. Waarschijnlijk niet. Zou ze het aandurven om in hem te blijven geloven? Als ze het mis had was haar carrière voorbij en bovendien zou ze anderen meetrekken in haar val. Toch was dat niet het ergste.

Een terrorist, had Henrik gezegd. Of eigenlijk was het Rybkin. Een woord dat zo geladen was met ontzetting dat ze haar ogen dicht moest doen voor haar spiegelbeeld in het raam van de metro.

Hoe was ze hierin terechtgekomen, terwijl ze alleen maar goed wilde doen? Dat de kinderen die ze had ontmoet een toekomst zouden hebben, een fractie van de hoop waarmee haar eigen dochter met zo veel vanzelfsprekendheid was geboren.

Wie was Zakujev? Dat was niet langer Henriks probleem, maar dat van haar. Ze had de informatie van Daniel gekregen zonder vragen te stellen, omdat ze te druk bezig was geweest met het repareren van de scheuren in haar carrièrebouwwerk. Dat ze zo naïef was geweest.

De metro remde. Het was tijd om uit te stappen in de gezellige kleine buitenwijk. Om naar de gezellige kleine villa te wandelen waar de tienerdochter van de buren met Molly wachtte.

Ze had er een uur geleden al moeten zijn. Anders was naar een cursus en ze had beloofd om op tijd thuis te zijn. Miranda had Molly vandaag voor het eerst van de crèche gehaald. Katja had natuurlijk gebeld en Miranda had gezegd dat alles goed was gegaan. Dat het halen geen probleem was geweest en dat ze op dit moment met lego speelden. Katja had gezegd dat er gebraden gehakt van gisteren in de koelkast lag en ze had gevraagd of Miranda zo lief wilde zijn om dat op te warmen en een beetje macaroni voor Molly te koken. Kon een zestienjarige macaroni koken? Ze wist het niet. Miranda had geantwoord dat het geen enkel probleem was.

Jawel, het is wél een probleem, had ze willen schreeuwen. Zo moest het niet gaan. Ze zou niet zo'n soort moeder moeten zijn. Een die de avondmaaltijd van haar dochter regelde via een mobiele telefoon en een oppas.

Het was niet ver meer naar huis. Een snelle wandeling van vijf minuten. Maar in plaats van haar tempo te verhogen, bleef Katja onder een straatlantaarn staan en pakte haar agenda uit haar aktetas. De in leer gebonden agenda was groot, net zo groot als het boek dat ze nog steeds las.

Ze sloeg hem open op de datum van vandaag en bladerde een paar weken terug tot ze de kleine aantekening helemaal onderaan vond. D.L., stond er. En een nummer.

Ze pakt haar mobiel uit haar zak en toetste het nummer in. Een mannenstem antwoordde. '*Hello.*'

'Daniel?'

'*Yes. Who is this?*'

'*It's Katja Löfdahl.*' Het bleef stil. '*The Swedish minister of...*'

Hij onderbrak haar. '*How are you?*' Het klonk niet bepaald hartelijk.

'Goed, en met jou?'

'*Fine, thank you.*' Opnieuw stilte. Katja haalde zwaar adem. 'Daniel, we moeten elkaar zien.'

Er kwam geen antwoord en na een paar seconden ging Katja zenuwachtig verder. 'Ik heb een paar vragen.'

Daniel klonk bezwaard toen hij haar onderbrak. 'Ik weet niet of het zo'n goed idee is om...'

Op dat moment veranderde haar zenuwachtigheid in boosheid. Wat dacht hij eigenlijk wel, dat hij nu kon uitstappen en haar met haar vragen kon achterlaten? '*It doesn't matter,*' zei ze koud. 'We moeten elkaar zien.'

Er gingen nog een paar seconden in stilte voorbij voordat Daniel met een gedempte stem antwoordde. 'Wanneer?'

'Zo snel mogelijk.'

'*Next week...*'

'Morgen. Het is belangrijk. *Very important.* Kunnen we elkaar op dezelfde plek zien? In Globe?'

'Nee.' Het bleef weer even stil. 'Ontmoet me in het Hagapark. *By the Chinese pavilion.*'

'Oké.' Hij had alles kunnen zeggen, maar deze plek was goed. Ze kon een taxi nemen. Het zou niet vreemd lijken. Ze kon bij de Stallmästaregard uitstappen. Ze was er vaak voor lunches en diners geweest. Daarvandaan kon ze naar het park lopen. Er zouden op een grijze bewolkte woensdag in januari niet veel mensen zijn. Ze konden zich verstoppen. Ze hoefde niet herkend te worden.

'*Eleven o'clock.*'

'Om elf uur bij het Chinese paviljoen in het Hagapark. Oké.' Ze hing op.

Katja had hartkloppingen. Ze stopte de agenda weer in haar aktetas en het mobieltje in haar zak. Ze deed haar ogen dicht en ademde de koude lucht door haar neus in. Langzaam liet ze de lucht door haar mond ontsnappen. Ze deed het nog een keer. En daarna nog een keer. Toen ging ze naar huis.

34

Ze zou om kwart over tien een schoolklas krijgen. Dat was ze vergeten. Ze hadden vijfentwintig minuten met de minister van Ontwikkelingszaken gekregen om te vertellen over hun geldinzamelingsactie voor de bouw van een bron in het kleine dorp in Sierra Leone. Ze hoefde alleen maar te luisteren, met stimulerende complimentjes te komen en schouderklopjes te geven. Een journalist van *Östgöta Correspondenten* vergezelde de klas. Hij zou de gebeurtenis voor de plaatselijke krant verslaan.

Het was goede publiciteit, had Ingrid Sköld aan haar uitgelegd. Ingrid wist waarover ze het had; ze had al voor veel ministers als persvoorlichtster gewerkt. Katja vertrouwde haar en meestal had ze niets tegen zulke pr-ontmoetingen. Maar op de een of andere manier was het moeilijker met kinderen.

Ze was er zo aan gewend haar best te moeten doen om ouder dan haar leeftijd te lijken, om oud genoeg voor haar post te lijken, dat het voor haar niet gemakkelijk was om plotseling te ontspannen en zichzelf te zijn. Zoals je moest zijn met kinderen. Anders hadden ze je door en raakte je hun respect kwijt.

Ze kon zich onbehaaglijk voelen als ze met kinderen samen was. Niet met kleine kinderen, maar met grotere. Die stelden zo veel vragen. Vragen waarop ze niet altijd een antwoord had. Zou Molly dat ook doen als ze ouder was? Zou ze met een mond vol tanden staan als haar tienerdochter vol vragen en beschuldigingen zat? Katja probeerde zichzelf te troosten. Je ontwikkelde je waarschijnlijk in de rol als ouder, groeide met de taak mee. Net als in het beroepsleven. Ze was minister en dat kon ze aan. Er waren steeds meer dagen dat ze zich op haar gemak voelde in haar verantwoordelijke rol. Toch zeiden de mensen dat het snel was gegaan, dat ze een bliksemcarrière had gemaakt. Waarschijnlijk was dat zo, hoewel ze zelf het gevoel had dat ze al eeuwen op weg was geweest naar deze bestemming. Vanaf het moment dat ze op haar vijfentwintigste als politiek wonderkind in het parlement kwam, had ze op het telefoontje gewacht. Toen Tor Bergman eindelijk belde, was ze desondanks zo geschokt geweest dat ze achteraf was gaan huilen. Deel uitmaken van de regering was een droom geweest, maar het vreemde was dat ze pas besefte hoe onrealistisch dat was toen het werkelijkheid was geworden.

De schoolklas kwam binnen. Katja begroette ze. Ze hadden zich netjes aangekleed, zoals tieners dat doen. Truien met opdruk, laaghangende broeken. Een paar jongens waren langer dan zij. De leraar was een man van in de vijftig in een ribfluwelen broek, een geruit overhemd, een scheefhangend jasje en een stropdas die niet bij het geheel paste. Hij had zich waarschijnlijk ook netjes aangekleed, op zijn manier.

Ze ging samen met de leraar op de bank zitten. De leerlingen bleven staan en op een teken van de leraar begonnen ze te praten. Ze waren goed voorbereid. Ze hadden allemaal iets te vertellen. Sommigen lieten foto's zien. Het was goed gedaan. De leerlingen waren betrokken, onder de indruk van de ernst om te helpen. Dezelfde ernst die ook zij op goede momenten in haar werk kon voelen.

Ze gluurde op haar horloge. Ze hadden veel te vertellen. Precies om tien over halfelf waren ze klaar. Ze moesten het van tevoren getimed hebben. Nu was het haar beurt: ze moest aanmoedigingen en stimulerende complimentjes geven. Ze keek nog een keer op haar horloge terwijl ze ging staan.

'Dank jullie wel,' zei ze hardop en ze glimlachte. 'Jullie hebben het werkelijk fantastisch gedaan! Ik ben er trots op dat er jongeren zoals jullie in Zweden zijn. Jongeren die klaarstaan om anderen, die het slechter hebben, te helpen. Deze bron, die jullie hebben geholpen te graven, zal een heleboel mensen het belangrijkste geven wat er is: water. Zonder water kan niemand leven. Op die manier kunnen we stellen dat jullie in feite levens hebben gered.' Ze zweeg en keek naar de klas voor haar. Een paar zagen er beschaamd uit. Anderen glimlachten. Haar praatje had niet veel inhoud. Het was niets verge-leken met wat zij net hadden gepresenteerd.

Ze voelde zich onbeduidend toen ze zich met haar verontschul-diging tot de leraar wendde. Helaas moest ze nu weg, ze had een belangrijke afspraak. Heel erg bedankt dat ze gekomen waren. Be-dankt. Bedankt, bedankt, bedankt, bedankt. Ze knikte naar Ingrid om aan te geven dat zij het moest overnemen, bedankte nog een keer en haastte zich toen naar buiten.

Ze was laat. Ze rende de trappen af en haastte zich langs het be-wakingspersoneel naar het plein voor het Arvfurstens palats. De taxi wachtte op haar. Ze had hem zelf gereserveerd, want ze wilde niet van alles uit moeten leggen. Ze sprong in de auto, die langzaam in de richting van de stad begon te rijden. Het was niet ver, maar er waren overal rode verkeerslichten en er was veel verkeer. Ze zou te laat komen. Verdomme.

De auto stopte bij Stallmästaregard. Katja betaalde contant, stapte zonder op een bon te wachten uit de taxi en begon daarna, half ren-nend, naar het park te lopen. Ze had een redelijk idee waar ze zijn moest, zelfs al was ze hier al heel lang niet geweest. Ze herinnerde zich dat ze altijd in de buurt van het paviljoen picknickten toen ze studeerde. Na extra lastige tentamens kwam hier een grote groep studenten bij elkaar, voor lange middagen met bier en kastie. An-ders en zij waren toen al een stel. Ze hoorden bij elkaar, dat was voor iedereen duidelijk. Ze deelden dezelfde waarden en interesses en ze zaten in het bestuur van de studentenorganisatie. Toch was zij alleen verdergegaan in de politiek. Anders vond het uiteindelijk te veel organisatie en te weinig betrokkenheid. Zij vond het echter fantastisch en vanaf dat moment was haar politieke carrière als een komeet omhooggeschoten.

Het was een grijze dag, de wolken hingen zwaar boven Stockholm. Er werd gezegd dat er meer sneeuw zou komen. Voor haar had de winter lang genoeg geduurd, hoewel het nog niet eens februari was, maar Molly zou het fijn vinden als er nog wat sneeuw viel. Ze had-den niet zo vaak gesleed als haar dochter had gewild. De vraag was waarschijnlijk of dat aan het gebrek aan sneeuw of aan het gebrek aan tijd lag.

Ze was er nu bijna; ze zag het gebouw al tussen de bomen door. Ze was buiten adem, haar conditie was slecht. Ze zou moeten proberen om in het voorjaar wat te gaan sporten. Ze kon zelfs op het werk trainen, als ze de tijd er maar voor kon vinden.

Het was uitgestorven bij het paviljoen – er was geen mens te zien. Katja keek op haar horloge. Ze was tien minuten te laat, was hij al weg? Ze deed een paar stappen naar rechts en liep naar de korte kant van het gebouw om aan de andere kant te kijken. Toen ze grind hoorde knerpen draaide ze zich haastig om. Daar stond hij. Kort en breed, met lage schoenen en een oliejas. Opnieuw bedacht ze hoeveel hij op Bill Clinton leek, met het blonde, borstelige haar en de krachtige kin. Hoewel hij waarschijnlijk kleiner was.

Ze snapte niet waar hij vandaan was gekomen en één moment keek ze verbaasd om zich heen. Daniel Leblanc bleef naar haar toe lopen, trok een zwarte leren handschoen uit en stak zijn hand naar haar uit. Ze pakte hem. Hij was warm.

'Zullen we een eind gaan wandelen?' Daniel wees naar een pad dat het bos in leidde. Katja knikte. Ze liepen een tijdje zwijgend naast elkaar. Katja probeerde zich te vermannen, een geschikte vraag te bedenken waarmee ze kon beginnen. Ze had zich niet zo goed kunnen voorbereiden als ze had gehoopt en de paar gedachten die op weg hiernaartoe in haar op waren gekomen, waren verdwenen op het moment dat Daniel was verschenen. In plaats daarvan was hij degene die begon.

'Ik neem aan dat je een reden voor deze ontmoeting hebt. *Some kind of problems?*' Zijn Amerikaans had een zuidelijk accent. Er klonk een zekere lijzigheid in de klinkers door.

'Ja. Dat kun je wel zeggen.' Katja bleef staan. 'Daniel, ik draai er niet omheen. Ik moet weten wie Aslan Zakujev is. Aan wie hebben we dat geld gegeven?'

Daniel keek haar onderzoekend. '*Why?* Waarom wil je dat weten?'

'Omdat ik beangstigende informatie heb gekregen.'

Daniel begon weer te lopen. Katja volgde hem, ze deed een stap extra om weer naast hem te komen.

'Zakujev is de man die helpt om het geld bij het kindertehuis te krijgen. Wil je meer weten?'

'Ja. Wat gaat hij met het geld doen?'

'Onkosten. Zekerheid is niet gratis.'

'Maar wie is hij?' Katja bleef weer staan. Daniel liep verder zonder zich om te draaien. Hij maakte geen aanstalten om te stoppen en toen hij een paar meter bij haar vandaan was, moest Katja zich haasten om hem in te halen.

'A *friend*.' Daniel sprak het woord langzaam uit. Alsof dat alles duidelijk maakte. Maar op dit moment betekende het niets voor Katja.

'Een terrorist?'

Daniel bleef lopen, met dezelfde gelijkmatige, langzame stappen. Zijn gezicht vertoonde geen verbazing, geen gevoelens. Katja legde haar hand op zijn arm. 'Daniel, is het waar dat Zakujev een Tsjetsjeense terrorist is?'

Hij antwoordde niet. In plaats daarvan stelde hij haar een tegenvraag. 'Van wie heb je die informatie?'

'Dat is niet belangrijk. Is het waar?'

Daniel bleef haar vraag ontwijken. 'Je wilt dat ik eerlijk ben, maar dat ben je zelf ook niet.' Hij schudde zijn hoofd alsof ze hem had teleurgesteld.

Katja slikte. Er was iets aan deze man waardoor ze zich klein voelde, onzeker en onervaren.

'Zweden heeft veel vrienden,' zei ze zachtjes.

Daniel bleef even staan. '*The Russians*.' Hij grijnsde, alsof ze iets grappigs had gezegd. 'Ik weet zeker dat Zweden het verschil kan zien tussen vrienden en vrienden.' Hij glimlachte. 'Wie hebben ze gestuurd? Tokaryev? Petrovsky? Rybkin?'

Katja draaide haar hoofd weg. Ze was niet voorbereid op deze wending. 'Wat wist Leblanc over Rybkin?'

'*So... It was Rybkin*.' Hij knikte nadenkend.

Het ging niet zoals ze had verwacht. Dit was tenslotte háár gesprek. Zij was degene die de vragen moest stellen, zij moest antwoorden eisen. Ze probeerde het opnieuw, maar Daniel was haar voor. '*Let it go*,' zei hij kalm. 'Het geld komt bij het kindertehuis terecht. Dat was toch wat je wilde? Dat was wat je hebt gevraagd.'

Katja kneep haar ogen tot spleetjes en keek naar de grijze hemel. Als ze goed keek kon ze wolken onderscheiden. De grond onder haar bewoog en ze viel bijna. Er was niemand om zich aan vast te houden. Behalve Daniel. 'Je hebt me misleid.'

Daniel haalde zijn schouders op. 'Helemaal niet. Jij had een probleem. Ik had de oplossing.'

'Maar je zei *protection*, je hebt nooit gezegd...'

'Je hebt het nooit gevraagd. *Listen*, over een paar dagen kun je de rest van het geld naar het kindertehuis sturen. Je hebt mijn garantie dat het aankomt. Daar heb je voor betaald. Ik misleid je niet.' Hij keek naar haar en glimlachte weer met zijn gelijke, witte tanden. '*I'm American, you know.*'

'*But why...*'

'*Please...*' Hij stak een hand op om haar te stoppen. 'Stel geen vragen waarop je geen antwoord wilt hebben. We kunnen nu uit elkaar gaan. Vergeet dit gesprek. Ik weet niet wat Rybkin heeft gezegd, maar het heeft niets te betekenen. Er gebeuren dingen waarop je geen invloed hebt. Jouw rol in het geheel is voorbij.'

Katja probeerde te begrijpen wat hij tegen haar zei, maar de woorden hadden geen betekenis. Geen samenhang.

'Mijn rol waarin?' vroeg ze langzaam.

'In de wereldgeschiedenis.' Daniel lachte. Wat hij zei leek hem te amuseren. Door de lach reageerde Katja. Alsof ze plotseling wakker werd. 'Dus mijn rol in de wereldgeschiedenis is het financieren van terroristen?'

'*Oh no!*' Daniel gebaarde met zijn armen, nog steeds met een glimlach op zijn lippen. 'Zo moet je dat niet zien. Jouw geld, Aslan Zakujev, zelfs ik, zijn maar kleine puzzelstukjes. Een stap op het pad. Een kleine, maar betekenisvolle stap naar een groter doel: een veiliger wereld.'

Katja keek naar hem. Hij lachte nog steeds. Eén moment was ze bang dat hij gek was. Het was bijna een soort troost.

Misschien kwam het door de blik in haar ogen dat Daniel het begon uit te leggen, langzaam, alsof hij tegen een kind praatte. 'Rusland is nog steeds instabiel,' zei hij. 'Een kruitvat. Op dit moment is Poetin onze garantie voor stabiliteit. We kunnen het ons niet veroorloven hem te verliezen. De wereld kan het zich niet veroorloven hem te verliezen,' voegde hij er met nadruk aan toe. Het was duidelijk wat hij bedoelde: Zweden had een aandeel in het geheel.

Hij ging verder, opnieuw op dezelfde pedagogische toon. 'Onze beste garantie op veiligheid is op dit moment dat Poetin president blijft over het kernwapenkerkhof van de wereld. Dat is in het belang van iedereen. Wij moeten erop toezien dat de koning op zijn troon blijft zitten. *That way the world will become a safer place.*'

Katja staarde hem aan, alsof ze niet in staat was om op te nemen wat hij net had gezegd. 'Wie de president van Rusland is, is de zaak van de Russen,' zei ze ten slotte.

Daniel knikte instemmend. 'Jazeker. Natuurlijk moet het Russische volk beslissen. Wij helpen alleen een beetje met campagne voeren.' Hij glimlachte. 'Wat de Russen nodig hebben is vertrouwen in Poetin, een sterke man om tegenop te zien, om op te stemmen. Rusland houdt van helden. Zo willen ze hun president zien.'

'Dus jullie maken een held van Poetin?'

'Hij is al een held. We moeten er alleen voor zorgen dat zijn volk dat niet vergeet op het moment dat het een nieuwe president moet kiezen.'

Ze liepen een tijdje naast elkaar. Daniel leek te hebben gezegd wat hij wilde zeggen. Alsof dat voldoende was. Katja probeerde de puzzelstukjes met informatie in elkaar te passen. Ze had geen antwoord gekregen op haar vraag wie Zakujev was, niet rechtstreeks in elk geval, maar Daniel had haar bewering niet ontkend.

Als Zakujev was wie Rybkin zei dat hij was, betekende dat dus dat de Amerikanen geld gaven aan de Tsjetsjeense terroristen. Waarom? Om een held van Poetin maken? Katja liet haar gedachten de vrije loop. Misschien was het terrorisme niet de nachtmerrie van elke leider. Niet als je het zelf onder controle had.

Katja richtte haar blik op een grote eik die een stukje verderop langs het pad stond. *A safer place*, had hij gezegd. Ze zag de beelden van terreur voor zich. Van brandende huizen, gillende kinderen, opgeblazen gebouwen, verminkte mensen. Was dat de wereld die Daniel een veilige plek noemde? Ze durfde het niet te vragen. Ze vreesde dat haar bange vermoeden klopte.

Ze liepen in stilte verder en na een paar minuten hadden ze de rand van het bos bereikt. Katja haalde diep adem. 'En op welk moment kwam ik in beeld?'

'Dat was toeval. Een gelukkig toeval.' Daniel keek naar haar en daarna weer naar het pad. 'We willen niet dat alles altijd het stempel van de Verenigde Staten draagt.' Hij haalde zijn schouders op. 'Jij verscheen op het toneel, dat was een kans. We hebben hem gepakt. Zo werken we.' Daniel zag er tevreden uit toen hij weer naar Katja keek. 'Dit is niet vreemder dan dat je een briefje van honderd oppakt dat iemand op straat is verloren.'

Katja zocht ergens naar. Een woord. Een uitdrukking. Ze had het in een film gehoord. Of in een boek gelezen misschien. 'Een nuttige idioot...' zei ze zachtjes. 'Ben ik dat?'

Daniel lachte weer. 'Dat klinkt zo negatief. Maar denk eraan dat de idioten onder ons vaak het gelukkigst zijn.'

Ze waren uit het bos. Het park lag open voor hen. De wolken hingen nu lager, donkergrijs, bijna blauwachtig, en een paar eenzame sneeuwvlokken dwarrelden door de lucht. Misschien konden ze dit weekend toch sleetje rijden.

Katja keerde zich naar Daniel. 'Waarom vertel je me dit?'

'Omdat het niet belangrijk is.'

'En als ik alles zou onthullen...'

Daniel glimlachte. 'Maar dat doe je niet,' zei hij zachtjes. *The information is safe with you. I know that.*' Hij bleef staan. 'Mijn auto staat daar.' Hij wees in de andere richting. 'Het is tijd om afscheid te nemen.'

Hij trok zijn zwarte leren handschoen weer uit en stak zijn hand uit. Katja pakte hem, zonder dat ze wist waarom. Ze voelde hoe koud haar hand was. Die van Daniel was nog steeds warm. Alsof de kou geen vat op hem had.

'Dus je bedoelt,' zei ze langzaam voordat ze haar hand losmaakte uit zijn greep, 'dat je bereid bent om het leven van onschuldige mensen op te offeren zodat de koning op zijn troon kan blijven zitten?'

Daniel keek één moment naar haar voordat hij antwoord gaf. 'Wie is in staat om te bepalen wie schuldig en wie onschuldig is?' vroeg hij. 'Aan het eind hoeven we alleen verantwoording aan God af te leggen.'

35

Maria pakte haar sportkleren, die op de houten bank onder de smalle ijzeren kast verspreid lagen. Haar kleren waren nat van het zweet, de handdoek van het douchen. Ze stopte haar spullen in haar tas. Haar schoenen erbovenop. Daarna liep ze naar de spiegel en begon haar haren te drogen met de wandföhn. Het ging langzaam, het effect was minimaal, maar misschien was dat beter voor haar haren.

Het was een fijne les geweest. Nu het januari was, kwamen er meer mensen. Allemaal met goede voornemens natuurlijk. En het kersteten moest eraf. Riemen die niet langer dicht konden, banden die schuurden. Zelfs Maria had er last van. Maar misschien was dat niet zo vreemd, zij had tenslotte ook een paar weken niet getraind en naarmate je ouder werd ging de verbranding langzamer.

Nu was het seizoen in elk geval weer op gang gekomen. Er was veel animo. Dat was altijd zo. Pas als de zon in het voorjaar tevoorschijn begon te komen, werd het moeilijker om de mensen een uur langer binnen te houden. Het was belangrijk om ze tijdens de eerste lessen van het jaar zo veel mogelijk te binden. Enthousiast te maken en op te peppen. Ze te laten begrijpen dat het belangrijk was om te bewegen en dat ze zich daardoor beter zouden voelen.

Vandaag had ze zelfs een paar ministers in de groep gehad, onder wie de minister van Industrie, Werkgelegenheid en Communicatie die in zijn voetbalbroek verscheen. Dat verhoogde de status van de les en trok anderen aan. En dat was goed.

Maria keek in de spiegel. Ze vond het heerlijk om na een zware les fris gedoucht voor de spiegel te staan. Alle zorgen leken overkomelijk. Alle problemen konden worden opgelost. Waarschijnlijk waren het alleen de endorfinen in haar lichaam die haar een goed gevoel gaven, maar dat maakte niet uit, het was het resultaat dat telde.

Eindelijk waren haar haren droog. Ze deed geen make-up op. Haar ogen waren bleek zonder mascara, maar ze ging toch naar huis. Haar roze wangen moesten voldoende zijn. Ze transpireerde nog steeds een beetje toen ze haar jas aantrok. Haar muts en sjaal hield ze in haar hand en haar tas hing ze over haar schouder.

Toen ze in de frisse lucht voor het parlementsgebouw kwam, haastte ze zich om haar rits omhoog te trekken en haar sjaal om te doen. Ze wilde niet verkouden worden. Ze liep snel, niet omdat ze haast had, maar om de kick die de endorfinen haar gaven te verlengen.

Het pad liep langs het zwarte, bruisende water van Strömmen, daarna door Blasieholmen, langs het Grand Hotel en naar Östermalm.

Ondanks haar snelheid en energieke bewegingen tijdens de les was het alsof ze in een soort pauzetoestand terecht was gekomen. Soms kreeg ze het gevoel dat er iemand in haar leven was gekomen die het beeld had bevroren. Misschien zijzelf wel. Alsof het een griezelfilm was die ze niet af durfde te kijken. Mes geheven, ogen opengesperd van ontzetting.

Ze was verliefd op een ander, en ze had het besluit genomen om haar man te verlaten.

Ze huiverde voor de dag dat ze weer op *play* moest drukken en het drama verder zou gaan. Op dit moment had ze een bepaalde controle over de situatie. Ze kon de handelingen beeld voor beeld zien, bijna alsof het niets met haar te maken had.

Haar gesprek met de Säpo had bijna een week geleden plaatsgevonden. Ze hadden niets meer van zich laten horen. Soms had ze het gevoel dat ze gevolgd werd, maar dat was waarschijnlijk verbeelding. Zij was niet interessant. Dat was Viktor. En met hem had ze geen contact meer gehad.

Ze had ervoor gekozen om de informatie die ze van Björn Wester had gekregen te negeren. Ze had het van haar zintuigen geborsteld als roos van een schouder. Er was natuurlijk geen vrouw, geen zoon. Dat was een leugen. Zoals al het andere wat ze beweerden.

Of misschien klopte het wel, en dan moest er een verklaring voor zijn. Viktor zou niet liegen. Waarom dat gevoel zich in haar had vastgezet, kon ze niet uitleggen. Ze kende hem niet. Ze hadden elkaar te weinig ontmoet om elkaar goed te leren kennen. Het was alleen een gevoel dat ze had, ook na Björn Westers woorden en de twee onbekende namen op papier. Het was niet veel. Het gevecht was ongelijk, en Wester was in het voordeel.

Ze verlangde naar Viktor. Ze wilde hem zien, vragen stellen, maar tegelijkertijd ook niet. Stel dat het inderdaad waar was dat hij getrouwd was. Dat hij zijn vrouw had bedrogen. Net zoals zij haar man had bedrogen.

Die gedachte was zo pijnlijk dat ze nog sneller ging lopen. Ze was bijna thuis.

Misschien was dat uiteindelijk toch de plek waar ze hoorde.

36

Björn Wester schoof onrustig op zijn stoel heen en weer. De Amerikaan was niet met een verzoek gekomen – het was een eis. Wester trok een beetje aan zijn snor. Hij wist niet goed hoe hij zich moest gedragen. Het was gemakkelijker geweest met de vorige: ze waren Björn en Johnny voor elkaar geweest. Ze hadden veel op elkaars rug geslagen en geknipoogd. Ze hielpen elkaar, wisselden diensten uit. Precies zoals het moest zijn.

Met de nieuwe was het anders. Hij stelde eisen, heel ongegeneerd. Dat voelde niet goed. Hij was een gast, en was het dan niet voldoende dat de Zweden hun voordeur wijd openzetten? Nee, blijkbaar niet. Hij wilde ook nog bepalen wat ze op tafel moesten zetten.

'Ik denk niet dat het zal gaan...' antwoordde Wester aarzelend.

'*Why not?*'

De vraag verbijsterde hem. '*Because*... dat is niet de *policy* van Zweden.'

De man snoof. '*Policy*...'

Wester probeerde het uit te leggen: 'Het is hoe dan ook geen besluit dat op dit niveau wordt genomen,' zei hij.

'Dan moeten we de kwestie misschien aan het juiste niveau voorleggen. Het allerhoogste. *Don't you agree?*'

De Amerikaan trommelde met zijn vingers op het tafelblad. Björn zat er zwijgend bij. Hij wist niet wat hij moest zeggen.

'Ik weet niet zeker of de *case* sterk genoeg is voor dit soort maatregelen,' zei hij ten slotte. Het was een mager antwoord.

'Is dat zo?' De blonde man trok vragend een wenkbrauw op. Toen leunde hij over de tafel en glimlachte zo dat al zijn onnatuurlijk witte tanden zichtbaar werden. 'Dan stel ik voor dat je noteert wat ik te vertellen heb.'

Wester keek naar Kristin terwijl ze bij de lift stond te wachten. Ze had haar hoofd gebogen en schopte een beetje met de neus van haar laars tegen een vlek in het linoleum. Hij vroeg zich af wat ze dacht. Misschien dat hij laf was. Dat hij over zich heen liet lopen.

'Wat een klootzak,' zei hij en hij probeerde een beetje te lachen. Kristin keek op. Er klonk pling toen de lift hun verdieping bereikte. Ze pakte de greep en trok de deur open.

'Ja. Hij weet wat hij wil,' zei ze en ze liet Björn eerst instappen.

Haar commentaar gaf hem geen leidraad. Hij probeerde het nog een keer. 'Hij lijkt niet te begrijpen dat dit niet van ons afhangt. Het is politiek, daar heeft de politie niets mee te maken.'

'Nee...'

Ze waren bij de juiste verdieping aangekomen. Dit keer was hij degene die de deur openhield en haar voor liet gaan. 'We moeten maar zien hoe het loopt,' zei hij.

'Ja.'

Ze liepen samen door de gang. Hij voelde zich zenuwachtig. Eerst die verdomde Amerikaan die tekeerging, daarna Kristin die niets zei. Hij wilde vragen wat hij volgens haar dan had moeten doen. Van zich afbijten? Zo werkte het niet. Misschien had ze dat nog niet begrepen, maar hij wist het.

Hij gromde wat toen hij bij zijn kantoor was. Ze knikte naar hem en liep verder door de gang terwijl hij de deur van het slot deed.

Het was verdomme niet zo gemakkelijk, zei hij tegen zichzelf. Dat zou zij zo langzamerhand ook gaan begrijpen. Soms was het gewoon het gemakkelijkst om te doen wat je gezegd werd.

37

De ochtendvergadering was afgelopen. Maud Gunnarsson had zich koest gehouden. Ze had gemompeld dat ze eventueel iets had waar ze naar zou kijken. Dat was niet waar, ze had niets. Ze voelde zich alleen lui.

Ze was bijna twee weken op vakantie geweest. Daar was niets vreemds aan. Veel mensen namen in deze periode van het jaar vakantie. Ze reisden naar warme landen om hun bevroren lichamen te laten ontdooien en hun zintuigen met zon en warmte te vullen. Het verschil was alleen dat zij niet in het zuiden was geweest. En ze was ook niet gaan skiën. Ze zou op het volgende personeelsfeest nog liever in een rieten rokje optreden dan zich op een steile helling op ski's naar beneden te storten met niets dan twee stokken als rem. Ze was geen *thrillseeker*. Niet op die manier in elk geval.

In plaats daarvan was ze naar haar vakantiehuis geweest. Dat lag maar honderdvijftig kilometer van Stockholm, en toch was het een uiterst landelijke omgeving. De oude boerderij was in deze tijd van het jaar bijna niet warm te stoken. Met de elektrische verwarming op maximaal en vierentwintig uur per dag vuur in de kachels en de open haard duurde het een paar dagen voordat het warm was. Voor die tijd moest ze zich gewoon dik aankleden: een Helly Hansen-fleecepak, lange onderbroek, dubbele sokken en een muts op in huis. Toch was dat nooit een probleem, want ze was altijd bezig. Er moest veel hout worden gehakt en naar binnen gebracht en ze maakte lange wandelingen in het bos. Soms ging ze met de auto naar zee en liep ze langs de rotsachtige kust. Ze had een hond moeten hebben, dacht ze dan. Een trouwe metgezel die achter meeuwen aan rende en tegen de hazensporen in de sneeuw blafte. Maar dat ging niet, ze kon geen hond hebben. Ze werkte te veel, te onregelmatig.

's Avonds las ze boeken. Altijd een paar per week. Boeken die ze vanaf de herfst had laten liggen. Voornamelijk vakliteratuur, een deel buitenlands, maar ook af en toe een detective. Je moest jezelf soms wat ontspanning gunnen.

Op die manier ging de tijd voorbij. Het was een traditie geworden, die dagen in januari. Soms kwam Camilla langs, maar de laatste jaren niet meer. Ze vond het niet comfortabel genoeg, te koud. Water opwarmen om je daarna in een teil te wassen, was niet de stijl van haar dochter. Camilla was meer een spa-type. Verwarmde handdoeken, versgeperste jus d'orange, kleimaskers en voetmassages.

Vorig jaar was Agneta met haar meegegaan en een week gebleven. Dat was leuk geweest. Ze hadden lekker eten gekookt, wijn gedronken en veel gepraat. Toch had Maud haar dit jaar niet gevraagd.

Diep vanbinnen was ze waarschijnlijk een eenling. Zo iemand die het naar haar zin had in de duisternis van het bos. Als ze gepensioneerd was wilde ze hier misschien voorgoed gaan wonen. De flat in de stad verkopen en de winst gebruiken om het vakantiehuis te isoleren en water en riolering te regelen. Het was een droom, en het zou nog heel lang duren.

Nu was het maandag. Maud zuchtte. Holberg en Svedlund werkten aan het in kaart brengen van de eventuele verandering die Bergman gisteren tijdens de persconferentie had gesuggereerd. Dat was typisch Bergman, iets suggereren en zich daarna terugtrekken en vragen ontwijken. Hij hield ervan om gewild te zijn, om op informatie te zitten. Nou ja, er waren ook andere wegen – niet iedereen in het regeringsgebouw was even loyaal. Haar collega's zouden de waarheid waarschijnlijk boven water halen. Als er iets was.

Svedlund had aangeboden dat ze met hen kon samenwerken. Hij had gevraagd of ze haar contacten kon aanboren. Dat was geen slecht voorstel, hoewel het niet haar nieuws was. Maar eerst wilde ze haar eigen papieren doornemen. Het was niet te geloven wat je in een paar weken kon vergeten.

Eens kijken: ze had Katja Löfdahls project nog, de financiële steun aan Tsjetsjenië. Ze had nog geen antwoord gekregen. Wat hadden ze ook alweer gezegd? Vertraging van het rapport, communicatieproblemen. Het evaluatieverslag was er nog niet, de tweede betaling was nog niet gestort. Hoe lang was het geleden dat ze met Löfdahl had gesproken? Gunnarsson bladerde in haar aantekeningen. Begin januari. Nog een maand, had ze toen gezegd. Die was nog niet voorbij, maar het kon geen kwaad om te bellen en te kijken hoe de zaak ervoor stond.

Maud toetste het nummer van Ingrid Sköld in, die na een paar keer overgaan opnam. 'Hallo, met Maud Gunnarsson van *Echo*.'

'Hallo, hoe is het?'

'Goed. Dank je. En met jou?' Ze hield eigenlijk niet van die uitwisseling van vriendelijkheden, maar Ingrid Sköld was een verdomd aardige vrouw. Bekwaam, behulpzaam en soepel, op een manier zoals je waarschijnlijk alleen werd door een heel leven in de schaduw van politici en hoge pieten te werken.

'Uitstekend. Waarmee kan ik je helpen?'

'Tsjetsjenië. Ik wacht nog steeds op het evaluatieverslag dat in de herfst zou komen. Ik wil een vervolgitem maken. Er is tenslotte een heel mediacircus rond het project ontstaan toen Löfdahl ermee startte. Het is interessant om te volgen hoe het verder is gegaan, hoe het geld is gebruikt. Weet je trouwens of de tweede betaling al is gedaan?'

'Niet uit mijn hoofd.' Ingrid Sköld aarzelde even en bladerde wat in haar papieren. 'Voor zover ik weet is de status nog hetzelfde als voor Kerstmis.'

'Is er een reden voor de vertraging?'

'Ja...' De persvoorlichtster aarzelde even. 'Er zijn nogal wat communicatieproblemen geweest, heb ik begrepen.'

Maud zuchtte. Dat had ze eerder gehoord. 'Verder niets?'

'Dat denk ik niet, maar ik kan het natuurlijk voor je informeren.'

'Dat zou fijn zijn.'

'Mag ik er later deze week op terugkomen?'

'Prima. Graag zo snel mogelijk.'

'Natuurlijk.'

'Trouwens, ik heb nog een andere vraag. Er gaan geruchten dat er bepaalde wijzigingen in de regering gaan plaatsvinden. Weet jij daar iets van?'

'Nee, maar ik ben waarschijnlijk niet de juiste persoon om mee te praten.' Ingrid zweeg even. 'Misschien kun je het kantoor van de minister van Sociale Zaken proberen.'

Maud lachte in zichzelf. Op Ingrid Sköld kon je rekenen. 'Dank je wel,' zei ze. 'Dat zal ik doen.'

De minister van Sociale Zaken. Maud maakte een paar aantekeningen in haar notitieblok voordat ze het dichtsloeg. Daarna kwam ze overeind om naar Svedlund te gaan. Hij zou erg tevreden zijn als hij hoorde wat ze voor hem had.

38

Volgende week zou er in het Beursgebouw een grote vrouwenconferentie van de ontwikkelingslanden worden gehouden. Officieel was de minister van Ontwikkelingszaken de gastvrouw, maar praktisch gezien had ze er eigenlijk niets mee te maken. Een werkgroep van het departement had een heel jaar aan het project gewerkt. Sida en Nutek waren erbij betrokken, en alle politieke partijen waren vertegenwoordigd, maar Katja was degene die de inleidende voordracht zou houden.

Ze probeerde zich te concentreren op het ontwerp dat ze net had gekregen. Het zag er goed uit. Het thema was vrouwelijke solidariteit. Dat beviel haar. Ze was zelf betrokken bij verschillende vrouwelijke netwerken, en ze wist dat het van groot belang was om elkaar te steunen. Elke vrouw bevond zich, alleen op grond van haar geslacht, in een riskante positie. Door elkaar naar voren te schuiven zouden ze hun rol in de samenleving vergroten. Zweden was natuurlijk al een eind op weg; het doel was in zicht maar nog niet bereikt. De problemen waarmee vrouwen uit ontwikkelingslanden te kampen hadden waren van een heel andere proportie. Ze wilde ze oppeppen en steunen met haar voordracht. Zeggen dat ze op de goede weg waren, dat vrouwen het konden.

Haar gedachten werden onderbroken doordat iemand op de deur klopte. Ingrid Sköld stak haar hoofd om de deur. 'Stoor ik?'

'Helemaal niet.'

De persvoorlichtster stapte naar binnen. Ze zag er goed uit. Een zestiger, lang en slank, met staalgrijze haren. Altijd goed gekleed, op dit moment in een geruite tweedrok met bijpassend colbert en een helderrode bloes. 'Gunnarsson van *Echo* heeft gebeld.'

'En wat wilde ze?' Alleen al de naam van die koppige bitch van de radio zorgde ervoor dat haar polsslag versnelde.

'Tsjetsjenië weer. Ze wacht nog steeds op het evaluatieverslag. Ik heb gezegd dat we dat nog niet hebben. Dat klopt toch?'

'Inderdaad. Wat zei ze nog meer?'

'Niets. Niet daarover in elk geval. Ik heb beloofd erop terug te komen. Ze wil graag een vervolgitem maken.'

Katja knikte. 'Natuurlijk.'

Ingrid hield haar hoofd een beetje scheef en trok haar wenkbrauwen op. 'Is er iets aan de hand met het project?'

'Natuurlijk niet!' Katja's antwoord kwam een beetje te snel. Ze vermande zich. 'Het werk is begonnen en wordt volgens plan uitgevoerd, althans zover ik heb begrepen. Er ontbreken alleen documenten. Ik geloof niet dat ze heeft begrepen hoe belangrijk dit voor het kindertehuis is, als je begrijpt wat ik bedoel...' Het was Ingrids beurt om te knikken. Katja ging verder. 'En we hebben natuurlijk problemen met...'

'De communicatie,' vulde de persvoorlichtster aan.

'Precies.'

'Wanneer denk je dat we iets voor Gunnarsson hebben?'

'Snel. Heel snel.'

'Goed. Ik heb gezegd dat ik er deze week op terug zou komen. Dan weet je dat.' Ingrid glimlachte naar Katja voordat ze het kantoor uit liep.

Ingrids verschijning had meestal een kalmerende uitwerking op Katja. Ze leek de situatie altijd onder controle te hebben; ze was nooit gestrest, ze verhief nooit haar stem. Maar deze keer bleef Katja achter met stijve schouders en een enorme, koude klomp in haar maag.

Deze wéék. Ze kon Gunnarsson deze week onmogelijk iets melden. Die verdomde teef. Waarom zat ze zo achter haar aan? Er was geen nieuws. Niets wat ze kon geven in elk geval. Niets wat ze kon gebruiken om Gunnarsson de mond te snoeren.

De dagen die voorbij waren gegaan sinds haar ontmoeting met Leblanc waren chaotisch geweest. Anders had zich in het weekend zelfs afgevraagd wat er met haar aan de hand was. Ze had hem niet eens antwoord kunnen geven. Ze kon er niet nog meer mensen bij betrekken. Henrik Hamrén was voldoende.

Als ze de Amerikaan goed had begrepen was de ramp niet te overzien. Het enige waarop ze konden hopen was dat Daniel Leblanc gestoord was. Maar dat was geen houdbare strategie.

Zakujev had het geld al gekregen. Dat konden ze niet terughalen, hoe graag ze het ook wilde. Als ze hier een vermoeden van had gehad, had ze liever het eerste schandaal gehad, dat het geld weg was. Dat ze op het verkeerde paard had gewed. Ze dacht aan wat Tor had gezegd, dat het haar taak was om het op te lossen. En wat er gebeurde als haar dat niet lukte. Hij had het resultaat gesuggereerd: ze zou geofferd worden. Op dit moment voelde dat echter niet als de ergste dreiging. Ze was jong. Ze zou terugkomen.

Wat er nu gebeurde was zo oneindig veel belangrijker. Als Zakujev echt een terrorist was, als het geld echt voor dat doel werd gebruikt... Daniel had het als een weldaad beschreven. Een klein offer voor een hoger doel.

Ze had het van alle kanten bekeken, maar ze kon het absoluut niet op dezelfde manier zien. Hoe ze ook redeneerde, het antwoord was telkens hetzelfde. Ze moest vertellen wat ze wist.

Tor zou weten wat ze moesten doen. De premier zou het antwoord hebben. Hij was nu op reis, maar hij zou morgen terug zijn. Ze had een afspraak met hem gemaakt. Ze had zijn secretaresse gedwongen om haar in het overvolle schema in te passen: maximaal tien minuten, de volgende ochtend om acht uur. Precies. Tot dat moment moest ze het gewoon volhouden. De redding lag bij Tor, dit was te groot voor haar. Als ze het aan hem had overgedragen, kon ze ontspannen. Ze zou haar straf krijgen, maar dat maakte niets uit. Als ze het maar kon loslaten.

39

Tor keek naar haar. Ze had lang gepraat, misschien te lang. Ze had het kort willen houden. Zich aan de feiten willen houden. Maar in plaats daarvan was het verhaal met haar op de loop gegaan. Ze had zich verstrikt in uitweidingen, uitvluchten, verontschuldigingen, onvoltooide analyses en verwarrende tijdsprongen.

Nu was het stil in het kantoor. Het voelde zo veel stiller na haar geklets. Haar wangen waren rood en ze voelde zich kleiner dan ooit op de blauwe bezoekersstoel in de kamer van de premier.

Het was voorbij, dacht ze. Ze had haar kaarten op tafel gelegd, ze had ze aan Tor gegeven. Ze was geen religieus persoon, niet eens in de breedste zin van het woord, maar op dit moment kon ze echt begrijpen waarom mensen gaan biechten. Ze voelde zich vrij. Bereid om haar vonnis in ontvangst te nemen.

De stilte bleef lang in de kamer hangen. De tien minuten waren al lang voorbij. Een discreet klopje van de secretaresse op de deur was beantwoord met een druk op de knop. De lamp voor het kantoor van de premier brandde nu rood. Katja wachtte tot de premier zou beginnen te praten. Tot hij zijn mond zou opendoen.

'Dit gesprek, Katja,' begon hij langzaam en met overdreven duidelijkheid, 'heeft nooit plaatsgevonden.' Hij legde zijn vingertoppen tegen elkaar, zodat zijn handen een scherpe hoek vormden, een pijl die op haar was gericht. 'Ik dacht dat ik tijdens ons laatste gesprek duidelijk was geweest. Dit is jouw probleem en ik wil er niets mee te maken hebben voordat het is opgelost.'

'Maar dat heb ik ook gepro–'

'Welke methoden je daarvoor gebruikt is jóúw zaak. Ik ben de premier van dit land, er kan van mij niet worden verwacht dat ik alle details van het regeringswerk ken. Ik vertrouw op mijn medewerkers. Als blijkt dat ik dat niet kan, zijn ze niet welkom in mijn regering. Na wat je nu hebt verteld, tijdens dit gesprek dat niet heeft plaatsgevonden, twijfel ik of ik echt op je kan vertrouwen.' Katja boog haar hoofd, dit had ze verwacht. Misschien had ze gehoopt eraan te ontkomen, maar geloofd had ze het eigenlijk niet. 'Ik ben bereid om dat te accepteren,' zei ze zachtjes. 'Ik heb deze situatie niet langer in de hand.'

Tor keek haar een kort moment aan voordat hij verderging. Er klonk woede in zijn stem. 'Als jij, kleine vriendin van me, denkt dat het er zo aan toegaat, kan ik je vertellen dat dat niet zo is. Zo regelen jullie de zaken misschien in het parlement, maar je zit nu in de regering. Mijn regering. Je gaat het oplossen. En je gaat het zelf doen. Ik kan het me veroorloven om een minister te verliezen, maar ik accepteer niet dat ik deze rotzooi op mijn bord krijg.'

Katja staarde geschrokken naar de premier aan de andere kant van het bureau. Zo'n dreigende toon had hij nog nooit tegen haar aangeslagen. Ze kromp in elkaar. 'Maar de Amerikanen...' mompelde ze.

De premier onderbrak haar. 'Er zijn samenwerkingsverbanden die altijd hebben bestaan. Het is niet jouw taak om dat te hervormen. Soms moet je gewoon pragmatisch zijn.'

Waarom reageerde hij niet zoals ze had verwacht? Ze had hem toch over het geld verteld, en waarvoor het werd gebruikt! Moest ze daar gewoon haar ogen voor sluiten?

De premier duwde plotseling zijn stoel naar achteren en kwam overeind. Hij was lang, bijna enorm. 'Zo, dus waar is dit gesprekje over gegaan?'

Hij keek haar vragend aan, wachtte op een antwoord. Toen dat niet kwam zei hij geïrriteerd: 'Wat moet ik voor aantekening maken? Ontmoeting met Katja Löfdahl over...' Hij gebaarde met zijn handen en wachtte op een vervolg.

Katja keek naar hem; ze was daarnet al haar hoop kwijtgeraakt. Wat de premier van haar verlangde was onmenselijk. Ze zweeg nog een paar seconden terwijl Tors blik als een loden zwaard op haar rustte.

'Over de vrouwenconferentie volgende week,' antwoordde ze uit eindelijk zachtjes. 'Ik heb de standpunten binnen de regering met betrekking tot mogelijke verbeteringen binnen de onofficiële vrouwelijke netwerken in ontwikkelingslanden doorgenomen, vooral de Afrikaanse, alsmede het ontwikkelingsplan dat Sida en Nutek in verband daarmee hebben opgesteld.' Haar stem was eentonig, alsof ze het van een stuk papier oplas. Tor keek tevreden.

'Goed,' zei hij. 'Dan komt dat in mijn aantekeningen te staan. En in de jouwe, hoop ik.'

Katja knikte.

'Dan beschouw ik dit gesprek als beëindigd.' Tor deed een stap in haar richting. Katja kwam overeind uit de stoel. Het gonsde in haar hoofd en ze greep de rugleuning snel vast om zich te vermannen voordat ze naar de deur begon te lopen.

Plotseling hoorde ze Tors stem weer. 'Trouwens...' zei hij. Katja draaide zich om. 'Ik zal het op prijs stellen als we binnenkort een paar foto's hebben om te laten zien.'

Katja keek hem vragend aan. 'Foto's?'

'Ja, je weet wel... Pas geschilderde muren, een glimlachende directeur, kleine kinderen met teddyberen... Ik denk dat de pers dat materiaal wel waardeert. Wat denk jij?'

Katja gaf geen antwoord.

'Uitstekend. Dan spreken we dat af.' Tor draaide zich om en liep terug naar zijn bureau, maar voordat hij daar was begon hij met zijn rug naar haar toe te praten. 'Ik heb gisteren de Amerikaanse ambassadeur ontmoet.'

Hij draaide zich weer om en wachtte even voordat hij verderging. 'Hij noemde jou.'

Katja keek verbaasd op. Tor keek haar met een ijskoude blik in zijn ogen aan. 'Als je in verkeerde kringen verkeert, kun je in internationaal verband een slechte naam krijgen. Misschien is het goed dat je daaraan denkt. Soms moet je een kant kiezen.' Hij liet zijn blik even op haar rusten voordat hij verderging. 'Hoe heet hij?' vroeg hij.

Toen ze niet onmiddellijk antwoordde raakt hij geïrriteerd. 'De naam? Hoe heet de Rus die je die informatie heeft gegeven?'

Ze slikte. 'Rybkin. Viktor Rybkin.'

'Mooi.' Tor zag eruit alsof hij zich net iets herinnerde. 'Rybkin, ja...'

Hij deed een laatste stap naar zijn bureaustoel en ging zitten. 'Als je me nu wilt verontschuldigen,' zei hij zonder naar haar te kijken. 'Ik moet een telefoongesprek voeren.'

Terwijl Katja stil het kantoor uit liep had de premier de hoorn al gepakt.

Björn Wester legde de telefoon neer. Hij trok aan zijn stropdas en maakte de bovenste knoop van zijn overhemd los. Hij transpireerde. Forsell had hem gebeld. Wester moest zich voorbereiden op een gesprek met de directeur-generaal, had Forsell gezegd. Vanmiddag al, er was waarschijnlijk haast bij.

Hij kon het niet laten om onder de indruk te zijn, hoewel dat met tegenzin was. De Amerikanen werkten snel. Hij had zich er nog niet toe kunnen zetten. Hij had de ernst natuurlijk begrepen, maar niet hoeveel haast erbij was. Nu had hij een probleem: hij moest zo veel mogelijk informatie bij elkaar schrapen.

Björn kwam overeind en liep naar de plaatstalen kast in de hoek. Daar pakte hij een map en nam hem mee naar zijn bureau.

Kristin zou een nieuw rapport schrijven, maar dat had ze nog niet gedaan. Hij moest het nu hebben. Onmiddellijk. Hij had al het materiaal nodig dat hij kon krijgen. Snel belde hij Kristin.

Ze zei dat ze het in haar computer had en dat ze het meteen zou brengen.

Toen Kristin het document in zijn kantoor had achtergelaten, ging hij weer zitten. Nee, dit was niet goed genoeg. Hij moest zich concentreren, hij moest het gesprek bij de DG voorbereiden. Hij moest gegevens in zijn hoofd stampen, want hij moest de kwestie uit zijn hoofd kennen. De directeur-generaal stond bekend om zijn onaangename vragen. Hij was nooit voldoende voorbereid voor een ontmoeting met de DG. Zo was het gewoon.

De plotselinge haast irriteerde hem. Hij was net serieus aan de kwestie gaan werken. Met een beetje geluk had hij over een paar maanden een voltooide operatie kunnen presenteren. Iets houdbaars. Op dit moment waren het alleen wat aanwijzingen, losse draadjes die zich in alle richtingen verspreidden.

Het was geen excuus. Niemand zou het accepteren, in elk geval hogerop niet. Het was Björn Westers taak om de fundering voor het besluit te verschaffen, de koude feiten.

Dat er een besteller was wist hij. Het had geen zin om erover te piekeren wie dat was, maar hij had een vermoeden. Wat had de Amerikaan ook alweer gezegd? Op het allerhoogste niveau.

40

Hoe moest ze het aan Anders uitleggen? Waarom ze niet luisterde, waarom ze laat thuiskwam, waarom ze ongeconcentreerd en onvriendelijk was en waarom ze tegen hem snauwde zodra hij aan haar vroeg wat er aan de hand was. Ze had besloten dat hij de waarheid niet mocht weten. Dat was geen moeilijk besluit, ze zou het nooit kunnen vertellen. Hij was zo trots op haar. Hij zei dat zij bij degenen hoorde die aan de goede kant stonden. Dat haar plaats in de regering een benoeming aan de pluskant was. Niet omdat hij een cynicus was, maar omdat hij geen overdreven respect voor politici had. Dat zijn vrouw bij degenen hoorde die leugens vertelden en de waarheid geweld aandeden zou te moeilijk verteerbaar zijn. Het zou zelfs erger dan ontrouw zijn.

Katja probeerde haar gevoelens af te wegen, maar wat ze ook probeerde, het antwoord bleef hetzelfde: ze kon het Anders niet vertellen.

Ze hadden gisteren ruzie gehad. Voor het eerst sinds een hele tijd. Natuurlijk hadden ze het moeilijk. Er was nooit voldoende tijd. Natuurlijk was dat een reden voor conflicten, maar toch hadden ze zelden ruzie. Waarschijnlijk was dat dankzij Anders, hij had een engelengeduld.

Nu hadden ze echter wel ruzie gehad, erge ruzie. Anders had gezegd dat het genoeg was. Dat hij niets meer van haar pikte. Hij accepteerde dat ze minister was, dat ze veel moest werken, dat hij de verantwoordelijkheid voor Molly en het huis had, maar niet meer dan dat. Als ze een probleem had moest ze daar als een volwassene over praten. Hij was niet van plan om te tolereren dat hij een soort rubberen muur was waar zij haar rotzooi tegenaan kon smijten om zich af te reageren.

Hij had natuurlijk gelijk en ze had haar verontschuldigingen aangeboden. Ze had gezegd dat het niets bijzonders was, maar dat het op dit moment gewoon heel druk was. Dat het haar speet dat ze dat thuis afreageerde. Hij was niet tevreden over haar uitleg, maar stelde geen vragen meer. Het was zijn taak niet om informatie uit haar te trekken. Ze waren getrouwd, het was de bedoeling dat ze dingen vrijwillig met elkaar deelden.

Bij het ontbijt strekte ze haar hand uit en pakte over de tafel Anders' hand vast. Molly beschouwde het als een spelletje en strekte meteen ook haar hand uit. 'Ik wil meedoen!' Katja pakte haar dochters hand ook vast. Eén moment hielden ze elkaar alle drie vast, zelfs al was de greep van Anders slap. 'Anders,' zei ze smekend. 'Het spijt me, ik ben zo stom geweest.'

'Nee, je bent niet stom. Je bent lief.' Molly keek naar haar.

'Niet tegen papa. Niet altijd.'

'Katja.' Anders keek haar waarschuwend aan. Hij vond het niet prettig dat ze over dat soort dingen praatten waar Molly bij was. 'We praten hier later verder over.'

'Waarover dan?' Die paar woorden waren voldoende geweest voor Molly's antenne om signalen op te vangen. Ze keek ongerust naar haar ouders. 'Waarover dan?' herhaalde ze.

'Niets, meisje.' Katja liet hun handen los. 'Eet je yoghurt, zodat je niet te laat op de crèche komt.'

'Ik wil niet naar de crèche.'

'Waarom niet?'

'Ik wil thuisblijven, bij jou.'

'Maar ik blijf niet thuis, meisje.'

'Ik wil toch thuis blijven, bij jou.'

'Dat begrijp ik. Maar dat gaat niet. Mama moet werken.'

'Dat is saai.' Molly zette vastbesloten haar handen in haar zij.

'Ja, Molly, soms is het saai. Maar volwassenen moeten werken. Anders hebben ze geen geld om eten te kopen.'

'Ik wil geen eten.'

'Maar vanavond heb je misschien honger.'

'Nee.'

Katja zuchtte. Deze discussie zou ze niet winnen. Ze keek naar Anders voor steun, maar die kreeg ze niet. Zijn blik vertelde haar dat ze het zelf mocht oplossen.

Ook dat nog.

Eén moment had ze het gevoel dat ze zou exploderen, daarna vermande ze zich op het laatste moment en stond van tafel op.

'Ik zal proberen vanavond iets eerder thuis te zijn,' zei ze zo opgewekt mogelijk. Niet omdat ze wist hoe haar dag zou verlopen, maar ze had geen energie om zich daar nu druk over te maken. Ze had tijd met haar gezin nodig. Ze hadden tijd met elkaar nodig. Samen avondeten. Het maakte niet uit of het biefstuk of vissticks met macaroni was, als ze maar in alle rust bij elkaar konden zitten. Kaarsen aansteken, praten over wat er die dag was gebeurd. Daar droomde ze tegenwoordig van. Niet meer dan dat. Was dat te veel gevraagd?

'Goed.' Anders knikte. Hij zag er niet overtuigd uit.

Katja pakte haar spullen en liep naar de hal om haar jas aan te trekken. Daarna kuste ze Molly, die aan kwam hollen om gedag te zeggen. Anders verscheen ook. Ze liep naar hem toe en omhelsde hem. Hij was stijf, maar na een tijdje omhelsde hij haar terug. Toen ze een stap naar achteren deed, zag ze dat hij tranen in zijn ogen had.

Voordat ze iets kon zeggen, draaide Anders zich haastig om. 'Tot ziens dan maar,' zei hij met zijn rug naar haar toe. 'We zien elkaar vanavond.'

Ze liep naar buiten en deed de deur achter zich dicht. Voorzichtig liep ze over het tuinpad naar de straat. Het was glad. De sneeuw was samengeperst tot verraderlijk gladde plekken en ze gebruikte haar aktetas als evenwichtsstok terwijl ze voorzichtig naar het veilige asfalt op het trottoir voor het huis liep.

Ze zoog de koude lucht in haar longen en probeerde het gevoel van paniek dat gisteravond en vannacht was opgekomen, en dat vanochtend nog in sterkte was toegenomen, van zich af te zetten. Haar bijdrage groeide, constateerde ze, en de kosten zouden wel eens hoger kunnen worden dan ze in staat was te betalen.

Toen ze tien minuten later bij het metrostation aankwam had ze bedacht wat ze moest doen. Ze moest hier een eind te maken. Maar niet door op de rem te trappen, daar was het al te laat voor. Ze zou afmaken wat ze begonnen was.

Een andere keus had ze niet.

41

'Dat kun je toch niet serieus menen?' Henrik Hamrén staarde naar Katja. Ze was deze keer naar hém toegekomen. Ze was in zijn kantoor, op zijn terrein. Het was een vreemd gevoel, ministers bezochten dit deel van het departement niet.

Ze had zijn aanbod om te gaan zitten afgeslagen en stond nu een paar meter van zijn bureau. Ze wist wat ze deed. Hoewel hij op eigen terrein was, was hij de mindere omdat hij zat. Er was geen twijfel aan wie de opdrachten gaf en van wie werd verwacht dat hij gehoorzaamde.

Katja zag er geïrriteerd uit. 'Zeker wel,' zei ze kort. 'Ik meen het serieus. We gaan het geld naar Tsjetsjenië sturen. En we doen het nu. Ik heb Echo in mijn nek hijgen. Ik heb geen tijd voor nog meer vertragingen.'

'Maar...' Henrik zocht naar woorden. 'Afgezien van het feit dat we al vijfenhalf miljoen kwijt zijn zonder dat we een idee hebben waar het is gebleven, en we net tweeënhalf miljoen hebben betaald aan iemand die een terrorist blijkt te zijn...'

Katja snoof. 'Daar weten we helemaal niets van.'

Henrik negeerde haar commentaar. 'Afgezien daarvan, en afgezien van het feit dat we niet meer hebben dan het woord van jouw vríénd dat de volgende betaling het kindertehuis zal bereiken...' Hij zweeg even en keek aandachtig naar de vrouw bij zijn bureau. Behalve een zweem van roodheid op haar wangen was er geen reactie op haar gezicht te zien. Ze zag er net zo vastbesloten uit als toen ze daarnet over de drempel van zijn kleine kantoor was gestapt en de deur achter zich had dichtgedaan.

Hij nam een aanloop en maakte zijn zin af. 'Afgezien daarvan hebben we nog steeds geen evaluatieverslag van de ambassade in Moskou. Hij sloeg in een demonstratief gebaar zijn armen over elkaar. 'Formeel gezien kunnen we het geld dus niet uitbetalen. In de afspraak staat dat de tweede betaling niet kan plaatsvinden voordat het evaluatieverslag klaar is. En dat zal niet gebeuren voordat we ter plekke een Zweedse inspectie hebben uitgevoerd.' Hij kneep zijn ogen halfdicht terwijl hij naar haar keek. 'Wat denk je, zullen we Martin Vindell naar Grozny sturen? Hoe denk je dat zijn rapport eruit zal zien?'

'Dat is niet jouw verantwoordelijkheid,' snauwde Katja. Haar gezichtskleur was nog een paar nuances donkerder geworden. Ze had haar kaken op elkaar geklemd. 'Het evaluatieverslag is míjn verantwoordelijkheid. Ik ben degene die beslist of aan de criteria voor de uitbetaling is voldaan. En dat was twee weken geleden al zo, toen jij naar Moskou vertrok. Het geld staat daar al op een rekening.'

'Minus tweehonderdvijftigduizend...'

'Een deelbetaling.' Katja haalde heftig adem. 'Daar hebben we het al over gehad. Je weet hoe de zaken ervoor staan.'

Ja, natuurlijk hadden ze erover gepraat. Of beter gezegd, Katja had hem verteld hoe het ervoor stond, wat ze zouden antwoorden als iemand ernaar vroeg. Niet omdat ze vragen verwachtte, had ze gezegd, maar voor het geval dat. Het subsidieproject had veel aandacht gekregen toen het bekend werd. De media hadden het gevolgd. De jonge minister die zich afzette tegen Rusland. Natuurlijk deed dat het goed in de pers. Bergman had gescoord. Niet alleen omdat de regering zich op buitenlands politiek gebied profileerde, wat niet zo vaak meer gebeurde nu ze gehoorzaam opging in de grote kudde anonieme machthebbers van de EU, maar ook vanwege zijn ministerskeuze. Een onbevreesde jonge vrouw met humanistische idealen. Dat was niet gek, helemaal niet gek.

Maar net als met alles waarop de massamedia hun aandacht richtten, ebde de interesse snel weg. Het land lag tenslotte ver weg. De interesse voor de kinderen van Tsjetsjenië was minder groot dan elk willekeurig ongeluk op de snelweg of grotere fusie tussen bedrijven. Iets waarvoor ze in deze situatie enorm dankbaar moesten zijn.

Sinds het radio-interview in de herfst was er niets meer geschreven of gerapporteerd over Katja Löfdahls kindertehuisproject. Dat Maud Gunnarsson rondneusde behoorde tot de uitzonderingen. Katja ging verder. Haar ademhaling was enigszins gekalmeerd. 'Je moet ervoor zorgen dat de ambassade aan de ontvanger meedeelt dat het geld beschikbaar is.'

'En wie is de ontvanger? Ik bedoel, nu Dovgajev er niet meer is?' Hij wilde haar op haar nummer zetten. Hij wilde dat ze toegaf. Dat ze zei dat het een misverstand was, dat het beter was om zich terug te trekken dan verder te gaan met dit waanzinnige project.

Er klonk kilte in haar stem toen ze antwoord gaf. '*De Hoop van de Tsjetsjeense Kinderen* is er nog, het kindertehuis is er nog, de kinderen zijn er nog.' Katja keek hem vijandig aan. 'Ik heb beloofd dat ik ze ga helpen, en dat zal ik doen ook. Geloof je nu echt dat een kleine administratieve hobbel me tegenhoudt?'

Administratieve hobbel? Ze moest het ironisch bedoeld hebben. Ze kon een schandaal van deze omvang toch niet serieus omschrijven als een *administratieve hobbel*?

Katja liet zich niet tegenhouden door Henriks blikken. 'Hoe dacht je eigenlijk dat het zou zijn om met Tsjetsjenië te werken?' ging ze met agressie in haar stem verder. Dacht je nu echt dat dit project soepel en zonder problemen zou verlopen?'

'Nee.' Henrik schudde zijn hoofd. 'Maar ik verwachtte, merkwaardig genoeg, geen inmenging van de Russische veiligheidsdienst...' Hij zweeg even voordat hij verderging. 'Of van de Amerikaanse.'

Katja knipperde met haar ogen. 'Wat weet jij daarvan?' vroeg ze snel.

'Geloof je nu echt dat ik dat niet doorheb?'

Henrik keek haar met een bijna verdrietige blik in zijn ogen aan. 'Je wilt mijn loyaliteit, maar je geeft niets terug. Dat verhindert me niet om conclusies te trekken. Ik ben geen robot die zonder onderscheid orders opvolgt.'

'Het is je taak om te doen wat ik je zeg,' siste Katja.

'Ik ben geen soldaat. Ik gehoorzaam niet aan generaals. Van geen enkele nationaliteit.'

Katja snoof. 'Ik ben degene die het vraagt. Er zijn geen generaals bij betrokken.'

'En je vríénd dan?'

'Ik heb al gezegd dat je daar niets mee te maken hebt.'

Henrik schudde zijn hoofd. Hij bleef haar aanstaren tot ze ten slotte wegkeek. Na nog een paar seconden ging ze langzaam op de bezoekersstoel naast het bureau zitten. Het machtsevenwicht was veranderd. Er klonk een diepe zucht. Henrik wachtte, hij had de tijd.

'Oké,' zei ze zachtjes. 'Ik zal het vertellen, maar dan wil ik je loyaliteit.'

'Die heb je tot nu toe gehad. Beschouw dat maar als een garantie.'

Katja zweeg even voordat ze begon te vertellen. Ze zei niet veel, korte woorden, een samenvatting in staccato. De vriendelijke Amerikaan die had beloofd om te helpen. En de prijs die ze daarvoor moest betalen. Henrik schudde opnieuw zijn hoofd. Hij had het vermoed, maar het was erger dan hij had gevreesd.

'We moeten het nu beëindigen.' Katja's vastbeslotenheid was terug. Haar wangen waren bleek.

Ja, natuurlijk moesten ze het beëindigen. Daar kon Henrik het alleen maar mee eens zijn. Ze hadden deze geschiedenis lang geleden al moeten beëindigen, en waarschijnlijk hadden ze er nooit aan moeten beginnen. Katja's conclusie was echter een andere dan de zijne. 'Deze geschiedenis heeft geen vanzelfsprekend eind,' zei ze. 'We kunnen alleen onze lijn, onze weg vervolgen. Het geld moet naar het kindertehuis. Dat heb ik beloofd.'

Henrik schudde zijn hoofd. Waarom wilde ze niet naar rede luisteren, zich gewonnen geven? Hij deed een laatste poging om haar van mening te laten veranderen. 'Waarom denk je dat je niet opnieuw wordt misleid?' vroeg hij. 'Dat de rest van het geld niet ook verdwijnt?'

Katja dacht even na. 'Omdat er ergens in zijn absurde logica een lijn is. Ik geloof dat hij die volgt. Meer kan ik niet zeggen.'

Het bleef stil in het kantoor. De airconditioning ruiste zachtjes, de tl-buis aan het plafond zoemde. Katja had een beslissing genomen. Niemand kon daar verandering in brengen.

'Goed,' zei Henrik uiteindelijk. 'Ik doe het. Ik zal Martin Vindell in Moskou bellen. Ik zal hem uitleggen dat de regering heeft besloten om ondanks de situatie door te gaan. Hij zal het accepteren, de opdracht uitvoeren. De ambassade is eraan gewend om door Stockholm gepasseerd te worden.'

Katja zweeg. Ze keek langs Henrik door het raam naar buiten, waar de februaridag als een grauw filter tegen het glas lag. Toen richtte ze haar ogen weer op hem. 'Dank je,' zei ze zachtjes. 'Dat waardeer ik.' Ze kwam overeind en liep zonder nog een woord te zeggen het kantoor uit.

Henrik bleef een hele tijd onbeweeglijk zitten. Wat hij had gehoord was niet schokkend. Dat had hij al begrepen. Waarschijnlijk had hij meer moeten reageren, maar waarover moest hij verontwaardigd zijn? Het cynisme, het pragmatisme, de onzichtbare banden van heilige allianties die bezegeld werden met handdrukken van mensen die niet langer bestonden? Hij had zo lang bij Buitenlandse Zaken gewerkt dat een onthulling over Zweeds-Amerikaanse banden nauwelijks verrassend was. Hij wist het, iedereen wist het, maar net als bij een familiemoord die in een grijs verleden was gepleegd, praatte niemand ervover.

Hij moest doen wat hij had beloofd. Hij zou de order opvolgen. In werkelijkheid was hij niet rebelser dan een soldaat op kisten en in uniform. Dan zat hij namelijk niet in dit kleine kantoor: Henrik Hamrén, 52, ambtenaar. Verliezer.

Misschien had hij lang geleden in opstand moeten komen. Protesteren tegen de onuitgesproken straf die hem bijna twintig jaar lang had tegengehouden. Maar hoe? Naar de vakbond gaan, zich beklagen? Hij had het geprobeerd. Ze hadden toegevend geglimlacht. Helaas, ze konden niets doen. Een carrière was iets persoonlijks, hadden ze gezegd. Een kwestie van geven en nemen. Promotie was gebaseerd op beroepsmatige uitdagingen, waren die hem niet aangeboden?

Henrik zuchtte. Dit was niet waarvan hij had gedroomd toen hij zijn paardenstaart afknipte. Decennialang gezeur met formaliteiten. Zijn talent, dat hij de anderen in de schoot had geworpen. Hij had niet gehad wat er vereist was. Hoe zou hij de wereld kunnen veranderen, iemand die niet eens zijn eigen leven kon veranderen. En dan nu, dit hier. Een schandaal, en misschien erger dan dat. Een verkeerde inschatting die levens kon kosten.

Het pakte de telefoon en toetste het nummer van de ambassade in Moskou in. Op zijn verzoek werd hij doorverbonden met Martin Vindell.

Toen het gesprek voorbij was leunde Henrik achterover in zijn stoel. Het was achter de rug. Hij had zijn deel gedaan, de opdracht uitgevoerd. De slotbetaling zou overgemaakt worden. Hij had Martins vragen in de kiem gesmoord; het was een besluit van boven, had hij gezegd. Zuchtend, alsof ze aan dezelfde kant stonden, tegenover de overheid. Zoals verwacht had Martin het geaccepteerd, hij was ook geen rebel.

Henrik wachtte tot zijn kalmte zou terugkeren, op het behaaglijke gevoel dat hij alles had gedaan wat in zijn macht lag. Maar het kwam niet.

Henrik frunnikte wat aan het toetsenbord. Er kwam een gedachte in hem op, als een echo uit een tijd toen hij nog niet was begonnen om opdrachten te gehoorzamen.

Was er toch een keuze? Kon hij toch een rol spelen?

Hij begon te typen. Zijn vingers bewogen langzaam, bijna houterig, alsof hij net uit de kou was gekomen. Zin voor zin. Het tempo ging omhoog. Hij staarde voortdurend naar het scherm, haalde nauwelijks adem. Hij had iets te zeggen.

Toen hij klaar was voelde hij zich duizelig. Zijn ogen brandden en hij knipperde. Hij drukte op printen en haastte zich naar de printer om het document op te vangen. Er was niemand en hij ademde opgelucht uit. De printer bromde en begon papier uit te spugen. Het waren drie blaadjes.

Henrik hield ze stevig vast en dwong zich om rustig naar zijn kantoor terug te lopen. Aan het andere eind van de gang zag hij Blidfelt met een bezoeker. Dat was goed. Als Blidfelt bezoek had, was hij een tijdje bezig. Hij zou niet aankloppen, niet binnenkomen en aandacht opeisen. Henrik wilde met rust worden gelaten.

Hij deed de deur achter zich dicht en ging op zijn stoel zitten. De papieren legde hij voor zich op het bureau. Het zag eruit als elk ander document. Een formeel rapport met een titel, een afzender en een onderstreepte, vetgedrukte kop. Zo'n rebel was hij. Hij kon niet eens een ansichtkaart schrijven zonder te ondertekenen met Henrik

Hamrén, secretaris-generaal. Het was beroepsdeformatie. Een van de mindere soorten.

Hij las het document door. Het was uitstekend geschreven, hij was een goede stilist. De inhoud was gewikkeld in bureaucratische formuleringen, gecompliceerde syntaxes en Latijnse uitdrukkingen. Je moest nauwkeurig lezen om het ongehoorde wat er stond te begrijpen.

Toen hij klaar was met doorlezen draaide Henrik zich weer naar zijn computer. Ctrl Q. Opslaan? Nee. Het document verdween van het scherm.

Hij pakte de drie vellen papier van het bureau en stopte ze in een envelop met het logo van het ministerie van Buitenlandse Zaken. Hij likte hem dicht en streek nauwkeurig met zijn vinger over de rand.

Even zat hij met de envelop in zijn handen. Hij wist niet goed wat hij ermee moest doen. De inhoud zou zijn leven voorgoed kunnen veranderen. Wilde hij dat? Hij had het tenslotte op veel manieren goed. Hoe zou het zijn kinderen, Johanna en Gustav, beïnvloeden? En Maria? Had hij het recht om over hun levens te beslissen?

Hij legde de envelop neer en trok een van de laden van het bureau uit. De bovenste, de kleine. Hij legde de envelop erin en sloot de lade weer. Hij kon op slot, er stak een sleuteltje in het slot. Dat had hij nooit eerder gebruikt. Deden anderen hun laden op slot? Wat hadden ze erin zitten? Een zakflacon, pillen, een foto van een minnares, de adressen van kinderpornosites, een revolver? Geheimen.

Net zoals hij nu had.

42

Maud Gunnarsson haalde haar hand door haar bruine haar. Ze had erover gedacht om het niet meer te verven. Wie probeerde ze eigenlijk in de maling te nemen? Haar haar was niet langer bruin. Helemaal niet eigenlijk. Het was grijs. Al heel lang. De eerste grijze haren waren al verschenen toen ze een twintiger was. Ze zag het ook bij Camilla, die had haar moeders haar geërfd.

Vanaf haar dertigste had ze het regelmatig geverfd. In het begin met een zekere behoefte om te experimenteren. Jarenlang was het hennakleurig geweest. Soms koper, soms meer in de richting van mahonie en kastanje. Haar omgeving was haar gaan beschouwen als een roodharige. Het paste bij haar persoonlijkheid, zeiden ze.

Tot ze er genoeg van had. Op een dag had ze in de spiegel gekeken en plotseling alleen nog haren gezien. Alsof ze een pruik op had, een pruik die eigenlijk bij iemand anders hoorde. Onder de wortelkleurige lokken had ze een moe, bleek en gerimpeld gezicht gezien. Ze was niet langer een roodharige vrouw, had ze geconstateerd. Ze was een vrouw met rood haar, geverfd rood haar. Dat was het verschil. Alsof ze zich in een zwarte, flodderige avondjurk met decolleté had geperst in de hoop dat het een seksgodin van haar zou maken. Het werkte niet.

Ze besloot haar haar bruin te verven. Ze deed het zelf, zoals altijd. Ze kocht een verpakking bij Ica. Die stond tussen de shampoo en de haarlak. Je haar verven was niet vreemder dan een eitje koken voor het ontbijt. Haren verven behoorde tot de dagelijkse gewoonten.

Eerst had ze een bruine tint geprobeerd, tussen donker en licht in, die haar precies goed leek. De vrouw op de doos had groene ogen en lachte intens. Het resultaat was echter bijna zwart geworden. Het paste net zo min bij haar als rood. Ze moest naar een kapsalon om het te laten bleken en daarna in een neutralere kleur te laten verven.

Toen ze de kapsalon uit liep had ze bijna het gevoel gehad dat ze aan een nieuw leven was begonnen. Maud Gunnarsson was niet langer de intense, roodharige journaliste die ruziemaakte met iedereen en die zich nooit gewonnen gaf. Nee, Maud Gunnarsson was nu de sophisticated, gewiekste reporter die altijd kreeg wat ze wilde zonder haar stem te verheffen.

Zo was het natuurlijk niet gegaan. Ze was dezelfde oude Maud Gunnarsson, maar nu met een haarkleur die beter bij haar ouder wordende gezicht paste. Ze maakte tegenwoordig wel minder ruzie. Maar dat had niets met de haarkleur te maken. Eerder met de leeftijd. En misschien een beetje met verveling.

Wellicht werd het gewoon tijd voor de volgende stap: het grijze haar. Misschien moest ze worden wie ze eigenlijk was. En daarna? Een gouden horloge, pensionering, een paar jaar in de tuin en dan... Nee, ze wilde niet aan het einde denken. Ze droomde soms van die gouden jaren na haar pensionering. Hoe ze zich op het land zou vestigen, met de natuur zou leven en innerlijke rust en kalmte zou vinden. Maar eigenlijk was ze gewoon doodsbang. Bang voor de eenzaamheid, bang voor de ouderdom. Bang voor de dood.

Op de een of andere manier eindigden haar gedachten tegenwoordig bijna altijd op dat punt. Aan de rand van het graf. Het was alsof ze er door een magneet naartoe werd getrokken, hoeveel ze ook tegenstribbelde.

Maud Gunnarsson kwam zuchtend overeind. Ze vroeg zich af wat ze voor het avondeten zou maken. Ze deed de koelkast open en keek erin. Eieren, mayonaise met zes procent vet, chilisaus, een kuipje Lätta, rozenbotteldrank met nuttige bacteriën, een komkommer. Niet veel om een avondmaaltijd van te bereiden. Ze kon natuurlijk boodschappen gaan doen, een varkenskarbonade bakken, een beetje roomjus erbij maken en een paar aardappelen koken. Ze voelde hoe het speeksel in haar mond liep, ze had waarschijnlijk toch honger. Dat was niet zo vreemd, het was al halfacht.

Buiten kwam er regen vermengd met natte sneeuw naar beneden. Alsof de natuur niet goed kon bepalen welk jaargetijde het eigenlijk was. Misschien kon ze een bord rozenbottelsap met muesli nemen en daar een ei bij koken. Dan hoefde ze niet naar buiten.

Ze aarzelde even voordat ze de doos eieren uit de koelkast pakte en een pan water opzette. Terwijl ze bezig was met haar eenvoudige avondmaaltijd dacht ze aan het gesprek met Ingrid Sköld.

Löfdahls persvoorlichtster had haar net voordat ze het radiogebouw zou verlaten te pakken gekregen. Ingrid Sköld zei dat ze al een paar keer had geprobeerd te bellen. Dat kon kloppen, ze was de laatste dagen veel buiten de deur geweest. Ze was zelfs buiten de stad geweest. Niet ver, naar Södertälje. Ze had een interview gehad met een gemeentepoliticus van Eritrea en een woordvoerder van de Assyrische vereniging, om te praten over het nieuwe voorstel van het parlement om asielzoekers een tijdelijke werkvergunning te verlenen. Södertälje had veel immigranten. Het was in elk geval een welkome afwisseling geweest en ze had haar mobiel hele tijden niet aan gehad.

Ingrid had haar bij de redactie te pakken gekregen. Ze had haar jas al aan en het gesprek was snel gegaan. Te snel, dacht ze nu. Ze had geen relevante vragen gesteld, ze was niet voorbereid geweest en dat irriteerde haar. Ze hield er niet van om informatie te ontvangen die was geratificeerd door voorlichters en persvoorlichters. Ze wilde zelf vragen stellen. Dat was de roodharige kant van haar.

Er was iets met het gesprek geweest. Wat, kon ze niet meteen zeggen. Ingrid Sköld had verteld dat het subsidieproject in Tsjetsjenië volgens plan voltooid zou worden en dat het tweede deel was betaald. Dat was niet opmerkelijk. Het project draaide, alles ging zoals het moest.

De eierwekker aan de muur naast het fornuis ging af. Er waren zeven minuten voorbij. Eigenlijk hield ze van zachtgekookte eieren, maar hardgekookte verzadigden meer. En met de gedachte aan haar nogal povere maaltijd was het geen slecht idee om de eieren wat langer te laten koken.

Ze ging bij de keukentafel zitten en stak een paar theelichtjes aan om de gezelligheid te verhogen, maar haar gedachten bleven bij het telefoongesprek met Buitenlandse Zaken hangen.

Ze had een vraag over het verslag gesteld: Was er geen evaluatieverslag opgemaakt na afloop van de inspectie door de ambassade?

Jawel. Er was een verslag. Wilde ze dat inzien? Ingrid Sköld had zich in allerlei bochten gewrongen, of had ze dat niet gedaan? Maud vond het moeilijk om te bepalen wat er eigenlijk was gezegd. Ingrid zou het faxen, had ze gezegd. Maar ze had ook verteld dat het meer om een formele notitie dan een rapport ging. Maud zou het maandag krijgen. Of was er haast bij? Nauwelijks. Het was vrijdagmiddag laat, en Maud had geen plannen om in het weekend te werken. Ze kon net zo goed wachten tot maandag. Het vervolgitem van het subsidieproject was nauwelijks iets wat buitengewone inzet vereiste.

Maud nam een paar happen van het rozenbottelsap, dat in een bord voor haar stond. Misschien zou het lekkerder smaken als ze het in de magnetron verwarmde. Het was tenslotte vrijdag.

Katja leunde achterover op de bank terwijl ze het wijnglas met één hand in evenwicht hield. Ze ademde uit, een grote, lange, diepe zucht die was gevuld met de onrust en de angst van de afgelopen weken. Ze was nog niet in de haven, zo gemakkelijk was het niet, maar de boot voer in de richting van het land en het geluid van de motor bromde geruststellend.

Ze had Ingrid gevraagd om Gunnarsson van *Echo* te bellen en haar te vertellen dat alles volgens plan verliep en dat het project draaide. Het probleem met het evaluatieverslag zou ze oplossen door Henrik Hamrén een beknopt memorandum te laten schrijven met als inhoud dat de eindbetaling voor *De Hoop voor de Tsjetsjeense Kinderen* in overeenstemming met de afspraak zou worden overgemaakt. Op die manier konden ze haar ontwijken. Daarna konden ze Vindell over een paar weken hopelijk naar Grozny sturen, zodat hij verslag kon doen over de vorderingen die in het kindertehuis waren gemaakt.

Het klonk cynisch, maar dat was het niet. Zo bedoelde ze het niet. Er ging nog steeds geen dag voorbij zonder dat ze aan de kinderen daar dacht. Ze moest toch haar uiterste best doen om de hulp te geven die ze had beloofd? Dat was haar plicht, maar ook haar innigste wens.

Er waren complicaties opgetreden. Misschien was ze echt naïef geweest zoals iedereen had beweerd: Blidfelt, Birger Frost, Gunnar Lilja en zelfs Tor Bergman. Ze was bereid om dat toe te geven. Niet aan hen, maar aan zichzelf. Dat betekende niet dat ze bereid was het op te geven. Ze had een moment gewankeld, maar Tors woorden hadden ervoor gezorgd dat ze haar rug had gerecht.

Anders kwam achter haar aan de zitkamer binnen en ging naast haar op de bank zitten. 'Je lijkt vrolijker,' zei hij en hij sloeg zijn arm om haar heen. Ze liet haar hoofd op zijn schouder zakken. Dat was niet zo comfortabel, maar ze liet het toch liggen. Het was fijn om bij Anders te zitten.

Ze glimlachte naar hem. Vrolijk? Nee, dat was ze niet. Vrolijk was iets anders. Iets wat met geluk te maken had. Ze was eerder opgelucht. Het weekend dat voor haar lag was voor het eerst sinds lange tijd van haar. Van hen. Ze had besloten om haar werk los te laten, niet voorgoed, maandag was ze er weer, maar een paar dagen niets doen had ze wel verdiend.

Het geld was overgemaakt. Martin Vindell had contact opgenomen met Zulichan Rasjijeva, de vrouw die met Dovgajev had samengewerkt. Ze was dolgelukkig geweest en was bijna in tranen uitgebarsten van dankbaarheid. Henrik had Martins verhaal aan Katja doorverteld. Ze zag het voor zich. De koude, kale kamer die fungeerde als directiekantoor, die plotseling was gevuld met blijdschap en hoop. Het ging om haar kinderen. De kinderen van haar volk kwijnden weg. Met het geld hadden ze een kans.

Katja had haar in Tsjetsjenië ontmoet. Ze had zich op de achtergrond gehouden. Dovgajev was degene die praatte, die hun vertrouwen had gewonnen. Nu was dat niet meer zo. Om een onbekende reden. Nu was zij degene die de last van hun vertrouwen moest dragen. En de blijdschap. Henrik had gezegd dat het werk zo snel mogelijk zou starten. Er was geen gebrek aan arbeidskrachten. De werkloosheid was enorm. Het materiaal zou vanuit Moskou worden getransporteerd, Martin had aangeboden om te helpen.

Katja geloofde in een gelukkige afloop. Ze wílde erin geloven. Het zou in orde komen, alles zou goed komen.

Ze keek naar Anders. 'Ja,' zei ze langzaam. 'Ja, dat ben ik. Vrolijk.'

43

Het faxbericht lag in haar postvak toen ze maandagochtend op haar werk kwam. Het was niet veel. Een kort memorandum van iemand die Henrik Hamrén heette, een secretaris-generaal. Ze dichtten de zaak blijkbaar niet veel belang toe, anders was het wel bij iemand op een hogere post terechtgekomen.

In het memorandum werd alleen geconstateerd dat het eindbedrag aan *De Hoop van de Tsjetsjeense Kinderen* voor het opknappen van het kindertehuis was overgemaakt, in overeenstemming met de gemaakte afspraak tussen de genoemde organisatie en het Zweedse ministerie van Buitenlandse Zaken.

Van een evaluatieverslag was geen sprake. Ingrid Sköld had gelijk gehad.

Maud Gunnarsson begon tussen haar papieren te bladeren. Ergens had ze de afspraak nog liggen. Ze had hem doorgenomen voor het interview met Katja Löfdahl vorige herfst. Samen met heel veel andere research. Met zulke dingen moest je nauwkeurig zijn. Als je je huiswerk niet goed had gemaakt, was er niets te halen bij professionele politici. Het was belangrijk om te draaien en te keren, te forceren en te controleren, om onverwachte ingangen te ontdekken. Dat was wat haar beviel aan het werk.

Velen vonden research saai, een noodzakelijk kwaad. Vooral de jongere collega's. Ze wilden grote onthullingen doen, het liefst zonder al te diep te hoeven graven. Of ze wilden persoonlijke reportages maken, wat enorm werd gewaardeerd door het huidige radiobestuur. Ze hadden het over een reporter met *een eigen geluid*. Dat waren degenen die tegenwoordig de radioprijzen kregen.

Ze was daar niet jaloers op. Ze was meer dan gerespecteerd. Sommigen noemden haar zelfs een levende radiolegende. Dat wist ze, het was geen opschepperij. Vorig jaar had een van de leerlingen van de hogeschool voor journalisten een scriptie over haar geschreven. Dat was natuurlijk vleiend, maar ze nam het kalm op. Dat was haar drijfkracht niet meer en prijzen had ze voldoende gewonnen.

In 1984 had ze de eerste gekregen, de Grote Journalistenprijs, voor haar onthulling over Bofors. Vier jaar later behoorde ze tot het groepje journalisten dat de Ebbe-Carlsson-kwestie onderzocht. Het PKK-spoor, de smokkel van afluisterapparatuur en uiteindelijk het vertrek van de minister van Justitie. Drie journalisten van *Echo* namen daarvoor gezamenlijk de Radioprijs in ontvangst.

Daarna was er in de jaren negentig het grote oliemaatschappijschandaal geweest. Het was begonnen met een onthulling over kartelvorming en was daarna gegroeid. Het bleek dat de oliegiganten de toenmalige minister van Industrie, Werkgelegenheid en Communicatie onder de duim hadden. Hij moest ook vertrekken. En Gunnarsson kreeg opnieuw een prijs om bij haar verzameling te zetten.

De laatste prijs had ze twee jaar geleden in ontvangst genomen, de Ikaros-prijs, voor haar reportage over Karlslund. De motivering luidde dat ze *met een persoonlijk geluid het leven in een vluchtelingenkamp had beschreven, voorbij het perspectief van het individu.*

Ze was trots op haar prijzen, ze had ze op de plank achter haar uitgestald. Maar er waren andere dingen die meer betekenden. Een keer per vijf jaar een prijs compenseerde de doordeweekse dagen niet.

Ze had het journalistenwerk door de jaren heen zien veranderen. De radio was veranderd. De fusie met de lokale radio had de redactie een tijdlang in een nieuwsfabriek veranderd. De inhoud was minder belangrijk dan de hoeveelheid nieuwsberichten die men uitbracht. In de gangen werd volop gerekend. Wie deed het meest?

Dat was nu beter, maar de meesten werkten nog steeds kortzichtig. Met het vasthouden en binnenhalen van nieuws dat een halfjaar geleden uit de belangstelling was verdwenen, zoals zij nu deed, behoorde ze tot de uitzonderingen. Svedlund, Lysander en zij waren degenen die zich bezighielden met dit koppige geknaag.

Na een tijdje zoeken tussen de min of meer gesorteerde papieren vond ze wat ze zocht: de afspraak over het kindertehuisproject in Tsjetsjenië. Ze bekeek het vluchtig. Ze zocht naar de formulering. Daar was het. In de tekst las ze dat *zes maanden na de eerste datum van uitbetaling de subsidieverstrekker een inspectie zal laten uitvoeren. De aangetoonde resultaten dienen overeen te stemmen met de intenties van de subsidieverstrekker. Als dat het geval is, zal het werk verdergaan en het resterende bedrag worden overgemaakt zodra het evaluatieverslag is opgesteld en is goedgekeurd door de subsidieverstrekker.*

Gunnarsson las de tekst voor alle zekerheid twee keer. Het evaluatieverslag. Haar blik bleef erop hangen. Het bondige faxbericht van, hoe heette hij ook alweer, Henrik Hamrén kon het evaluatieverslag toch niet zijn? Er moest meer zijn. Wie had de inspectie uitgevoerd, Hamrén of iemand van de ambassade? Of was het misschien gewoon zo dat er geen uitgebreider verslag dan dit was vereist? In dat geval wilde ze een mondeling verslag. Ze wilde weten hoe het in Tsjetsjenië was gegaan. Misschien konden ze hun correspondent in Moskou ernaartoe sturen om, met een persoonlijk geluid, een reportage vanuit het kindertehuis te maken. Dat betekende natuurlijk wel dat hij meer moest doen. Er was geen geld meer om een correspondent op reis te sturen voor één reportage. Aan ideeën voor Tsjetsjenië zou echter echter nauwelijks gebrek zijn.

Ze zou haar idee met Volker bespreken, dan kon hij het op zijn beurt tijdens de directievergadering opnemen met de chef Buitenland.

Zelf zou ze beginnen met het werk dat ze van hieruit kon doen. Dit keer wilde ze de persvoorlichtster overslaan. Het zou een gesprek met secretaris-generaal Henrik Hamrén worden. Waarschijnlijk was hij een jonge ambtenaar. Ze kon het gesprek in haar hoofd al horen; hij zou haar vertellen hoe alles in elkaar zat.

44

Het was eerder gebeurd. Het was niet vreemd. Een paar dagen speling was volkomen normaal. En als ze dacht aan de stress van de laatste tijd zou ze niet verbaasd moeten zijn.

Maria had moeite om rustig te blijven zitten. Ze vond het moeilijk om zich op het nieuws te concentreren. Henrik zat naast haar. Hij fronste zijn voorhoofd even toen de mooie nieuwslezeres het over een dalend vertrouwen in de zittende regering had.

Maria bekeek hem van opzij. Hij zag er moe uit. Zijn blik was scherp en op de televisie gefocust, maar zijn gelaatstrekken verraadden dat hij hard werkte. Zijn huid was grauw en de rimpels in zijn voorhoofd waren dieper geworden. Er waren meer rimpels onder zijn ogen en vanaf zijn neus liep een duidelijke lijn naar zijn mondhoeken.

Hij was deze week een paar dagen laat thuisgekomen. Een hoop werk, had hij gezegd. Ze vroeg niet verder. Hun gesprekken waren de laatste tijd niet zo. Ze waren merkwaardig leeg, oninteressant. Henrik gedroeg zich alsof er niets was gebeurd, alsof alles normaal was. Maar dat was het niet en de gespannen normaliteit maakte de lucht in het appartement te zwaar om adem te halen.

Zelf was ze ook niet veel thuis geweest, maar dat kwam niet door haar werk. Ze had er moeite mee om naar huis te gaan, om samen met Henrik op de bank te zitten, zoals ze nu deed.

In plaats daarvan was ze een paar keer naar de bioscoop geweest en ze had een keer met Diana afgesproken. Ze had geen energie gehad om alles te vertellen. Het was te veel, te onwerkelijk. Maar ze hadden het toch leuk gehad. Diana vertelde graag over zichzelf. Over de ontrouwe ex die eindelijk van zich had laten horen en had gevraagd of hij mocht terugkomen. Het was niet actueel geweest, ofschoon Diana niemand anders had, geen speciaal iemand in elk geval. Ze had wel verschillende potentiële kandidaten. Het hoofd van de financiële afdeling stond niet meer op de lijst. Zijn beweerde echtscheiding bleek nog niet eens te zijn begonnen, en dat zou waarschijnlijk ook niet gebeuren, maar ze had een computertechnicus, iemand met een eigen bedrijf in de golfbranche, een alleenstaande vader en een man die een lerarenopleiding volgde.

Het leek zo gemakkelijk. Heel anders dan Maria's leven.

Het merkwaardige was dat het zo weinig tijd had gekost, dat het zo snel was veranderd. Haar huwelijk met Henrik was nog steeds pril. Ze zou zich niet zo moeten voelen. Misschien had ze in het begin al een verkeerde beslissing genomen. Het verschil in leeftijd, Henriks weigering om kinderen te nemen, dat alles was er vanaf het begin geweest. Ze was niet misleid, als ze het niet had gezien was dat omdat ze ervoor had gekozen het niet te willen zien. Dat maakte de zaak niet gemakkelijker. Het was haar eigen verantwoordelijkheid, er was niemand anders die ze de schuld kon geven. Henrik hield van haar, dat wist ze. Zij was degene die onzeker was.

Het nieuws was afgelopen. Henrik keek naar haar. 'Wil je iets anders zien?' Hij hield haar de afstandsbediening voor.

'Ik weet het niet.' Ze pakte hem en begon lukraak tussen de kanalen te zappen. Henrik kwam overeind en ging naar de keuken. Ze hoorde hoe hij de tafel begon af te ruimen. Ze moest misschien achter hem aan gaan. Hem helpen. Maar in plaats daarvan bleef ze op de bank zitten. Op de televisie was een praatprogramma over eer en geweten. Heel passend. Ze had een wanhopige behoefte aan zowel het ene als het andere.

Het irriteerde haar wel dat zij de enige met een slecht geweten leek te zijn. Waarom had Henrik dat niet? Hij had hier ook een aandeel in. Als hij niet zo halsstarrig was geweest, was ze nooit verliefd op Viktor geworden. Hij had haar die kant op gedreven. Ze testte de gedachte. Nee, dat klopte niet. Zij was degene die ontrouw was geweest, zij was degene die verliefd was geworden. Zij was degene die haar man ging verlaten.

Er waren een paar weken voorbijgegaan sinds ze haar ultimatum had gesteld. Toch had ze geen actie ondernomen. Waarschijnlijk nam hij haar niet serieus. De vraag was of hij daar gelijk in had. Maria wist het niet. Het ene moment was ze bereid om haar koffers te pakken en te vertrekken, het volgende moment aarzelde ze. Ze hield van Henrik, daar kwam ze keer op keer op terug.

Toch zorgden de gedachten aan Viktor ervoor dat ze duizelig werd, naar adem hapte en voelde dat de grond onder haar voeten bewoog. Ze dacht eraan hoe het was toen ze Henrik ontmoette. Ze waren verliefd geworden, maar de grond had nooit bewogen.

Ze had Viktor niet meer gezien sinds hun wandeling in Djurgården. Hij had niet gebeld. Zij ook niet. Was hij attent of ongeïnteresseerd? Of getrouwd? Ze had zijn nummer. Ze had zelfs een ontmoetingsplek. Waar wachtte ze op?

Duidelijkheid.

Een teken.

Misschien was ze daarom zo bang. Omdat het antwoord al vast-stond. Maria kwam overeind. Ze kon het niet langer voor zich uit schuiven. Ze moest het weten.

Op weg naar de badkamer keek ze de keuken in. Henrik had een glas wijn ingeschonken en zat bij de keukentafel te lezen. Hij had een dikke stapel papieren voor zich liggen. Ze bleef in de deuropening staan. 'Werk?'

'Ja.' Henrik keek op. 'Er is volgende week een conferentie over de Schengen-samenwerking rond het Östersjön. Ik probeer me in te lezen. Blidfelt heeft achtergrondmateriaal nodig.'

Maria knikte. Ze wist niet wat de Schengen-samenwerking was.

'Hoe is het trouwens met het kindertehuis gegaan?' vroeg ze. Niet omdat ze het wilde weten, niet op dit moment in elk geval, maar omdat ze de stilte in het appartement wilde verbreken.

Henrik leunde achterover, hij leek verbaasd over haar vraag. Maria schaamde zich, ze had veel te weinig interesse voor zijn werk. 'Tja...' begon hij. 'Daar zit schot in.' Hij aarzelde even. 'De rest van het geld is overgemaakt. Nu moeten we gewoon duimen dat het dit keer wel aankomt.'

Maria dacht even na. Ze dacht aan Henriks opdracht in Moskou. 'Daar hebben jullie toch voor betaald?'

'Ja.' Hij knipperde met zijn ogen alsof de herinnering hem stoorde. 'Laten we hopen dat ze hun woord houden.'

'Ze?'

'Ja.' Henrik aarzelde weer en masseerde zijn nek. 'Onze vrienden...'

Misschien had ze door moeten vragen. Henrik keek alsof hij meer wilde vertellen, maar op dit moment had ze geen energie om meer interesse voor het werk van haar man te tonen.

Maria glimlachte naar hem. 'Werk dan maar verder,' zei ze. 'Ik zal je niet storen. Het lijkt erop of je nog wel even bezig bent.' Ze knikte naar de stapel op tafel. Henrik zuchtte en glimlachte terug voordat hij zich weer in zijn papieren verdiepte.

Maria liep naar de gang. Daar pakte ze haar handtas van de haak en nam hem mee naar de badkamer. Ze deed de deur achter zich dicht en draaide hem zelfs op slot. Stil, zodat Henrik de klik niet zou horen. Ze deden de deuren nooit op slot, ze waren tenslotte maar met z'n tweeën.

Maria ging op het deksel van het toilet zitten en legde haar tas op haar schoot. Haar hand trilde licht toen ze de rits opentrok. Haar mond was droog en haar hart sloeg zo heftig dat het in haar oren bonkte. Ze haalde het kleine zakje van de apotheek eruit.

Haar ogen traanden, haar keel snoerde samen. Zo zou het niet moeten zijn. Daar buiten zat haar man. Ze zou niet alleen hier binnen moeten zijn. Ze moest proberen kalm te blijven, er was niemand die haar kon troosten. Misschien had ze niet eens troost nodig. Ze wist het nog niet.

Ze maakte het doosje open en las de bijsluiter. De instructies waren niet ingewikkeld. Toch las ze de korte tekst telkens weer voordat ze aan de slag ging.

Nog een paar minuten, dan wist ze het.

45

Het was geen prettige belevenis geweest. Dat had hij op zich ook niet verwacht, want de directeur-generaal riep geen personeel bij zich voor de grap.

Nils Osvald was een serieuze man. Te serieus, vonden sommigen. Er werd gemopperd in de gangen. Maar eigenlijk was dat waarschijnlijk niet het probleem. Zoals Björn Wester het zag was het een voordeel als het hoofd van de Zweedse veiligheidspolitie een persoon was die zijn werk serieus nam. Je maakte geen grapjes over terroristen, nazi's en spionnen. Het werk dat hij en zijn collega's in de bunker bij Kungsholmen verrichtten was belangrijk en noodzakelijk.

Nee, Osvald hoefde niet minder serieus te zijn, maar iets persoonlijker misschien. Toen hij begon had hij een lange, slaapverwekkende speech voor het personeel gehouden. Hij was geëindigd met de opmerking dat hij een vertegenwoordiger van het opendeurleiderschap was. Dat had veelbelovend geklonken, maar de deur van het kantoor van de directeur-generaal was nog nooit zo gesloten geweest.

Ze zagen hem trouwens helemaal niet vaak. Osvald was geen man die tussen het voetvolk rondliep om de stemming te peilen en ze een prettig weekend te wensen. Maar afgelopen kerst was hij tot ieders verbazing persoonlijk rondgegaan om iedereen een prettig kerstfeest te wensen.

Björn Wester had een bescheiden klopje op de deur gehoord en daarna was zijn baas met een uitgestrekte hand zijn kantoor binnen gekomen en had hij zijn wens ernstig uitgesproken. Björn had het persoonlijke gebaar gewaardeerd. Hij voelde zich er belangrijk door. Nauwelijks tien minuten later stond hij in de kantine om zijn koffiebeker bij de automaat te vullen toen Osvald opnieuw opdook. Zijn gezicht was uitdrukkingsloos. Dezelfde uitgestoken hand, dezelfde ernstige wens voor een goede kerst. Björn had het nooit aan iemand verteld.

Dat je eigen chef je niet herkende was niet iets wat je op je cv plaatste.

Er werd gezegd dat hij intelligent was. Dat was zeker zo. Zijn vragen waren berucht en de doordringende blik onder de piekerige, donkerblonde zijscheiding bracht de meest ervaren collega's ertoe verlegen naar de grond te kijken. Om de opdracht te krijgen naar de DG te komen, was zowel angstig als eervol. Je moest voorbereid zijn. Tot de tanden gewapend.

Björn Wester had zijn best gedaan. Hij had zich ingelezen in het onderwerp. Hij had elk vel papier van het document uit zijn hoofd geleerd. Hij kende het persoonsnummer, de vroegere stationeringen en hij kon tot in detail verslag uitbrengen van identificatieredenen en contacten. Toch was het nog steeds niet veel. Na zijn korte presentatie was het overduidelijk dat Nils Osvald ontevreden was over wat hij had gehoord.

Dat kon hij niet helpen, het was alles wat hij had. Toch was het alsof Osvald de hele tijd ergens op wachtte. Hij suggereerde dat er meer moest zijn. En ja, waarschijnlijk was er meer. Maar dat waren onbevestigde geruchten over een vriendendienst. Hij kon daar niets over zeggen. Hij kon geen gerucht over een minister verspreiden zonder dat hij daar bewijs voor had. Daar lag de grens.

De DG had een grimmige rimpel tussen zijn wenkbrauwen en zijn mondhoeken waren naar beneden getrokken toen Björn Wester de vergaderkamer verliet.

Er was iets merkwaardigs aan het hele verhaal.

Hij kon er geen geheel van maken, het was alsof er stukjes van de puzzel misten. Hij wist van de Amerikaanse interesse; op dat gebied had hij niet te klagen over duidelijkheid. Maar waarom juist Rybkin? Daar had hij nooit antwoord op gehad.

In de Russische residentuur zwommen beduidend gemenere vissen. Smirnov, Tokarev, Petrovskij, het waren geïdentificeerde inlichtingenofficieren met dossiers die uit meer delen bestonden dan Jan

Guillous verzamelde werk. Er bestonden al langlopende operaties tegen minstens twee van hen. Als het een kwestie van diplomatieke wraak was, dan waren er veel interessantere namen.

Maar zoals gezegd, hij wist het niet. Osvald had het in de doofpot gestopt en dat betekende maar één ding: politiek.

Het was gewoon iets van deze tijd. De reële resultaten, de feiten, waren altijd ondergeschikt aan de politiek. Zo was het eigenlijk altijd geweest, alleen de politiek was niet altijd hetzelfde geweest. Zelfs rijden onder invloed was niet langer voldoende om afscheid van iemand te nemen. Zoiets werd gehanteerd met diplomatiek fingerspitzengefühl. Dat wil zeggen, helemaal niet.

Soms kon het frustrerend zijn om zo lang aan een zaak te werken en er dan niet mee verder mogen gaan. Maar daar besliste hij niet over, en ook de DG niet. Ze mochten niet meedoen aan het gecompliceerde politieke spel dat diplomatie werd genoemd. De agenda werd door anderen bepaald en de verhouding met Rusland was de laatste decennia veranderd. Ivan was de vijand niet meer. In plaats daarvan werd er over de Russen als vrienden gepraat. Hoewel ze in onverminderde mate doorgingen met hun spionageactiviteiten werd van Zweden verwacht dat het land dat negeerde. Net zoals een goede gastheer zijn gasten er niet op wijst dat ze hem de oren van het hoofd eten.

In zijn baan had hij voornamelijk het gevoel dat hij overal twee stappen achteraan rende om de schade van de inlichtingenactiviteiten van de Russen te repareren, in plaats van het te verhinderen.

Eigenlijk zou hij blij moeten zijn dat er nu waarschijnlijk eindelijk iets ging gebeuren.

Björn Wester trok een beetje aan zijn snor en probeerde de uiteinden te draaien. Daar was het echter geen snor voor. Het was meer een standaardmodel, een beetje borstelig. Mona vond dat hij hem af moest scheren. Ze beweerde dat hij er jonger zou uitzien zonder snor. Dat een snor iets voor oude mannen was. Ze zei het liefdevol, terwijl ze hem tegelijkertijd op zijn buik klopte, die zijn profiel de laatste jaren steeds meer begon te domineren. En wat dan nog, hij wás waarschijnlijk een oude man.

Misschien moest hij ervoor zorgen dat ze niet genoeg van hem kreeg. Ondanks het liefdevolle jargon vermoedde hij een zweem van ontevredenheid. Maar nee, ze zou waarschijnlijk niet genoeg van hem krijgen. Ze waren zo gewend aan elkaar. En trouwens, Mona was ook niet piepjong meer, hoewel ze een paar jaar scheelden. Ze zouden haar vijftigste verjaardag in de herfst op de Canarische Eilanden vieren. Met het hele gezin. De reis naar Lanzarote was al geboekt.

Mona deed haar best, dat moest hij toegeven. En ze was inderdaad slanker geworden. Ze zei dat ze zich gezonder voelde, nu ze twee keer per week sportte. Aerobics of een workout of hoe dat tegenwoordig ook heette. Vorig jaar was ze begonnen met nordic walking. Dit jaar had hij een paar stokken als kerstcadeau van haar gekregen. Het was geen geslaagd cadeau geweest. Hij schoot zichzelf liever met zijn dienstpistool in zijn been dan dat hij buiten met die stokken ging lopen. Stel je voor dat een van zijn collega's hem zag. De gedachte was ondraaglijk, en hij kon de steken onder water tijdens de lunchpauze in de kantine al horen. De collega's waren op zo'n moment niet genadig.

Nee, met nordic walking moest zijn vrouw zich alleen bezighouden, maar toen ze het kuipje Bregott verwisselde voor een kuipje Lätta klaagde hij niet. Ze had gelijk, het kon geen kwaad om wat gezonder te eten. En eerlijk gezegd proefde hij geen groot verschil. Je moest van Lätta gewoon een wat dikkere laag nemen om dezelfde smaak te krijgen als bij gewone margarine.

Wester liet zijn snor los. Hij had het druk. Hij moest een schriftelijke fundering opstellen die de DG aan de minister van Justitie kon presenteren. Hij moest goochelen met konijnen. Er was zoals gezegd niet veel om zo'n fundering op te baseren.

Ze hadden natuurlijk de contacten met Johan Sjöblom op het ministerie van Industrie, Werkgelegenheid en Communicatie. Dat was waarschijnlijk het belangrijkste dat ze hadden. Samen met Smirnov van X-linjen speelden de Russen een spel rond de vestiging van Telia-Soneras in Rusland. Het doel was het bemachtigen van Ericssons techniek voor nieuwe basisstations. Björn begreep daar niet zo veel van. Een van de jongens van de computerafdeling had het hem geprobeerd uit te leggen. Basisstations waren ontzettend kostbaar. Als je het aantal kon verminderen door de aanwezige stations krachtiger te maken, kon je grote sommen geld besparen. Daar werkten alle bedrijven in de branche aan, ook de Russen, maar Ericsson was het verst met de techniek.

Smirnov had ruim een jaar lang een contactpersoon bij Ericsson gehad. De Säpo had het contact in een vroeg stadium ontdekt en was een tegenoperatie gestart. Als de politieke wil er was geweest, was Smirnov al lang geleden het land uitgezet. Het bewijs tegen hem was overweldigend.

Maar Rybkin was Smirnov niet. Toch was er een koppeling. Met behulp van Johan Sjöblom, die overigens een opgeblazen klootzak was die het niet nodig vond om aan de Säpo te rapporteren, hadden ze de puzzel in elkaar gelegd.

Rybkin zocht langs politieke weg toegang tot het project. Hij was geïntroduceerd in gesprekken, overeenkomsten, planningen, projectdoelen, samenwerkingspartners, geografische spreiding en dat soort dingen. Niets geheimzinnigs, tot nu toe niet in elk geval.

Wester moest proberen om de activiteiten van Rybkin zo goed mogelijk aan die van Smirnov te koppelen. Op die manier zou hij meer vlees op het bot hebben. Normaal gesproken zouden ze er niet over piekeren om naar buiten te komen met materiaal dat nog helemaal niet bewerkt of klaar was. Forsell had geprobeerd dat uit te leggen aan Nils Osvald, maar de directeur-generaal was onvermurwbaar geweest. Het verslag moest gemaakt worden, en het moest juridisch houdbaar zijn.

Björn zuchtte. Ze hadden Maria Hamrén natuurlijk ook nog. De uiterlijke omstandigheden waren ontegenzeglijk belastend. Een receptioniste van Rosenbad, die op een strategische plek in het centrum van de gebeurtenissen zat. Onbeduidend weliswaar, maar daar moest je niet van uitgaan. Was Wennerströms schoonmaakster niet degene geweest die de hele Russische naoorlogse spionage tegen Zweden blootlegde?

En dan haar man, Henrik Hamrén – secretaris-generaal bij Buitenlandse Zaken. Zo was Rybkin waarschijnlijk met haar in contact gekomen. Misschien hadden ze elkaar tijdens de een of andere diplomatieke bijeenkomst ontmoet.

Wester bladerde een beetje in zijn notities tot hij vond wat hij zocht: het rapport over het afgeluisterde telefoongesprek van 11 januari.

R doet de groeten aan Hamréns betoverende vrouw. Het contact moest daarvoor dus zijn ontstaan.

Wat was Rybkins doelwit? Had Maria echt zo veel informatie dat ze het risico waard was? Of was haar man toch het doelwit?

Hamrén werkte met Rusland, niet op een hoge post, maar hij had waarschijnlijk toch toegang tot veel informatie die de Russische inlichtingendienst zou interesseren. Het was een interessante koppeling, zonder twijfel, maar er was een probleem. Björn Wester had niets om zich op te baseren. Het gesprek met Maria Hamrén had niets opgeleverd. Niet meer dan een indirecte bevestiging dat er informele contacten waren met Viktor Rybkin. Heel informele contacten, naar het scheen.

Het zou zeker lukken om daar iets uit te krijgen, maar ze zouden er veel meer tijd in moeten steken. Haar bewerken, haar vertrouwen winnen. In dit stadium was het duidelijk dat ze de voorkeur aan Rybkin gaf.

Ze hadden haar man nog niet kunnen natrekken. Het lag gevoelig als het om onschendbare personen ging. Het landsbestuur had zijn eigen hoofd veiligheid. Van het personeel werd verwacht dat ze vrijwillig afwijkingen rapporteerden. Het werd niet gewaardeerd als de Säpo zich ermee bemoeide. Vooral niet door mensen zoals Johan Sjöblom. Mensen zoals hij beschouwden het als een persoonlijke belediging dat er werd getwijfeld aan hun beoordelingsvermogen inzake de kwaliteiten van hun contacten.

Ze moesten voorzichtig zijn, ze moesten stroop smeren om de bureaucraten zover te krijgen dat ze zich verlaagden om die arme veiligheidspolitie te 'helpen'. Als je ze zover kreeg kon de samenwerking zich heel goed ontwikkelen. Als ze zich eenmaal hadden opengesteld vonden ze het vaak heel spannend om dubbelagent te zijn en op spionnen te jagen. Maar zoals gezegd, je moest ze paaien. En heel wat konten likken.

Hij moest Henrik Hamrén bellen. Hij moest een uitzondering maken, rechtstreeks contact met hem opnemen. Er was op dit moment geen tijd voor protocol. Forsell moest de klappen maar opvangen als het hoofd veiligheid van Buitenlandse Zaken ging steigeren, hoewel hij niet dacht dat dat zou gebeuren. Hij had het gevoel dat deze zaak op een hoger niveau werd afgeschermd.

Wester bladerde wat in het dossier. Rybkin en Hamrén hadden heel wat contact met elkaar gehad over een zeker subsidieproject in Tsjetsjenië. Er was onder andere een observatierapport van een lunch met Henrik Hamrén. Wester las het vluchtig door. Nee, dat voegde niets toe. Een ander observatierapport wel. Wester las het met stijgende interesse. Dat was hij vergeten.

Rybkin had geprobeerd ze af te schudden. Helaas waren ze hem kwijtgeraakt. Wester legde het rapport weg en pakte een ander document uit het dossier. Het was het observatierapport van het Clarion. Rybkin had ze toen ook geprobeerd af te schudden, maar dit keer was het de Säpo gelukt om hem te volgen.

Er was nog geen maand voorbij sinds ze Rybkins avondmaaltijd met Maria Hamrén hadden geobserveerd. Verdomme, dat ze niet wilde meewerken! Rybkin moest haar in zijn macht hebben. Kristin had het over verliefdheid gehad. Dat het duidelijk was. Maar dat wist hij niet zeker. Als dat zo was, zou het een knaller zijn. Een Russische diplomaat die vreemdging met een receptioniste van Rosenbad, die bovendien was getrouwd met een ambtenaar van Buitenlandse Zaken. Dat zou vuurwerk geven.

Het was tijd om serieus aan het werk te gaan. Zodra hij voldoende informatie bij elkaar had zou hij Henrik Hamrén bellen. Het was echter beter om dat voor het gesprek te vergaren, voor het geval het zo'n verwaande klootzak bleek te zijn.

Daarna moest hij zijn uiterste best doen op het verslag voor de DG. Dat was natuurlijk afhankelijk van wat hij te horen kreeg. Dat was de situatie van dit moment.

Hij was niet degene die uiteindelijk een besluit moest nemen.

46

Soms kon ze het gevoel krijgen dat hij niet bestond, dat ze hem had gefantaseerd als een antwoord op haar problemen. In dat geval had ze het niet best gedaan. Viktor was niet het antwoord, en ook niet de oplossing. Hij gaf alleen maar meer problemen. Maar zelfs al hadden haar hersenen gewoon een beeld van geluk op een vreemdeling geprojecteerd, hij bestond en ze moest hem zien.

Ze kon hem bellen, maar stel dat zijn telefoon werd afgeluisterd. Het was een bespottelijke, maar realistische gedachte. Viktor had het zelf gesuggereerd en Björn Wester had gezegd dat de Säpo hem in de gaten hield. Maria wist niets over de werkmethodes van de geheime politie, maar het afluisteren van telefoons was waarschijnlijk geen wilde gok, evenals mannen in trenchcoats die op straathoeken achter een krant stonden te gluren.

Misschien had Viktor daarom de ontmoetingsplek in het bos voorgesteld. Het zou bijna onmogelijk zijn hem daar naartoe te volgen zonder ontdekt te worden. Eigenlijk was het belachelijk, Russen mochten in dit land blijkbaar geen privéleven hebben. In elk geval niet als ze op de ambassade werkten. Eén moment had ze bijna medelijden met hem, maar toen herinnerde ze zich plotseling het andere. Björn Westers kleine scoop.

Ze was boos. Op Viktor. Op zichzelf. Op de Säpo. Op Henrik. Boos omdat ze een verandering had gewild, boos omdat ze er niet mee kon omgaan.

Maria keek op de klok. Het was vier uur. Over een uur stopte ze, en dan had ze de tijd aan zichzelf. Als ze Viktor wilde ontmoeten, moest het vandaag gebeuren. Maandag om zes uur, had hij gezegd.

Over twee uur dus. Als het waar was. Hoeveel maandagen had hij in dat geval vergeefs op haar gewacht? Drie. Vier. Misschien had hij er genoeg van gekregen, misschien was zij vandaag degene die vergeefs moest wachten. Maar dat maakte niets uit. Ze moest ernaartoe.

Ze zou naar Djurgården kunnen wandelen. Ze liep vaak via de Strandväg naar huis. Het zou niet vreemd lijken als iemand haar in de gaten hield. Daarna moest ze waarschijnlijk voorzichtig zijn, hoewel ze niets te verbergen had. Niet voor de politie in elk geval.

'Hoe is het met je?' Eva-Lena draaide zich naar haar toe. 'Je ziet een beetje bleek. Je sport toch niet te veel?'

Maria probeerde te glimlachen. 'Nee, absoluut niet. Ik ben gewoon een beetje moe, het is de tijd van het jaar. Ik heb genoeg van de winter en van de duisternis.'

'Maar het gaat alweer de goede kant op, dat moet je voor ogen houden. Vanochtend hoorde ik zelfs voorjaarsvogels toen ik hierheen liep.' Eva-Lena zag er tevreden uit. Maria glimlachte weer, ze kon het niet opbrengen om antwoord te geven. Eva-Lena was lief, maar op dit moment kon ze geen geklets verdragen over het weer en de kleinkinderen.

'Ik ga de nieuwe telefoonlijsten kopiëren,' zei ze in plaats daarvan en ze kwam overeind om naar het andere eind van de receptie te lopen, waar het kopieerapparaat en de printer stonden. Eva-Lena gaf geen antwoord. Er stond een man bij het loket en ze was hem aan het zoeken op de computerlijst met de ingeplande bezoekers van die dag.

Maria bleef zo lang als ze kon in haar hoek. Ze sorteerde wat papieren en vulde de enveloppen en post-itnotes bij. Ze keek of er iets in de voorraad ontbrak wat besteld moest worden.

Om tien over halfvijf ging ze terug naar haar plek achter het loket. Op dit tijdstip verlieten meer mensen het gebouw dan er binnen kwamen. Ze zag Katja Löfdahl haastig voorbijlopen. Haar jas was niet dicht en haar sjaal was van haar schouder gegleden en sleepte over de grond achter haar aan. Maria wilde het zeggen, maar de minister liet de trap al af. Ze leek haast te hebben.

Katja Löfdahl had toch kinderen? Henrik had toch gezegd dat ze zich het lot van de weeskinderen in het kindertehuis daarom zo had aangetrokken? Dat betekende dat ze haar kind misschien van de crèche moest halen. Deden ministers dat? In Katja's geval kon dat in elk geval niet zo vaak zijn, want ze ging meestal pas laat naar huis. Dat deden de meesten die in het gebouw werkten. Zo'n werkplek was het.

Precies om vijf uur kwam Maria overeind. Ze zei gedag tegen Eva-Lena en haalde haar jas. Ze keek in de spiegel en pakte een borstel uit haar tas. Ze maakte een paar slagen en deed een beetje lippenstift op. Toen pakte ze haar sjaal van de haak in de garderobe en sloeg hem twee keer om haar hals.

Om vijf over vijf liep ze Rosenbad uit, de winterse duisternis in. Eva-Lena had gelijk, het ging de goede kant op. Het was niet langer aardedonker op dit tijdstip. Een beetje maar.

De wandeling naar Djurgården ging snel. Ze had het warm toen ze bij de brug was en moest haar sjaal een beetje losmaken om af te koelen. Ze draaide zich om. Ze zag een moeder met een kinderwagen en een vrouw die haar hond uitliet. Een paar mensen met aktetassen waren op weg naar huis. Ze zag niets verdachts. Maar misschien was ze niet waakzaam genoeg. Misschien was de vrouw met de kinderwagen eigenlijk een agent van de Säpo. Een krant lezen op een straathoek was waarschijnlijk niet de laatste observatietechniek.

Ze begon weer te lopen. Ze stopte midden op de brug en keek uit over Stockholm. Het uitzicht vanaf dit punt was mooi. Misschien zelfs mooier in dit jaargetijde, nu het water werd bedekt door met sneeuw bedekt ijs. De boten langs de Strandväg, het verlichte hotel op Blasieholmen, en verder weg de opengebroken vaargeul met zwart stromend water dat afstak tegen de verder witte omgeving.

Ze was vroeg en verminderde haar snelheid. Ze liep langzaam langs het sombere, protserige gebouw waarin het Nordiskamuseum was gevestigd. Langs het oude Vasamuseum, Liljevalchs en Gröna Lund. Ze stak de straat over en ging nog langzamer lopen toen ze de hekken van Skansen passeerde. Het was niet ver meer naar het pad waar ze af moest slaan. Ze was alleen, een paar eenzame auto's reden langs, maar er waren geen voetgangers te zien.

Toen ze bij het pad was aangekomen wierp ze een haastige blik achter zich. Ze zag niemand. Snel liep ze met lange stappen over het pad tot ze de bosrand had bereikt. Vanaf de weg zag het bos er zwart uit, maar er scheen een zwak licht van de maan en de straatlantaarns op het pad. Het licht verminderde echter naarmate ze verder het bos in liep. Nu moest ze helemaal afgaan op het bleke schijnsel van de maan en de hemel die verlicht was door alle lichten van de stad.

Ze probeerde naar de grond te kijken, om te zien of ze voetsporen in de sneeuw zag, maar dat was onmogelijk in de duisternis. Ze moest nog zo'n honderd meter lopen voordat ze bij de ontmoetingsplek was. Voorzichtig liep ze verder, bang om te struikelen of uit te glijden over de takken en wortels. Het pad zag er anders uit in het donker, en ze vroeg zich af of ze de bewuste boom wel terug zou vinden. Ze had maar een vaag beeld van hoe de plek eruitzag.

Duizend gedachten wervelden door haar hoofd. Grote gedachten, die beslissend waren voor haar leven, en kleine, onbetekenende, die niet sterk genoeg waren om de andere te verdringen. Net als bij het gebruik van te veel kleuren vermengden ze zich en vormden ze een grijze, dichte brij.

Maria stopte en keek om zich heen. Hier was het toch ergens? Of was ze te ver gelopen? Nee, ze zou de boom herkend hebben, het was een grote eik vlak langs het pad. Het zou de boom in de verte kunnen zijn. Maria tuurde in het donker en deed nog een paar stappen. Ja, die moest het zijn.

Ze dwong zichzelf om kalm adem te halen en verder te lopen. De stam vormde een grote donkere schaduw en de takken strekten zich ver over het pad uit. Ze hoefde nog maar een paar meter te lopen. Het geluid van haar stappen werd geabsorbeerd door het koude, vochtige mos. Ze stopte weer. Het was zo stil dat ze de druppels die van de takken vielen kon horen. Het moest boven nul zijn. Het weerbericht had al voorspeld dat het warmer zou worden, misschien was het voorjaar in aantocht.

Er was niemand.

Viktor had er natuurlijk genoeg van gekregen. Waarom zou hij week na week op haar wachten? Datgene wat er tussen hen was, was zo dun, zo broos en ongedefinieerd dat de kleinste windvlaag het kon verdrijven. Toch was ze teleurgesteld. Ze had iets anders van hem verwacht, een andere kwaliteit. Misschien was het alleen inbeelding geweest.

'Maria.' Een gestalte stapte uit de schaduw van de boom.

'Viktor!' Maria schrok. Het geluid van zijn stem verdrong voor een tiende van een seconde alle twijfel, alle gedachten. Hij was er. Ze liepen naar elkaar toe en Viktor ving haar in zijn armen op. Ze drukte zich tegen hem aan, snoof de geur van zijn jas, zijn wang en zijn haar op. Hoe kon een vreemdeling zo vertrouwd ruiken?

Viktor liet zijn greep verslappen en duwde haar een stukje van zich af. Ze kon zijn ogen niet zien, het maanlicht scheen van achteren en zette zijn gezicht in de schaduw. Hij kuste haar. Zijn lippen waren koud, maar zijn tong was warm.

'Marija,' mompelde hij zachtjes in haar haren. 'Ik dacht dat je nooit zou komen. Ik had de hoop bijna opgegeven.'

Maria wist niet wat ze moest zeggen. Moest ze vertellen over het verlangen dat haar elke seconde van de laatste weken had vervuld? Of was het genoeg dat ze nu hier was? Eigenlijk wilde ze helemaal niets zeggen. Ze wilde alleen genieten van het moment, van Viktors aanwezigheid, van de ongecompliceerdheid van dit korte ogenblik. Geen twijfel, geen werkelijkheid om rekening mee te houden. Ze waren als twee sprookjesfiguren in dit donkere bos.

Uiteindelijk begon ze toch te praten. 'Ik kon niet eerder komen,' zei ze. 'Ik wilde het wel, maar ik kon het niet.'

'Waarom niet?'

'Omdat...' Waar moest ze beginnen? Moest ze vertellen over Henrik, over haar ultimatum, over haar onvermogen om te handelen? Of moest ze vertellen over Björn Wester, over wat ze had gehoord, over haar twijfel?

Viktor trok haar weer tegen zich aan. Ze sloot haar ogen. Het was zo vredig, zo stil en rustig. Ze wilde niet dat zijn greep zou verslappen, dat ze verder moest gaan.

'Maria, heeft de politie met je gepraat?' Opnieuw duwde hij haar van zich af, maar hij hield haar handen in de zijne.

'Ja.'

Viktor zei iets in het Russisch, waarschijnlijk een vloek, voordat hij verderging. 'Het spijt me, Maria. Ik wilde niet dat je in de problemen zou komen. Ik heb geprobeerd om voorzichtig te zijn.' Hij schudde zijn hoofd. 'Vertel, wat is er gebeurd?'

'Het was zoals jij zei,' begon Maria zachtjes. 'Ze zeiden dat je een spion was.'

Viktor vloekte weer, in het Zweeds dit keer. Het klonk vreemd, onnatuurlijk. 'Echt, Maria, het spijt me zo dat je hieraan bent blootgesteld. Ik hoop dat het ze niet is gelukt om je in hun leugens te laten geloven.'

'Nee.' Ze hoorde hoe Viktor uitademde. Ze sprak de waarheid. Wat Björn Wester had verteld over de ambassade en de beweerde spionnen daar klonk niet geloofwaardig. Als iets uit een oude, Amerikaanse film.

Het was de andere informatie waarmee ze problemen had. Ze wist niet hoe ze verder moest gaan. Hij omklemde haar handen.

'Maar ze hebben ook iets anders verteld,' zei ze uiteindelijk.

'Iets anders? Wat dan?'

'Dat je getrouwd bent.'

Het bleef even stil. Ze wenste dat het dat niet bleef. Dat Viktor zou lachen. Zou zeggen dat hij nog nooit zoiets stoms had gehoord, dat de Säpo alles deed wat ze kon om de Russen zwart te maken. Maar er kwam niets. Ze hoorde hoe hij zijn mond opendeed om iets te zeggen, maar hem daarna weer sloot. Alsof de woorden ontbraken. Zo stonden ze een hele tijd voordat hij uiteindelijk begon te praten. Zijn stem was laag, geforceerd, verdrietig. 'Het spijt me,' zei hij langzaam. 'Ik had het moeten vertellen.'

'Dus het is waar?'

'Ja.'

Maria liet zijn handen los. Ze wilde zich omdraaien en weglopen, maar iets in Viktors stem zorgde ervoor dat ze bleef staan. 'Het is niet wat je denkt,' zei hij.

'Je bent getrouwd. Maar het is niet wat ik denk,' herhaalde Maria. Het klonk als het begin van een heel slechte verklaring. Ze zag goedkope spotprenten voor zich. Een man met een naakte blondine op schoot, een vrouw met een deegroller in de aanslag. *Het is niet wat je denkt!*

Zo was het nu, en zij was de blondine.

'We waren zo jong. Natasja was nog maar tweeëntwintig. We hielden niet van elkaar, zelfs toen niet. Ik in elk geval niet. Ze kwam uit een kleine stad en was nog maar een paar weken in Moskou toen we elkaar in een discotheek ontmoetten en verliefd werden. We trouwden een paar maanden later.' Hij zuchtte en verplaatste tegelijkertijd het gewicht van zijn ene been naar het andere. 'Het spijt me dat ik het niet heb verteld,' zei hij. 'Ik had iets moeten zeggen, maar we hebben zo weinig tijd gehad. Ik was bang om je kwijt te raken. Als je zelf in Rusland geboren was zou je het begrijpen, voor heel veel Russen is de situatie zo.' Hij pakte haar handen weer vast. 'Het was lang geleden. Het betekent vandaag niets. Het spijt me, Maria. Het spijt me dat ik het je niet heb verteld.'

Ze keek naar hem, zijn gezicht lag in de schaduw. Ze voelde hoe zijn handen de hare omklemden.

'En het kind?' zei ze langzaam. Misschien hoopte ze opnieuw dat hij zou protesteren, het zou verwerpen, het zou afdoen als leugens en kwaadsprekerij, maar in plaats daarvan bleef het opnieuw stil.

Ze hoorde hoe hij ademhaalde. Hij deed een paar pogingen om te beginnen met praten, maar er kwam niets. Ten slotte zuchtte hij diep. 'Ik begrijp het als je teleurgesteld bent,' zei hij terwijl de greep om haar handen verslapte.

Wat hij zei sneed door haar heen. Niet dat hij een kind had, niet dat hij getrouwd was, maar dat hij het niet had verteld. Ze voelde zich in de maling genomen. Viktor leek dat te begrijpen. 'Alsjeblieft, beoordeel de hond niet op zijn vacht,' smeekte hij. 'Ons huwelijk was een mislukking. Mijn verliefdheid was al snel over. Toen Natasja begreep dat ik haar wilde verlaten, zorgde ze ervoor dat ze zwanger werd. Het werd een soort chantagemiddel. Ze beloofde om alleen voor het kind te zorgen, als we maar getrouwd bleven, zodat ze een flat kon krijgen en de mogelijkheid om in Moskou te blijven. Ik geloof dat ze hoopte dat ik van haar zou gaan houden als het kind er was, maar mijn gevoelens waren dood. Toch had ik geen keus, het was mijn kind, ik wist dat en ik kon haar niet dwingen om als een alleenstaande moeder naar Noginsk terug te keren.'

Hij boog zijn hoofd. Het maanlicht gaf een bijna blauwachtige glans aan zijn donkere haar.

'En wat gebeurde er met het kind?' dwong Maria zich te vragen. Viktor was even stil voordat hij antwoord gaf. 'Hij heet Anton en is bijna elf jaar.' Hij aarzelde even. 'Ik zie hem als ik in Moskou ben, maar dat is niet zo vaak. Hij woont bij Natasja.'

Maria kon zijn ogen nog steeds niet zien, maar ze voelde dat hij naar haar keek.

Ze stonden tegenover elkaar. Maria's armen hingen langs haar lichaam. Wat Björn Wester had verteld, was dus waar. Had Viktor ook de waarheid verteld? Dat het lang geleden was, dat het niets te betekenen had? Kon dat waar zijn, kon een kind niets te betekenen hebben?

Viktor strekte zijn handen uit en pakte die van haar weer. Hij deed een stap naar haar toe en ze voelde zijn adem in haar haren.

'Lieve Maria,' zei hij. 'Vergeef me.' Toen zweeg hij, alsof hij een aanloop nam. 'Ik had dit moeten vertellen, maar ik was te bang om iets tussen ons te verstoren.'

Maria luisterde. Wat had hij niet willen verstoren? Wat was er tussen hen?

Viktor praatte langzaam, alsof hij het zich niet kon permitteren om nog meer vergissingen te maken. 'Ik weet dat je getrouwd bent,' zei hij. 'Dat ík getrouwd ben. Dat jij Zweeds bent, dat ik Russisch ben. Maar er is iets tussen ons. Ik voelde dat al voordat we...' Hij aarzelde even, zocht naar het juiste woord. 'Neukten,' zei hij eindelijk. Het was geen geslaagde woordkeus. Maria probeerde het te negeren. Hij beheerste de Zweedse taal niet helemaal, dat vergat ze soms. Ze moest proberen daar begrip voor te hebben. En misschien was het ook een goed teken dat hij deze terminologie niet beheerste.

Viktor ging verder. 'Ik durf niet te geloven dat je hetzelfde voelde, maar toen we neukten...'

'Vrijden.' Maria onderbrak hem.

'Sorry?'

'Toen we vríjden. Seks hadden. Niet neukten.'

Maria kon aan zijn stem horen dat hij een beetje in de war was toen hij verderging. 'Ja... natuurlijk, toen we vrijden dus...' Zijn stem stierf weg. Maria had spijt dat ze hem had onderbroken. Ze wilde weten hoe het was toen ze neukten. Wat hij had gevoeld. Wat zij had gevoeld wist ze. Hetzelfde als nu.

'Viktor,' zei ze zachtjes. 'Ik weet het. Ik voelde het ook.' Ze kuste hem. Opnieuw werd ze in dat magische gevoel gezogen. Viktors vrouw en kind waren vergeten. De woede en de teleurstelling die ze had gevoeld waren allang weg. Het was net een romantische droom, een liefdesromannetje. Een roze wereld waarin alles klopte. Maar zo was het niet, niet in de realiteit. Toen de kus voorbij was stonden ze weer in het donkere bos, verborgen voor de buitenwereld. Bang voor wat zich daarbuiten bevond.

'Dus...' Nu was Maria degene die aarzelde. 'Wat doen we nu?'

'We moeten voorzichtig zijn.'

'Ja,' antwoordde ze, alsof dat vanzelfsprekend was. Voorzichtig, moesten ze dat zijn? Natuurlijk, ze moest aan Henrik denken. Ze was getrouwd. Ze wilde hem niet onnodig kwetsen.

En dan Viktor, die ook getrouwd was. Hij hield niet van zijn vrouw, hij woonde niet bij haar. Hij kende haar nauwelijks nog, en zijn zoon ook niet.

Maria wist niet wat ze moest geloven. Viktor had zo gemakkelijk zijn kind alleen gelaten, wat vertelde dat over hem? Ze zou het begrepen hebben als ze een Russin was geweest, had hij gezegd. Alsof een Russische afkomst een geheime code bevatte. Maar hielden niet alle ouders op dezelfde manier van hun kinderen?

Ze dacht aan Henrik en hoe betrokken hij bij zijn kinderen was. Hoeveel hij had opgegeven toen ze kleiner waren. Viktor was natuurlijk jong geweest, maar Henrik was maar een paar jaar ouder geweest. Toch had hij de verantwoordelijkheid genomen. Zou hij anders gereageerd hebben als hij een Rus was geweest? Het was een belachelijke vraag. Zo kon je niet denken. Henrik had Cecilia gehad. Ze hadden van elkaar gehouden. Dat was het verschil.

Maria's gedachten werden door Viktor onderbroken. 'Als mijn meerderen hier achter komen, over ons, dan sturen ze me naar huis,' zei hij. 'Het zou een schandaal voor Rusland zijn, voor de diplomatieke betrekkingen. Ze zouden het nooit toestaan.' Hij kneep hard in haar handen.

'Dus... wat doen we?'

'We moeten voorzichtig zijn,' herhaalde Viktor. 'Je moet zeker weten wat je wilt...'

'Ik weet het zeker,' onderbrak Maria hem. 'Ik weet wat ik wil. Ik ga bij Henrik weg.'

Viktor keek haar aan. Ze waren een stukje gedraaid en het maanlicht viel nu van de zijkant op hem. Ze kon zien dat zijn ogen glommen.

'Henrik...' Hij kon de H niet goed zeggen, het werd een klein sissend geluid aan het begin van de naam. Hij haalde diep adem, hield de lucht even in zijn longen voordat hij hem weer losliet. 'Maria,' zei hij. 'We hebben geen haast. Als we fouten maken raken we elkaar kwijt.'

Dat klonk verschrikkelijk. Als een vreselijke vloek. Ze konden elkaar kwijtraken, terwijl ze elkaar nauwelijks hadden ontmoet.

Viktor praatte verder. 'We mogen geen overhaaste dingen doen.'

Hij zei 'we', maar op de een of andere manier voelde ze dat hij haar bedoelde. Zij was degene die geen overhaaste dingen mocht doen. Ze had een andere reactie verwacht, hoewel ze niet goed wist welke dat was.

Maria voelde hoe de kou en het vocht door haar zolen waren gedrongen. Ze had bijna geen gevoel meer in haar tenen en ze stampte voorzichtig op de plek. Viktor merkte het.

'Heb je het koud?'

'Het maakt niet uit.'

'We moeten terug.' Hij legde zijn arm rond haar schouders en ze begonnen langzaam over het pad te lopen. Terug naar het licht. Het pad was smal en Viktor liep aan de rand in de sneeuw. Hij leek het niet erg te vinden.

Ze liepen zwijgend. Plotseling stopte Viktor weer en draaide zich naar haar toe. Het was nu lichter. Het schijnsel van de straatlantaarns drong tussen de boomstammen door. Ze kon zijn gezicht zien. Eén moment vertelde ze hem bijna de reden waarom ze hier naartoe was gekomen, maar Viktor was haar voor. 'Maria,' zei hij zachtjes. 'Heb je nog iets van Henrik gehoord?'

Eerst begreep ze niet goed wat hij bedoelde. Henrik? Ja, natuurlijk, ze praatte elke dag met haar man. Wat bedoelde Viktor?

Hij ging verder. 'Heeft hij nog iets over het kindertehuis gezegd?'

Maria had die vraag niet verwacht. 'Nee,' zei ze langzaam. Het bleef een paar seconden stil.

'Het is een rare vraag, ik weet het,' ging Viktor verder. 'Maar het betekent veel voor me om het te weten. En voor Henrik, zelfs al begrijpt hij dat niet... Als je iets hoort, Maria, zelfs als het onbetekenend lijkt, dan bewijs je Henrik een grote dienst door het mij te vertellen. Hij heeft zichzelf in een lastig parket gemanoeuvreerd.'

Maria beet op haar lip. Ze wilde er niet aan herinnerd worden, maar Viktors ogen lieten haar niet los. 'Je begrijpt toch dat het ernstig is?' vroeg hij.

Ze knikte. Plotseling herinnerde ze zich iets. 'Hij zei pasgeleden iets... over het geld.'

Viktor keek naar haar, hij wachtte op de rest. Ze deed haar best om het zich te herinneren. Wat had Henrik ook alweer gezegd?

'Hij zei dat het overgemaakt was. Het geld. Hij hoopte dat het aan zou komen, en dat ze daarvoor hadden betaald.'

Viktor knikte bemoedigend. 'Zei hij nog meer?'

'Nee... of, wel trouwens.' Ze aarzelde. 'Hij hoopte dat hun vrienden hun woord zouden houden.' Ze voelde zich in verlegenheid gebracht. Het klonk belachelijk. Daar zou Viktor toch niets uit kunnen opmaken.

Viktor zag er niet uit alsof hij het belachelijk vond. '*Vrienden*, zei hij dat?' Zijn ogen waren op een plek achter haar gericht.

'Ja.'

Hij draaide zich weer naar haar toe. 'Dank je wel, Maria,' zei hij en hij kuste haar ernstig. Zijn lippen waren nog steeds net zo koud. Toen ze stopten begon hij weer te praten.

'Bij Karlaplan is een afvalbak,' zei hij langzaam. 'Van groen ijzer. Op een paal, precies op de hoek van de Narvaväg en Karlaplan. Er is daar een bankgebouw.'

'Ja?' Maria begreep niet waar hij het over had. Een afvalbak, had ze dat goed gehoord?

Viktor ging verder. 'Het is misschien het beste als we elkaar een tijdje niet zien, ik durf hier niet vaker naartoe te komen. Ik ben bang dat ze ons ontdekken. Maar als je hierover meer te weten komt, als je me moet bereiken, of ik jou, dan zet je een streep op de zijkant van de afvalbak, precies onder het deksel.'

'Een streep?'

'Neem dit.' Viktor haalde twee voorwerpen uit zijn zak en gaf ze haar. Ze pakte ze aan. Het eerste voorwerp was een krijtje. Een gewoon wit krijtje dat je op school gebruikte om op het schoolbord te schrijven. Ze hield het in het licht, alsof ze de magische eigenschappen ervan wilde ontdekken. Die waren er niet, het was een gewoon krijtje. Het andere voorwerp was een kleine zwarte plastic doos met een deksel. Zo een waar films in werden bewaard.

Viktor ging verder met uitleggen. 'Je schrijft een boodschap en doet die in het doosje. Dan zet je met het krijtje een streep op de zijkant van de afvalbak. Daarna ga je naar het linkerraam van de bank. Je kunt bijvoorbeeld een voet op de vensterbank zetten en je schoenveter vastknopen. Tegelijkertijd maak je het doosje met kleefspul onder de vensterbank vast. Zorg ervoor dat niemand je ziet. Ik zal elke dag even kijken. Dat moet jij ook doen. Je kunt er op weg naar huis langslopen, of op weg naar je werk. Elke dag. Als je een streep ziet, pak je het doosje en lees je wat ik heb geschreven. Vergeet niet om de streep weg te vegen als je het doosje hebt gepakt.'

Maria wist niet of ze moest lachen. Viktors idee klonk absurd. 'Meen je dat serieus?' vroeg ze.

'Ja.' Viktor zag er ongemakkelijk uit. 'Het is voor je eigen bestwil. En voor de mijne.' Hij legde zijn handen op haar schouders en kuste haar weer. 'Ga nu,' zei hij. 'Ik blijf nog even.' Hij sloeg zijn armen om haar heen en hield haar een hele tijd vast. 'Wees voorzichtig,' zei hij uiteindelijk. 'Ik wil je niet verliezen.' Hij liet hij haar los en Maria deed een stap achteruit, alsof ze hem testte. Viktor bleef staan.

'Do svidanija,' hoorde ze hem zeggen. Ze deed een paar stappen in de richting van het licht van de straat. Toen ze zich een laatste keer omdraaide was hij in de duisternis verdwenen.

47

Maria beet op het puntje van haar balpen. Ze zou er geen kruiswoord-puzzels mee moeten invullen. Het eindigde er altijd mee dat ze de krant moest wegleggen omdat de puzzel onleesbaar was geworden door al het geknoei en de doorhalingen. Ze was niet eens bijzonder goed in kruiswoordpuzzels. Het was gewoon een hobby die ze van haar ouders had geërfd. K-A en Birgitta konden uren over de zon-dagpuzzel van de krant gebogen zitten. Ze waren goed. Dat had zij echter niet geërfd.

Maria nam een slok van haar sinaasappelsap, dat in een glas gede-coreerd met een schijfje sinaasappel op de salontafel stond. Henrik had gevraagd of ze voor het eten iets wilde drinken. Een martini, misschien? Perfect gemixt en geschonken in een gekoeld martiniglas met twee groene olijven op een tandenstoker. Ze had het vroeger gedronken, ze wist dat het lekker was, maar vandaag wilde ze niet.

Henrik was in de keuken met het avondeten bezig. Ze hoorde hem vrolijk fluiten. Hij was plotseling anders. De moeheid van de laatste tijd was weg, hij leek vrolijker. Misschien was het iets met zijn werk. Ze hadden het de laatste tijd absoluut moeilijk gehad. Misschien was het nu makkelijker.

Hij had ook over hen gepraat, over hem en haar. Hij wilde dat ze meer tijd voor elkaar zouden hebben. Hij zei dat het hem speet dat hij de laatste tijd zo vaak afwezig was geweest, zowel fysiek als mentaal. Dat hij beter zijn best zou doen, en dat hij van haar hield.

Gisteravond waren ze naar de bioscoop geweest. Het was lang geleden dat ze naast elkaar in een bioscoopzaal hadden gezeten. Henrik hield haar hand vast en gaf er vaak kneepjes in. Vandaag waren ze samen naar de Östermalmshal gegaan. Het was Henriks voorstel – hij wilde lekker voor haar koken. Iets speciaals.

In de markthal had Henrik gewikt en gewogen tussen de verschillende visfilets bij de kraam van Lisa Elmqvist. Zou hij zeetong of tarbot nemen? Maria had naar de verkoper gegluurd, een jonge, dikkige jongen in een witte jas. Hij had verveeld gekeken. Waarschijnlijk was hij tot vervelens toe gewend aan de luxe dilemma's van de bewoners van Östermalm. Fazant of kwartel? Russische of Iraanse kaviaar? Zeetong of tarbot?

Uiteindelijk had Henrik een beslissing genomen. Het werd zeeduivel. Hij kocht ook grote, verse garnalen. Die hoorden in het recept, zei hij. Niet dat hij een recept had, Henrik improviseerde altijd in de keuken, maar blijkbaar zag hij een menu voor zich, want na de vis liep hij vastberaden naar de fruithandelaar naast de ingang.

Hij wilde aardbeien hebben, en snuffelde wantrouwend aan de kleine doosjes met de paar eenzame aardbeien die er voorzichtig in waren gelegd. Hij fronste zijn voorhoofd; het was niet gemakkelijk om in februari goede aardbeien te vinden. Ten slotte koos hij een doosje, en pakte ook een citroen met een mooie gele schil. De aardbeien waren belachelijk duur, maar dat leek Henrik niet te kunnen schelen. Hij was in een goed humeur geweest, net zoals nu.

Maria probeerde zich te concentreren op de kruiswoordpuzzel, maar dat lukte niet meer. De geluiden die uit de keuken kwamen leidden haar af.

Hoe moest ze het Henrik vertellen? Had hij een vermoeden? Ze dacht van niet. Dan zou hij waarschijnlijk niet in de keuken staat te fluiten, in elk geval niet vrolijk.

Ze moest het doen. Misschien móést ze het niet – Viktor had haar immers gevraagd om voorzichtig te zijn – maar het ging niet alleen om Viktor. Het ging om háár leven en ze had lang genoeg geaarzeld. Ze had inmiddels een besluit genomen, en het enige wat ze hoefde te doen was het aan Henrik vertellen.

Het enige wat ze hoefde te doen.

Het klonk belachelijk eenvoudig, maar ze wist dat het hem zou breken, en dat vond ze vreselijk. Maar als ze zou blijven, zou ze zelf breken, en dat was erger.

Henrik verscheen in de zitkamer. Hij zag er tevreden uit. Hij had een schort rond zijn middel gebonden en de mouwen van zijn overhemd opgerold. 'Ben je van mening veranderd over de martini?'

'Nee, ik hoef niet.'

'Wil je misschien iets anders? Wijn of Russische wodka?'

'Nee, dank je. Het is goed zo.' Ze wees naar het glas op de salontafel.

'Goed. Het eten is over vijf minuten klaar.' Henrik draaide zich om en ging weer naar de keuken.

Maria's gezicht betrok, ze had geen honger. 'Heerlijk, ik kom eraan!' dwong ze zichzelf naar hem te roepen.

Wanneer was het juiste moment? Voor het eten, of erna misschien? Hij was zo hard bezig geweest met het avondeten, ze wilde hem niet teleurstellen. Het was waarschijnlijk beter als ze eerst aten.

Maria legde de kruiswoordpuzzel weg en dronk het laatste restje van haar sap. Het vruchtvlees was naar de bodem gezakt en ze haalde wat tussen haar tanden weg. Daarna kwam ze overeind en liep naar de keuken.

Henrik had de tafel mooi gedekt met een linnen kleed en had kaarsen aangestoken. Toen ze binnenkwam deed hij haastig de werkverlichting aan het plafond uit en leidde haar naar haar plaats. Hij pakte een fles witte wijn uit de koelkast en schonk hun glazen vol. Maria wilde geen wijn, maar ze dwong zichzelf om niets te zeggen. Ze hoefde niet te drinken. Ze had een glas water naast de wijn staan.

Henrik zette een bord voor haar neer. Boven op de witte, mooi in plakken gesneden zeeduivel lagen een paar gepelde garnalen en de bodem van het bord was bedekt met een lichtgele botersaus en geraspte citroenschil. Er lagen twee gekookte aardappelen naast en een takje dille als garnering.

Henrik zag er trots uit toen hij tegenover haar ging zitten. Hij pakte zijn wijnglas en wachtte tot Maria hetzelfde zou doen.

'Proost,' zei hij. 'Op ons.'

Maria probeerde te glimlachen en bevochtigde haar lippen met de koele wijn. Ze kon zich er niet toe zetten om de toost te beantwoorden.

Henrik praatte, voornamelijk over zijn werk. Hij zei dat het een moeilijke tijd was geweest, maar hij ging niet op de details in. Daarna vertelde hij over Katja Löfdahl. Maria kon er niet goed wijs uit worden wat hij van haar vond. Het ene moment klonk hij minachtend en bespotte hij haar gebrek aan ervaring en haar carrièreambities, het volgende moment klonk hij bijna geïmponeerd.

Toen het avondeten op was ruimde Henrik af. Hij keek een beetje ontevreden naar Maria's bord, waarop een van de aardappelen en een groot stuk vis lagen.

'Had je geen honger?'

'Eh...' Maria aarzelde. 'Ik heb daarstraks veel brood gegeten.' Dat was niet waar. Ze hadden buiten de deur geluncht en ze had met moeite een half broodje naar binnen gekregen. Misschien had Henrik het niet gemerkt, want hij protesteerde niet. 'Maar het was heerlijk!' voegde ze er zo vrolijk mogelijk aan toe.

'Nagerecht?' Hij wachtte niet op haar antwoord, maar zette voor allebei een schaal neer, de mooie met de glazen voet, met half gesmolten vanille-ijs en plakjes aardbei.

Het toetje was niet lastig naar binnen te werken. Het ijs was zacht in haar keel en de aardbeien, die niet veel smaak hadden, deden haar aan de zomer denken.

'Zullen we koffiedrinken in de zitkamer?'

'Ja. Bedankt voor het eten. Het was echt heel lekker.'

'Graag gedaan.' Henrik glimlachte. 'Ga jij maar vast zitten, dan kom ik zo met de koffie.'

Maria liep naar de zitkamer. Haar hart bonkte. Nu moest ze het vertellen. Als Henrik er was, zouden ze op de bank gaan zitten en dan zou ze haar man vertellen dat ze van plan was bij hem weg te gaan. Het was zo'n afschuwelijke gedachte dat ze één moment bereid was ervan af te zien, om er nog eens over na te denken. Toen zag ze het beeld van Viktor voor zich. Nee, ze kon niet bij Henrik blijven.

Ze schrok toen hij achter haar kwam staan. Hij zette de kopjes op de salontafel. Maria bleef nog even aarzelend staan, maar Henrik liep naar haar toe. 'Ga zitten!' Hij pakte haar hand en nam haar mee naar de bank.

Maria ging zitten. Ze voelde een druk op haar borstkas en één moment had ze het gevoel dat ze geen lucht kreeg. Ze dwong zich om een paar keer lang en diep adem te halen. Henrik keek haar ongerust aan. 'Wat is er? Voel je niet goed?' Hij ging naast haar op de bank zitten, vlakbij, en sloeg een arm rond haar schouders. Zonder het te willen, schokte ze. Haar spieren waren zo gespannen dat ze op de kleinste aanraking reageerde.

'Henrik...' Maria haalde diep adem. 'Ik heb iets vervelends te vertellen.'

'Vervelend?'

Ze zag hoe zijn blik veranderde. In minder dan een seconde had hij het begrepen. Ze wist het. Hij was eerder in de steek gelaten. En nu was het haar beurt om hem in de steek gelaten.

Op dat moment kon ze niets anders dan liefde voor hem voelen. Ondanks het leeftijdsverschil was hij degene die weerloos was, die geen bescherming of verdediging had. Ze wilde hem in haar armen nemen, zeggen dat alles goed was. Dat alles in orde zou komen. Maar ze kon niet liegen.

'Ik ga bij je weg, Henrik,' zei ze zo kalm mogelijk. Ze dwong zich om in zijn ogen te kijken. 'Er zijn verschillen tussen ons die we niet kunnen overwinnen. Verschillen waarmee ik niet kan leven. Ik heb geprobeerd...' Maria kon niet verdergaan. Ze was beland bij het onderwerp dat pijn deed, dat haar woede opwekte. Ze wilde niet boos worden. Niet nu. Ze hadden hier al zo vaak ruzie over gehad, het was genoeg. Ze wilde de woede achter zich laten en verdergaan. De consequentie van hun verschillen aanvaarden. Dit was geen ruzie, het was een afscheid.

Henrik staarde naar haar. Hij had haar schouders losgelaten en schudde langzaam zijn hoofd. 'Je kunt niet bij me weggaan. Je houdt van me.'

'Maar ik doe het wel. Je geeft me geen keus.'

'Heb je het over een kind?'

'Ja.'

Henrik gebaarde met zijn handen in een poging energie op te wekken. 'Ik heb je toch uitgelegd...'

'Ja. Je hebt het uitgelegd. En ik heb het begrepen. Daarom ga ik bij je weg.'

Het werd stil in de kamer.

'En als ik verander...'

Maria knipperde met haar ogen. Ze had zo veel jaren op die opmerking gewacht. Gewacht tot Henrik toe zou geven, zou begrijpen hoe serieus ze was. Hoeveel het voor haar betekende. Maar het was nooit gebeurd. Tot nu.

'Het spijt me, Henrik, maar het is te laat.'

'Te laat?' Henrik klonk wanhopig. 'Natuurlijk is het niet te laat. We hebben alle tijd.'

Maria schudde langzaam haar hoofd. 'Het spijt me, Henrik.'

Hij begon te huilen. Zijn schouders schokten. Maria streelde voorzichtig over zijn rug. Het was zo vreemd om hem zo te zien. Henrik die altijd de volwassene was, de rijpe, degene die alles het beste wist, die voor haar zorgde. Hij zag er zo klein uit dat het haar pijn deed.

Ze ging staan. Henrik schrok van de beweging en keek naar haar op. 'Waarom?' zei hij zachtjes. Er blonken tranen in zijn ogen.

'Dat weet je.'

'Waarom mag ik niet van mening veranderen?'

Maria bleef zwijgend staan. Wat moest ze daarop antwoorden? 'Het is te laat...' herhaalde ze. Ze had willen vertellen waarom, wilde de noodlottige woorden zeggen, maar ze kon zich er niet toe zetten en uiteindelijk was Henrik degene die de zin moest afmaken.

'Omdat je iemand anders hebt ontmoet?' Het klonk vragend, maar er was geen aarzeling in de zin. Hij wist het, dat was aan hem te zien.

Maria knikte, het was maar een heel zwakke beweging van haar hoofd, maar voldoende om de man op de bank te breken. Het was alsof hij stopte met ademhalen. Er was geen enkele beweging zichtbaar voordat hij naar haar opkeek. Zijn gezicht was grijswit. 'Wie is het?'

'Dat is niet belangrijk.'

'Voor mij is het wel belangrijk.'

'Het spijt me, Henrik.' Maria schudde haar hoofd. Ze wilde weg. Het was achter de rug, haar taak zat erop. Hierna konden ze elkaar alleen nog maar meer pijn doen. Dat wilde ze niet. Ze liep achteruit, bij de bank vandaan.

'Als je bij me weggaat is het toch niet te veel gevraagd dat ik weet voor wie?' Henrik was harder gaan praten. 'Is het iemand die ik ken?'

Maria schudde haar hoofd. 'Ik kan het niet vertellen. Ik ga bij je weg. Dat zou ik in elk geval hebben gedaan. We zijn te verschillend.'

Hij keek naar haar met een blik alsof hij nog steeds niet geloofde wat hij had gehoord. Maria zei niets, in plaats daarvan draaide ze zich om en begon de kamer uit te lopen.

'Waar ga je naartoe?' De angst in Henriks stem was hartverscheurend duidelijk.

'Ik ga weg.'

'Kom je terug?'

'Ja. Vanavond. Maar morgen niet.'

'Waar ga je slapen?'

'Ik weet het niet.'

'Bij hem?'

'Nee.' Ze wist niet of Henrik haar geloofde of niet, maar Maria wist dat het waar was. Ze wist niet eens waar Viktor woonde. Misschien op de ambassade. Het maakte niet uit, ze zou toch niet bij hem kunnen wonen. Ze konden elkaar op dit moment niet eens ontmoeten. De situatie was te gevoelig, had Viktor gezegd.

Het was vreemd dat hun gevoelens, van haar en van Viktor, een schandaal konden zijn. Natuurlijk was het schokkend, vreselijk en verschrikkelijk, net zoals alle scheidingen dat waren voor degenen die erbij betrokken waren, maar in hun geval ging het om meer. Viktor had het over diplomatieke verwikkelingen gehad, over bilaterale complicaties. Ze snapte het niet, ze had de woorden nauwelijks begrepen. Het was Viktors terrein. En natuurlijk dat van Henrik. Maar ze moest de spelregels respecteren. Ze kon het zich niet permitteren om in dit stadium fouten te maken.

Henrik zat in elkaar gezakt op de bank. Het was alsof hij het had opgegeven. In zijn lichaamstaal was geen weerstand, waren geen dragende argumenten. Maria keek naar hem, probeerde zijn blik te vangen voordat ze de kamer uit liep, maar ze kreeg geen contact.

Ze moest weg, ze had lucht nodig. In de hal trok ze haar jas, laarzen en handschoenen aan en deed haar sjaal om. Henrik kwam niet achter haar aan en zonder dat ze nog iets hoefde te zeggen, liep ze hun appartement uit.

48

Maria had op de bank geslapen. Hij had helemaal niet geslapen. Hij had net gedaan alsof toen hij de volgende ochtend vroeg hoorde dat ze opstond, de slaapkamer in sloop en zo stil mogelijk haar kleren in een koffer stopte. Hij had bedacht dat hij moest gaan zitten, de lampen aandoen en vragen waar ze in godsnaam mee bezig was. In plaats daarvan lag hij doodstil te luisteren naar de geluiden van de tweede vrouw die hem verliet.

Zijn zelfverachting was volkomen. Toen de deur achter haar was dichtgevallen rende hij uit bed en gaf over op het toilet. Hij had het laten gebeuren. Hij was een lafaard. Iemand die zich liet bedriegen.

Hij hield echt van haar. Zij was alles wat hij niet was. Ze was zo argeloos, geen uitgesproken cynicus zoals hij. Ze was zacht, en ze had ervoor gezorgd dat hij was ontdooid na de harde jaren van zijn huwelijksballingschap. Maar hij had die zachtheid niet opgemerkt. Hij had er misbruik van gemaakt en haar in de richting gebogen die hem het beste uitkwam. Nu kwam het uiteinde van de zweep terug.

Ze wilde een kind. Hoe had hij het gewicht van die boodschap kunnen missen, hoe had hij haar dat kunnen misgunnen. Hij had haar opgeofferd voor zijn eigen gemak. Nee, hij verlangde niet naar doorwaakte nachten, luiers, pap en de geur van babyzalf. Hij had dat gedeelte van zijn leven achter de rug. Hij was te oud. Maar zij niet. Toch had hij van haar verlangd dat ze zich datgene zou ontzeggen wat hij zelf als het waardevolste in zijn leven beschouwde: kinderen.

Henrik legde zijn gezicht in zijn handen en jammerde. Hij leunde met zijn lichaam over het bureau en wiegde langzaam heen en weer.

Op de een of andere manier was het hem gelukt naar zijn werk te gaan, maar toen hij er eenmaal was lieten zijn krachten hem in de steek. Hij was een idioot geweest. Er waren geen verontschuldigingen voor. Alleen straf. Verlatenheid.

Er gingen een paar minuten voorbij, misschien waren het maar seconden. Duisternis. Er schoot hem een gedachte te binnen. Hij zou er aan onderdoor gaan als hij zijn greep nu verloor. Dan zou zijn leven voorbij zijn. Dat ging niet. Hij had kinderen aan wie hij moest denken: Johanna en Gustav. Hij was hun vader, ondanks alles. En dat zou hij blijven.

Henrik rechtte langzaam zijn rug, haalde diep adem en probeerde zich te vermannen. Hij had werk te doen. Het zou hem erdoorheen slepen. Dat wist hij uit ervaring. In een crisissituatie had je routine nodig.

Hij had nooit gedacht dat hij dit nog een keer zou moeten meemaken. Natuurlijk had hij nagedacht over de risico's toen hij met Maria trouwde, over het leeftijdsverschil, maar toch had hij nooit serieus gedacht dat het op deze manier zou eindigen. Hij had al een scheiding achter de rug, hoe groot was het risico dat hem dat nog een keer zou gebeuren? Groot, blijkbaar. Misschien was een scheiding iets waar je aanleg voor had. Misschien was hij gewoon iemand die in de steek werd gelaten.

De gedachte was zo verschrikkelijk dat zijn maag in elkaar kromp. Hij voelde zich ziek. Hij probeerde zijn blik te richten op het vel papier op het bureau. Het was een planningsconcept voor het bezoek van de Oekraïense minister van Binnenlandse Zaken over drie weken. Hij las de punten die op papier stonden een voor een door, tot de acute pijn in zijn maag langzaam minder werd. *9:00 uur – ontmoeting met minister van Justitie Sten Aurell. Deelnemers: staatssecretaris Mats Lindfors en minister van Coördinatie Britt Herström, tolk. 10:30 uur – seminaar Buitenlands Politiek Instituut. Deelnemers: Sten Gustavsson, Lena Gylling (geen tolk); 12:00 uur – lunch in Rosenbad. Deelnemers: Sten Aurell, Anita Lundin, Mats Lindfors, Britt Herrström...*

Henrik rekte zich langzaam uit. Hij zou doen wat hij altijd had gedaan. Zo zou hij het redden. Werken, zich richten op concrete taken.

De gedachten wilden echter niet zo gemakkelijk verdwijnen. Hij had de situatie verkeerd beoordeeld, hij had Maria verkeerd beoordeeld. Hij had haar onderschat. Het was zo belachelijk. Alsof je tegen iemand die verdorstte zei dat het over zou gaan. In plaats daarvan was de dorst alleen erger geworden.

En nu had ze een ander ontmoet.

Hij vond het nog steeds moeilijk om dat te begrijpen. Hij had Maria helemaal vertrouwd. Dat had hij trouwens ook bij Cecilia gedaan. Zijn beoordelingsvermogen liet hem in de steek.

Wie was het? De een of andere klootzak had zijn vrouw gestolen. Plotseling kreeg de woede hem te pakken en alsof het een instinct was balde hij zijn vuisten op het bureau. Hij wilde die smerige klootzak doden. Hij wilde hem in elkaar slaan. Zijn vuisten stukslaan op botten en bloedvaten. Zijn hoofd op het asfalt bonken. Hem in zijn maag schoppen. En dan bloedend achterlaten, stervend in een donkere steeg.

Vroeg of laat zou hij erachter komen. Ze zou het moeten vertellen.

Op de een of andere merkwaardige manier gaven de gewelddadige beelden hem troost, zelfs al zou het nooit werkelijkheid worden. Het was een barbaarse fantasie en misschien was dat ook maar het beste – hij was geen moordenaar. Hij moest tevreden zijn met de beelden op zijn netvlies. Een mishandeld lichaam op de grond. Verlaten.

Toen hij een kort klopje op de deur hoorde schrok hij. Torsten Blidfelt kwam zijn kantoor binnen. Henrik streek snel over zijn haren. Was het aan hem te zien dat hij had gehuild? Blidfelt toonde geen enkel teken dat hij iets abnormaals opmerkte, maar misschien kwam dat omdat hij helemaal niets opmerkte als het om Henrik Hamrén ging. Hij was als de versleten linoleum vloerbedekking in de gangen. Iets wat je dagelijks gebruikte zonder dat je erbij nadacht.

'Hamrén,' zei hij met zijn karakteristieke nasale stem. 'Hoe zit het met het rapport over Kaliningrad, waar we het over hadden? De minister van Buitenlandse Zaken heeft het morgen nodig.'

Henrik kuchte. Meteen was hij terug in zijn rol van secretarisgeneraal. 'Natuurlijk,' zei hij kort. 'Ik moet nog een paar feiten controleren. Onze informatie voor wat betreft het Russische goederentransport via Litouwen was niet bijgewerkt. Het rapport is vanmiddag klaar.'

'Uitstekend.' Blidfelt knikte instemmend en liep de kamer uit. Henrik keek hem na. Iets vertelde hem dat Torsten Blidfelt vanochtend niet door zijn vrouw was verlaten, als hij er al een had. Dat was aan zijn houding te zien.

Henrik draaide zich weer naar de computer. Dit was wat hij nodig had, iets concreets, iets wat haast had. Het Oekraïense bezoek moest wachten, hij moest het rapport over Kaliningrad eerst afmaken.

Na een paar uur intensief werken mailde hij het rapport naar Blidfelt. Zoals gewoonlijk had hij uitstekend werk verricht, dat wist hij. Alle informatie was gecontroleerd en nogmaals gecontroleerd. Namen en cijfers waren bijgewerkt. Blidfelt zou waarschijnlijk geprezen worden voor zijn rapport. Zo ging dat.

Henrik kwam overeind en rekte zich uit. Hij had een kop koffie nodig.

Op de terugweg, met de koffie in zijn hand, liep hij langs zijn postvakje. Hij had het een paar dagen niet geleegd. Er kwam zelden iets belangrijks met de interne post. Dat leek nu ook zo te zijn. Behalve een nieuwe, bijgewerkte telefoonlijst van het regeringskantoor lag er maar één briefje in. Een van de nieuwe assistentes had een telefoonnotitie in zijn postvak gelegd. Dat had ze niet moeten doen, want nu was het een paar dagen oud. Ze waren lang geleden gestopt met telefoonnotities. Het was beter om een mail te sturen. Nou ja, ze zou het wel leren.

Henrik keek naar het briefje. Maud Gunnarsson van *Echo* had geprobeerd hem te bereiken.

Eén moment rammelde het koffiekopje in zijn hand en het hete vocht stroomde er bijna uit. Henrik pareerde de beweging op het laatste moment.

Maud Gunnarsson. Had hij niet genoeg problemen? Hij herinnerde zich Katja's woorden. De *Echo* zat haar op haar nek... Ging het over Tsjetsjenië? Waarschijnlijk wel. Hij besefte wat het in kon houden. Als Maud Gunnarsson lucht had gekregen van het schandaal was het maar een kwestie van tijd voordat ze ontmaskerd werden. Voordat Katja ontmaskerd werd. Voordat hij dat zelf werd.

Henrik haastte zich naar zijn kamer en trok de deur achter zich dicht. Eén moment zat hij met het briefje in zijn hand. Hij keek afwisselend naar het telefoonnummer en de naam en probeerde de boodschap te vertalen. Was het toeval dat hij het juist vandaag ontdekte? Was het een signaal?

49

Maria drukte op de bel. Het duurde niet lang voordat ze voetstappen in het appartement hoorde en Diana de deur opendeed.

'Maria, meisje, kom binnen.' Ze trok Maria de hal in, pakte de tas uit haar hand en hielp haar met haar jas uittrekken. Maria werd bijna verlegen van haar zorg.

'Rustig aan, Diana.' Maria probeerde de koffer weer uit de hand van haar vriendin te pakken. 'Ik ben niet stervende.'

'Nee, jij bent zo belachelijk sterk. Op eigen benen staan en alles. Maar geloof me, plotseling stort je in.' Ze keek vastbesloten naar Maria tot die haar uitgestrekte arm liet zakken en gehoorzaam achter Diana aan naar de zitkamer liep. 'Ik zal je bed straks in orde maken. Maar we hebben toch geen haast? Wil je thee?'

'Ja, dank je.'

'Thee met een beetje melk en lange wandelingen is de beste remedie tegen een ongelukkige liefde. Geloof me, ik weet het.' Diana genoot er duidelijk van dat zij degene was die de expert was, die ervaring had. Eindelijk kwam haar eigen chaotische liefdesleven goed van pas.

'Goed, maar mag ik mijn thee zonder melk?'

Diana keek ontevreden. 'Dan krijg je in plaats daarvan honing. Een kale kop thee geeft geen troost.'

Maria moest lachen. 'Je weet helemaal niet of ik troost nodig heb.'

'Natuurlijk heb je dat. Je bent net bij je man weggegaan.'

Maria liep achter Diana aan naar de keuken en keek toe terwijl Diana thee begon te zetten. De keuken was klein, er was geen plek voor een gewone tafel. In plaats daarvan had Diana een klein opvouwbaar tafelblad aan de muur gemonteerd, en aan beide kanten daarvan stonden twee barkrukken zonder rugleuning.

De muren in de keuken waren kauwgomroze en rond het keukenraam hingen gedrapeerde gebloemde gordijnen. Het was een uitermate vrouwelijk appartement. Maria was er eerder geweest en ze was gefascineerd door Diana's smaak. De slaapkamer was abrikooskleurig en het tweepersoonsbed zag eruit als een bruidsjapon, met rondom allemaal volants. De muren van de zitkamer waren wit, met een brede, romantische rozenrand bovenaan. Overal lagen sierkussens en knuffeldieren en in een kleine vitrine had Diana haar verzameling barbiepoppen uitgestald. Waarschijnlijk waren ze oud en tamelijk waardevol.

Maria vroeg zich af hoe Janne het had uitgehouden. De paar keer dat ze hem had gezien, had ze geen andere trekjes bij hem gezien dan die welke verwacht konden worden van een vrachtwagenchauffeur met een eigen transportbedrijf. Ze vond het moeilijk te geloven dat hij zijn vrijgezellenappartement in dezelfde stijl had ingericht. Of misschien had hij er geen, en trok hij van de ene vriendin naar de andere. Veel mannen deden dat.

De thee was klaar en Diana zette de theepot en bekers op tafel. 'Vertel.'

'Er is niet zo veel te vertellen...'

Diana zuchtte. 'Kun je niet ophouden met zo geheimzinnig en gesloten te doen? Je mag hier natuurlijk slapen, maar ik wil gewoon weten wat er is gebeurd. Ik wist helemaal niet dat het niet goed ging tussen jou en Henrik.'

'Dat is ook niet zo,' protesteerde Maria, maar ze paste haar zin snel aan. 'Wás, bedoel ik.'

'Maar waarom ben je dan bij Henrik weg?'

Het was een paar seconden onbehaaglijk stil voordat Maria verder praatte. 'Het is niet zo gemakkelijk uit te leggen.'

'Je kunt het in elk geval proberen.'

Maria zuchtte. 'Goed. Het is niet zo dat ik het slecht had met Henrik. Ik hou van hem.'

Diana trok haar wenkbrauwen op en Maria ging haastig verder

voordat ze kon protesteren. 'Echt. Het klinkt misschien vreemd, maar het gaat om andere dingen.'

'Zoals?'

'Zoals...' Het was moeilijk om het te vertellen. 'Zoals kinderen bijvoorbeeld,' zei ze ten slotte.

Diana was niet verbaasd. 'Dat had ik al begrepen. Ik heb geprobeerd erover te praten, maar jij was niet bepaald spraakzaam.'

'Het is niet zo gemakkelijk.'

'Zeg dat wel. Kijk maar naar mij. Tik tak tik tak...'

'Henrik wilde geen kinderen meer.'

'Jezus, wat egoïstisch!'

Maria wilde protesteren, maar toen ze haar mond opendeed, sloot ze hem snel weer. Het was tenslotte waar. Het was precies wat ze zelf had gedacht. Het klonk alleen zo vreselijk als iemand anders het zei.

'Van zijn kant is het natuurlijk begrijpelijk,' zei ze voorzichtig. 'Maar als dat de prijs voor ons huwelijk is, kan ik hem niet betalen. Stel je voor dat ik er spijt van krijg? Hij is ouder dan ik, en het is heel waarschijnlijk dat hij eerder doodgaat dan ik. Dan heb ik niemand meer.'

'Maar waarom is hij niet van mening veranderd?'

'Dat is hij. Uiteindelijk.'

Diana keek haar vragend aan. Maria begreep dat ze er niet onderuit kwam. 'Het is te laat.'

Diana staarde haar even aan voordat het kwartje viel. 'Halleluja!' zei ze. 'Dus zo zit het. Hoe heet hij?'

Maria aarzelde. Het was een eenzaam gevoel om alles alleen te moeten dragen en Diana zou het aan niemand vertellen. Niet als ze haar vroeg om haar mond te houden.

'Viktor,' zei ze. Het was een bevrijding.

'Viktor.' Diana proefde de naam.

'Hij is een Rus.'

'Een Rus, je hebt een Rus ontmoet... Shit, Maria, weet je wel zeker waar je aan begonnen bent?'

'Nee,' antwoordde Maria eerlijk. Ze had er geen idee van waar ze aan begonnen was. Ze was verliefd en dat Viktor een Rus was, was slechts één van de vele problemen.

'Weet je zeker dat hij niet alleen achter je aan zit om een verblijfs-vergunning voor Zweden te krijgen?'

Maria keek Diana beledigd aan. Daar had ze niet eens aan gedacht. 'Ja,' antwoordde ze kortaf. 'Hij werkt op de ambassade.'

'Een diplomaat?'

'Ja.'

Diana zweeg even. 'De Russische ambassade...' zei ze uiteindelijk. 'Werken daar niet alleen spionnen?'

Maria snoof. 'Nu klinkt je net als de Säpo.'

'De Säpo? Hoe weet jij hoe die klinkt?'

Maria aarzelde. Ze had te veel gezegd. Daar had Diana niets mee te maken.

'Nee,' antwoordde ze snel. 'Dat weet ik niet, maar dat kan ik me wel voorstellen.'

Diana keek Maria weifelend aan. 'Wat voor iemand is die Viktor eigenlijk? Hoe hebben jullie elkaar ontmoet?'

Maria vertelde in het kort over Henriks baan en het dineetje bij haar thuis. Ze liet zo veel mogelijk details weg. Eigenlijk wilde ze helemaal niet over Viktor praten. Ze hoopte dat het beetje wat ze vertelde voldoende was om Diana's nieuwsgierigheid te stillen.

'Jezus, wat verschrikkelijk.' Diana schudde haar hoofd. 'Dat Henrik jullie aan elkaar heeft voorgesteld. Weet hij dat?'

'Nee.'

Even was het stil in de kleine keuken. Het roze van de muren was zo intens dat Maria er bijna misselijk van werd.

'Ik ben blij dat je me hebt gebeld,' zei Diana uiteindelijk. 'Je mag zo lang als je wilt blijven. Ik weet dat het tijd kost om de dingen op een rijtje te zetten en ik neem aan dat het niet mogelijk is om bij Viktor te gaan wonen.'

'Nee. Dat ligt gevoelig.'

'Ik begrijp het.'

'Je zegt toch niets?' Maria voelde zich een beetje ongemakkelijk. Ze vertrouwde Diana, maar misschien had ze niets moeten zeggen. Viktor had immers tegen haar gezegd dat ze voorzichtig moest zijn.

'Natuurlijk niet.' Diana's antwoord stelde haar gerust. Ze was waarschijnlijk een beetje paranoïde. Wat kon er eigenlijk gebeuren?

Ze bleven tot laat in de keuken praten. Het was voornamelijk Diana die praatte, nu ze van Maria had gehoord wat ze wilde horen. Ze had heel wat te vertellen. De computerman was duidelijk nog in het spel, net als de man van de lerarenopleiding, zelfs al was hij volgens Diana een beetje te jong. De golfman en de alleenstaande vader waren afgevoerd. De vader was net gescheiden en er helemaal op gericht dat het kind niet meer dan onnodig hoefde te lijden onder de scheiding. Er zou niet veel tijd overblijven voor een nieuwe liefde, had Diana snel ingezien. De golfman liep een beetje te hard van stapel.

Maar ze klaagde niet, vier was tenslotte meer dan ze aankon. De computerman leek op dit moment de belangrijkste kandidaat. Hij was vrijgezel, zag er de redelijk goed uit en was, volgens Diana, ook nog eens een echt talent in bed, en dat was iets wat je niet moest bagatelliseren.

Maria begreep dat Diana graag meer over Viktor wilde horen, persoonlijke dingen, maar er viel niets te vertellen. Wat ze die ene keer met Viktor had beleefd, kon niet worden ingedeeld op een schaal van goed en slecht. Het was zoals het was, heel gewoon, en dat was voldoende.

Een hele tijd later dan het tijdstip waaraan Maria gewend was, kwam Diana uiteindelijk gapend overeind. Ze zei dat ze de slaapbank in de zitkamer voor Maria in orde zou maken.

Maria haalde intussen haar toilettas uit haar koffer en ging naar de badkamer. Toen ze eruit kwam had Diana het bed voor haar opgemaakt. De overtrek was gebloemd en op haar kussen lag een versleten, lichtgele teddybeer.

'Je mag Grote Beer een tijdje van me lenen.' Diana zag er vastbesloten uit. 'En niet protesteren! Hij verricht wonderen voor gebroken harten. Je hebt hem nodig,' voegde ze er vol overtuiging aan toe.

Ze wist niet of het de verdienste van Grote Beer was, maar ze had in elk geval goed geslapen. Het was allemaal vreemd normaal toen ze 's ochtends achter de receptiebalie ging zitten. Ze wist niet of dat goed was of niet. Het was waarschijnlijk goed dat ze zich goed voelde, maar als Diana gelijk had, zou de realiteit zich al snel aandienen. Was ze daarop voorbereid? En waarop?

Ze glimlachte naar de mensen die langsliepen. Het waren altijd dezelfde mensen die groetten en dezelfde die haar nooit zagen. De premier had blijkbaar een slechte dag toen hij zich, samen met zijn lijfwachten en de minister van Justitie een halve stap achter hem, de trappen op haastte. Hij groette niet. Niet dat ze dat verwachtte, ze was de receptioniste. Uiteraard belangrijk, maar absoluut inwisselbaar. Dat maakte niet uit. Ze was haar werk niet, ze was zichzelf. Je werk was iets waar je verantwoordelijk voor was, waar je geld mee verdiende en waar je in het beste geval van hield. Zo wilde ze het hebben en op dit moment kwam dat haar extra goed uit.

Op weg naar haar werk was ze langs Karlaplan gekomen. Het was een omweg, nu ze in het appartement in Hjorthagen bij Diana logeerde. Voor het eerst in lange tijd had ze de metro naar haar werk genomen. Maar niet tot het eindpunt. Na twee stations was ze uitgestapt. In haar jaszak zat het zwarte plastic doosje. Er zat een boodschap in. Ze had het kort gehouden. *Henrik verlaten. Slaap bij vriendin. Wanneer kunnen we elkaar zien? M.*

Ze had er een klein hartje bij getekend. Kinderachtig misschien, maar ze moest hem iets laten merken van wat ze voelde. Uit de korte zinnen bleek niets van haar gevoelens.

Ze had nauwkeurig om zich heen gekeken voordat ze het doosje onder de metalen vensterbank van de bank had vastgeplakt. Nu zat het daar. Daarna was ze naar de afvalbak gegaan en had met krijt een streep aan de zijkant gezet, zoals Viktor had verteld, terwijl ze tegelijkertijd een leeg kauwgomdoosje weggooide dat ze in haar zak had gevonden. Nu kon ze alleen maar wachten. Misschien had ze vanavond, als ze naar huis ging, al antwoord. Ze had kriebels in haar buik. Het was een merkwaardige manier om met elkaar om te gaan, maar ze moest toegeven dat het best spannend was.

Maria schrok op uit haar gedachten toen er een man naar de balie kwam lopen. Hij was lang en mager, met donkerblond haar in een strenge zijscheiding. Maria herkende hem vaag, maar kon niet op zijn naam komen.

De lange man hoestte droog en begon daarna te praten. 'Nils Osvald,' zei hij met een krakerige stem. Hij wachtte even voordat hij verderging: 'De minister van Justitie verwacht me.'

50

Björn Wester schommelde op zijn kantoorstoel heen en weer. De afdelingschef was minstens een keer per uur bij hem geweest. Het was duidelijk dat Forsell zenuwachtig was; hij vroeg voortdurend aan Björn wat hij ervan vond. Of hij er een zaak van kon maken. Of hij voldoende informatie had.

Hij was zelf ook zenuwachtig geweest. Hij was er niet aan gewend om te werken terwijl de klok doortikte. In zijn beroep werkten ze voornamelijk op de lange termijn. De zaken moesten de tijd hebben. Het verslag dat hij gisteren had ingeleverd was onder een sterke tijdsdruk samengesteld.

Het gesprek met Henrik Hamrén had niet zo veel opgeleverd als hij had gehoopt. Hamrén had niet veel te melden over Rybkin. Ze hadden door hun werk af en toe contact met elkaar sinds Rybkin in Stockholm was gestationeerd. De laatste keer was het inderdaad gegaan over het subsidieproject in Tsjetsjenië. Hamrén had zich vaag uitgedrukt, of misschien had Wester niet begrepen wat hij zei. Het was iets over administratieve problemen geweest waarmee Viktor hem had geholpen.

Wester had aangedrongen, waren er geen indicaties dat Rybkin op iets anders uit was geweest? Nee, niet voor zover Hamrén zich dat kon herinneren.

Hij was niet omwillig geweest om te praten. Niet onvriendelijk, zoals die Johan Sjöblom. Toch had Wester de indruk gekregen dat er meer te halen was bij Hamrén, maar dan had hij tijd nodig om hem te bewerken. Nu moest hij het er noodgedwongen bij laten zitten. Het was symptomatisch voor de hele situatie. Ze hadden te veel haast.

Toen hij overging op de vragen over Hamréns vrouw was de reactie anders geweest. Hij had zich voorzichtig moeten uitdrukken, want hij wist niet hoeveel Hamrén wist. Henrik had bevestigd dat Rybkin en zijn vrouw elkaar hadden ontmoet. Dat was voor Kerstmis geweest, hij kon de datum nakijken als het belangrijk was. Hij had de Rus thuis uitgenodigd, een werkdiner, zoals hij het uitdrukte. Maria was erbij geweest. Vaker hadden ze elkaar niet ontmoet.

Wist hij dat zeker? Ja. Hamrén was verbaasd geweest over de vraag.

Wester had het zo tactvol mogelijk gebracht. Hij vertelde dat hij informatie had die op het tegendeel wees. Dat Viktor Rybkin en Maria elkaar waarschijnlijk meerdere keren hadden ontmoet.

Henrik Hamrén was oprecht verbaasd geweest. Hij had gevraagd of ze echt zeker van hun zaak waren. Wester had even geaarzeld voordat hij de foto pakte. Kon hij de vrouw die samen met Rybkin voor hotel Clarion stond als zijn echtgenote identificeren?

Het had lang geduurd voordat Henrik antwoord had gegeven. Hij had gevraagd wanneer de foto was genomen. Wester had geantwoord dat dat 18 januari was.

Hamrén vertelde dat hij op dat moment op reis was, maar dat er vast en zeker een logische verklaring voor de foto was. Misschien was zijn vrouw Rybkin toevallig tegengekomen. Ze hadden elkaar eerder ontmoet en het was dus niet vreemd dat ze een praatje met elkaar maakten. Maria was gewoon vergeten het hem te vertellen. Het was waarschijnlijk niet belangrijk geweest, geen gebeurtenis die in haar herinnering was blijven hangen.

Ja, dat zou kunnen. Wester was het met hem eens. Hij zag dat Hamrén hevige pijn leed. Het was duidelijk dat hij van niets wist. Er was geen reden om verder te praten. In plaats daarvan had Wester hem bedankt. Hij had hem zijn kaartje gegeven en gezegd dat Henrik altijd mocht bellen als hem meer informatie te binnen schoot.

Het was niet veel wat hij te weten was gekomen, maar soms was wat je niet hoorde misschien nog meer waard. In het rapport had hij zijn woorden nauwkeurig afgewogen. Juridisch houdbaar, had Osvald gezegd. Hij kon niet liegen.

Met behulp van de informatie van Henrik Hamrén, die in het rapport *Tulp* werd genoemd, had hij uiteengezet hoe Viktor Rybkin een poging had gedaan om in contact te komen met een medewerkster van de receptie van het regeringsgebouw. Hij moest toegeven dat het er goed uitzag. Minder goed dan de beschuldiging van spionage die de Amerikaan hem had willen laten schrijven, waaruit bleek dat de minister van Ontwikkelingszaken de regering probeerde te beïnvloeden. Dat was echter juridisch niet houdbaar. Net zo min als de beschuldiging van spionage tegen Palme destijds was geweest. Voor wat betreft Maria Hamrén lag dat anders. Daarvoor was bewijs. Er waren foto's en verslagen.

Het gesprek met Henrik Hamrén was het laatste geweest wat hij nodig had gehad. Samen met de informatie over Rybkins gevis in de TeliaSonera-vijver was het voldoende om het rapport samen te stellen dat de DG had verlangd.

Åke Forsell had gejuicht toen hij het rapport las. Schitterend, was zijn commentaar. Het zou geen volledig onderzoek doorstaan, dat wisten Wester en Forsell, maar de DG had het gelezen en goedgekeurd. Dat was het enige wat telde in deze situatie. Misschien waren de ontvangers dit keer niet zo kritisch. Dat was Björn Westers probleem echter niet, hij hoefde zich daar niet druk om te maken.

Hij hoopte dat zijn inzet Nils Osvald in elk geval was opgevallen, zodat hij in het vervolg zou weten wie Björn Wester was. Op zich had hij niet veel hoop dat hij nog promotie zou maken. Hij werd van de zomer zevenenvijftig en hij kon waarschijnlijk nauwelijks, niet eens met de beste wil, worden gerekend tot de veelbelovende werknemers van het bedrijf. Toch klaagde hij niet. Hij had zijn titel, niet iedereen van zijn leeftijd was commissaris geworden, en hij had een eigen kantoor. Eigenlijk was hij redelijk tevreden over de situatie. Er kwam immers een moment in het leven van iedereen waarop het tijd werd om wat gas terug te nemen.

Een beetje aandacht van zijn superieur zou hij echter niet erg vinden. Een compliment, daar hield iedereen tenslotte van.

Waar zou hij zich nu mee gaan bezighouden? Het rapport had zo veel tijd in beslag genomen dat alle andere zaken waren blijven liggen. Nu vroeg hij zich af waarmee hij zou beginnen.

Björn Wester frunnikte wat aan een map die op zijn bureau lag. Die moest hij nog doorkijken. Vanmiddag zou er een vergadering met betrekking tot spionageactiviteiten zijn en hij moest zijn gegevens nog bijwerken.

Er waren geruchten dat er iets ging gebeuren, dat Björn Wester met iets belangrijks bezig was, maar niemand stelde vragen. De kwestie werd behandeld op een *need-to-know*-basis en er waren weinig ingewijden, zelfs al hadden de meesten blijkbaar geraden waarover het ging. Ze zouden het natuurlijk ooit te weten komen, maar hij moest wachten met het inlichten van de groep tot hij het groene licht van Forsell had gekregen.

Er was maar één ding dat een beetje aan hem knaagde: Maria Hamrén. Het voelde niet goed om haar zonder meer te laten gaan. Het was nog steeds niet helemaal duidelijk hoeveel Viktor Rybkin bij haar had bereikt en het gaf hem een ontevreden gevoel om dat niet verder te onderzoeken. Aan de andere kant, als Rybkin en Maria Hamrén een bepaalde relatie hadden, zou die nu waarschijnlijk beëindigd zijn. Als je het op die manier bekeek, was er eigenlijk geen reden om onnodig werk naar zich toe te trekken.

Misschien kon hij zichzelf trakteren op een paar kalme dagen. Achteroverleunen, wat verslagen lezen, op het weekend wachten.

Ja, dat zou hij doen. Hij had het verdiend.

51

Het had een hele tijd geduurd voordat hij begreep wat er was gebeurd. In het begin had hij het onprettig gevonden dat de Säpo met hem wilde praten. Hij dacht voortdurend aan Zakujev. Soms dacht hij dat het maar een kwestie van tijd was voordat de zaak aan het licht zou komen en het telefoontje van recherchecommissaris Björn Wester had hem zenuwachtig gemaakt.

Hij had ervoor gekozen om naar het politiegebouw in Kungsholmen te komen. Hij wilde zo ver mogelijk van zijn werkplaats zijn. De kamer waarin Wester en hij hadden gezeten was saai, met verkleurde gordijnen en versleten meubelen. Hij was vriendelijk ontvangen, had koffie aangeboden gekregen en er stond een schaal koekjes op tafel, maar zijn nervositeit belette hem om dat te waarderen.

Het ging over Rybkin. Wester had aan de telefoon alleen gezegd dat het om een van Hamréns buitenlandse contacten in Zweden ging. Dat was prikkelend. In een ander verband had hij het waarschijnlijk spannend gevonden. Hij werkte al zo lang bij Buitenlandse Zaken dat het voor hem geen nieuws was dat er spionnen tussen het Russische ambassadepersoneel rondliepen. Hij had al heel wat keren contact met ze gehad. Het was niet vreemd, je moest er alleen bij nadenken. Je woorden een beetje extra afwegen. Henrik was opgeleid in de periode van de Koude Oorlog en beschouwde de Russen als een open boek.

In het begin waren de vragen algemeen geweest. Hoe ze elkaar hadden ontmoet. Hoe vaak ze contact hadden. Waar hun samenwerking over ging. Of hij wel eens had gemerkt dat Rybkins gedrag afwijkend was. Of Rybkin ooit geheime informatie had willen hebben.

Wester had ook vragen gesteld over het kindertehuis. Henrik had zo goed mogelijk antwoord gegeven. Hij had geprobeerd om bereidwillig te zijn zonder gevoelige informatie prijs te geven. Hij voelde zich opgelucht toen hij merkte dat de commissaris niets scheen te weten over hun probleem, en nog minder over Aslan Zakujev en het geld dat was overhandigd.

Toen het leek of er geen vragen meer waren, dacht hij dat het voorbij was, dat het zo genoeg was. Dat het tijd was om te gaan staan en deze lelijke, kleine kamer in het politiebureau van Kungsholmen uit te lopen. Op dat moment had Björn Wester naar voren geleund en met een onderzoekende blik naar hem gekeken.

Plotseling was het gesprek van karakter veranderd. Het ging over Maria. Over Viktor en Maria. Eerst begreep hij de koppeling niet, Wester begon met de vraag of ze elkaar kenden. Eerst wilde hij ontkennen, maar toen herinnerde hij zich het etentje. Ja, ze hadden elkaar ontmoet. Wanneer was dat? Ergens voor kerst, hij herinnerde zich de exacte datum niet, maar hij had hem zeker opgeschreven als ze het wilden weten.

Niet vaker? Nee. Westers vragen hadden hem verbaasd. Wat had Maria ermee te maken?

De insinuaties waren grover geworden en ten slotte had Wester een foto tevoorschijn gehaald. Het was geen goede foto, van grote afstand genomen, waarschijnlijk met een telelens. Toch toonde deze duidelijk iets wat hij niet had verwacht.

Het was een foto van Maria, schuin van achteren weliswaar, maar ze was het, en ze stond op de stoep voor een gebouw waarvan Wester beweerde dat het hotel Clarion in Södermalm was. Tegenover haar stond Viktor Rybkin, met zijn gezicht naar de camera gekeerd. Ze gaven elkaar een hand.

Er was eigenlijk niets vreemds aan. Hij had zo veel films gezien, waarin bedrogen getrouwde mannen en vrouwen werden geconfronteerd met foto's van hun echtgenoten in onthullende omhelzingen. Dit was anders. Ze hadden elkaar heel open een hand gegeven op een stoep in Söder.

Hij had geprobeerd een verklaring te vinden. Ze waren elkaar waarschijnlijk toevallig tegengekomen, hadden elkaar gegroet en even met elkaar gepraat. Dat hoefde niet vreemd te zijn.

Hij zag dat Björn Wester hem niet geloofde, hoewel hij vriendelijk knikte en zei dat het natuurlijk zo gebeurd kon zijn.

Toch was dat niet het ergste. Het ergste was dat hij het zelf niet geloofde. Maria was bij hem weg. Ze had een ander ontmoet, dat wist hij, en ze had niet verteld wie het was. Ze had ook geen antwoord willen geven op zijn vraag of het iemand was die hij kende. De foto die hij in zijn hand hield paste een beetje te goed in de puzzel.

52

Hij had haar na de vergadering apart genomen. Had gezegd dat een van haar problemen binnenkort verholpen zou zijn. Hij had gedraald bij het woord probleem, waarbij hij zijn hoofd wat scheef had gehouden en haar over zijn brillenglazen had aangekeken. Hij had haar laten beseffen dat hij gul was, dat hij over zijn grenzen was gegaan. Dat hij haar daarmee meer steunde dan gebruikelijk was.

Ze zou zich waarschijnlijk dankbaar moeten voelen, maar met Tor Bergmans ogen op haar gericht, was mislukking het enige wat ze voelde. Ze had zijn vertrouwen beschaamd, ze was niet capabel genoeg geweest. Toen de zaken op de spits waren gedreven, bleek dat ze de ministerskwaliteiten waarop hij had gehoopt niet had bezeten.

Plotseling had hij naar haar geknipoogd, en er lag een kleine glimlach rond zijn mond. Het was bijna flirterig geweest.

Dat was zijn signaal.

Tor Bergman had haar vergeven.

53

Ze had antwoord gekregen. *We moeten wachten. Heb geduld. Neem snel contact met je op.* Het was niet veel, maar het had Maria gekalmeerd. Ze had geduld. Er waren weliswaar al een paar dagen voorbij, maar ze kon wachten. Als ze maar wist waarop ze wachtte.

Henrik had geprobeerd haar op haar mobiel te bereiken. Ze had het gesprek niet aangenomen, ze was er nog niet klaar voor. Binnenkort zou ze wel moeten, maar ze wilde nog even wachten. Ze wist dat het een moeilijk gesprek zou worden. Misschien zou hij huilen, misschien zou hij haar smeken om terug te komen.

Ze zou hem het antwoord dat hij wilde hebben niet kunnen geven. Het enige wat ze kon doen was troosten, zeggen dat het voorbij zou gaan. Dat hij zich al snel beter zou voelen. Dat hij geen hoop mocht hebben. Ze was niet de juiste persoon om die dingen te zeggen. Het was te laat. Dat was de enige eerlijke boodschap die ze kon geven.

Het was waarschijnlijk beter dat ze elkaar op dit moment met rust lieten. Dat ze de gebeurtenissen lieten bezinken. De wond zou sneller genezen als ze er niet in groeven. Het risico op infecties was te groot.

Diana bleef haar steunen, hoewel ze eigenlijk niet zo veel hoefde te doen. Natuurlijk deed de breuk pijn. Maar tegelijkertijd wist ze dat het moest. De frustratie was er al en de teleurstelling had zich diep in hun relatie gegraven. Als ze Viktor niet had ontmoet, had ze het waarschijnlijk nog een tijd volgehouden, maar vroeg of laat had ze weg moeten gaan. Je kon over veel dingen compromissen sluiten, maar wat ze van Henrik had geaccepteerd was geen compromis geweest.

Nu had ze een andere weg gekozen. Die was niet gemakkelijker, maar wel eerlijker. Het was een besluit waarmee ze kon leven.

Het was tijd voor de lunch. Maria was van plan om een eind te gaan wandelen en op de terugweg een broodje te eten. Na twee dagen vol regen waren de laatste sneeuwresten gesmolten en die ochtend had de zon door een zwakke nevel geschenen. Het was troostrijk om daaraan te denken na de kwellingen van de winter. Ze had licht nodig, haar lichaam hunkerde naar de zon en haar benen tintelden van het stilzitten van die ochtend.

Eva-Lena was net terug. Ze losten elkaar af, en vandaag was het Maria's beurt om laat te lunchen. Ze haastte zich met haar jas aan naar buiten, de zon in. Het was echt een fantastische dag. De ochtendnevel was bijna helemaal verdwenen. De modder op de muren en voetpaden was in de wind gedroogd en het knarste onder haar voeten toen ze naar de Drottninggata liep. Zoals gewoonlijk waren er veel haastige mensen op straat. Velen gebruikten hun lunchtijd om boodschappen te doen, anderen maakten een wandelingetje en toeristen liepen de winkels in en uit. Sommigen kwamen naar buiten met plastic tassen bungelend aan hun hand. Gestuurd door impulsen die zeiden: koop, koop, koop!

Maria liep in een snel tempo door de straat. Ze wilde naar het Sergelsplein en daarna via de Hamngata naar Kungsan. Daar kon ze afslaan en het laatste stukje langs Strömmen lopen. Het was geen lange wandeling, maar het was voldoende om haar bloed te laten stromen.

Ze was moe, vermoeider dan anders. Diana hield haar tot 's avonds laat wakker. Het was gezellig om bij haar te logeren, Maria had het naar haar zin bij haar, maar hoe Diana zich ook inspande om haar het gevoel te geven dat ze welkom was, de roze gebloemde poppenkast was niet haar smaak.

Ze ging sneller lopen, zigzagde tussen de mensen door. Ze wilde niet denken, het was zo veel en zo groot. Ze wilde gewoon heel even genieten. Van het weer, van het naderende voorjaar en van de verliefdheid die als een warme deken rond haar hart lag.

Het duurde niet lang voordat ze bij het Sergelsplein was. De zwartwitte platen in grafisch patronen lagen rechts van haar. Links zag ze een van de ontelbare cafés die elkaar in de straat verdrongen. Buiten het café hingen de koppen van de avondkranten; ze schreeuwden hun boodschap met grote zwarte letters uit. Maria liet haar ogen over de letters gaan. GEWONE HOOFDPIJN KAN ONGENEESLIJKE ZIEKTE ZIJN, stond er op één. Op een andere stond: RUSSISCHE DIPLOMAAT UITGEWEZEN VOOR SPIONAGE.

Ze schrok. Een bericht dat maar een paar maanden geleden aan haar voorbij zou zijn gegaan zonder sporen achter te laten, was ineens interessant. Ze dacht aan wat Viktor had verteld over de manier waarop de Russische diplomaten hun werk in Zweden moesten doen. Dat ze werden gevolgd door de Säpo. Dat hij op dit moment razend zou zijn. Ze hoopte dat het geen vriend van hem was die het land had moeten verlaten.

Ze draaide zich om en liep het café in waar ook tijdschriften en boeken werden verkocht. Ze kocht een avondkrant en nam hem mee naar buiten. Misschien kon ze een bank vinden om de krant te lezen en een tijdje van de zon te genieten.

Maria moest helemaal naar Kungsträdsgarden lopen voordat ze een lege bank in de zon had gevonden. Ze ging zitten en begon de krant door te bladeren. Bladzijden 12 en 13 waren volgens de voorpagina gewijd aan de Russische spion.

Ze sloeg hem op en staarde naar de grote, zwart-witfoto in het midden. Hij was grofkorrelig, alsof hij van grote afstand was genomen en daarna flink was uitvergroot. Er stonden drie mannen op die op het punt stonden in een auto stappen. Ze waren netjes gekleed; een van hen droeg een leren jas over zijn kostuum, de ander droeg een overjas.

Het bijschrift luidde: *De Russische spion verlaat het land.* Onder de foto stond de tekst: *De van spionage verdachte Viktor Rybkin verlaat zijn post op de Russische ambassade in Stockholm. Hij wordt begeleid door ambassaderaad Andrej Stepanovskij en een chauffeur van de ambassade.*

Maria keek opnieuw naar de foto. Viktor. Op de foto zag ze zijn profiel; de rechte neus, het donkere haar, de jas waartegen ze haar wang had gedrukt, en waarvan ze de geur had ingeademd.

Natuurlijk was hij het.

Ze dwong zich om de tekst van het artikel te lezen. Als ze de speculaties van de krant buiten beschouwing liet, stond er dat de Russische ambassadeur een week geleden bij Buitenlandse Zaken was ontboden om de protesten van de Zweedse regering in ontvangst te nemen. De officiële formulering luidde *dat een van de employés zich had beziggehouden met activiteiten die onverenigbaar waren met de werkzaamheden en diplomatieke status van de betrokkene in kwestie.*

Eerste secretaris Viktor Rybkin was, volgens de informatie van de krant, betrokken geweest bij de Russische spionage tegen Telia-Sonera. Hij had op illegale wijze geprobeerd geheime informatie te achterhalen met betrekking tot de vestiging van het Zweedse bedrijf in Rusland. Er waren ook indicaties dat Rybkin had geprobeerd om contact te leggen met een persoon die een centrale positie in het Zweedse regeringsgebouw innam.

Veiligheidspolitiechef Nils Osvald, de minister van Justitie en de minister van Buitenlandse Zaken hadden geweigerd commentaar te geven.

Het artikel eindigde met de melding dat Viktor Rybkin donderdag met een vliegtuig het land had verlaten en onder aan de pagina was een fotootje van een Aeroflot-vliegtuig geplaatst. De korte tekst eronder luidde: *De Russische spion is gisteren gedwongen Zweden te verlaten.*

Gisteren. Het was zo volkomen absurd dat Maria het niet kon begrijpen. Was het waar wat er in de krant stond? Nee, dat kon niet waar zijn. Het was waanzin. Viktor was geen spion. Dat had hij gezegd. Hij zou niet tegen haar liegen. Maria haalde kort en schokkerig adem. De zon verblindde haar en haar ogen traanden van het scherpe licht.

Ze moest hem te pakken zien te krijgen. Ze kon niet wachten. Niet nu. Ze begon haar mobiel in haar zak te zoeken. Ze moest een uitzondering maken. Toen ze haar telefoon te pakken had, kon ze de toetsen bijna niet indrukken. Haar vingers waren stram en de toetsen leken microscopisch klein. Bovendien verblindden tranen haar zicht. Pas na een paar pogingen lukte het. Het duurde even voordat ze de mededeling hoorde: *De abonnee kan op dit moment niet bereikt worden.* Ze deed een paar minuten later een nieuwe poging, met hetzelfde resultaat.

Wat moest ze doen als ze hem niet te pakken kreeg? Zou ze naar de ambassade gaan? Of zou ze wachten totdat Viktor contact met haar opnam? Hij wist dat ze op hem wachtte. Hij kon het land niet verlaten, hij kon haar niet verlaten, zomaar, zonder meer.

Maria kwam overeind en vouwde de krant op. Ze stopte hem onder haar arm en begon weer te lopen. Langzaam. Haar bewegingen waren als in slow motion. Het moest een vergissing zijn.

Ze had gezegd dat ze zich ziek voelde. Het was geen leugen. Zoals ze zich nu voelde kon ze niet op haar werk blijven. Eva-Lena had de avondkrant ook tijdens de lunch gelezen. Ze vond het spannend. Een spion in het regeringsgebouw. Wie kon dat zijn? Op een centrale plek. *Dat zijn wij!* Eva-Lena lachte om haar eigen grapje.

Haar collega was niet verbaasd. De Russen hadden altijd gespioneerd, zei ze. Er leek geen twijfel aan het waarheidsgehalte van het krantenartikel. Lieve hemel, geloofden de mensen echt wat er in de avondkranten werd geschreven? Was Maria de enige die de leugen doorzag?

Eva-Lena keek bezorgd toen Maria, met een bleek gezicht en haar handen op haar maag gedrukt, zei dat ze zich niet goed voelde. Dat ze naar huis moest. Natuurlijk, dat was geen probleem. Ze redde het wel. Het was vrijdagmiddag, de mensen gingen vroeg naar huis.

Maria haastte zich naar buiten. Zodra ze in de frisse lucht was, voelde ze zich iets beter. Ze liep over de Strandväg, maar had geen oog meer voor het mooie weer en het ijs in de Nybrovik dat begon te scheuren en glinsterde in de zon.

Ze moest bij hun afvalbak kijken. Hij had daar natuurlijk iets achtergelaten.

Toen ze de Narvaväg insloeg kwam de misselijkheid terug. Een vuilnisauto die langsreed liet een geurspoor van zure verrotting achter. Maria bleef staan. Ze strekte haar arm uit en zocht steun tegen de muur. Ze begon te kokhalzen. Heftig, onverwacht. Ze gaf over en het braaksel belandde deels op de stoep, deels op de muur. Het was een geelbruine brij, net pap. Ze had sinds het ontbijt niet meer gegeten, dus was er niet veel om over te geven en na nog een paar keer kokhalzen rechtte ze haar rug. Ze spuugde, trok haar handschoen uit en droogde haar mond met haar vingers.

Toen ze naar de braakselplas keek kwam de misselijkheid terug.

Ze liep haastig weg, keek naar de hemel en haalde diep adem. Toen ze om zich heen keek zag ze twee oudere dames, die midden op straat naar haar stonden te kijken. Blijkbaar hadden ze het gezien, want ze keken verontwaardigd. Ze schudden hun hoofd en zeiden iets tegen elkaar. Daarna liepen ze door met hun hondjes.

Ondanks haar erbarmelijke toestand werd Maria boos. Wie dachten ze wel dat ze was? Een junk, misschien. Of een alcoholist, iemand die net een fles dessertwijn voor de lunch had gedronken en nu overgaf in het mooie Östermalm.

Ze zou nooit wennen aan dit stadsdeel – ze had zich hier nooit echt thuis gevoeld. En nu helemaal niet.

Maria besloot de oude vrouwen te negeren. Ze mochten denken wat ze wilden. Ze liep verder en probeerde een glimp van de afvalbak op te vangen. Dat ging niet, want hij was zo geplaatst dat hij van verschillende kanten niet te zien was.

Misschien was dat een bewuste keus. Viktor leek te weten wat hij deed.

Toen ze er was, was ze teleurgesteld. Op de zijkant stond geen krijtstreep. Toch bukte ze zich om onder de vensterbank te voelen. Er was niets.

Het was haar laatste hoop op een verklaring. Haar benen knikten. Ze had Henrik verlaten, maar ze had niet verwacht dat ze recht in het lege niets zou stappen. Ze zou met Viktor verdergaan. Maar waar was hij nu?

Maria vocht tegen de impuls zich te laten gaan, om op de grond te gaan liggen en in huilen uit te barsten. Maar dat mocht ze niet doen, dat stond ze zichzelf niet toe. Ze had een vrolijk karakter. Zo beschreven anderen haar. Ze had niet de gewoonte om zich door zorgen te laten deprimeren, er was altijd iets positiefs in alles wat er gebeurde. Daar moest ze aan vasthouden. Dat had haar moeder haar geleerd. Maar wat was het positieve hiervan?

Maria begon te lopen. Willekeurig. Het zou in orde komen. Misschien kon ze het positieve ervan nu niet zien, maar dat zou komen. Natuurlijk.

Ze stak schuin Karlaplan over. In het cirkelvormige park zaten mensen op de banken. Gepensioneerden met gerimpelde gezichten die ze naar de zon gericht hielden, moeders met kinderwagens, kinderen die rond een niet-werkende fontein renden.

Op het moment dat ze de straat wilde oversteken om naar de metro te lopen, voelde ze een hand op haar schouder. Maria draaide zich snel om. Er stond een vreemde man achter haar. Misschien had ze bang moeten zijn, maar het was midden op de dag. De zon scheen en het park was vol mensen. Als iemand haar kwaad wilde doen, had hij daar een merkwaardig moment voor gekozen.

Voordat ze de man kon vragen wat hij wilde liet hij haar schouder los en stak in plaats daarvan zijn hand naar haar uit. Hij hield iets vast, hij wilde dat ze het aanpakte. Maria aarzelde. De man stak zijn hand nog verder uit, hij knikte bemoedigend. Hij toonde met zijn lichaamstaal dat wat hij vasthield van haar was. Ze pakte het aan.

Het was een witte envelop zonder adres. Dichtgeplakt. Ze keek er snel naar en keek daarna op om te vragen wat het was, maar de man had zich omgedraaid zodra hij de brief had afgegeven. Hij was al op een paar meter afstand en liep met snelle stappen in de richting van Fältöversten. Hij draaide zich niet om.

Maria bleef achter met de envelop in haar hand. Een zonnestraal raakte haar nek en ze kon de warmte in haar haren voelen. Ze begon de envelop voorzichtig met haar vinger open te scheuren. Er zat een briefje in, geschreven op een geruit vel papier dat uit een collegeblok was gescheurd. Het was geschreven door iemand die slordig was, of die veel haast had gehad.

Het was van Viktor. Maria's hart stond bijna stil toen ze begon te lezen.

Lieve Maria,
Gedwongen ben ik om naar Moskou te reizen
en zal een hele tijd duren voordat ik terugkom.
Ik kan het niet uitleggen, het is ingewikkeld.
Misschien kunnen we elkaar later terugzien?
Je Viktor

De woordvolgorde was een beetje vreemd, het handschrift ongewoon sierlijk. Maria keek naar de tekst. Ze las het een paar keer. *Een hele* tijd, stond er. Wat betekende dat? Nooit? Zou hij helemaal niet meer terugkomen?

Er stonden geen beloften in de brief, geen tijdsaanduidingen. Geen rustgevende mededeling. Misschien kunnen we elkaar later terugzien, stond er. *Misschien.*

54

Henrik legde de avondkrant op het bureau. Hij had de informatie 's ochtends al gehad. Blidfelt had de afdeling bij elkaar geroepen voor een officiële briefing. Daar hadden ze gehoord dat Andrej Panfilov om tien uur 's ochtends bij Buitenlandse Zaken was ontboden. Anita Lundin zou de Russische ambassadeur de protesten van de regering tegen Viktor Rybkins activiteiten in Zweden overbrengen en melden dat hij vanaf nu persona non grata in het land was. Blijkbaar had hij Zweden dezelfde dag al verlaten.

Blidfelt had de zaak met TeliaSonera genoemd als reden voor de uitwijzing. Dat was nieuw voor Henrik, maar hij was niet verbaasd. Hij had al heel lang vermoed dat Rybkin een verborgen agenda in Zweden had. Van Björn Wester had hij bovendien begrepen dat de Säpo al langere tijd aan deze zaak werkte, maar de recherchecommissaris had niets gezegd over een uitwijzing. Hij kon het niet laten zich af te vragen of de informatie die hij had gegeven, had meegespeeld. In het artikel in de avondkrant werd melding gemaakt van Rybkins poging om contact te leggen met een medewerker in het regeringsgebouw. Henrik nam aan dat het om Maria ging. Wat er niet bij stond was dat het Rybkin was gelukt, maar niet op de manier zoals Björn Wester geloofde.

Hij vroeg zich af wat Maria nu dacht. Ze was in de steek gelaten, net als hij. Net zo onverwacht. Ze voelde zich waarschijnlijk vreselijk, misschien net zo beroerd als hij.

Misschien moest hij blij zijn met de gebeurtenissen. Met het feit dat zijn rivaal, als door een magische toverslag, het land had moeten verlaten. Maar de wraak was niet zoet. Helemaal niet. Ze had gekozen, en ze had verkeerd gekozen. Hij wilde haar troosten, haar zijn omarming aanbieden, maar waarschijnlijk was ze daar nog niet ontvankelijk voor. Hij moest haar nog een paar dagen geven, misschien een week. Een kans om wat er was gebeurd te verwerken en zich te bezinnen op haar alternatieven. Daarna zou hij contact met haar opnemen en haar een weg terug aanbieden. Hij zou beheerst zijn, niet huilen. Niet zeuren en kruipen. Hij zou haar uitleggen dat het dit keer anders zou worden. Dat hij begreep hoe serieus het was, dat hij haar wens om een kind te krijgen respecteerde. Dat hij bereid was om toe te geven. Omdat zijn liefde voor haar meer betekende dan al het andere.

Meer kon hij niet doen. De rest was aan haar.

55

Er was bijna een week voorbij sinds ze de brief had gekregen. Ze had overleefd, maar meer ook niet. Viktor had niets van zich laten horen. Ze had een paar keer geprobeerd zijn mobiel te bellen, maar het bericht was altijd hetzelfde: de abonnee kon niet bereikt worden. Ze had geen hoop meer dat het zou veranderen. Toch bleef ze elke dag langs hun afvalbak lopen. Alsof er plotseling een boodschap voor haar zou zijn.

Het was een scenario uit een nachtmerrie dat ze zich niet had kunnen voorstellen. Niet in haar wildste fantasieën. Deze ontwikkeling was net zo onverwacht en net zo schokkend als het begin.

Ze herinnerde zich haar gevoelens na die eerste nacht. De enige nacht. Ze had het gevoel gehad dat de goden naar de aarde waren afgedaald en de puzzelstukjes verschoven zoals zij dat wilden. Dat het patroon plotseling veranderd was en dat het zinloos was om tegen de verandering te vechten. Na die nacht was ze niet meer dan een gehoorzame marionet in de handen van het lot. Ze had altijd gedacht dat het een vreselijk gevoel zou zijn, alsof ze haar leven opgaf. In plaats daarvan was het een onverwacht, overweldigend genot om zich te mogen overgeven aan krachten die sterker waren dan haar verstand.

Nu beschouwde ze het als een straf. Ze had het helemaal mis gehad. Het was het lot niet, ze was zelf de controle verloren en de situatie waarin ze zich nu bevond was daar het resultaat van. Toch had ze niet opgegeven. Ze had gepiekerd. Nagedacht. Gewikt en gewogen. Ze mocht de controle niet verliezen. Niet nog eens. Deze keer moest ze de stem van haar hart volgen.

Het had haar naar een klein bureau in de Mäster Samuelsgata gebracht. Naar een bel bij de ingang en een anonieme deur met een glimmend gepolijst messing bordje. Ze had op een versleten houten stoel gezeten. De vrouw bij het bureau voor haar had wat op haar toetsenbord getikt en had daarna naar Maria geglimlacht. 'Het is zo klaar. Eén moment,' had ze gezegd. Het duidelijke accent, de zachte klinkers, alsof er hier en daar een 'i' tussen de letters was geslopen. Maria had het herkend en het gaf haar een warm gevoel.

Ze had een gewone toeristenreis moeten boeken, anders kreeg ze geen visum. Ze had tenslotte geen uitnodiging, niets wat bewees dat er in Moskou iemand op haar wachtte. Het maakte haar besluit niet minder dramatisch. Ze had een enkele reis willen nemen, maar in plaats daarvan had ze de goedkoopste toeristenreis geboekt die ze kon vinden. Ze zou in hotel Kosmos logeren, dat volgens de medewerkster van het reisbureau midden in het centrum lag. Maria vond het een mooie naam en ze zag het hotel voor zich als een hoog gebouw van staal en glas. Een ruimteschip dat net was geland en al snel weer zou vertrekken.

Ze had geen plan. Ze zou alles ter plekke moeten regelen. Ze had drie dagen om Viktor te vinden. Het zou waarschijnlijk niet moeilijk zijn – ze kon in de telefoongids kijken.

Toen de vrouw even later terugkwam had ze haar reisdocumenten in haar hand.

'Alstublieft,' zei ze glimlachend. 'Zaterdag 5 maart om 10:20 uur vertrekt het vliegtuig naar Moskou. De terugreis is dinsdag 8 maart om 14:25 uur. Hier zijn de vouchers voor hotel Kosmos.'

Maria had het stapeltje aangepakt.

'Prettige reis!'

Toen ze de deur van het reisbureau achter zich had gesloten, kon ze nauwelijks geloven dat het waar was, dat ze het had gedaan.

Ze hoefde nog maar één nacht te wachten. Ze had aan Diana verteld dat ze op reis zou gaan. Diana vond het geen goed idee. Vanaf het moment dat ze erachter was gekomen dat Viktor was uitgewezen had ze hem consequent een spion genoemd. Dat vond Maria niet prettig. Ze had gezworen dat Viktor onschuldig was, maar ze betwijfelde of het haar was gelukt om haar vriendin te overtuigen.

Het was niet belangrijk. Maria was volwassen en kon haar eigen besluiten nemen, ze had geen toestemming van anderen nodig. De reis was iets wat ze moest doen. Misschien zou Diana het begrijpen, misschien zou iedereen het achteraf begrijpen, als ze erachter kwamen.

Henrik ook. Dat was het ergste. Hoe kon je op iemand trappen die al op de grond lag?

Het was al een tijdje geleden dat hij haar had gebeld. Maria wist niet of dat een goed of een slecht teken was. Een tijdje had ze gedacht dat hij iets met Viktors uitwijzing te maken had. Dat hij op de een of andere manier achter hun relatie was gekomen. Het was zijn wereld, hij wist hoe het spel werd gespeeld. Maar dat geloofde ze niet echt. Hoe had hij het moeten weten? En zelfs als hij het wist, was het niets voor hem. Hij stapte niet op die manier over lijken heen.

Op het moment dat Maria daarover nadacht ging haar mobiel. Eerst kon ze zich niet herinneren waar ze hem had neergelegd en het duurde een tijd voordat ze zich naar de hal haastte en haar mobiel uit haar jaszak haalde. Ze had het gesprek net gemist. Op de display zag ze dat het Henrik was geweest. Ze slikte. Ze kon nu niet met hem praten. Niet vandaag. Na Moskou zou ze hem bellen en alles vertellen. Maar nu niet.

'Wie was dat?' vroeg Diana uit de keuken, waar ze de afwas na het avondeten deed.

'Ik weet het niet,' loog ze. 'Ik was niet op tijd.'

'Misschien belt hij nog een keer.' Diana gebruikte het woord 'hij' alsof het vanzelfsprekend was. Maria vroeg zich af wat ze bedoelde, maar ze vroeg het niet. Het was niet belangrijk.

Voordat ze haar mobiel had weggelegd, ging hij weer. Henrik deed een nieuwe poging. Hij belde met de huistelefoon. De aanblik van het vertrouwde telefoonnummer zorgde ervoor dat Maria naar adem snakte. Eén fractie van een seconde was ze weer in het appartement in Gärdet. Ze zag Henrik op de bank met de hoorn in zijn hand, misschien een glas wijn op tafel. Hij zag er zo bedroefd uit, zo oneindig verdrietig, dat Maria bijna op de antwoordknop drukte. Maar ze zag ervan af. Ze kon hem niet troosten.

Als ze alles vertelde zou hij begrijpen waarom het voorbij was. En dat er niets aan te doen was.

56

Ze voelde zich anders. Rondom haar waren mensen met reisdoelen die niet op dat van haar leken. Russen op weg naar huis na een periode in Zweden, vrouwen met kinderen, families. Ook zakenmensen, hoewel dat er niet veel waren, want de meesten vlogen waarschijnlijk met SAS. En toeristen, natuurlijk. Verwachtingsvolle stelletjes, een paar gepensioneerden, een groep jongeren, waarschijnlijk studenten omdat ze giechelend met Russische woorden smeten.

Het vliegtuig zou waarschijnlijk niet vol zijn, dacht Maria terwijl ze aan boord ging. Ze had gelijk, hoewel haar rij al snel bezet werd door een ouder stel, dik ingepakt. Ze begroetten Maria, die bij het raam zat, vriendelijk. Ze heetten Hjördis en Rune Ek en ze vertelden dat ze voor het eerst naar Moskou gingen. Ze waren al in Sint-Petersburg geweest. Dat was een fantastische stad. Zo mooi. Ze hadden gehoord dat Moskou harder was en niet zo mooi, maar ze waren nieuwsgierig. Rusland was spannend. Onmetelijk groot en nog onontgonnen.

'En jij?' Hjördis, die naast haar zat, keek nieuwsgierig. 'Wat ga jij in Moskou doen?'

Maria aarzelde. 'Ik ga... een vriend bezoeken.'

'Iemand die in Rusland werkt?'

'Ja... hij is een Rus.'

'Zo zie je maar...' Hjördis glimlachte. Ze keek alsof ze alles begreep, maar dat was niet zo. Eén moment stond Maria op het punt om de situatie uit te leggen, maar ze zweeg op het laatste moment. Natuurlijk was het gemakkelijker om zich aan vreemden bloot te geven, maar het stel naast haar had niets met de zaak te maken, hoe vriendelijk ze ook waren.

Maria pakte een tijdschrift uit de stoelzak voor haar. Dat moest voldoende zijn. De vrouw naast haar leek het te begrijpen. Ze begon in plaats daarvan met haar man te praten. Ze waren verwachtingsvol, het was duidelijk dat ze Moskou als een avontuur beschouwden.

Na twee uur vliegen deelde de piloot in gebroken Engels mee dat ze Moskou naderden en dat de passagiers werd verzocht om hun veiligheidsgordels vast te maken. Maria had niet veel met haar buren gepraat tijdens de reis, alleen een klein beetje tijdens de maaltijd. Nu draaide Hjördis zich glimlachend naar haar toe. 'Komt hij je halen?'

'Sorry, wie?'

'Je vriend. De Russische vriend.'

'Nee.' Maria zag dat het antwoord de vrouw verbaasde. 'Het is een verrassing,' voegde ze eraan toe.

Hjördis begon te stralen. 'Een fijne verrassing waarschijnlijk.'

Maria glimlachte terug. Ze wist niet wat ze moest zeggen.

Toen het vliegtuig was geland, was ze een van de laatsten die naar buiten kwamen. Hjördis en Rune namen de tijd, ze zagen niet in waarom ze zich in het smalle gangpad zouden verdringen om een paar armzalige minuten bij de bagageband te winnen. Waarschijnlijk hadden ze gelijk, maar Maria werd rusteloos van het stilzitten en de aanblik van de passagiers die het vliegtuig verlieten. Toen ze eindelijk naar buiten kwam haastte ze zich achter de anderen aan door de anonieme luchthavengangen. Ze was nog niet ver gekomen toen ze in een rij belandde. Het leek een paspoortcontrole en Maria pakte haar papieren uit haar handtas.

Het ging langzaam, ze kropen vooruit. Na een paar minuten hadden Hjördis en Rune haar ingehaald. Ze maakten grapjes over de rij. Zo was het in Rusland, zeiden ze. Aan het begin van de rij kon je waarschijnlijk brood kopen. Ze wezen lachend naar het hokje waar de geüniformeerde douanebeambte zat.

Maria probeerde te glimlachen, maar ze was niet in de stemming om grapjes te maken. Het was nu echt. Ze was hier. Ze was in Viktors land aangekomen en het intense verlangen naar hem vermengde zich met angst. Stel je voor dat ze hem niet vond?

Maria dwong zich om die gedachte uit te bannen. Het was nu haar beurt om naar het loket te gaan. De jongeman achter de glazen ruit keek ernstig naar haar en daarna naar haar paspoort. Hij bladerde er even in en pakte een stempel. Daarna gaf hij het paspoort met een knikje terug. Ze mocht doorlopen.

Het duurde een tijd voordat haar bagage kwam, maar eindelijk verscheen Maria's koffer op de band. Met haar koffer in haar hand volgde ze de bordjes naar de uitgang. De aankomsthal was groots en kil. Het was druk. Veel mensen wachtten met bloemen in hun handen. Overal klonk Russisch, de zachte, mooie taal waarvan ze niets begreep. Maria bleef staan. Ze wist niet waar ze naartoe moest, tot ze een vrouw in het oog kreeg die naar haar zwaaide. Ze stond bij een klein groepje mensen die Maria van het vliegtuig herkende. Maria liep naar hen toe. Toen ze er was zag ze dat de vrouw een bord vasthield waarop INTOURIST stond.

'Hoe heet u?' De vrouw, die een merkwaardig ouderwetse bril op haar neus had, stond klaar om weer een passagier af te strepen. Ze was klein en droeg een lichte jas en een met bont afgezette vachtmuts. Ze droeg laarzen met hoge hakken. Maria voelde zich plotseling lomp met haar wandelschoenen.

'Maria Hamrén.

De vrouw keek op haar lijst en maakte een aantekening toen ze haar naam had gevonden. Daarna keek ze op. 'Welkom, ik ben Svetlana. Als iedereen er is kunnen we gaan. We wachten nog even.'

Maria bleef bij de groep staan. Na een tijdje kwamen ook Hjördis en Rune de aankomsthal in. Ze kregen de kleine groep al snel in het oog en liepen zelfverzekerd naar de reisleidster om hun naam op de lijst af te laten strepen.

Svetlana constateerde dat iedereen er was en vroeg of ze haar wilden volgen. Op de parkeerplaats voor de hal wachtte een minibus. Er waren precies genoeg zitplekken, maar de bagageruimte was al snel vol. Maria nam haar koffer mee naar binnen, hij was toch niet zo groot. Ze had niet veel ingepakt.

De rit begon en Maria keek gefascineerd uit het raam. Het sneeuwde, het was nog steeds winter, en langs de snelweg lag de sneeuw in smerige muren van een meter hoog. Ze reden langs winkelcentra waar auto's, meubelen en huishoudelijke apparaten werden verkocht. Het zag er modern uit. Helemaal niet zoals ze zich Moskou had voorgesteld. Ze herinnerde zich wat Henrik over de veranderingen had verteld. Dat er niets meer hetzelfde was. Viktor had gezegd dat Moskou een vriendelijke stad was. Ze hoopte dat hij gelijk had.

Het duurde bijna een uur om in het drukke verkeer naar het hotel te komen. Hotel Kosmos was een groot gebouw. Meer beton dan staal en glas. De receptie was sjofel. Drie vrouwen met veel make-up en gekleed in marineblauwe mantelpakjes ontvingen hen en Maria kreeg een kamer op de zevende verdieping. Ze bedankte en ging naar boven in een van de liften die de receptioniste had aangewezen.

De gang op de zevende verdieping had vast tapijt en er hing een rooklucht. Ze vond haar kamer snel. Hij was niet bepaald luxe, maar het bed was netjes opgemaakt en het uiteinde van het toiletpapier was in een kleine driehoek gevouwen. Het uitzicht was mooi. Als je dat tenminste zo kon zeggen. Ze zag geen gouden koepels vanuit haar kamer, maar de snelweg en grote betonnen flatgebouwen. Maar als ze in bed lag zag ze de hemel, en dat was een goed gevoel, zelfs al was deze op dit moment bedekt met dunne, grijze wolken.

Ze was hier niet om tijd in haar hotelkamer door te brengen. Ze was hier ook niet om de toerist te spelen en de stad te bekijken. Ze had een doel. Een taak die ze zichzelf had opgelegd.

Ze werd niet verwacht, maar ze wist dat Viktor blij zou zijn als hij haar zag. Meer dan dat, hoopte ze. Overgelukkig. Grenzeloos, ongelooflijk opgelucht dat ze weer bij elkaar waren. Net zoals zij zich zou voelen als ze hem zag. Ze had erover gefantaseerd waar de ontmoeting zou plaatsvinden. Of ze zou aanbellen aan zijn deur of voor zijn huis zou wachten of op de stoep achter hem zou opduiken. Ze zou zijn naam fluisteren. Zachtjes, zodat alleen hij het hoorde. Ze had al voor zich gezien hoe hij zich omdraaide. De verwarring die langzaam veranderde in blijdschap. De kus.

Maria kon het niet laten om te glimlachen bij de gedachte. Een gelukkige uitdrukking verspreidde zich over haar gezicht. Het was alsof ze wist dat ze iemand een heel mooi cadeau ging geven.

Maar eerst moest ze liggen. Door de stress voelde ze zich weer misselijk. Ze had ook dorst. Op het bureau stond een bruine fles mineraalwater. Ze maakte hem open en schonk het water in het glas dat ernaast stond. Het was niet lekker, een onbekende bijsmaak vulde haar mond toen ze de eerste slok had genomen. Ze zette het glas op het bureau en ging weer liggen.

Zo lag ze een kwartier, met haar ogen op de grijze hemel gericht en haar handen over haar buik gevouwen. Daarna dwong ze zichzelf om op te staan. Ze had al geconstateerd dat er geen telefoongidsen in de kamer waren. En zelfs als die er waren geweest, had ze er niets mee kunnen doen. Ze kende het Russische alfabet niet. Bij de receptie zouden ze haar beslist kunnen helpen, bedacht ze terwijl ze weer naar de lift liep.

'Sorry, *we don't have phone book.*' De vrouw in het blauwe uniform keek naar haar. Maria vond niet dat ze erg spijtig keek.

'*Where can I find one?*'

De vrouw haalde haar schouders op en schudde haar hoofd om aan te geven dat ze er geen idee van had. Daarna ging ze iets anders doen. Maria bleef bij de balie staan. Hier had ze geen rekening mee gehouden. Aan het andere eind van de grote foyer zag ze hun reisleidster, Svetlana. Ze bladerde in een stapel papieren. Toen Maria naar haar toe liep, keek ze op en glimlachte. 'Kan ik u ergens mee helpen?'

'Ik heb een telefoongids nodig.'

'Een telefoongids...' Eén moment zag ze eruit alsof ze niet wist waar Maria het over had. Daarna begonnen ze te stralen. 'Aha, een telefoongids. Helaas, die hebben we niet.' Maria keek waarschijnlijk ongelukkig, want Svetlana ging verder. 'Maar u kunt inlichtingen bellen. Als u o9 belt krijg u ze aan de telefoon.'

'Dank u wel!' Maria draaide zich om. Ze moest weer naar boven, er was een telefoon in haar kamer. Toen ze een paar stappen had gedaan, hoorde ze Svetlana's stem weer. 'Spreekt u Russisch?'

Maria stopte en draaide zich om. 'Nee.'

'Dan hebt u waarschijnlijk hulp nodig. Kom maar mee.' Svetlana begon in de richting van een bruine deur in de hoek van de zaal te lopen. Er stond iets op de deur. Maria vermoedde dat het Intourist was. Het symbool was in elk geval hetzelfde als wat ze op Svetlana's bord had gezien.

Het kleine kantoor werd verlicht met tl-buizen aan het plafond. Er waren geen ramen, maar aan de muren hingen posters met mooie panoramafoto's van Moskou in de zomerzon, met glanzende gouden koepels.

'Wie zoekt u?'

'Sorry?' Maria richtte haar aandacht op Svetlana.

'Het telefoonnummer dat u zoekt. Wie is het? Hoe heet die persoon?'

Maria werd rood. 'Viktor. Viktor Rybkin.'

'O jee.'

'Sorry?'

'Rybkin is een heel gewone naam.' Svetlana pakte de telefoon en toetste een nummer in. Daarna zei ze iets in het Russisch. Maria herkende Viktors naam. Het werd anders uitgesproken in zijn moedertaal. Svetlana bleef praten. Ze wierp Maria een blik toe en schudde haar hoofd. 'Weet u waar hij woont?'

'In Moskou.'

'Ik bedoel het adres.'

Nu was het Maria's beurt om haar hoofd te schudden. Ze hoorde hoe Svetlana het gesprek afsloot en de hoorn op de haak legde.

'Er zijn meer dan honderd Viktor Rybkins in Moskou. Als u geen adres hebt is het onmogelijk.' Ze haalde haar schouders op, net als de receptioniste daarnet had gedaan. 'Helaas.'

Maria bleef staan. Dit ging niet volgens plan, en ze had geen reserveplan.

'Wat moet ik dan doen?' zei ze en ze keek naar Svetlana.

De vrouw tegenover haar haalde opnieuw haar schouders op. De ouderwetse bril was langs haar neus naar beneden gegleden. De gebreide jurk maakte haar figuur nog ronder en het haar, dat een paar nuances te licht was geblondeerd, zat in stijve krullen, alsof ze er papillotten in had gehad. Ze was minstens tien jaar jonger dan ze eruitzag.

'Kunt u het adres niet achterhalen?'

'Nee. Dat denk ik niet.'

Svetlana dacht even na. 'Weet u waar hij werkt?'

'Nee. Of ja, hij is diplomaat. Dan werkt hij denk ik bij het ministerie van Buitenlandse Zaken?'

'Waarschijnlijk wel. U kunt daar maandag naartoe gaan en naar hem vragen.' Svetlana zag er opgelucht uit, ze had een probleem opgelost. 'Ik zal op de kaart laten zien waar het MID ligt.'

'Het MID?'

'Ja, dat is het Russische ministerie van Buitenlandse Zaken. Het is gehuisvest in een van de Stalin-wolkenkrabbers. Heel centraal. U zult het zonder problemen vinden.' Svetlana pakte een kleine reclamefolder uit een rekje dat op het bureau stond en vouwde hem open. Op de achterkant stond een kaart. Svetlana spreidde hem op de tafel uit en zette niet ver van het midden een kruis. 'U gaat naar metrostation Smolenskaja en daarna loopt u die kant op. Het is niet ver.' Ze vouwde de kaart op en gaf hem aan Maria. 'Succes ermee!'

Maria pakte hem aan en bedankte. Daarna draaide ze zich om en liep het kleine kantoor uit.

Het was niet gegaan zoals ze had gedacht. Het was minder gemakkelijk. Maar het zou goed komen, dat was het belangrijkste. Het was al bijna avond en morgen was het zondag. Dan kon ze de stad bekijken, een beetje de toerist spelen nu ze hier toch was. Daarna hoefde ze nog maar één nacht te wachten. Maandag zou ze Viktor zien.

57

Het was natuurlijk een gok geweest, maar toch was ze teleurgesteld.
En bevroren. Ze had het idee op zondagochtend gekregen, bij het
ontbijt. Ze had met de kaart in haar handen gezeten en plotseling
een naam herkend: het Gorkypark. Daar had Viktor het over gehad.
In het Gorkypark ontspanden de Moskovieten zich in het weekend.
Had hij dat niet gezegd? En ook dat hij er zelf altijd naartoe ging.

Maria ontbeet haastig. Ze dronk thee en at een paar broodjes met
jam. De worst die werd geserveerd liet ze liggen, die zag er niet lekker
uit. Daarna kleedde ze zich aan en nadat ze de kaart nauwkeurig had
bestudeerd, liep ze naar de dichtstbijzijnde metro. Door stations te
tellen en letters te vergelijken was het haar gelukt om station Park
Kultury te bereiken. Het metrosysteem was niet ingewikkeld, maar
het was lastig om een kaartje te kopen. Niemand sprak Engels en toen
ze 'ticket please' zei en haar hand met daarin roebels uitstak, kon ze er
alleen maar op vertrouwen dat ze niet in de maling werd genomen.

De metro was mooi. Ze had er eerder over horen praten en ze was
onder de indruk toen ze om zich heen keek. Het communisme was
niet alleen maar slecht geweest, dacht ze, als ze metro's met kristallen kroonluchters konden bouwen.

Vanaf het metrostation waar ze was uitgestapt, was ze over een
brug naar de ingang van het park gelopen. Toen ze er was begon
ze te twijfelen; het idee had in het hotel op de een of andere manier
eenvoudiger geleken. Nu ze hier stond leek het plotseling hopeloos
ingewikkeld. Een enorme hoeveelheid mensen, voornamelijk stellen en families, stroomde door de hekken naar binnen. Hoe moest
ze het aanpakken?'

Ze ging bij de ingang staan en keek naar de mensen. Ze stond er net zo lang tot ze geen gevoel meer in haar voeten had. Daarna wandelde ze een stukje door het park om op te warmen, en ging weer terug naar de ingang.

Laat in de middag kwam ze verstijfd van de kou in het hotel terug. Ze had Viktor niet gezien. Het was een slecht idee geweest, een heel slecht idee.

Ze had ook niet aan sightseeing gedaan. Dat hinderde niet, ze had die dag toch iets van de stad gezien. Haar indruk ervan was grijs. Besneeuwd en grijs, met veel mensen. Ze had hoofdpijn en ze kon het gebabbel van de mensen die praatten in een taal die ze niet verstond nog steeds horen. Bovendien had ze honger. Ze had zichzelf er niet toe kunnen zetten om naar een van de restaurants te gaan die ze had gezien. Het was een Twix in een van de kiosken van het park geworden. Dat was niet veel bij wijze van lunch.

Nu was het bijna tijd voor het avondeten. Ze zou vanavond in het restaurant van het hotel eten. Alleen al de gedachte dat ze haar wandelschoenen weer moest aantrekken en naar de metro moest lopen was te veel. Ze was moe. Het was beter om haar energie voor morgen te bewaren. Dan zou het erop aankomen.

Toen Maria maandagochtend wakker werd was het nog maar zes uur, maar ze kon onmogelijk verder slapen. Ze had gedroomd, wat een vaag gevoel van onrust had achtergelaten, hoewel ze niet wist waar de droom over was gegaan.

Ze bleef nog een uur in bed liggen, en stond toen op om een douche te nemen. Na het ontbijt, thee en broodjes met jam, ging ze terug naar haar kamer. Het duurde ongewoon lang om haar make-up aan te brengen. Ze maakte er veel werk van. Ze kamde haar wimpers uit, die door de mascara aan elkaar kleefden, bracht niet alleen lippenstift, maar ook lippotlood aan en borstelde haar lange, blonde haar tot het glansde.

Om halftien verliet ze het hotel en ging op weg naar de metro. Het ministerie van Buitenlandse Zaken lag vlak bij metrostation Smolenskaja. Dat had Svetlana haar aangewezen. Maria had de kaart nauwkeurig bestudeerd. Om er te komen moesten ze eerst drie stations met de ringlijn tot Prospekt Mira, daarna vier stations tot Kievskaja en daarvandaan, met de donkerblauwe lijn, één station tot Smolenskaja. Ze had de kaart bij zich – het zou niet moeilijk zijn.

Het was vreemd, voordat ze naar Moskou ging had ze zo veel nagedacht. Over de kleinste details. Wat ze zou doen, waar ze zou beginnen. Wat ze wilde. Het was haar eigen beslissing geweest om naar Moskou te gaan en Viktor te zoeken. Het was het resultaat van diep nadenken, maar ook van een groot verlangen. En een merkwaardig vertrouwen dat alles goed zou komen als ze haar hart maar volgde.

Nu was ze hier, en alles was anders. Het was geen fantasie meer, het was werkelijkheid. Thuis had ze gedacht dat zij en Viktor in Moskou konden wonen, maar nu ze door de straten van de stad liep besefte ze de omvang van zo'n beslissing. Om als vreemdeling in de stad te leven. Om de taal niet te kennen, niets van de cultuur te weten. Om niemand te kennen, behalve de man van wie ze hield. Dat stelde grote eisen aan de liefde. Ze kenden elkaar nog maar een paar maanden. Ze hadden elkaar nog maar een paar keer ontmoet. Ze waren maar één keer met elkaar naar bed geweest.

Het was niet zo dat ze twijfelde. Ze hoorden bij elkaar, Viktor en zij, en daar moesten ze alles voor over hebben. Maar het was niet eenvoudig.

Bij station Kievskaja ging het mis en het duurde een hele tijd voordat ze de juiste metro had gevonden, maar uiteindelijk arriveerde ze bij station Smolenskaja. Toen ze de metro uit kwam keek ze verward om zich heen. Het duurde even voordat ze de werkelijkheid in overeenstemming kon brengen met de kaart waarop ze net had gekeken.

Ze moest de grote weg naar links nemen; het ministerie van Buitenlandse Zaken lag maar een paar huizenblokken verder. Svetlana had het over een Stalin-wolkenkrabber gehad en Maria had er geen idee van wat dat was, maar het werd haar duidelijk toen ze na een korte wandeling voor de ingang van het ministerie stond. Het gebouw was overweldigend, als een enorme zwarte taart met kantelen en spectaculaire torens.

De zenuwachtigheid die ze de hele weg had geprobeerd te onderdrukken nam nu bezit van haar. Durfde ze dit spookslot wel binnen te gaan?

Maria dwong zichzelf vooruit. Viktor was ergens in het gebouw en als ze hem wilde spreken, moest ze naar binnen. Aarzelend liep ze naar de ingang. Op het moment dat ze de deur open wilde duwen, ging deze open en een groep mannen in overjassen die levendig met elkaar praatten, passeerde haar.

Maria deed een stap opzij om niet door de groep meegesleurd te worden. Ze kreeg de deur net voordat hij dichtging te pakken en liep naar binnen.

Achter de zware toegangsdeur was een draaideur. Die draaide zo snel dat ze bijna met haar tas vast bleef zitten. Op het laatste moment trok ze hem los en kwam ze heelhuids aan de andere kant naar buiten. Na de draaideur moest ze door een metaaldetector lopen. Aan de andere kant van de detector zaten twee politieagenten achter een bureau. Ze keken wantrouwend naar haar. Waarschijnlijk dachten ze dat ze een toerist was.

'Good morning.' Maria probeerde vriendelijk te klinken. Een van de politieagenten knikte enigszins afwachtend. 'I'm looking for mister Viktor Rybkin.'

'Rybkin?' De man fronste zijn voorhoofd en keek naar zijn collega, die zijn schouders ophaalde. Langzaam, alsof het hem enorm veel moeite kostte, pakte hij een map. 'You have appointment?'

'No.'

De geüniformeerde man bromde wat terwijl hij in de map zocht. 'I'm sorry, there is no mister Rybkin,' zei hij uiteindelijk toen hij opkeek.

'Yes, there is.' Maria probeerde overtuigend te klinken. Natuurlijk was er een mister Rybkin. Viktor, hij werkte hier immers. 'He is a diplomat. He worked in Sweden.' Ze zei het snel omdat ze hoorde hoe bibberig haar stem klonk.

'I'm sorry,' herhaalde de man zonder een zweem van een glimlach. 'There is no mister Rybkin here.'

'Yes! There must be!'

Nu keek de andere politieagent ook nieuwsgierig naar haar. Het bleef een paar seconden stil.

'Wait.' De eerste politieagent strekte zich uit naar de telefoon op het bureau. 'You say Sweden?'

'Yes.'

Er volgde een kort gesprek in het Russisch. Daarna richtte hij zich weer tot Maria.

'*Okay, you wait there.*' Hij wees naar een bank die een eind verderop in de enorme marmeren foyer stond. Maria liep naar de bank. Haar stappen echoden op de harde, glimmende vloer.

Ze moest een paar minuten wachten. Ze deed haar muts af en hield haar handschoenen stevig in haar hand. Toen ze een deur hoorde dichtslaan keek ze haastig om zich heen. Een man in kostuum liep in haar richting. Hij zag er jong uit. Zijn wangen waren rond en zijn haar begon al dun te worden. Toen hij bij Maria was, bekeek hij haar ongegeneerd van top tot teen met zijn grote, lichte ogen.

'Wie zoekt u?' vroeg hij. Maria was verbaasd. Ze had absoluut niet verwacht dat hier iemand Zweeds zou praten.

'Ik zoek Viktor Rybkin. Hij werkte op de Zweedse ambassade. Als eerste secretaris. Hij is...'

De jonge Rus onderbrak haar. 'Hij is hier niet.'

'Maar... maar waar is hij dan?'

'Helaas.' De man gebaarde met zijn handen. 'Dat weet ik niet.'

'Maar wie weet dat dan?'

'Helaas,' herhaalde hij. 'Ik kan u niet helpen.' Hij knikte naar de politieagenten, die vanaf hun plek bij de ingang nieuwsgierig naar hen keken. Hij bedoelde dat ze weg moest gaan, het gebouw moest verlaten. Ze maakte zich half klaar om te gaan.

'Maar...' Maria's stem was zwak, maar toch was het voldoende voor de man om zich om te draaien. Ze keken naar elkaar. Eén moment leek het bijna alsof hij medelijden met haar had. 'Tot ziens,' zei hij toen Maria niets zei. 'Succes.'

Hij verdween net zo snel als hij was gekomen en Maria bleef eenzaam in de grote hal achter. Toen één van de politieagenten zijn keel luidruchtig schraapte, keek ze op. Ze wachtten op haar. Het was tijd om te gaan.

Maria draaide zich om en liep langzaam over de marmeren vloer. Het was haar laatste hoop geweest. De laatste kans om de puzzel te leggen, om het patroon te laten kloppen. Het was niet gelukt. De tranen brandden in haar ogen, maar ze drong ze terug. Dat had geen zin, Viktor was buiten bereik. Eén moment dacht ze dat hij niet bestond, dat hij nooit had bestaan. Misschien was hij een fantasie.

Maar dat was niet zo. Viktor bestond. Aantoonbaar.

Maria liep onvast het gebouw uit. Het lawaai en de uitlaatgassen van de brede avenue kwamen haar tegemoet. Ze begon te lopen. Zonder kaart, zonder doel.

Ze liep urenlang. Het was alsof haar benen uit zichzelf bewogen. Ze wist niet waar ze naartoe ging, maar de stroom mensen voerde haar naar het centrum van de stad, want plotseling openbaarde zich een enorme plein voor haar. Toen ze de kerk met de veelkleurige koepels zag, herkende ze het meteen. Ze stond op het Rode Plein. Maria keek om zich heen.

Langs de ene lange kant van het plein liep een rode stenen muur; bewakers stonden voor een klein gebouw op wacht. Dat moest het mausoleum zijn, waarin Lenin lag. Binnen de muur lag het Kremlin, dat had ze op de kaart gezien. Aan de andere lange kant van het plein zag ze een warenhuis. In de schitterende etalages werden kleren geshowd van de meest toonaangevende designers ter wereld. Het zag er duur en exclusief uit.

Het plein was afgezet en de enorme oppervlakte lag er verlaten bij. Dat versterkte het gevoel van grootheid. Maria bleef staan, voor het eerst sinds ze het ministerie van Buitenlandse Zaken had verlaten. Ze keek om zich heen.

Ze had dit plein al tientallen keren op de televisie gezien. Dat ze hier nu was, gaf haar het gevoel dat ze in een film was beland. Het enorme plein maakte dat ze zich klein voelde. Misschien was het juist daarom zo groot, om de mensen aan hun nietigheid te herinneren. Het was een plek waar mensen zich klein gingen voelen.

Maria stond doodstil. Haar armen hingen langs haar lichaam. Ze had haar sjaal losgemaakt omdat ze het warm had gekregen van de lange wandeling. Nu voelde ze de koude winterlucht in haar nek, waardoor ze huiverde.

Ineens kwamen de tranen. Ze liepen langzaam langs haar wangen naar beneden. Ze probeerde ze niet tegen te houden. Ze had geen enkele hoop meer.

Ze stond er alleen voor. Ze moest zichzelf zo goed mogelijk zien te redden.

58

Ze was twee weken extra op het platteland geweest. Gewoon zomaar. Ze was het niet van plan geweest, maar een mail van personeelszaken over vakantiedagen die kwamen te vervallen als ze ze niet snel opnam, had haar plannen veranderd. Eigenlijk was het treurig om zo veel vakantiedagen te hebben en ze dan niet op te nemen. Ze had zich bijna geschaamd voor de personeelsadministrateur. Wat zouden ze van haar denken? Dat Maud Gunnarsson geen privéleven had?

Uit koppigheid had ze meteen vakantie opgenomen. Natuurlijk was ze pas geleden nog een week op het platteland geweest, en personeelszaken wees erop dat ze tot 1 juli de tijd had om de vakantiedagen op te nemen, maar ze had een beslissing genomen. Voor één keer zou ze de appelbomen op tijd kunnen snoeien. Vroeg in het voorjaar, zoals dat in de boeken stond. Maud snoeide meestal tegen de zomer. Dat was niet goed. Je mocht niet snoeien als de knoppen al uitgekomen waren. Daarmee riskeerde je dat de bomen beschadigd raakten. Op zich maakte het natuurlijk niet uit. Ze kreeg alle appelen die haar tuin opleverde toch nooit op. Maar het was een mooi gezicht als ze in bloei stonden.

Het waren twee fantastische weken geweest. Op de een of andere manier had juist het ongeplande, het onverwachte, haar plezier verhoogd. Toen de zon zich een paar dagen achter elkaar liet zien, had ze de oude Grythyttan-stoel tegen de muur gezet, een kop koffie op de armleuning. Het was alsof het leven haar plotseling had ingehaald. Het ging niet alleen om het loslaten van de stress van het werk, uitrusten, nee, het ging om het leven zelf, het echte: bestaan, ademhalen, leven. Zelfs de vertrouwde gedachten over de dood, die steeds vaker haar gedachten vulden, waren goedaardig geweest. Geen spijt of paniek over dingen die ze moest doen en beleven voordat ze te oud was, geen eind. Alleen acceptatie en misschien wat kalme weemoed.

Ze had geen bezoek gehad. Ze was een paar keer naar de winkel geweest en dat had niet alleen voedsel opgeleverd, maar ook net zo veel menselijk contact als waar ze behoefte aan had. Het was niet veel: ze zei gedag bij de kassa en wisselde een paar woorden met Jan-Ove van de slagerij. Daarna ging ze weer terug naar de stilte.

Het was moeilijk geweest om na die twee weken weer aan de slag te gaan. Ongewoon moeilijk. Het was natuurlijk altijd wennen na een vrije periode, maar deze keer was het meer dan alleen een lichaam dat lui was geworden van de vakantie en dat een schop nodig had om weer op gang te komen.

Ze besloot dat ze het beste maar gewoon kon beginnen.

Dat verdomde kindertehuisverhaal was bijvoorbeeld blijven liggen. Ze kon zich nauwelijks nog herinneren waarom dat was. Er was iets met een document geweest. Ja, natuurlijk. Ze had geprobeerd die ambtenaar te bereiken, om meer informatie te krijgen. Het verslag dat ze had gekregen was nietszeggend geweest. Het was niet mogelijk om een reportage te maken die was gebaseerd op een paar bureaucratische formuleringen.

Ze had een boodschap achtergelaten. Het was mogelijk dat de ambtenaar had geprobeerd contact met haar op te nemen toen ze op vakantie was. Daar moest ze mee beginnen. Er moest toch ooit iets mee gedaan worden.

Dit keer had hij de mededeling op zijn computer gekregen. De nieuwe assistente had het blijkbaar geleerd. Geen telefoonnotities meer in zijn postvak.

Henrik Hamrén had de hele ochtend in vergadering gezeten. Het bezoek van de Oekraïense minister van Binnenlandse Zaken begon bijna. Hij was ongewoon betrokken geweest bij het bezoek. Dat was de manier waarop hij de situatie hanteerde, met werken. Hij had meerdere keren overgewerkt om het programma samen te stellen. Nu had hij de betrokken ambtenaren bijeengeroepen voor een vergadering. Het was zijn verantwoordelijkheid om een tijdschema vast te stellen waarmee alle betrokken departementen uit de voeten konden en hij hoefde nog maar een paar aanpassingen te doen voordat het klaar was.

Tenminste, als Maud Gunnarsson niet had gebeld. Ze verstoorde zijn plannen.

Hij was er verbaasd over dat het zo lang had geduurd. Het eerste briefje had hij genegeerd. Een briefje kon verdwijnen, zelfs op het ministerie van Buitenlandse Zaken. Hij had besloten om als ze weer belde net te doen alsof hij van niets wist. Dat had ze gedaan en hij kon zich niet langer verstoppen.

Hij zou Martin Vindell op de ambassade bellen. Hij moest toch iets tegen Maud Gunnarsson zeggen?

Henrik pakte de hoorn en een paar minuten later hoorde hij Martin aan de andere kant van de lijn.

'Hoe staan de zaken in Grozny?' vroeg Henrik na de inleidende begroetingen. 'Gebeurt er daar iets?'

'Heeft Katja het daar niet met je over gehad?' Martin klonk verbaasd.

'Hoezo?' Henrik had helemaal geen contact meer gehad met de minister van Ontwikkelingszaken sinds de laatste betaling was overgemaakt. Hij voelde zich ongemakkelijk over Martins vraag. Wat bedoelde hij?

'Ik heb de documentatie vorige week opgestuurd. Een paar foto's en rapporten van de nieuwe directeur over de maatregelen die tot nu zijn genomen. Het materiaal is aangekomen en er wordt volop aan de renovatie gewerkt. Het zag er goed uit. Ik heb het gevoel dat ze hun best doen om de verloren tijd in te halen.'

'Bedoel je dat Katja het materiaal heeft? Waarom heb je het niet naar mij gestuurd?'

'Ja...' Martin klonk slecht op zijn gemak toen hij verderging. 'Ik dacht dat Katja en jij dat afgesproken hadden. Dat ze de informatie aan jou zou doorgeven. Ze heeft uitdrukkelijk gevraagd of ik het naar haar wilde sturen zodra ik iets had. Wist je daar niets van?'

'Ja, natuurlijk wel. Uiteraard wist ik het. Ik dacht alleen dat je een kopie naar mij zou sturen,' loog Henrik. Hij had er geen idee van waarover Martin het had. Hij was de verantwoordelijke ambtenaar, hij moest het materiaal krijgen. Katja had hem blijkbaar gepasseerd. Hij had de risico's moeten nemen, maar zij was degene die met de eer zou gaan strijken. Als het zover kwam. Er kon nog steeds veel verkeerd gaan, dat wist Katja. Ze wilde natuurlijk alle kaarten in handen houden en garanties hebben. Als er iemand opgeofferd moest worden, zou zij het niet zijn. Iemand die lager in de hiërarchie stond zou de schuld krijgen, iemand die geen controle over de situatie had.

Henrik omklemde de hoorn. Nu was hij degene die Maud Gunnarsson op zijn huid had.

'Goed, dan weet ik dat,' zei hij zo neutraal mogelijk tegen Martin. 'Ik neem aan dat Katja het rapport naar me toe stuurt zodra ze kans heeft gezien ernaar te kijken. Bedankt voor de hulp!'

'Het was niets. Doe de groeten aan Stockholm!'

'Dat zal ik doen. Tot ziens!' Henrik hing op.

Even had hij haar vertrouwd. Ze had hem in vertrouwen genomen en hij was stom genoeg geweest om te geloven dat hij iets terug zou krijgen voor zijn loyaliteit. Maar ze was natuurlijk net als alle anderen. Ze zette zichzelf op de eerste plaats. En wie kon haar dat kwalijk nemen?

Misschien was het tijd dat Henrik Hamrén ook eens aan zichzelf ging denken. Dit keer had hij tenslotte een keus. Hij had een troef in handen.

Hij tilde de bureauonderlegger langzaam op en pakte het dunne, kleine sleuteltje dat hij daar had neergelegd. Hij hield het even in zijn hand. De keus was niet moeilijk, aanvallen of aangevallen worden.

Gunnarsson van *Echo* wachtte op informatie.

59

Maria pakte de sleutel uit haar zak. Ze stond er even mee in haar hand voordat ze hem weer terug stopte. In plaats daarvan ging haar hand langzaam naar de bel. Ze aarzelde even voordat ze hem indrukte. Het was een raar gevoel, ze had hem jarenlang niet gebruikt. Niet sinds Henrik en zij elkaar pas hadden ontmoet. Ze dacht terug aan de paar keer dat ze bij hem uitgenodigd was. Hoe hij eten voor haar had gekookt en hoe ze hadden gevrijd op de bank bij het vuur van de open haard. Het leek heel lang geleden.

Maria schrok toen ze het geluid van de deurkruk hoorde. Ze was zenuwachtig. Henrik waarschijnlijk ook. Ze had hem vandaag gebeld en gevraagd of ze langs mocht komen. Henrik had verbaasd, maar blij geklonken. Natuurlijk mocht ze komen. Hij had niet rechtstreeks gevraagd wat ze wilde en zij had ook niets gezegd, alleen gesuggereerd dat er dingen waren waarover ze moesten praten.

De deur ging open en daar stond Henrik. Hij zag er mager uit. Maria voelde de genegenheid één moment door haar heen stromen. Daar stond haar Henrik.

'Kom binnen,' zei hij en hij stapte opzij om haar langs te laten.

Ze trok de deur achter zich dicht en bleef even onhandig in de gang staan voordat ze haar jas uittrok.

'Wil je iets hebben? Koffie? Een glas wijn? Een boterham?'

'Nee, dank je. Dat hoeft niet.'

Henrik knikte, hij zag er teleurgesteld uit. 'Zullen we naar de zitkamer gaan?'

'Natuurlijk.' Maria liep achter Henrik aan. Ze gingen allebei op een bank zitten. Zij was degene die moest beginnen. Maar hoe? 'Ten eerste...' Het was niet gemakkelijk om de woorden te vinden. 'Ten eerste wil ik zeggen dat ik het vreselijk vind wat er allemaal is gebeurd. Het spijt me dat ik je heb gekwetst. Het spijt me dat ik ons in deze situatie heb gebracht, dat ik niet duidelijk genoeg ben geweest. Over wat belangrijk voor me is.'

Henrik schudde zijn hoofd. Hij zag er gekweld. 'Dat ben je wel. Je bent duidelijk genoeg geweest. Ik heb me als een idioot gedragen. Een egoïstische idioot.'

'Zeg dat niet, Henrik.'

'Maar het is waar. Dit is allemaal mijn schuld. Als ik beter had geluisterd, was dit niet gebeurd.' Zijn ogen glommen. 'Ik zou er alles voor over hebben om het over te doen. Om alles goed te maken.' Henrik boog zijn hoofd en streek met zijn handen over zijn ogen.

Maria had zo'n medelijden met hem dat ze bijna opstond om hem te troosten. Toch hield ze zichzelf tegen. Wat ze te zeggen had vereiste afstand.

Henrik keek weer op. 'Het was mijn schuld dat je Viktor hebt ontmoet,' zei hij zachtjes.

Maria schrok. Wat wist hij over Viktor? Ze had nooit iets verteld. Henrik ging verder, alsof hij begreep dat ze antwoord wilde.

'De Säpo is bij me langs geweest. Ze hebben me ingelicht over jullie contacten. De conclusies heb ik zelf getrokken.' Het was te zien dat de woorden hem pijn deden. Hij keek naar zijn handen, die op zijn schoot lagen.

Maria zat er zwijgend bij. Er viel niets te zeggen, er was geen reden om te ontkennen wat Henrik had gezegd. 'Viktor is weg,' zei ze ten slotte.

'Dat weet ik.'

'Hij komt niet terug.'

'Nee. Dat klopt.'

'Ik ben er geweest.'

Henrik keek op. 'Waar?'

'In Moskou.'

'Ben jij in Moskou geweest?'

'Ja.'

'En heb je Viktor gesproken?'

'Nee.'

Ze keken elkaar aan. Henriks gezicht was één groot vraagteken, maar hij zei niets. Maria ging verder. 'Het is over met Viktor,' zei ze zachtjes. Haar stem brak bijna. Ze moest een paar keer slikken voordat ze weer sprak. 'Ik was verliefd, maar dat is nu voorbij.'

'Het is voorbij,' mompelde Henrik in zichzelf. Hij keek naar haar. Zijn ogen waren nu gevuld met iets anders: hoop.

'Ik hou van je, Henrik.' Haar tranen begonnen te stromen toen ze het zei. Het was geen leugen. Het was echt zo. Viktor was weg. Hij zou niet terugkomen. Ze moest hem vergeten.

Henrik stond op en liep naar Maria toe. Hij ging op zijn knieën zitten en legde zijn hoofd in haar schoot. 'Ik hou van je, Maria,' zei hij telkens weer. Hij pakte haar handen en omklemde ze. 'Ik hou van je. Je bent alles voor me.'

'Dus je wilt me terug?'

'Ja. Ja! Natuurlijk wil ik je terug! Dat is het enige wat ik wil.'

Maria leunde achterover, legde haar nek tegen de rugsteun en keek naar het plafond. Ze voelde Hendriks greep rond haar handen. Zijn snikken tegen haar dijbeen. Hij geloofde dat het achter de rug was. Hij huilde van opluchting. Omdat hij het nog niet wist.

'Ik ben zwanger.' Maria hield haar ogen nog steeds op het plafond gericht.

Het duurde een tijdje voordat Henrik leek te begrijpen wat ze zei. Het huilen werd minder en hij hief zijn hoofd op.

'Ik ben zwanger,' herhaalde ze. 'Het is van Viktor.'

Het werd doodstil in de kamer. Henrik rechtte zijn rug en liet haar handen los.

Maria ging verder. 'Hij weet het niet. En hij zal het ook nooit te weten komen.'

Het duurde even voordat Henrik zijn mond opendeed. 'Dus...' zei hij zachtjes, alsof hij geen kracht meer had.

'Dus... als je me wilt hebben, en het kind, dan kunnen we verder.'

Het was stil in de zitkamer. Henrik schommelde zachtjes met zijn lichaam. Ze hoorde hem mompelen. 'Jezus, jezus.' Het was nauwelijks hoorbaar. Ze had hem die uitdrukking nog nooit horen gebruiken. Het klonk vreemd. Toen hij weer sprak klonk zijn stem vaster. 'Dus ik moet zorgen voor een kind dat niet van mij is? Dat van iemand anders is?'

'Het is van mij. Het zal ook van jou worden.'

Henrik schudde zijn hoofd. 'Nee...'

'Als je dat wilt wel.' Maria staarde naar hem. Ze zou hem willen overtuigen, maar dat ging niet. Hij moest het besluit zelf nemen.

'Ik ga nu, Henrik,' zei ze en ze stond op. 'Je weet wat ik wil. Denk erover na. Het is jouw beslissing.'

60

Het was dus zijn beslissing. Nee, dat was niet waar. Alle beslissingen waren al genomen. Kon hij iets anders dan het accepteren? Hij had immers zelf gezegd dat het zijn schuld was. Dat hij zijn vrouw in de armen van een ander had gedreven. Nu was ze bij hem terug. Dat was zijn diepste wens geweest, maar hij moest er een hoge prijs voor betalen.

Het kind van iemand anders. Het was een absurde gedachte. Hij had andere mannen horen praten over het bange vermoeden dat het kind niet van hen was. Zelf had hij nooit geaarzeld. Hij had Cecilia voor honderd procent vertrouwd en alsof dat niet genoeg was, leek zowel Gustav als Johanna heel erg op hun vader. Dezelfde neus, dezelfde schouders, dezelfde smalle polsen. Hij had het meteen gezien en geen seconde getwijfeld.

Dat zou hij nu ook niet hoeven te doen. Hij zou het dit keer ook weten. Voor honderd procent. Zijn vrouw had een kind van een andere man.

Misschien was dat goed, hij had tenslotte zijn kinderen ook met iemand anders. Maar nee, dat was niet met elkaar te vergelijken. Dat was iets heel anders.

Hoe zou het zijn? Om het kind van een ander in zijn armen te houden?

Het kind zou het nooit te weten komen. Dat had hij van Maria begrepen. Ze had gezegd dat het zijn kind zou zijn. Als hij het wilde hebben.

Hij wilde niet. Hij wilde háár hebben. Het kind was iets wat hij moest accepteren. Misschien zou hij dat mettertijd doen. Een kleine baby, een onschuldig kind. Een jongen of een meisje met Russische ogen zou hem papa noemen. Was dat zo verschrikkelijk?

Henriks gedachten werden onderbroken doordat de telefoon ging. 'Hamrén,' zei hij in de hoorn. Hij verbaasde zich erover hoe autoritair zijn stem klonk. Alsof hij eraan gewend was om beslissingen te nemen.

'Henrik, met Katja. Löfdahl. Heb je tijd om even naar me toe te komen?' Dat was ook geen stem die nee accepteerde.

'Ja,' antwoordde hij.

'Mooi. Ik wacht op je.'

Henrik stond op. Wat zou ze willen? Hem informeren over het project, dat ze tot een goed einde had gebracht? Als ze op complimentjes uit was, dan was ze bij hem aan het verkeerde adres.

Hij liep zijn kantoor uit en deed de deur achter zich dicht. Vier minuten later was hij bij het kantoor van de minister. Hij klopte en liep naar binnen. Katja zat achter haar bureau. Ze had haar jasje uitgedaan en ze droeg een pastelkleurige bloes met roze en groene bloemen. Het korte, bruine haar zat een beetje in de war en haar wangen waren roder dan anders. Het was ongewoon om haar zo te zien. Vrouwelijk, dacht hij, maar hij schaamde zich daar meteen over. Ze was een minister.

'Ga zitten,' zei ze snel en ze glimlachte naar hem. Hij gehoorzaamde. 'Ik had vorige week al met je willen praten,' ging ze verder, 'maar ik heb het druk gehad.' Ze zei niet waarmee. Ze was hem geen excuus verschuldigd.

'Ik heb al met Martin Vindell gepraat.' Henrik keek naar haar. Hij moest zijn gevoel van eigenwaarde op de een of andere manier zien te herwinnen. Ze moest niet denken dat hij een idioot was.

'O.' Katja keek verbaasd. 'Ja, dan weet je misschien al waarover het gaat?'

'Ga verder.' Nu was hij degene die informatie verzamelde.

Katja knikte. 'Goed. We hebben een evaluatieverslag over het kindertehuis gekregen en alles lijkt volgens plan te verlopen.' Ze zag er tevreden uit.

Henrik kon het niet laten zich af te vragen of ze het oorspronkelijke plan, het reserveplan of misschien het noodplan bedoelde. Hij vroeg het niet. Met cynisme kwam je niet ver.

'Ja, dat heb ik begrepen.'

'We moeten ervoor zorgen dat deze informatie zo snel mogelijk de media bereikt. Een paar foto's in de avondkranten zou mooi zijn en ik weet dat *Echo* interesse heeft.'

'Maud Gunnarsson, inderdaad. Ze heeft contact met me opgenomen.'

'Met jou?' De informatie leek als een onbehaaglijke verrassing te komen. 'Heb je met haar gepraat?'

'Nog niet.'

'Gelukkig. Dan kun je haar nu bellen en vertellen wat we hebben.' Er lag iets smekends in haar stem.

Henrik gaf geen antwoord en het bleef stil in de kamer. Ja, natuurlijk kon hij dat doen. Of niet. Hij liet zijn blik op de vrouw aan de andere kant van het bureau rusten. Hij had geen haast.

Katja's ogen dwaalden rond en ze kuchte nerveus voordat ze verderging. 'Tja, Henrik... de reden dat deze informatie is blijven liggen is dat ik bezig ben geweest met wat veranderingen op het personele vlak...'

'Ja?'

'Ja. We gaan een aantal...' Katja zocht naar een geschikt woord, '... veranderingen doorvoeren nu Birger Frost komend voorjaar met pensioen gaat.'

Henrik rechtte zijn rug. Dit was interessant. Birger Frosts pensioen was iets waar de afdeling Rusland van Buitenlandse Zaken al een aantal jaar op wachtte. Frost werd te oud voor de ambassadepost in Moskou. Natuurlijk was hij capabel, maar hij was nauwelijks een visionair te noemen en hij had definitief zijn beste jaren achter de rug. Tijdens de hete jaren aan het begin van de jaren negentig was Birger Frost een echte hulp voor Zweden in Moskou geweest. Zijn rapporten over de couppoging van de communisten in 1991 waren legendarisch geweest. Ze werden intern nog steeds gebruikt bij de ambtenarenopleiding van Buitenlandse Zaken als voorbeeld van een snelle, correcte en bruikbare analyse van een acute buitenlandse politieke gebeurtenis.

De laatste jaren was hij echter afgetakeld. Birger Frost was niet scherp meer en de ambassadeurspost in Moskou was veel minder belangrijk geworden. Bovendien, als Henrik Martin Vindell en de andere collega's op de ambassade goed had begrepen, dan werd Birger Frost in zijn eigen gelederen ook niet altijd gewaardeerd, om het diplomatiek uit te drukken.

Katja kuchte weer. Het leek alsof ze iets belangrijks te vertellen had. 'We hebben net bepaald wie de nieuwe ambassadeur in Moskou wordt,' zei ze langzaam terwijl ze naar Henrik keek.

Hij ontmoette haar ogen. Hij had er geen idee van wat er zou komen, maar één moment voelde hij vergeefse hoop.

'Het wordt Blidfelt,' zei ze uiteindelijk. 'Torsten Blidfelt.'

61

Maud Gunnarsson wist wat ze moest weten, maar het had tijd gekost. Wanneer was ze er eigenlijk mee begonnen? Dat was in november geweest. Nu kwetterden de voorjaarsvogels buiten de betonnen bunkers van Gärdet.

Nou ja, soms kostte het tijd om nieuws te vergaren. Moest het tijd krijgen. Ze kon nu in elk geval het vervolg maken. Alles wat ze nodig had om het item af te maken was het commentaar van de minister van Ontwikkelingszaken. Ingrid Sköld had haar morgen tien minuten met Katja Löfdahl beloofd. Dat was genoeg. Toch kon ze niet ontsnappen aan een vaag gevoel van ontevredenheid.

Ze had met de ambtenaar gepraat, Hamrén. Hij had verteld over de werkzaamheden in het kindertehuis. Dat er een aantal vertragingen en bepaalde administratieve problemen waren geweest, maar dat de Zweedse hulp nu goed van pas kwam. Op haar vraag over de houding van de Russische overheidsinstanties had hij geantwoord dat het goed ging, dat het project de steun kreeg die het nodig had.

Wat hij zei was niet merkwaardig, het was eerder de manier waarop hij het zei waardoor ze reageerde. Alsof hij iets achterhield. Ze had geprobeerd druk op hem uit te oefenen. Administratieve problemen. Wat betekende dat? Hij had een vaag antwoord gegeven, had gekronkeld. Hij had zijn werk gedaan. Ze had niets om zich op te baseren.

Ze had een kopie van het rapport uit Grozny gekregen. Het was in slecht Engels geschreven en ondertekend door een vrouw met de naam Zulichan Rasjijeva. Zij was duidelijk degene die het werk van het kindertehuis ter plekke leidde. Ze schreef over materiaal dat was aangekomen: radiatoren, bedden, fornuizen, pannen, speelgoed, matrassen, dekbedden, drie wasmachines... De lijst was lang. Elementaire artikelen, de basis voor een normaal leven. In elk geval hier, in Zweden. Uit het rapport bleek iets anders. Radiatoren en wasmachines waren geen elementaire artikelen voor een weeshuis in Tsjetsjenië. De dankbaarheid was overduidelijk tussen de regels door te lezen.

Er waren een paar foto's bij het rapport gevoegd. De meeste toonden het renovatiewerk: mannen met blikken verf en troffels. Maar een van de foto's onderscheidde zich van de andere. Het was een foto van een kind. En klein jongetje met kort zwart haar en grote ogen. Hij zat op de grond en hield een teddybeer vast. Het was waarschijnlijk de bedoeling dat het een positief beeld gaf. Een foto van een kind dat iets had gekregen. Toch kreeg Maud Gunnarsson een brok in haar keel van de foto. Wat zij zag was een oorlogsslachtoffer; geen slachtoffer met een lichaam dat in bloederig verband was gewikkeld, maar een klein weeskind in een tehuis, met een teddybeer die iemand hem als enige troost had geschonken.

Ze zuchtte. Ze voelde zich niet vaak zo, maar toen Maud naar de foto keek vond ze het bijna jammer dat ze voor de radio werkte. Hoe zei je dat ook alweer? Een foto zei meer dan duizend woorden. Ze verlegde haar aandacht van de foto van het jongetje naar het stuk dat ze op haar computer aan het schrijven was. Het was mogelijk dat die waarheid gold voor avondkrantjournalisten, maar niet voor Maud Gunnarsson. Zij zou de foto recht doen, dat wist ze.

Ze keek opnieuw naar de foto. Het was mogelijk dat die ambtenaar meer op zijn lever had, haar intuïtie had het nooit mis, maar ze zou het loslaten. De aandacht van de luisteraars zou niet worden getrokken door administratieve problemen.

Het nieuws bevond zich niet bij Buitenlandse Zaken, maar in de ogen van een klein jongetje.

62

Katja liep langs een paar vrouwen die stilstonden op de roltrap. Ze vond het niet prettig om stil te staan. Bovendien had ze haast. Toen ze op de juiste verdieping was liep ze snel naar de speelgoedafdeling.

Ze hadden hier niet het goedkoopste speelgoed van de stad, maar ze verkochten kwaliteit. Alleen al de gedachte dat ze naar de grote speelgoedreus in de Galleria moest gaan, was misselijkmakend. Ze raakte gestrest door die overdaad aan plastic en felle kleuren. Ze wilde niets kopen wat op pallets lag, ze wilde iets speciaals kopen. Een pop. Een heel mooie pop voor Molly.

Katja liep een tijdje over de afdeling. Ze bleef bij de knuffeldieren staan. Molly wilde waarschijnlijk graag nog een knuffeldier hebben, hoewel ze er al meer had dan ze aankon. Maar ze was niet van plan een knuffeldier te kopen. Ze wist niet waarom, maar het was belangrijk dat het een pop was. Om de een of andere reden moest ze aan haar eigen pop denken, die ze met Kerstmis van haar oma had gekregen. Het was een prachtige pop geweest, waarnaar ze heel erg had verlangd en die in mooi papier met krullerige linten was verpakt.

Ze had Molly nog nooit op die manier ergens over horen praten, dat ze ergens naar verlangde. Haar wensen werden vervuld voordat ze uitgesproken waren. Ze wilden immers altijd het beste voor haar.

Ze liep naar de kast met poppen. Er waren veel mooie, net zoals ze had gedacht. Niet de gewone massaproductie, maar poppen met verschillende kleuren haar, ogen en huid. Stoere poppen met tuinbroeken en een paardenstaart en ouderwetse porseleinen poppen met handgeschilderde blossen op hun wangen en met kant afgezette lange damesonderbroeken die onder hun rokken uit kwamen.

Ze zocht een tijdje. Het was mogelijk dat het politiek correcter was om een pop met een chocoladebruine huid of in elk geval donker haar te nemen, maar ze wilde er een die bij Molly paste. Haar oog viel op een blonde pop met een rozet in het haar en een gebloemde jurk. Ze was absoluut niet ouderwets, haar glimlach was breed en de blik in haar ogen ondeugend. De jurk was weliswaar meisjesachtig, maar ze droeg roodgestreepte sokken aan haar mollige benen en haar voeten staken in schoenen die eerder deden denken aan stevige wandelschoenen dan aan schattige sandalen.

Die moest het worden. Katja pakte de pop.

Ze betaalde bij de kassa en de kassière die haar een blik van herkenning gaf, nam ruim de tijd om het cadeau in te pakken. Soms was het prettig om die extra service te krijgen, andere keren was het opdringerig. In dit geval was Katja er blij mee. Het cadeau was tenslotte niet voor haar, maar voor Molly.

Ze bedankte de verkoopster, liep de afdeling af en nam de roltrap naar beneden. Ze had nog tijd voor een andere boodschap. Ze haastte zich het prachtige warenhuis uit en sloeg een van de zijstraten in. De drankenwinkel was niet ver en ze had geluk, en waren niet veel mensen voor haar. Een paar minuten later stond ze alweer op straat. Ze moest op een holletje naar het station. Het was al halfzes en ze wilde op tijd thuis zijn.

De metro naar Hässelby reed net het station binnen toen ze het perron op kwam. Dat was niet vreemd, het was spitsuur en dan reden er veel metro's, maar toch leek het symbolisch. Het was zo'n dag dat alles goed ging. Ze had zelfs een zitplaats.

Toen ze thuis de hal in kwam hoorde ze dat de tv in de zitkamer aanstond. Het kinderprogramma was begonnen en ze wist dat niets Molly daar vandaan zou krijgen. Niet eens haar moeder. Ze liep naar de zitkamer en gaf Molly een knuffel.

'Ik heb straks iets voor je,' fluisterde ze in haar dochters oor.

Molly had even geen aandacht meer voor de tv. Ze keek nieuwsgierig. 'Wat dan?'

'Dat zul je wel zien. Kijk eerst maar naar Bolibompa.'

'Goed.' Molly richtte haar aandacht weer op de tekenfiguren op de televisie. De macht van de media was groot, dat was duidelijk.

Katja liep naar de keuken, waar Anders de krant zat te lezen. Op tafel stonden de restanten van het avondeten. Worst met macaroni. Hij keek op toen Katja binnenkwam.

'Hé, ben je al thuis! Ik hoorde je niet binnenkomen.' Hij legde zijn krant weg.

'Ik heb heel zachtjes gedaan.'

'Ik heb je net op de radio gehoord.'

'Nu?'

'Een uur geleden. Om kwart voor vijf bij *Echo*.'

'En?' Katja hield haar adem in. Ze wist dat ze Anders kon vertrouwen. Zijn mening was belangrijk.

Hij stond op en liep glimlachend naar haar toe. 'Je was briljant!'

'Echt waar?'

'Echt waar. Het hele item was trouwens briljant. Je moet er op internet naar luisteren, ik denk dat je tevreden bent.'

Katja glimlachte. Ze had het gevoeld, het interview vandaag was goed gegaan, maar journalisten waren nooit helemaal te vertrouwen. Wat Anders zei maakte haar ontzettend blij.

'Ga je mee luisteren?'

'Natuurlijk.'

Anders liep achter haar aan naar de bovenverdieping, waar hun provisorische werkplek ingeklemd stond tussen twee boekenkasten. Katja ging zitten en zette de computer aan. Na een paar minuten was ze naar de website van de Zweedse radio gesurft en had op *Echo* geklikt. Toen ze de uitzending startte met een druk op de knop was ze plotseling zenuwachtig. Ze zat verstijfd in haar stoel tot het item begon en Maud Gunnarssons vertrouwde stem het onderwerp inleidde.

'*Hij is drie jaar en hij heeft geen herinneringen aan zijn ouders...*'

Katja zat doodstil terwijl Maud Gunnarsson het lot van het kleine jongetje schilderde. Ze deed het zo levendig dat Katja, toen ze haar ogen sloot, weer in het kindertehuis terug was. Ze rook de geuren, ze zag de kinderen en één moment herinnerde ze zich precies waarom ze eraan begonnen was.

Het was bijna onbegrijpelijk dat het Maud Gunnarsson was gelukt om zo'n levend beeld te creëren van een paar interviews, een verslag en wat wazige foto's. Katja kreeg bijna tranen in haar ogen omdat het de journaliste was gelukt om de dankbaarheid over te brengen die Katja tussen de regels van het Tsjetsjeense rapport door had gelezen.

Daarna kwam het interview met haar. Het was niet lang. Twee, drie, misschien vier zinnen. Ze had veel langer met Maud gepraat, minstens een kwartier, maar zoals gewoonlijk werd niet alles uitgezonden. Je moest elk moment uitbuiten als het om radio en televisie ging, je moest over elke bijzin nadenken. Uiteindelijk kon het heel goed gebeuren dat de journalist ervoor koos om alleen die kleine tussenzin te gebruiken, die je achteloos had afgeraffeld. Zoiets kon rampzalig voor het totaalbeeld zijn.

Dit keer voelde ze zich niet misleid. Ze stond achter elk woord.

'Dit bewijst dat het mogelijk is om steun te verlenen, zelfs onder heel moeilijke omstandigheden. Het is een grote overwinning voor Buitenlandse Zaken en voor de Zweedse regering. Maar het is vooral een overwinning voor de oorlogsslachtoffers, de ouderloze kinderen in Tsjetsjenië die nu, met behulp van Zweeds geld, een toekomst hebben gekregen.'

Nee, het was geen goede reportage, het was, zoals Anders al had gezegd, briljant. Het had niet beter gekund. Het bevatte alles wat ze wilde overbrengen: humanisme, vastbeslotenheid, hoop.

En geen woord over het andere.

Verborgen achter de formulering administratieve problemen lag de afgrond waarboven ze de laatste maanden had gezweefd. Maar daar wilde ze niet aan denken, dat was nu voorbij. De ontmaskering zou de microfoon van een journalist nooit bereiken. Daarvan had ze zich verzekerd.

Ze had natuurlijk geluk gehad. Maar dat was niet het enige. Het was het resultaat van hard werken geweest. En moed. Ze had besluiten genomen die buiten de normale paden vielen, ze had risico's genomen, kansen benut. En het was haar gelukt. Achteraf voelde ze dankbaarheid voor Tor. Hij was hard geweest, maar die hardheid had ervoor gezorgd dat ze had volgehouden. Hij had haar gered. Net zoals zij hem had gered.

Het gevoel dat haar nu overviel was het meest te vergelijken met euforie. Ze voelde zich voor het eerst sinds lange tijd echt gelukkig.

Katja zette de computer uit en ging staan. Anders stond nog steeds achter haar.

'Nou?' vroeg hij glimlachend. Hij wist het antwoord al. Hij kende haar.

Katja knikte. 'Het was goed. Veel beter dan waar ik op durfde te hopen.'

'Ik zei het toch.'

Katja lachte. 'Verdomme, Anders, dit is gewoon fantastisch! Begrijp je dat?'

'Ik geloof het wel.'

'Ik heb het gedaan!'

'Zie ik hier misschien de volgende premier van Zweden voor me staan?'

Katja trok een grimas. Het was bedoeld als een grapje, maar één moment voelde ze het kriebelen in haar maag. Ja, waarom niet.

'Kom mee, we gaan naar beneden om het te vieren,' zei ze terwijl ze Anders' hand vastpakte. In de keuken pakte ze de champagne die ze op weg naar huis had gekocht. Anders pakte de glazen. Het was haar blijkbaar gelukt om de fles flink te schudden, want de kurk kwam met een knal omhoog en de kostbare wijn stroomde naar buiten. Ze lachten en Anders haastte zich om het vocht op te vangen in een glas.

Molly kwam de keuken binnen. Het kinderprogramma was afgelopen en ze keek nieuwsgierig naar de fles die Katja vasthield.

'Wat is dat?' vroeg ze.

'Champagne. We hebben iets te vieren.'

'Mag ik ook?'

'Nee. Dit is alleen voor volwassenen. Maar we kunnen wat sap voor je inschenken, dan mag je met ons toosten.' Katja zette de fles op het aanrecht en liep naar de koelkast.

'Is er iemand jarig?'

'Nee. Maar het is vandaag heel goed gegaan op mijn werk. Dat vieren we.'

'O.' Molly keek een beetje teleurgesteld. Katja's werk stond niet hoog aangeschreven bij haar dochter. Toen ze klaar waren met toosten keek ze de keuken rond. 'Je zei dat je iets voor me had.'

'Ja, dat is ook zo.' Katja glimlachte. 'Dat was ik bijna vergeten.' Ze liep naar de hal en pakte de tas, haalde het cadeau eruit en gaf het aan Molly. 'Alsjeblieft. Dit is een cadeau omdat ik zo ontzettend veel van je hou.'

Molly pakte het pakket aan. Haar ogen straalden toen ze aan het glanzende lint begon te trekken. In een paar seconden had ze het papier er vanaf gescheurd. Binnen het doorschijnende plastic van het karton lag de pop. Molly keek ernaar. Ze was gefascineerd door wat ze zag.

Ze jengelde toen ze de verpakking niet open kreeg en Anders kwam haar snel te hulp met een schaar. Vlak daarna haalde ze de pop uit de doos. In Molly's armen leek ze veel groter dan in de winkel.

'Wat is ze mooi,' zei ze bewonderend. 'Hoe heet ze?'

'Wat denk jij?

Molly aarzelde even. 'Sara misschien. Of Anna.'

'Je moet er maar eens over nadenken.'

Molly liet de pop los en pakte de doos weer. Ze keek erin en pakte daarna het cadeaupapier dat ernaast op de grond lag. 'Is dat alles?'

'Inderdaad. Vind je het geen mooi cadeau?'

'Ja.'

'Je mag even met haar spelen voordat je naar bed gaat. Goed?'

'Goed.' Molly pakte de pop en liep de keuken uit. Ze hoorde haar lichte stappen op de trap.

Katja keek naar Anders. 'Ik wilde haar iets geven,' zei ze, alsof ze een excuus nodig had voor het onverwachte cadeau.

'Ze was er blij mee.'

'Ja.'

'We hebben een prachtige dochter.'

'Mmm.'

Het werd stil in de keuken.

'Proost dan maar.' Katja tilde haar glas op.

'Proost.' Anders nam een slok champagne en deed een paar stappen in haar richting. Hij keek even in haar ogen voordat hij zich vooroverboog en haar kuste. 'Gefeliciteerd,' zei hij kalm. 'Ik ben zo trots op je, je hebt leven gegeven. Daarom hou ik van je.'

63

Het was benauwd in de bus. De augustuszon was aan het dalen, maar de hitte bleef in de lucht hangen. De transpiratie liep in straaltjes naar beneden. Toch klaagde er niemand. Ze waren er bijna.

De bus remde. De man voorin kwam overeind. Hij moest gebogen staan, omdat het dak te laag was. Hij trok het masker over zijn gezicht naar beneden en gebaarde naar degene die het dichtst bij zat dat hij de deur moest opendoen. Zodra de frisse lucht hen bereikte stormden ze naar buiten. Het gebouw waarvoor ze geparkeerd stonden was groot en grijs, met veel ramen. Dat wisten ze al. Ze hoefden niet om zich heen te kijken.

Drie van hen verlieten de groep en renden licht gebogen naar een hoek van het gebouw. De anderen renden naar de toegangsdeuren en maakten aanstalten om het gebouw binnen te stormen.

Op dat moment viel het eerste schot. Daarna het tweede. En het derde.

De mannen die naar de hoek van het gebouw waren gerend bleven in een vormeloze hoop op de stoep liggen. Ze waren niet meer dan een paar meter gekomen. Een been lag in een onnatuurlijke hoek, een nek was naar achter gebogen.

Een moment was alles stil. Toen volgde het volgende salvo. Een van de gemaskerde mannen in de groep bij de ingang viel op de grond. Zijn lichaam schokte terwijl de kogels hem doorboorden.

Ze hadden niet gezien waar de schoten vandaan kwamen. Eén van hen rukte zijn wapen naar zich toe en begon lukraak in de richting van de bosrand aan de andere kant van de straat te schieten. Een seconde later lag hij ook op de grond. Het gat waar de kogel naar binnen was gegaan, was niet groot, maar uit de uiteengereten schotwond in zijn nek stroomde het bloed naar buiten en vormde een snel groeiende plas op het asfalt.

De man helemaal vooraan had de deur open gekregen. Hij wilde naar binnen rennen, maar viel op de grond. Zijn lichaam blokkeerde de ingang.

Er zou geen tegenstand zijn, had hij gezegd. Nu lag hij dood op de drempel van hun bestemming, het automatische wapen nog steeds krampachtig in zijn armen. Hij had het niet kunnen gebruiken.

Een van de vrouwen van de groep trok haar masker af en begon te schreeuwen. Haar stem was schril en hees tegelijkertijd, het was niet mogelijk om woorden te onderscheiden. Ze liet het wapen los, maar het bleef aan de riem rond haar hals hangen. Toen viel ze op haar knieën en stak haar handen naar de hemel uit, als in een gebed. Er klonk een geweersalvo en vlak naast haar viel een lichaam op de grond.

Degenen die over waren probeerden te vluchten en verspreidden zich in verschillende richtingen. Het geluid van het automatische vuur was oorverdovend.

Een paar seconden later waren ze dood. De lichamen bedekten de stoep. Het bloed was op de betonnen muren gespat, als avant-gardistische graffiti.

De vrouw die had geschreeuwd zat als verlamd op haar knieën voor de ingang. Ze was de enige die over was.

Haar mooie gezicht was mager, haar wangen ingevallen. Haar haar was bedekt met een zwarte sjaal en haar ogen waren opengesperd van angst. Zo bleef ze een fractie van een seconde zitten, daarna schokte haar lichaam door de kogel die haar borstkas binnendrong. Er klonk een zwak gekreun, haar oogleden vielen dicht over de grote, donkere ogen. Niemand pakte haar vast toen ze viel en de echo van het schot vermengde zich met een doffe bons toen haar voorhoofd op het asfalt sloeg. Het was voorbij.

64

Ze moest het eigenlijk niet doen, maar het was moeilijk om te laten, en de laatste maanden waren het er minstens twee per dag geweest. Maar aan de andere kant: negerzoenen met kokos bevatten bijna geen vet. Het was erger als het pure chocolade was geweest. Of boterkoeken.

Maria ging op de bank zitten en zette het bord met de negerzoen naast haar theekopje op de salontafel. Ze nam er altijd één en hoopte dat het genoeg was. Dat was het nooit. Ze wist dat ze nog een keer naar de koelkast zou moeten lopen. Nou ja, dan kreeg ze in elk geval nog wat beweging.

Ze had al een tijd niet gesport. Haar lichaam weigerde, het wilde niet. Haar knieën en heupen deden pijn zodra ze in een iets sneller tempo bewoog. Dat moest dan maar. Na de bevalling zou ze wel weer in vorm komen.

Maria richtte de afstandsbediening op de televisie en zette hem aan. Het programma ging zo beginnen. Het eerste wat ze zag was de glimlach van de omroepster en daarna het logo. Haar lichaam tintelde, ze voelde zich zenuwachtig, maar niet voor zichzelf.

De presentator nam de inhoud van die avond door. Ze zouden het over Irak hebben en daarna over de problemen met mobiele telefoons in Zweedse gevangenissen, maar het voornaamste nieuws was natuurlijk Rusland.

De terreuraanval op het kinderziekenhuis in Rjazan had het nieuws de afgelopen dagen gedomineerd en Poetins ingrijpen was zowel door de EU als de VS geprezen. Het ingrijpen werd doortastend en vastberaden genoemd. Toch waren er ook kritische geluiden. Er werd beweerd dat Rusland problemen met terrorisme zou houden zolang Poetin weigerde om het conflict met Tsjetsjenië op een vreedzame manier op te lossen.

Maria had geprobeerd om de reportages te volgen, maar eerlijk gezegd was dat niet zo goed gelukt. Politiek was niet haar sterke kant en als haar interesse vroeger matig was geweest, dan was deze nu zo mogelijk nog kleiner. Er waren zo veel andere dingen die haar en haar lichaam bezighielden.

Nu probeerde ze in elk geval te luisteren. De foto's van de bloederige ontknoping, die al een aantal keren waren vertoond, verschenen weer. Het was verschrikkelijk, maar onwerkelijk. De bloederige lichamen op de stoep waren geen mensen. Eerder voorwerpen. Hoe ze daar waren terechtgekomen, werd niet getoond, maar er werd gepraat over hevig schieten, min of meer een terechtstelling. Maria wilde er niet aan denken. Vooral niet aan de informatie dat een van de terroristen zwanger was geweest. Dat kon ze niet bevatten. Het hoorde niet in haar wereld thuis.

Vandaag was ze voor het eerst op stap geweest om kinderkleding te kopen. Het was een vreemd gevoel geweest om de kleine kleertjes uit te zoeken en ze mee te nemen naar de kassa. Dit keer kocht ze geen cadeaus voor andere vrouwen.

Ze nam een slok thee en probeerde zich op het programma te concentreren. Nu was Poetin aan het woord. Het was een fragment van de Russische televisie. Hij keek ernstig toen hij zijn volk, en de rest van de wereld, meedeelde dat de Tsjetsjeense terroristen verslagen waren en dat ze aan een grote ramp waren ontsnapt. Hij vertelde dat de speciale troepen van de FSB en de Russische inlichtingendienst honderden kinderen en het personeel hadden gered die zich in het ziekenhuis bevonden. Dat de terroristen van plan waren geweest om de kinderen te gijzelen om hun onredelijke eisen door te drijven. Hij definieerde niet wat die eisen waren, maar dat kon Maria wel raden. Een eigen land misschien. Religie. Het vrijlaten van gevangenen. Ging het daar niet altijd om?

Poetin praatte verder. Hij had het over een signaal aan de terroristen. Over besluitvaardige maatregelen. Het was geen uitzondering, Rusland zou ook in de toekomst resoluut optreden tegen chantage en geweld. Net zoals ze nu met zo veel succes in Rjazan hadden gedaan. Daarmee stopte de reportage en de presentator in de studio begon weer te praten.

'Voor Rusland was de actie tegen de Tsjetsjeense terroristen afgelopen week een groot succes. Na eerdere mislukkingen heeft de Russische bevolking harder ingrijpen geëist. Er werd over gesproken dat Poetin te zwak was en het volk heeft haar misnoegen laten blijken in opiniepeilingen. Door het optreden van de president in Rjazan is het volk van mening veranderd. De laatste cijfers tonen een enorme steun voor de Russische president, iets wat waarschijnlijk tot uiting zal komen in het verkiezingsresultaat van komende herfst.'

Hij keek in een andere camera en ging verder. 'Als gast in onze studio is hier Henrik Hamrén, om over dit onderwerp te discussiëren. Welkom. U bent hoofd van de afdeling Rusland van het ministerie voor Buitenlandse Zaken.'

Maria likte een stukje chocola weg dat op haar lip was blijven zitten. Henrik was nu in beeld. Ze herkende het colbert, de stropdas en het overhemd dat hij had aangetrokken voordat hij iets meer dan een uur geleden naar de televisiestudio vertrok. Toch zag hij er anders uit. Dat kwam door wat hij uitstraalde. Een man in kostuum met grijze slapen en een enigszins gerimpeld gezicht. Een rechte rug, kalm en zeker. Ze voelde zich trots.

Hij was zenuwachtig en was het hele weekend prikkelbaar geweest. Keer op keer had hij papieren doorgelezen die hij tegenwoordig altijd mee naar huis nam. Het was zijn eerste openbare optreden sinds hij hoofd van de afdeling Rusland was geworden. Hij wilde goed werk leveren.

De presentator ging verder. 'Welke betekenis heeft deze gebeurtenis voor de Russische binnenlandse politiek?'

Henrik schraapt zijn keel voordat hij begon te praten. 'Dat heeft een enorme betekenis. Het conflict in Tsjetsjenië en de terreurbestrijding waren Poetins zwakke punten, terwijl het tegelijkertijd de gebieden zijn waarop hij zich moet profileren. Zijn positie is de laatste jaren steeds meer verzwakt. Het ingrijpen van deze week was, als je er met een cynisch oog naar kijkt, precies wat hij nodig had om meer binnenlandse steun voor zijn politiek te krijgen.'

De presentator leunde naar voren en stelde een nieuwe vraag. 'Er is gesproken over het succes van dit ingrijpen, maar het heeft ondanks alles een bloedige ontknoping gekregen. Alle betrokken terroristen zijn doodgeschoten. Moet dat niet als een mislukking worden beschouwd?'

'Vanuit een humanitair perspectief gezien natuurlijk wel. Het is immers het resultaat van Poetins mislukking voor wat betreft de integratie van het Tsjetsjeense deel van het land met de rest van het Russische rijk. Maar op binnenlands politiek gebied ziet het er anders uit. In de ogen van de Russische bevolking was de president resoluut en in staat om te handelen. Dat weegt zwaarder dan de slachtoffers. In elk geval als de slachtoffers Tsjetsjenen zijn.'

Maria kwam overeind en haastte zich naar de keuken. Een paar seconden later zat ze weer op de bank met een nieuwe negerzoen in haar hand. Er was een andere gast in de studio. Ze las het naambordje. Magnus Larsson, terroristendeskundige, FOI.

De presentator met het roestbruine colbert stelde zijn eerste vraag. 'We weten dat een van de dode terroristen Aslan Zakujev was. Een naam die weinigen voor deze gebeurtenis kenden, maar Poetin heeft in zijn toespraak benadrukt dat Zakujev een van de rebellenleiders was. Wat betekent het dat hij nu dood is?'

Magnus Larsson begon te praten. 'Het betekent waarschijnlijk heel veel voor het verzet in Tsjetsjenië. Zakujev was een sterke leider die op de achtergrond bleef en het moet nog afgewacht worden of iemand zijn plaats kan innemen. Poetin hoopt natuurlijk dat het verzet nu geen leider meer heeft, maar het kan ook zo zijn dat Zakujevs dood meerdere potentiële terroristen inspireert om op te staan en het gevecht verder te leiden.'

'Dus het resultaat zou het tegenovergestelde kunnen zijn?'

'In principe wel, ja.'

Er ontstond een korte pauze. De presentator keek op zijn papier voordat hij verderging. 'Onder de gedode terroristen waren ook vrouwen. Iets waar we in dit verband aan gewend zijn geraakt. Wat drijft vrouwen ertoe om terrorist worden?'

'Het antwoord daarop geldt waarschijnlijk in dezelfde mate voor mannen: haat, vertwijfeling, religieus fanatisme en machteloosheid. We weten echter ook dat veel van deze vrouwen, de zogenaamde zwarte weduwen, persoonlijk getroffen zijn door de oorlog. Hun mannen, zoons en families zijn door de Russen gedood.'

De presentator knikte na het commentaar van de deskundige en richtte zich tot de camera. Hij tuurde door zijn bril, alsof hij de kijkers wilde hypnotiseren. 'Poetin is niet alleen in Rusland geprezen voor zijn ingrijpen, maar ook buiten de grenzen van het land. Niet in het minst door de president van Amerika, George W. Bush. Maar ook in Europa is er veel positief commentaar geweest.'

Op het televisiescherm verscheen het vertrouwde gezicht van de premier. Hij stond in de hal van Rosenbad. Als de camera iets hoger had gestaan zou de receptie in beeld zijn geweest. Nu was alleen Tor Bergman te zien in de sterke belichting van de camera. Hij hield zijn hoofd schuin en keek ernstig.

'Wat er in Rjazan had kunnen gebeuren is een ramp die zo groot is dat we er niet eens aan willen denken. In het gebouw dat bestormd zou worden bevonden zich honderden zieke kinderen en natuurlijk personeel. Dat de terroristen een kinderziekenhuis als doelwit hebben gekozen, kan worden beschouwd als een teken dat men angst probeert te verspreiden. Bestaat er een onschuldiger slachtoffer dan een ziek kind?'

'Dus u beschouwt het ingrijpen van Poetin als geslaagd?' vroeg de journalist die een microfoon onder de neus van de premier hield.

'Ja, gezien in het licht van wat er had kunnen gebeuren, was deze afloop de meest geslaagde.'

'Ondanks de slachtoffers?'

'Ja...' Tor Bergman aarzelde met zijn antwoord, alsof hij een serieuze afweging maakte. 'Menselijke slachtoffers moeten natuurlijk altijd betreurd worden,' zei hij, 'maar de vraag is natuurlijk of het dit keer om onschuldige slachtoffers ging.'

Terug naar de studio. De man met het stijve kapsel bedankte zijn gasten en ging daarna over op het volgende onderwerp.

Maria bleef nog even kijken, maar nu het item met Henrik voorbij was verloor ze al snel haar interesse.

Ze zette de televisie uit en leunde achterover op de bank. Haar donkerblauwe joggingpak was bezaaid met kokoskruimels. Ze probeerde ze op te pakken, maar was het al snel zat en veegde de rest van zich af zonder dat ze zich er druk om maakte dat ze op de bank en de vloer terechtkwamen.

Het was schemerig in de kamer. Ze had geen lampen aangedaan, de avonden waren nog steeds licht, maar dat zou niet lang meer duren. Het zou al snel herfst zijn. Dat maakte haar niets uit, integendeel.

Ze verlangde ernaar. Het zou hun eerste herfst als een echt gezin worden. Zij en Henrik en het kind.

Maria deed haar ogen dicht. Ze legde haar handen op haar buik en lag helemaal stil. Binnen in haar bewoog de baby. Een voetje duwde tegen haar rib, een beweging kietelde haar hand.

Het was een indrukwekkend, krachtig en magisch gevoel.

Woord van dank

Ten eerste een hartelijk woord van dank aan Karin Nordlander, die het verhaal samen met mij van alle kanten heeft bekeken en altijd met verstandige opmerkingen, veel complimenten en nieuwe inzichten komt. Jouw hulp is van onschatbare waarde geweest!

Daarnaast wil ik natuurlijk mijn man Lasse Johansson bedanken, die het zoals gewoonlijk niet gemakkelijk heeft gehad. Hij heeft de ondankbare taak op zich genomen om te zeuren en te klagen, op onvolkomenheden te wijzen en commentaar te geven. Bovendien heeft hij me geholpen met de research en aanmoedigingen gegeven van het soort 'Maar zó slecht is het toch niet...' Bedankt voor alle hulp, ik hou van je!

Voor de feitencontrole van *De Russische vriend* ben ik vooral veel dank verschuldigd aan mijn vrienden Christina Danielsson, Jan Persson en Martina Quick. Ze hebben niet alleen nauwkeurig gelezen en fouten gecorrigeerd, maar ook geholpen met de research. Alles wat juist is, is hun verdienste, terwijl ik helemaal alleen de schuld draag voor eventuele fouten die zijn achtergebleven.

Ik ben eveneens veel dank verschuldigd aan alle medewerkers van uitgeverij Forum, en vooral aan mijn uitgeefster, Karin Linge Nordh, die me altijd steunt, aanmoedigt en ervoor zorgt dat de voorwaarden waaronder mijn boeken het levenslicht zien optimaal zijn. En natuurlijk veel dank aan mijn redacteur Eva Holmberg, die zich met heel veel enthousiasme, nauwkeurigheid en gevoel voor taal heeft bekommerd om mijn manuscript.

Daarnaast veel dank aan Svante en Kristina Ingemarsson, voor hun onuitputtelijke steun in alle opzichten. Zonder jullie zou ik, letterlijk, niet bestaan.

Kajsa Ingemarsson, juni 2005

PS: Het kan een interessant detail zijn dat ondergetekende bij de Zweedse Veiligheidspolitie heeft gewerkt. Ik wil echter benadrukken dat ik Björn Wester niet heb gecreëerd naar een voorbeeld uit de werkelijkheid en dat alles wat er verder wordt gezegd over de werkmethoden van deze overheidsinstantie natuurlijk voor een wezenlijk deel op fictie berust.

Lees ook van Kajsa Ingemarsson:

Agnes heeft het goed voor elkaar: ze heeft een leuke baan, een stoere vriend en een super hartsvriendin. Maar dat verandert in rap tempo wanneer blijkt dat haar baas zijn handen niet thuis kan houden, haar vriend vreemdgaat en haar vriendin de drank niet kan laten staan.

Dan komt Agnes haar oude schoolvriend Kalle tegen. Hij is op zoek naar een compagnon voor zijn nieuwe restaurant. Agnes is direct enthousiast en samen gaan ze aan de slag. Het wordt een hip restaurant met gele muren, rode kussens en blauw Grieks aardewerk, met voor het raam een grote glazen vaas vol citroenen. Ze noemen het: *Kleine Gele Citroenen*.

Het wachten is dan op recensent Lola, die restaurants kan maken of breken. Maar wie ís Lola? De keuken is fantastisch en er wordt hard gewerkt, want elke gast kan Lola zijn, maar de recensie blijft uit en faillissement lijkt onafwendbaar.

Ondertussen heeft Agnes ook nog eens last van een stille maar intrigerende bovenbuurman, die het maar niet kan laten regelmatig op te duiken in het restaurant...

Een warme en humoristische roman over vriendschap, liefde, geloof in jezelf en over kansen durven grijpen.

'Ik heb dit boek in één nacht uitgelezen.' – *Elle*

'Helen Fielding en Marian Keyes zijn internationaal bekend. Zweden heeft nu zijn eigen fenomeen in dit genre: Kajsa Ingemarsson!'
— *Dagens Nyheter*

Paperback, 304 blz., ISBN 978 90 325 1081 7